권지예 소설집

꿈꾸는 마리오네뜨

창비

꿈꾸는 마리오네뜨

초판 1쇄 발행 | 2002년 1월 30일
초판 4쇄 발행 | 2023년 12월 7일

지은이 | 권지예
펴낸이 | 염종선
편집 | 유용민 염종선 문경미 김명재
펴낸곳 | (주)창비
등록 | 1986년 8월 5일 제85호
주소 | 10881 경기도 파주시 회동길 184
전화 | 031-955-3333
팩시밀리 | 영업 031-955-3399 · 편집 031-955-3400
홈페이지 | www.changbi.com
전자우편 | lit@changbi.com

ⓒ 권지예 2002
ISBN 978-89-364-3663-6 03810

꿈꾸는 마리오네뜨

작가의 말

세 살 아래인 내 여동생은 글쓰기와 그림 그리기에 유난히 재능이 뛰어났다. 공부도 늘 나보다 한 수 위였고 심성까지 착해, 어릴 때부터 시샘과 열등감으로 그애를 괴롭혔다. 어느 날, 갓 여중생이 된 동생의 서랍을 열어보니 자신만의 문집이 여러 권 있었다. 빨려들어가 읽다보니 창밖으로 먼동이 트고 있었다. 깊은 한숨과 뜨거운 눈물이 흘렀다. 모짜르트를 바라보는 쌀리에리의 심정이 그러했을까.

동생의 글들을 훔쳐 읽은 얼마 후, 나는 난생 처음으로 교내 백일장에서 장원을 했다. 동생의 글을 베껴 낸 덕분이었다. 난 졸지에 글 잘 쓰는 아이가 되어버렸다.

1979년 겨울, 함박눈이 쏟아지던 날. 검은 외투를 입은 스무 살의 나는 무거운 빨간 보따리를 들고 신촌의 인쇄집 골목을 헤매었다. 열일곱 동생이 죽었다. 보따리 안엔 그의 글들이 시퍼렇게 날뛰고 있건만. 나는 그의 죽음을 도저히 받아들일 수 없었다. 그때 처음, 내가 그를 너무도 사랑했다는 걸 깨달았다. 어떡하든 조잡한 인쇄본이라도 몇권 만들어 그의 흔적을 남기고 싶었다. 이렇듯 찬란한 영혼이 어떻게 사라져버린단 말인가.

1997년, 나는 작가가 되었다. 프랑스에서 그 소식을 들었다. 결국 보따리가 재로 변하고 대신 그 글의 씨앗들이 내 가슴에 뿌려진 지 17년 만이었다. 딱 동생이 이 세상에 머물다 간 만큼 시간이 흘러 있었다.

8년을 프랑스에서 보냈다. 90년대를, 내 황금 같은 30대를.

간절한 제망매가와 영원히 사라지지 않는 것에 대한 집착이 내 글쓰기의 시작이었지만, 대학에서 몇번의 문학상을 탄 후 내 열정적 글쓰기는 오랫동안 중단되었다. 도대체 무엇이 영원할 수 있단 말인가.

빠리의 비 때문인지도 모르겠다. 우기(雨期)인 겨울은 지독히도 길고 나는 겨울마다 우울했다. 무병처럼 이유없이 시름시름 앓기도 했다. 누가 곁에 있어도 외롭기만 했다. 컴퓨터 모니터의 푸른 화면은 망망대해처럼 아득했다. 홀로 조난당한 기분으로 한자 한자 타전(打電)하듯 썼다.

부활절 아침 노트르담 성당 앞 광장에서 만난 차력사의 슬픈 곡예에서 「상자 속의 푸른 칼」이 잉태되던 순간이 생각난다. 그가 내민 모자에 거액(?) 백프랑짜리 지폐를 아낌없이 떨어뜨리고 키보드를 두드리고 싶어 미친 듯 집으로 달려왔다. 늘 잘 피해다니던 개똥을 처음으로 밟고는 「섬」을, 여행중에 스친 어두운 한국청년의 이미지에서는 「사라진 마녀」를, 투우장 관중석의 환호 속에서 「투우」를, 베이컨의 그림을 보다가 「정육점 여자」를 만났다. 그렇게 소설이 내게로 '걸어왔다'. 비로소 사는 것 같았다.

표제작 「꿈꾸는 마리오네뜨」는 나의 데뷔작이다. '두 개의 꼭두각시 인형'이란 제목으로 발표되었던 작품이다. 서울 아내와 빠리 남편. 이방인처럼 낯선 그들의 해후를 그리면서, 마치 프랑스는 연인, 한국은 조강지처 같은 나라, 나는 영원한 이방인이 아닐까 생각해보았다. 줄에 매달아 인형을 놀리는 프랑스 인형극 '마리오네뜨'를 나는 좋아했다. 할 수 있다면 무대 뒤에서 인형줄을 조종하고 싶은 충동이 일기도 했다. 어쩌면 소설을 쓰는 것은 한편의 마리오네뜨를 세상사람들에게 보여주는 것인지도 모른다. 그 인형줄은 신비스런 운명의 줄일 수도, 한국과 프랑스의 인물들이 끊임없는 긴장으로 두 나라 사이의 '시차'나 '거리'에서 자기정체성을 모색하는 줄일 수도 있다.

문화의 다양성과 개인주의적 개성이 조화된 빠리의 자유로운 공기 속에서 살았던 나의 문학이 예술과 행복한 결혼을 한다면 나는 좋겠다. 프랑스와 한국의 사람들. 내가 살았던 빠리 13구 차이나타운 옆의 초라한 동네, 이브리(Ivry)시의 이웃들. 아랍계, 유태계, 중국계, 그리고 아프리카 사람들이 프랑스 사람들과 함께 어울려 살았던 그곳에서 그 친구들과 행복하게 지내는 꿈을 요즘도 가끔 꾼다. 깨고 나면 이상했다. 나는 모국어로 그들과 대화했던 것이다. 꿈에서처럼 나의 소설도 지구상의 모든 인간들이 소통할 수 있는 보편적 정서를 담아낼 수 있기를 희망해본다.

이 책이 나오기까지 애써주신 창작과비평사의 여러분들, 『라뿔륨』의 손장순 선생님, 빠리에서 늘 따뜻하게 보살펴주셨던 고(故) 이옥 선생님, 동생 대신 네가 글을 쓰라며 격려해주던 여고동창이자 동업자인 경혜, 프랑스에서 내 초고를 꼼꼼히 읽어주던 후배 윤정. 프랑스

친구들. 내 가슴속에 느낌표를 남긴 이름을 밝힐 수 없는 사람들……
그리고 늘 고마움과 미안함을 느끼는 사랑하는 내 부모님과 가족에게
뜨거운 감사의 말을 전하고 싶다.

마지막으로 하늘로 떠나면서 나를 작가로 태어나게 한 나의 수호천
사 미예에게 나의 첫 책을 바치고 싶다. 이제야 빚을 갚은 것 같아 홀
가분하고 행복하다.

2002년 1월 권지예

차 례

고요한 나날

또뚜뚜뚜뚜뚜뚜 ●

또뜨자막 자부터 벌써 세번째 듣는 소리입니다.

오늘은 토카든인인입니다.

오늘같이 이렇게 비가 샥샥 오는 휴일이면

엠뷸런스에 실려 이곳 응급센터로 온 지

한달이면 시간을 훌러내렸고요,

아침을 공무지않는 사람 변의 반응이 흐른 거죠.

새벽을 여는 이곳은 내게 공학했겠거든요.

차츰을 관용하며 사지로 뻗어나가는 저린 통증.

못보과 머리물을 짓누르는

무거운 암흥. 눈을 뜨면 내 몸의

어둠은 나를 인계위위주있죠.

고요한 나날

삐용·삐용·삐용……

눈뜨자마자부터 벌써 세번째 듣는 소리입니다.

오늘은 석가탄신일입니다. 오늘같이 이렇게 비가 살풋 오는 휴일이면 앰뷸런스 소리가 더욱 극성을 떱니다.

사고 후 앰뷸런스에 실려 이곳 응급쎈터로 온 지 한달이란 시간이 흘러버렸군요. 아침을 꿈꾸지 않는 서른 번의 밤들이 흐른 거죠. 새날을 여는 아침은 내게 끔찍했거든요. 척추를 관통하며 사지로 뻗어나가는 저린 통증. 뒷목과 머리통을 짓누르는 무거운 압통. 눈을 뜨면 내 몸의 아픔은 나를 일깨워주었죠. 넌 나와 함께 여전히 살아 있어. 내 몸 구석구석을 점령한 악령 같은 고통이 잠들기 전까지 하루종일 그림자처럼 나를 따라붙을 걸 생각하면 아침에 눈뜨기가 싫었어요.

아침이면 휠체어를 타고 장애인 화장실에 들어가 용변을 보고 세수를 하고 거울을 보곤 했죠. 그러고는 익숙하지 않은 내 얼굴에 잠시 치를 떨었어요. 사고 당시에 찢어져 응급실에서 급히 꿰맨 왼쪽 뺨의 Z 모양의 깊은 상흔과 살점이 떨어져나간 코끝. 주홍글자 A도 아닌 이 Z는 도대체 무슨 의미가 있는 걸까, 곰곰 생각해보곤 합니다. 그러곤 양치컵에 가득 물을 받아 주머니 속의 동전지갑을 엽니다. 그 안엔 간호사가 아침마다 놓고 가는 하루치의 투약봉지에서 날마다 빼낸 입원일수만큼의 푸른색 잘덴이 들어 있죠. 그때 어김없이 바깥에서 병간을 맡은 어머니나 언니가 문을 두드립니다. 뭐 도와줄 거 없니? 난 그만 동전지갑을 닫아버립니다. 그러곤 다리의 깁스라도 풀어서 나 스스로 화장실 거동이라도 할 수 있을 때까지 잠시 고통과의 결별을 유보하자고 마음먹곤 했습니다.

오늘이 바로 오른쪽 다리의 깁스를 푸는 날입니다.

"조루야. 그래, 오늘 공구리한 거 내뻗지는겨? 어이구 션하겄네."

용자씨가 나를 돌아보며 느려터지게 말문을 엽니다. 용자씨는 내 옆침대의 뇌수술을 받은 사십대 후반의 육덕좋은 충청도 여인입니다. 이 여인의 별명은 '미륵부처'. 언젠가 그녀의 계모임 친구들인지 한때의 여인네들이 고향에서 단체로 문병 와서 "머리 깎구 그러구 앉았으니 뚜껑 깨진 미륵부처가 따루 읎네!" 해서 병실 식구들이 한바탕 웃은 적이 있기 때문입니다.

"하이고 참, 조로래니까! 쾌걸 조로도 몰러? 조루는 뭔 조루. 조루는 거시기 뭐이냐, 사내들 물총이 말 안 들을 때가 조루지. 그라고 공구린 뭔 공구리. 기부스!"

옥선씨가 톡 나서서 한마디 합니다. 그 소리에 모두들 웃음을 터뜨립니다. 하지만 웃고 있는 옥선씨의 부푼 눈자위가 붉습니다. 어젯밤

막내딸 때문에 또 속을 끓이며 몰래 울다 잠든 게 분명합니다. 여걸 조로(Zorro). 병실의 누군가가 내게 붙여준 별명입니다. 내 얼굴의 Z 모양의 흉터를 보고 말이죠.

옥선씨 역시 뇌수술을 받고 중환자실에서 올라온 올해 마흔세살 된 여인입니다. 뇌졸중으로 쓰러지는 통에 의치인 앞니 두 개가 빠지긴 했지만 병실을 나설 때는 립스틱을 바른다든가 삭발한 머리를 가리기 위해 장밋빛 베레모를 쓰는 등 외모에 신경을 많이 쓰죠. 그래서 그이를 '장밋빛 베레모'라 부르고 있지요. 비슷한 시기에 미륵부처와 함께 중환자실에서 올라왔지만 장밋빛 베레모는 머리회전이 빠르고 기억력이나 순발력에서 단연 뛰어나요. 재바른 성격 탓으로 우리 병실의 감초 격이죠. 미륵부처는 중환자실에서 올라온 지 열흘이 넘어도 스스로 대소변도 못 가리는 처지였지만 말이죠. 장밋빛 베레모는 깁스한 내가 화장실에라도 갈 것 같으면 재빠르게 휠체어를 대령해 내 보호자 역할까지도 톡톡히 하곤 했답니다.

그리고 조간테스트에서도 늘 만점을 맞곤 했지요. 조간테스트란 아침 회진 때 신경외과 과장이 뇌수술 환자의 상태를 체크하는 간단한 구두시험 같은 건데, 늘 문제의 유형이 똑같아요.

"아줌마, 100에서 7을 빼면 얼마죠?" "지금 대통령이 누군지 말해봐요" 또는 "오늘이 며칠이에요?" "지금이 아침이에요, 밤이에요?" "오늘 아침 식사에 반찬이 뭐가 나왔어요?" 항상 이런 식이에요. 그래서 그녀들의 보호자들은 눈뜨자마자 예상문제로 훈련을 시키는데, 미륵부처는 평균 40점을 상회하는 정도거든요. 기껏 연습을 시켜도 93인 정답을 91이나 87로 대답하거나 굳이 대통령을 김영삼으로 우긴다거나 지금이 아침이 아니라 밤이라고 우겨서 모두를 김빠지게 한답니다.

그러나 장밋빛 베레모는 요지부동의 어떤 기억을 우기고 있답니다. 그럴 때마다 의사와 간호사가 고개를 설레설레 흔들고 나갑니다. 병원 밑에 저승으로 떠나는 흰 배가 있는데 흰 옷 입은 남자들이 사람들을 꽁꽁 묶어서 저승으로 팔아넘긴다고 우깁니다. 자신도 그만 막내딸을 돈 백팔십을 받고는 배에 실어버렸다고 괴로워합니다. 어느날엔가는 무슨 일인가로 병실에 들어온 중환자실의 남자간호사를 보고는 사시나무 떨듯 하면서 그러더군요, "바로 저이여." 그럴 때마다 사람들이 웃고는 아무도 믿어주지 않자 그 며칠 후엔 휠체어에 탄 저를 데리고 기어이 흰 배를 찾아내서 보여주고야 말겠다고 온 병원을 미친 듯 돌아다니곤 했답니다. "나쁜 꿈을 꾸었다고 생각하세요." 제가 참다 못해 말했어요. 그런데 어제 아침 의사가 물었어요. "아줌마, 병원 밑에 흰 배가 와 있죠?" 그러니까 "으미, 제가 꿈을 꿨던 모양여요." 그러며 결국 고개를 숙여버리더군요. 의사가 나가고 사람들이 박수를 쳐주며 "이제 됐어요. 이제 퇴원하게 됐네." 그러자 그녀는, "그럼 으쩌. 그렇게라도 생각혀야지. 그렇게라도 질끈 속고 살아야지. 쎄 빠지게 병원비 대는 애들 아부지를 봐서락도…… 그려, 그런 기억이 뭔 대수여. 난 이렇게 숨쉬고 살아 있는데…… 그러면 디얐지." 그러나 그 말을 하는 그녀의 얼굴은 참 망연해 보였습니다.

"그 사고에 병신 안되기 만분 다행이라. 처음보다사 얼굴도 마이 좋아졌다. 그캐도 처음 볼 때사 처자가 얼굴이 저래 우얄꼬 싶던데……"

안동 할머니가 한마디 거듭니다.

장밋빛 베레모 옆침대에 계시는 당뇨합병증으로 오른쪽 발목을 절단한 칠순 할머니입니다. 안동에서 올라왔다는 살빛이 희고 기골이

장대한 이 할머니는 양반가의 종갓집 마나님의 풍모를 가졌습니다. 한동안 주무실 때 발이 아프다고 신음하셨어요. 발은 없는데 말이에요. 그런데 이 할머니의 별명이 뭔지 아세요? '각선미'랍니다. 아침에 눈을 뜨자마자 붕대를 요리조리 살펴보고는 보호자침대에서 아침잠을 즐기는 며느리를 깨워 붕대를 새로 감게 하는 겁니다. 너무 바짝 맸다, 어째 이리 맵시가 없냐, 끝이 동그스름해야지 너무 뭉툭하지 않냐, 하며 타박을 하십니다. 절구공이처럼 뭉툭하게 잘린 살덩이를 놓고 아침부터 실랑이를 벌이지요. 그러면 며느리는 옛날 교련시간에 선생님 앞에서 붕대 감는 연습 하듯 시어머니의 다리를 이리 싸매고 저리 싸매느라 진땀깨나 흘리지요. 그러면 할머니는 장갑에 손가락이 제대로 들어갔나 손가락을 꼼지락거려 확인하듯, 금방 붕대로 친친 싸맨 다리를 살살 돌려보거나, 힘차게 꺼떡꺼떡 들며 아침체조를 하십니다. 붕대 감은 그 뭉툭한 다리는 마치 거대한 누에 한마리가 고개를 들어 뽕잎을 따려는 포즈와 닮아 있답니다.

이 병실엔 나를 포함해 여섯 명의 환자들이 있어요. 나머진 두 명의 중풍환자입니다.

내 맞은편 침상엔 간병인이 딸린 중증의 중풍환자 할머니가 계신데, 말도 못하고 똥오줌까지 받아내는, 식물처럼 시들어가는 할머니죠. 분뇨냄새를 병실 가득 풍기는 통에 처음 한동안은 고통스러웠지만 지금은 코가 많이 무뎌진 것 같아요. 이불을 걷어내고 기저귀를 갈아줄 때 어쩌다 세운 무릎 사이로 노인네의 치모 빠진 어두운 구멍이 보입니다. 이제는 아무 의미도 없는, 흔적기관으로나 남은 그것이 노인네의 무표정한 눈동자처럼 처연해 보이기까지 해서 외면하곤 하지요.

또 한사람은 미륵부처의 옆침대. 제가 몰래 붙인 별명입니다만, '경악하는 발레리나'가 살고 있답니다. 입원한 지 거의 2년이 다 되어간다고 하니 병원에서 그야말로 살고 있는 거지요. 오십대의 아주머닌데 뇌일혈 환자지요. 왜 발레리나냐구요? 그건 그녀가 발꿈치를 들고 발끝으로 걷기 때문이에요. 물론 혼자서 걷지는 못하고 누군가 부축을 해줘야 하지만, 그녀의 두 발끝은 발레리나처럼 꼿꼿하기만 합니다. 풍을 맞는 순간 무척 놀랐는지 동그랗게 치켜뜬 눈도 인상적이지요.

"조로, 심심한데 구경이나 가볼까나? 응급실 현관 앞에 가믄 오늘 같은 날은 볼 만할 거인디. 휴일날 사고가 겁나게 많잖여."

장밋빛 베레모를 쓴 옥선씨가 앞니 빠진 얼굴로 웃으며 휠체어를 대령해놓고 내게 말합니다. 옥선씨는 그러며 불안하게 핸드폰을 들여다봅니다. 옥선씨는 오늘 퇴원허가가 떨어져 수속을 밟아야 하는데 어제부터 돈을 구하러 간 남편에게서 소식이 오지 않았어요. 그 조급증을 달래고 싶어 옥선씨는 쏘다니고 싶었던 거죠.

우리는 응급쎈터의 현관까지 내려갔는데, 마침 앰뷸런스가 들어왔어요. 차에서 내린 중년여인의 울음소리가 낭자했어요. 성질 급한 옥선씨가 휠체어를 놔둔 채로 쪼르르 달려갔다 옵니다.

"으미 시상에! 남자 땜이 빙초산을 처먹었나벼. 머리가 긴 처넌디, 즈 엄마가 울고불고 난리여. 하이고 이 초냄새, 여기꺼지 진동허네."

바람결에 시큼한 냄새가 실려오는 것도 같았어요.

"그놈의 사랑이 뭐길래 생목숨을 끊어…… 글 안혀?"

나는 속으로만 조용히 대답합니다. 끊을 수 있지요.

그날…… 이 세상에서 당신과 마지막으로 헤어지던 날 생각이 나더군요. 그날은 봄빛이 눈부시게 화사한 날이었지요. 아파트를 나오면서 정원에 핀 목련 봉오리는 클라이맥스로 부풀어올라 있었고, 아파트단지 내의 벚나무의 꽃들도 팝콘처럼 모두 소생의 기쁨으로 펑펑 터져 있었어요.

나는 그날 옷장 문을 열고 무얼 입을까, 한참을 고르다가 소매 없는 분홍색 시폰 블라우스에 살구색 투피스를 골랐어요. 아직 철이 일렀지만 그날의 봄볕은 정말로 유난했기 때문에 선뜻 선택해버렸지요. 마침 이틀 후면 당신의 생일이어서 그날 당신과 우아하고 맛깔스러운 레스또랑에서 저녁식사를 하며 미리 축하를 해주고 싶었지요.

그날 좀 늦게 나타난 당신은 나더러 봄꽃보다 더 화사하다고 했어요. 만난 시각이 오후 네시였지만 날이 너무 좋아서였는지 당신은 즉흥적으로 드라이브를 하자고 제안했지요. 시내의 호텔에서 식사를 하기엔 시간이 애매했기에 나도 흔쾌히 당신의 제안을 받아들였구요.

우리는 강화도로 향했지요. 당신이 한적한 바닷가를 안다고 했기 때문이에요. 도착할 때쯤엔 고즈넉한 낙조가 한창일 거라구요. 강화도로 가는 길섶에 핀 벚꽃. 농가의 뜨락에 핀 살구꽃. 먼산을 핑크빛으로 물들인 진달래. 비낀 저녁 햇살 속으로 바람이 부는지 벚꽃 잎들이 호르르 날리기도 하는 길을 우리는 달렸습니다. 당신은 CD플레이어에 앙드레 가뇽의 피아노곡을 걸었고 차창을 조금 열어 담배를 피웠어요. 사위어가는 봄날 하오의 햇빛 속에서 그 길은 너무도 비현실적으로 아름다워 마치 천국으로 빠져들고 있는 듯했답니다. 난 눈을 감았지요. 그러자 잠시 스틱에서 손을 놓은 당신의 따뜻하고 축축한 오른손이 내 왼뺨을 살짝 어루만져주었죠.

「조용한 날들」이 잔잔하게 흘러나왔어요. 그 곡을 들으면 당신과 처음 섹스하던 날이 떠올라요. 언젠가 당신이 툭 뱉었던 말. 당신, 기억해요? 우리가 만나서 러브호텔이란 델 가서 처음으로 함께 섹스를 나누기 직전이었죠.

　——견딜 수가 없어. 아무 일도 일어나지 않는 고여 있는 일상이. 이 고요하고도 조용한 나날들이. 이렇게 지리멸렬하게 썩어가는 웅덩이 같은 내 인생이……

　난 그 말이 특별히 불행을 겪어보지 못한 남자의, 더군다나 인생의 반환점을 이제 막 돌아 지나온 길의 궤적과 비슷한 여생을 살아가야 할 남자의 상투적인 투정처럼 느껴지기도 했지요. 그런데 그날 난 찻집을 나와 바로 옆의 '잠자는 숲속의 공주'에나 나올 법한 마법의 성처럼 생긴 모텔로 앞서서 걸어들어갔잖아요. 당신의 놀라고 어색해하는 표정은 뒤를 돌아보지 않고서도 느낄 수 있었지만 당신은 곧 아무 말 없이 내 뒤를 쫓아왔지요. 당신의 인생에 연민을 느낀 건 결코 아니었어요. 상관없는 일이죠. 당신의 인생이 웅덩이든, 강물이든, 바다든. 하지만 나야말로 어딘가로 날아가고 싶었던 돌멩이였죠. 고요한 수면을 경쾌하게 휘젓고 싶은 욕구에 시달리는 방향 잃은 짱돌이 바로 나였다구요. 당신의 웅덩이에 내 몸을 날려버리고 싶었던 거죠. 난 너무나 고요하고 무미건조한 일상에 못 견뎌하는 사람들의 원심력을 알아요. 일상의 구심력이 완강할수록 터져버릴 것 같은 폭발력을 말이죠.

　외포리를 거쳐 한적한 길을 따라 도착한 곳은 작은 포구 같았어요. 당신은 포장되지 않은 왼쪽 길로 차를 몰았습니다. 차가 다니기에는 너무도 비좁은 방죽길을 따라가니 한쪽에 습지가 나타나고 갈대밭이 펼쳐지더군요. 우리는 차가 갈 수 있는 끝까지 가서 캔맥주 하나씩을 나눠 마시며 바다를 바라보았지요. 파도는 잔잔했지만 갈대들은 심하게 몸을 뒤척이며 몸부림치고 있었어요. 당신은 왠지 할말을 잃고 노을이 번져가는 하늘과 연회색빛 바다만 바라보고 있더군요. 그러더니 말했지요.

——바다를 보면 끌어당기는 힘, 중력이 생각나. 어릴 때 지구본을 가지고 놀며 무척 신기해했지. 지구는 둥글고 또 돌고 있는데 왜 바닷물은 넘치지 않을까. 그런데 말야, 저 파도는 끊임없이 솟았다 꺼졌다 하지만 결국 인력에 복종하지. 기껏 성난 듯 솟구쳐봤자 잠깐일 뿐이야. 모든 것에는 정해진 궤도가 있듯이 사람에게는 운명이 있구. 난 가끔 어쩔 수 없는 기분이 들곤 할 때 바다에 오곤 했지. 나 자신을 달래고 승복시킬 필요가 있을 때는 말이야.

난 무슨 일이 있었던 거냐고 조심스레 물었지요.

——일은 무슨 일…… 어제, 개를 안락사시켰어.

아하, 당신이 우울한 이유를 나는 그때 알았지요. 누구에게나 그런 게 있겠지만 당신에게 개는 특별한 존재 같았어요. 당신의 개, 그러니까 이름이 스노우라고 했던가요. 여덟살 된 캐나다산 래브라도 레트리버 암컷. 당신은 가끔 스노우 이야기를 했어요. 그 개가 얼마나 충직하고 영리한지에 대해. 또 당신과 함께 하루를 시작하는 동반자라고. 당신은 늘 새벽 여섯시면 일어나 스노우와 산책을 한다고 했지요. 언젠가는 그 개가 병을 앓고 있다는 얘기도 언뜻 들었던 것 같은데……

당신은 언젠가 그랬어요.

당신의 아내가 6년 만에 몹시도 힘들게 가진 아이가 5개월 만에 자연유산이 되어 병원에서 수술을 받은 적이 있었다구요. 소식을 듣고 병원으로 달려갔을 땐 막 수술을 끝내고 나오는 의사의 손에 과일주를 담그는 데나 쓰일 것 같은 유리병이 들려 있었다구요. 아이는 엄마의 뱃속에서 다섯달을 살았고 죽어서는 병 속에 들어갔던 건데, 당신은 뱃속에 있던 다섯달 된 태아가 그토록 온전한 인간의 모습을 한 것에 경악을 했다구요. 당신은 그랬어요. 병 속에서 마치 불멸의 양수에 잠겼다 언젠가는 깨어나게 될 것 같은 환상에 몸을 떨었다구요. 당신도 죽고 당신의 아내도 죽어 없어진 먼 미래에 말이지요. 그리고 창밖을 보았을 때, 거리에는 소리없이 첫눈이 내렸다지요.

그후로 당신의 아내는 아이를 가지지 못했고, 당신은 눈빛 영롱한 강아지 한마리를 키우게 되었는데, 당신은 개를 보자마자 그만 '스노우'라고 입안에서 굴러나온 단어를 그에게 붙였다지요. 그 개는 당신에게 혈육과 같은 존재였던 거지요.

그런 걸 떠올려보자니 나 역시 가슴이 먹먹해지긴 했습니다. 세상 인연의 신비로움 때문에 말이지요. 사람과 사람은 물론이고 사람과 짐승 사이의 인연도 무엇이기에 정을 끊지 못해 힘들어하나. 바로 그때 당신이야 이유를 몰랐겠지만, 내 가슴이 갑자기 뛰기 시작했고 목구멍에서 어떤 말이 내 입으로 솟구쳐 올라오려고 했는데요. 그 순간 갑자기 당신의 혀가 내 입속으로 파고들었습니다.

"앰뷸런스가 어째 안 들어오네. 이제 물리치료 받으러 가야제?"

옥선씨는 휠체어를 돌립니다.

물리치료실 앞 벤치에는 소라 엄마가 붉은 눈으로 앉아 소라를 안고 젖을 먹이고 있습니다. 물리치료실에서 며칠 전부터 자지러지는 갓난아기의 울음소리를 들었어요. 어린것이 얼마나 처절하게 울던지요. 그러다 보았어요. 커튼이 열린 칸막이 치료실에서 갓난아기와 젊은 엄마, 물리치료사 이렇게 세 사람이 용을 쓰고 있는 모습을. 침대밑으로 아기의 머리를 내려오게 하고서 물리치료사는 반복적으로 아이의 목을 힘주어 비틀어 빼곤 했어요. 그럴 때마다 아기는 숨이 넘어가고, 아기의 몸을 붙든 엄마도 함께 울었어요. 바로 그 아이가 생후 두달 된 소라였어요.

선천성 사경(斜頸). 태어날 때부터 무슨 이유인지 목뼈가 한쪽으로 기울어진 병이래요. 뼈가 여린 갓난아기 때부터 힘으로 비틀어 바로 잡지 않으면 뒤틀린 소나무처럼 기형적으로 되어버린다는군요. 울고 있는 소라 엄마를 애써 외면하며 치료실로 들어갑니다.

하루에 두 번씩 치료를 받지만, 아직 나의 몸은 전투가 끊이지 않는 전쟁터 같습니다. 갑자기 몸속에 게릴라처럼 숨어 있는 고통들이 반격을 가합니다. 일탈된 근육이나 뼈, 연골, 인대들이 아픔을 호소합니다. 치료실에는 pain killer라는 전기치료기가 있는데요. 담당 치료사인 강선생님에게 나는 물었어요.

"왜 페인킬러라면서 완전히 고통을 죽이지는 못하죠? 왜 고통들이 날마다 살아나지요?"

물리치료실의 강선생님이 그러더군요.

"물리치료는 원인을 제거하는 완전한 치료가 아니에요. 낫는다는 것은 고통에 서서히 익숙해진다는 거죠. 인간의 몸은 고통을 선별적으로 느껴요. 가장 강한 고통을 제일 먼저 느끼지요. 그리고 거기에 익숙해지면 그 다음 단계의 고통에 눈을 돌리는 거죠. 그런 다음엔 그 다음 단계의…… 그러니 고통이 인간의 몸에서 완전히 떠나는 건 아니고 인간이 그 고통에 익숙해짐으로써 잊는 거지요."

갑자기 옆 칸막이에서 자지러지는 아기의 울음소리와 엄마의 흐느끼는 소리가 들립니다.

"경택이라고 남자아기가 사경 교정치료를 받으러 왔어요. 첫날이라

시끄러울 거예요. 좀 참으시고요."

아기의 울음소리를 듣자 갑자기 두려움과 불안으로 숨이 가빠오기 시작했어요.

그날…… 당신은 가늘게 뜬 눈으로 핏빛으로 물드는 수평선 쪽을 한참 바라보더니 차를 출발시켰어요. 당신의 옆얼굴, 특히나 단정하게 다문 입매를 좋아한 나였지만, 그날따라 당신의 입술은 굳게 봉인된 편지봉투마냥 알 수 없는 침묵으로 완강해 보이기까지 하더군요. 서울로 되짚어오는 도중에 분무기로 뿌리는 듯한 이슬비가 내리기 시작했어요.

——애써 핀 꽃들이 다 지겠다.

당신이 그렇게 말했어요.

——꽃이 지는 게 대수예요? 이 비 그치면 더 싱그런 잎이 돋을 텐데요.

내가 말했구요.

——인연 중에 봄꽃과 잎새 같은 인연은 참 슬플 거야. 꽃이 져야 잎이 나는…… 서로 만날 수가 없잖아.

그날 당신의 그 말은 마치 잠언처럼 들렸지요. 아니, 그건 운명에 대한 예언이었던가요. 당신은 비 젖은 봄꽃처럼 가버렸지만 내 뱃속엔 당신이 지면서 남긴 여린 떡잎이 자라고 있었으니까요.

나는 그날, 당신과 붉은 와인을 한잔씩 나누면서 아기의 잉태에 대해 귀띔을 하려 했지요. 당신의 반응이 어떨지 몰라 조심스럽긴 했지만요. 사랑하는 남자의 아기를 잉태한 그 사실만은 여인에게 있어 분명 행복한 일이죠.

당신은 어떤 표정을 지었을까요. 그날, 어쩌면 와인을 마시기 전에도 당신의 표정을 볼 수 있었을 텐데, 기회를 놓쳤어요. 강화 바다에서 당신이 스노우를 안락사시켰다고 말하며 우울해할 때, 나는 고백하려 했지요. 당신이 그때 내게 키스하지만 않았다면, 스노우를 잃은 그 가슴자리로 당신의 아이가 가까운 미래에서 조금씩 다가오고 있다고, 나는 그렇게 말하려 했어요. 그러나 내 목구멍까지 차오른 그 말들을 당신의 혀가 먹어버렸지요. 영원히 말이죠.

아기는 아직까지 무사하답니다. 그러나 의사는 좀 조심스런 반응을 보입니다. 아기가 용케 생명을 잃지 않은 것도 기적이지만 건강하게 태어나는 것 또한 앞으로 있어야 할 기적이라구요.

나는 어쩌면 무모한 짓을 하는지 모르겠어요. 아기를 지우지 않겠다는 고집 말이에요. 한데 요즈음 난 불안한가봐요. 자주 꿈을 꿉니다. 꿈속의 내가 슈퍼에 갑니다. 꿈속에서도 입덧 때문에 몹시 고생을 하는지 슈퍼의 식료품 코너에서 입맛 당기는 음식을 고릅니다. 저장식품 코너에서 병 속에 든 황도복숭아가 눈길을 끕니다. 그런데 자세히 보면 그건 복숭아가 아니라 태아의 모습입니다. 마치 아기는 진공상태로 저장된 황도복숭아처럼 흐물거립니다. 나는 꿈속에서 아악, 비명을 지르지만 소리를 낼 수 없는 답답함을 느낍니다. 가위에 눌린 거죠.

당신과 헤어지던 마지막 순간이 떠오르는군요. 생각하고 싶진 않지만요. 하지만 난 당신의 그 마지막 모습에서 나와 아기의 삶의 열쇠를 찾지 않으면 안된다고 생각하고 있었어요.

차는 이슬비에 젖어 번들대는 국도를 달리고 있었지요. 내가 당신에게 고개를 돌리고 물었어요.

——우리 언제까지 이렇게 만날 수 있을까요?

——글쎄…… 넌 날 만날 때마다 늘 마지막으로 생각한다며?

——집착을 하지 않기 위해서 나 자신에게 늘 그렇게 주술을 걸었을 뿐이죠.

　　——생각나니? 네번쨴가…… 모텔에 들었던 날, 내가 너한테 미안하다고 했지? 그랬더니 니가 뭐라 그랬지? 미안해할 거 없어요. 사랑에도 다 타고난 운명이 있는 거예요. 우리들 사랑도 인간처럼 생로병사를 자연스레 겪게 놔둬요. 인력으로 어쩔 수 있는 게 아녜요. 그렇게 말하는 니가 놀라웠다. 자유롭고도 강한 느낌. 어쩌면 그래서 더욱 널 사랑했는지도 몰라.

　　——후회하세요?

　　——아니. 그래도 너에게 항상 미안해……

　　——뭐가요? 난 아무 욕심 안 부리잖아요. 늘 얘기했죠? 내가 싫어지면 암말 없이 떠나도 난 괜찮다구요.

　　——떠난다고 꼭 싫어진 건 아닐 거야.

　　——뭐 그런 거 따지지 말자구요, 비겁하게. 우리가 왜 서로를 이토록이나 끌어당기는지 논리적으로 설명할 수 있어요? 좀더 빨리 밟을 순 없나요? 내가 오늘 근사한 데 저녁식사 예약을 해놨거든요.

　　——나 키워서 잡아먹을 일 있니?

　　우리는 맥빠지게 웃었죠. 당신과 내가 이생에서 마지막으로 한 대화예요. 사고 이후 나는 이 대화를 여러번 꺼내어 곱씹어보곤 했지요. 사고가 나지 않았다면 우린 어쩌면 그날 밤 호텔 레스또랑에서 퓨전요리를 음미했을 것이고, 기분좋은 취기에 젖어 객실로 올라갔겠지요. 내 몸을 구석구석 아는 당신은 솜씨좋은 횟집 주방장처럼, 또는 기교가 뛰어난 연주자처럼 나를 다뤘겠지요. 내 뼈는 당신의 손길이 닿은 곳마다 현악기처럼 울면서, 또 내 살은 켜켜이 쾌락으로 저며졌겠지요. 나를 즐겁게 해주는 것이 오로지 섹스의 목적인 양 당신은 늘 묻곤 했지요. 행복해?

물론 난 행복했지요. 늘 마음속으론 이 섹스가 마지막이야,라고 생각하니까 언제나 절절하지요. 항상 목이 메면서도 이 남자에게 더이상 욕심을 내선 안돼, 하고 다짐했죠. 그런데 아이를 가진 걸 알고부터는 혼란에 빠져버렸어요. 당신이 내게 더 집착을 하게 될지 아니면 내게서 도망을 가게 될지……

그런데 그때 갑자기 우리 앞의 시야가 불빛으로 환해지는 것도 잠시, 우리는 곧 블랙홀로 빠져버렸지요. 맞은편에서 오던 트럭이 갑자기 중앙선을 넘어 뛰어든 것이지요. 짧았던 것도 같고 영원처럼 긴 것도 같은 시간이 흘렀어요. 내가 잠깐 정신을 차려보니 당신은 머리를 좌석 머리받이에 기대어놓고 가쁜 숨을 쉬고 있었어요. 당신을, 빨간 페인트를 뒤집어쓴 것처럼 머리에 피범벅이 된 당신을 난 온 힘을 짜내어 불러보았지요. 내 입에서도 어디서 흘러든 것인지 비릿한 피맛이 났지요. 대답도 않던 당신은 내가 세번째로 불렀을 때에야 고개를 내 쪽으로 겨우 돌리더군요. 하지만 당신은 아무 말도 할 수가 없었던 모양이에요. 그저 슬픈 눈으로 나를 응시할 뿐이었죠. 나는 한없는 슬픔을 간직하고서 피안의 세계를 직감하고 숙명에 체념한 당신의 안타까운 두 눈을 마주보았어요. 당신 이마에서 흘러내린 피가 붉은 눈물처럼 눈밑으로 흘러내리고 있었어요. 그때 당신은 피묻은 손을 아주 조금씩 움직여 내 손을 찾았지요.

오랫동안 피흘리는 손으로 맞잡은 우리들의 마지막 악수를 잊지 못할 거예요. 당신의 손은 아주 차고 축축했어요. 당신은 내 손을 잡은 손에 서서히 힘을 주기 시작했지요. 당신의 힘이 내 손에 전해지는 그 느낌은 뭐라고 할까요, 당신이 가진 모든 것을 내게로 이어주고 넘겨주는 마지막 의식처럼 느껴진 거예요. 당신은 내 눈을 똑바로 바라보면서 고개를 크게 끄덕였어요. 그 마지막 당신 몸의 표현, 난 당신의 생명을 건 메시지를 분명히 느낄 수 있었어요. 그래서 난 행복했어요. 앰뷸런스 소리가 가까워지면서 나는 의식을 잃었죠.

하지만 그후 당신이 이 세상을 떠났다는 걸 듣고는 내가 어땠을까요. 살아남은 자의 형벌 말입니다. 당신도 고통을 느끼고 있나요. 나는 오늘까지 하늘색 잘덴을 서른 알이나 모아두었답니다. 매일 밤 내가 불면증에 시달리는 건 바로 그 이유입니다. 매일 투약봉지에서 그것만 빼서 모으고 있으니까요. 벗어나고 싶은 고통은, 몸의 고통이나 풀리지 않는 암호처럼 새겨진 얼굴의 상흔, 그런 것보다도 당신에 대한 질긴 기억입니다. 마지막 순간의 그 믿음입니다.

물리치료실에서 나와 엘리베이터를 탔는데 옥선씨는 지하 3층 버튼을 누릅니다. 건물의 맨 아래로 내려갑니다. 내려서는 이상한 기기들이 있는 방과 보일러실과 통제구역이 있는 복도를 정신없이 돌아칩니다.

"분명히 있어. 여기 어디로 나가면 배가 매어져 있다니게. 바다가 있단 말여."

옥선씨의 눈빛이 심상치 않습니다.

"또 그 소리. 정신차리세요. 잘못 생각했다고 의사한테 인정했잖아요. 그리고 아줌마 딸은 작년에 교통사고로 죽었구요."

"아녀, 내가 팔아먹은 거여. 의사한테야 병원비 땜이 그랬지. 또 수술하잘까봐. 돈이 무서워서. 아녀, 아녀. 남은 속여도 나는 못 속여. 이 머릿속에 딱 들러붙은 이 생각은 으짜구. 그럼 내가 못된 귀신이 씌었단 말여? 이렇게 날 속이고 살면 내가 아닌 거이지. 죽을 때꺼지

내가 아닌 거이지……"

나는 옥선씨의 팔을 잡아 흔들었어요.

"정신차리세요. 제발 잊을 건 잊고 받아들일 건 받아들이고 좀 그러
세요. 왜 쓸데없는 생각에 아줌마 인생을 붙잡아둬요?"

옥선씨는 쭈그려앉아 울기 시작했어요.

"그려, 그려. 살어야지."

그이의 어깨를 다독이다가 나야말로 울고 싶은 심정이 되었지요.
나는 무슨 미망에 기대어 이렇게 두 목숨을 지금까지 이어나가는 걸
까. 혼란스러웠지요.

병실로 올라가니 뜻하지 않게 꽃바구니와 소포가 기다리고 있더군
요. 세상에! 발신인은 바로 당신이었어요. 떨리는 손으로 포장지를 뜯
으니 흰색 핸드폰이 나왔어요. 그건, 바로 내 것이었어요. 사고 후에
핸드백을 아무리 뒤져도 못 찾겠더니만. 그리고 필체를 짐작할 수 없
는 깨알 같은 글자의 카드.

"안녕하세요? 놀라셨죠? 이 카드를 보실 때면 전 뉴질랜드행 비행
기에 타고 있을 겁니다. 사고가 나지 않았다면 사고난 날로부터 나흘
후엔 그이와 나란히 비행기에 타고 있었을 텐데요. 우린 이민을 가기
로 결정했었죠. 전 거기서 디자인 공부를 하려고 어드미션까지 받아
놓은 상태였구요. 한달이 늦어지긴 했지만 전 홀홀 털고 떠나기로 결
심했답니다. 그인 꼼꼼하게 출국준비를 했었죠. 물건과 가구도 진작
에 처분하고 아끼던 개도 정을 떼려고 안락사를 시켰어요. 병들긴 했
지만 치명적이진 않았는데. 지금 생각하니 그인 꼭 죽음을 예감한 사
람 같았어요.

그일 많이 사랑했죠? 그래서 많이 힘들 줄 알아요. 그인 사고 후 만

하루 만에 편안하게 갔답니다. 그 사람을 기다리지 마세요. 이제 그이를 놓아줘요. 그래야 당신이 살아요. 그는 영원 속으로 사라졌으니까요. 하지만 당신은 바로 여기 있구요. 그리고 당신은 살아야 하니까요. 정말로 빨리 일어서길 바래요. 참 당신의 핸드폰을 보냅니다. 차에 떨어져 있더군요."

당신의 아내가 보낸 것이었어요. 난 머리가 멍해졌어요. 당신이 이민을 준비했었다구요? 왜 당신은 나를 곧 떠날 거라고 한번도 말하지 않았나요? 왜 저를 속인 거죠? 마지막 날, 당신의 굳은 표정과 침묵의 의미는 무엇이었나요.

나는 창밖을 오래 바라보았어요. 비내리는 거리의 연등들이 함초롬히 젖고 있는 걸 말이죠. 그리고 핸드폰을 열어보았습니다. 내 핸드폰 안엔 생전의 당신 육성이 일곱 개나 저장되어 있었어요. 문자메시지도 네 개나 그대로 남아 있었구요. 당신은 기계 속에서 숨소리조차 생생히 살아 있더군요. 그 옛날 당신의 아이처럼 죽은 당신의 목소리도 이 기계 안에 영원히 저장될지도 모르죠.

오후엔 오른쪽 다리의 깁스를 풀었답니다. 한달여의 감금상태에서 벗어난 다리는 단무지처럼 쪼글쪼글 시들어 있더군요. 고치 같은 깁스 속에서 마치 새로 세상에 태어난 애벌레처럼 미약하기만 한 다리를 한동안 들여다보았습니다. 힘을 주고 움직여보려 했지만 먼산의 메아리가 돌아오듯 희미한 감각만이 저의 뇌신경으로 전달되는 것 같더군요. 첫돌을 넘기고 최초로 땅에 두 발을 디딘 이래 수십년 동안 저의 것이라 여겨왔던 다리. 제 존재의 집인 이 육체마저도 제 뜻에 따라주지 않는다는 사실이 서글프기만 하더군요. 하긴 이 세상에 오로지 제 것인 게 어디 있겠어요. 차차 좋아지겠지요. 돌배기 아이처럼 새로 걸음마 연습을 하면 근육에 힘이 올라 장딴지가 다시 풍선처럼 팽팽해지겠지요. 다시…… 다시 말입니다.

저녁 무렵이 되어 휠체어 대신 목발을 짚고 홀로 병실을 나서보았습니다. 복도 휴게실 쪽이 떠들썩했어요. 병실 남자들이 모여 팔씨름을 하고 있는 거예요. 담배를 피우며 모여 있는 남자들이 소년들처럼 서로의 알통을 자랑하느라 법석을 떨더군요. 그런데 그중에 가끔 복도에서 만나곤 하던 옆병실의 남자도 끼어 있었답니다. 그도 팔을 들어올려 자신만만한 표정을 짓고 있었는데요, 그는 왼편 팔꿈치 밑이 잘린 산재(産災)환자거든요. 흰 붕대로 감은, 남들보다 짧은 팔을 들어올리고 상박 근육을 대견스레 바라보는 순진무구한 표정의 남자.

어쩌면 이런 광경들, 도대체 젊고 예쁜 다리도 아닌 뭉툭하게 잘린 다리에 대한 할머니의 집착이나 그 남자의 이런 모습이 어이없고 우스꽝스럽기도 하지요. 하지만 그 순간 저는 각선미 할머니나 그 남자…… 갑작스런 재앙으로 닥친 고통에 힘겨운 사람들을 이해할 것 같았습니다. 그것이 집착이라기보다는, 고통을 견디는 자들의 또다른 삶의 확인이라고 말이지요. 그들의 표정이 일상에 지친 사람들보다 더 어린애 같고 무구한 것에 가슴이 아프긴 하지만 말입니다. 인간은 결국 필연적인 것을 인정하고 사랑할 수밖에 없다는 생각이 듭니다. 그것은 운명애라고 할 수도 있겠지요.

목발에 조금 자신이 생겨 연못으로 혼자 나가보았어요. 가는 비가 뿌리고 있는 연못가엔 아무도 없었어요. 작은 빗방울들이 떨어져 수많은 원을 겹쳐 그리고 있더군요. 바깥에 나와보는 게 얼마나 오랜만이던지요. 그 사이에 계절은 초여름으로 접어들고 있었어요. 그 화려하던 봄꽃들은 어디로 가버렸을까요. 연못가의 개나리, 철쭉, 목련은 초록잎으로 무성하게 물이 올라 있어요. 연못의 물은 물이끼 때문인지 황록색으로 흐려 있었는데, 연잎들이 군데군데 떠 있었어요.

난 뒤뚱뒤뚱 연못가를 한바퀴 돌았어요. 그리고 비오는 하늘을 올려다보곤 힘없는 다리로 버티고 서서 기지개를 켜보았답니다. 연못은 고여 있지만 많은 것들을 품고 키우더군요. 비 때문에 연잎이 더 푸르고 싱싱하게 살아나는 것 같았어요. 연잎 속에 숨었던 잉어가 흐린 물 속으로 설핏 보이기도 하더군요.

환자복 주머니에 손을 넣으니 핸드폰과 작은 잔돌 같은 알약들이 손에 잡히더군요. 난 주머니에서 핸드폰을 꺼냈어요. 기계 속에서 영원히 살지도 모를 당신의 목소리. 숨소리의 떨림마저 생생하게 귓바퀴 속을 간질이는 그 목소리들을 재생시켜 들었어요. 하지만 난 눈을 꽉 감고 하나씩 삭제버튼을 꾹꾹 눌러버렸습니다.

그리고 알약들을 하나씩 연못에 던졌어요. 간혹 비단잉어들이 솟아올라 입질을 했어요. 그렇게 서른 알의 잘덴은 작은 돌멩이처럼 고요한 수면을 가볍게 휘젓고는 흔적없이 사라졌답니다. 잉어들이 수면제를 먹으면 어찌될까요. 비오는 날 모이를 던지는 사람도 없는 한적한 연못 속의 비단잉어들은 우산 같은 연잎 속에 숨어 한바탕 곤하게 낮잠을 잘지도 모르겠네요. 그리고 꿈을 꿀지도 모르죠. 나쁜 꿈을 꿀까요?

삐용·삐용·삐용······

앰뷸런스 소리가 들려옵니다.

산다는 것은 무언가에 익숙해진다는 의미인가봐요. 불행이든 고통이든 말이지요. 어떤 호르몬의 화학작용인지는 몰라도 살아간다는 것은 고통이나 불행에 대한 항체를 만들어가는 과정이 아닐지요. 그러니 익숙해지지 않는 고통이란 없을 거예요. 천진하게 잠든 이 병자들을 보세요. 어둠속에서 병자들과 간병인들의 숨소리가 풀무질하는 소리처럼 시끄럽네요. 누군가가 물방귀 뀌는 소리, 깊은 잠에 맥을 놓은 가느다란 신음소리, 모두가 곤히 잠든 모양입니다. 지금 시각이 몇시나 되었을까요. 자정을 넘겼는지도 모르겠군요.

아 그런데 이게 뭘까요. 쿵, 하는 소리와 함께 갑자기 누군가 제 머리채를 확 낚아챕니다.

"저, 저, 저 수달 좀 잡어!"

뭐야, 뭐야. 사람들이 모두 부스럭거리며 일어납니다. 옆침대의 미륵부처가 내 침대에 엎어져 있습니다. 그이의 남편이 달려와 등판을 철썩 때리며 그이를 침대로 옮깁니다.

"이 화상아, 수달 같은 소리 말어. 꿈을 꾼겨, 헛거를 본겨? 아, 정신 못 차리남! 뚜껑을 또 한번 열려?"

"아 시커먼 수달이 일루 획 지나갔다께."

푸우, 헛웃음을 웃거나 군시렁대거나 입맛을 다시며 사람들이 다시 잠을 청합니다. 병실이 다시 조용해집니다.

아아 이제 나도 좀 자야겠어요. 언젠가는 말이죠, 이런 일들이 마치 꿈처럼 느껴지기도 하겠죠. 당신을 비겁하다고 원망하지도 않겠어요. 장밋빛 베레모의 말처럼 기억이 뭔 대수겠어요. 그래요. 나는 이렇게 살아 있는데.

—『창작과비평』 2001년 봄호

꿈꾸는 마리오네뜨

아내는 박동이 뛰지 않고 멈었다.

나 또한 차문으로도 언뜻언뜻 보일지도 모르는

아내의 뒷모습에 미련을 두진 않았다.

아내의 비행기는 10시 40분 출발이다.

오늘 하루, 아내는 유럽을 횡단하고 시베리아

벌판과 중국대륙을 가쳐

그녀의 삶의 터로 돌아갈 것이다.

열세 시간 후면……

그녀가 지구 반바퀴의 대장정을 하는

열세 시간 동안 나는 똑같은 도시에서 늘 하던

일상을 되풀이해야 한다.

집으로 돌아오는 길은 마냥없이 길 빠진다.

꿈꾸는 마리오네뜨

　아내는 뒤돌아보지 않고 떠났다. 나 또한 자동문 너머로 언뜻언뜻 보일지도 모르는 아내의 뒷모습에 미련을 두진 않았다. 아내의 비행기는 10시 40분 출발이다. 오늘 하루, 아내는 유럽을 횡단하고 시베리아 벌판과 중국대륙을 거쳐 그녀의 삶의 터로 돌아갈 것이다. 열세 시간 후면…… 그녀가 지구 반바퀴의 대장정을 하는 열세 시간 동안 나는 똑같은 도시에서 늘 하던 일상을 되풀이해야 한다.

　집으로 돌아오는 길은 막힘없이 잘 빠진다. 연일 회색 장막을 쳐놓은 듯했던 낮은 하늘에선 조금씩 가랑비가 흩뿌린다. 와이퍼를 작동할 필요도 없는 아주 보드라운 비가 소리도 없이 차창에 내린다. 흔적없이 내리는 비는 스며들지 않고 가슴에 먼지처럼 소리없이 쌓이는 것 같다. 우기의 겨울만 되면 늘 가슴이 답답하고 무겁다. 잠 못 이루는 늦은 밤, 도둑고양이처럼 내리는 비. 은밀하게 속삭이는 가는 분무를 보면서 얼마나 분노했던가. 비겁하다고. 함성처럼, 절규처럼 내리라고.

"뫼르소는 태양 때문이라고 했지만 나는 저 비 때문에 살인을 하고 싶은 적이 많았어."

아내가 2년 만에 겨울방학을 보내러 내게로 온 지 사흘째 되는 날이던가. 우리는 이슬비가 오는 늦은 밤, 오래된 갱스부르의 음악을 듣고 있었다. 제인 버킨과 함께 부른 「주 뗌므. 무아, 농 쁠뤼」였다. 두 연인이 사랑을 나누며 부르는 노래. 사랑의 또다른 얼굴, 짙은 허무와 외로움이 뚝뚝 묻어나는 노래. 뇌쇄적인 그들의 목소리 때문이었는지 아내는 나를 정말로 송두리째 다 이해하는 눈빛이었다. 아내가 도착한 지 사흘 만에 처음으로, 아니 2년 만에 처음으로 우리는 서로를 안았다. 처음으로 서로의 낯설음을 비가 따뜻하게 녹여줄 수 있다는 걸 알았다.

오랜만에 본 아내는 낯설었다. 그건 아내도 마찬가지인지 그녀는 나와 눈을 잘 맞추지 못했다. 5년간의 열애 끝에 결혼한, 바야흐로 결혼 7주년을 맞게 되는 우리는 오래 낯가림을 했다. 서른네살의 아내는 몹시 지치고 피곤해 보였다. 간간이 묻는 말에나 꼬박꼬박 존댓말로 대답하는 아내를 보는 것이 어색하고 우울했다.

첫날, 아내를 공항에서 집으로 데려온 저녁이었다. 손님 같은 아내를 식탁에 앉혀놓고 부엌에서 미역국과 구운 김, 버섯볶음, 김치, 시금치나물로 상을 차려 내갔다. 아내는 좀 놀랍다는 표정이다.

"공부하면서 어떻게 해먹고 지내나, 혹 영양실조는 아닌가 걱정했는데, 세상에…… 이 시금치나물 당신이 무쳤어요?"

"그럼."

아내가 쿡 하고 웃는다.

"왜?"

"아뇨. 그 마디가 굵고 깡마른 큰 손으로 시금치 무치는 걸 상상하니까 괜히 우습네."

"참기름 쏵 두르고 마늘도 곱게 빻고 얼마나 조분조분 잘 무쳤는데. 먹어봐. 인제 당신 솜씨보다 나을걸."

"이 김치도 당신이 담갔어요? 내가 담그던 식은 아닌데."

"후배한테 좀 얻었어."

"어머님이 김장김치 가져가라고 얼마나 성화를 하시는지 열 포기를 양손에 들고 오느라고 죽을 뻔했어요. 기내에서 김치봉다리가 부풀면서 조금 샜나봐요. 냄새가 얼마나 지독하던지. 그냥 버리고 오고 싶었어요. 불란서 사람이 멋모르고 들어주겠다고 가까이 오면 어쩌나 걱정이 막 되더라구요."

아내는 반찬 칭찬을 하면서도 밥을 많이 먹지는 못했다.

"이젠 내가 없어도 불편하진 않겠어요."

밥숟갈을 놓는 아내의 얼굴에 잠깐 어둠이 스쳐지나간다.

가져온 마른반찬과 밑반찬, 김치 등을 정리하면서 아내는 세탁기 위에, 냉장고에 붙여놓은 오래된 스티커를 한참 바라본다. 2년 전 아내가 떠나면서 써붙여둔 세탁기 사용법, 김치 담그는 법, 불고기 양념법 등이다.

목욕탕 너머에서 아내가 큰 소리로 불렀다.

"여기 늘 걸려 있던 내 목욕가운이랑 작은 화장대는 어디 갔어요?"

아내의 물음에 나는 즉시 대답을 못하고 서 있다. 어디 갔을까? 아내가 떠나고 문득문득 허기처럼 찾아들던 상실감에 그것들을 치운 것 같긴 한데 도무지 기억이 나지 않는다. 목욕탕에서 아내가 느낄 자신의 존재에 대한 상실감이 되전해져올 것 같아 나는 되는 대로 급히 말해버린다.

"내일 찾아놓을게."

침실에서 아내는 목욕을 끝내고도 겉옷까지 얌전히 입고 작은 콤팩트 거울에 얼굴을 잘 조준하며 로션을 바르고 있다. 화장을 지운 아내의 얼굴은 더욱 더 낯설다. 가끔 아내가 보내주던 사진 속의 곱게 화장한 화사한 젊은 여인은 어디 갔을까……

아내는 색을 입히지 않은 밀랍인형처럼 창백하고 연약해 보였다.

"미안해요. 어제도 짐 싸느라 눈도 못 붙이고 오늘도 비행기 안에서 한숨도 못 잤어요. 잠이 막 쏟아져요."

아내는 어색한 웃음과 피곤이 묻은 가라앉은 목소리로 조심스럽게 침대의 한켠에 몸을 누인다. 임시로 부려놓은 짐처럼, 아주 작게 새우처럼 몸을 웅크리고서. 잠버릇이 고약하긴 오히려 아내 쪽이었는데. 그래도 거짓말같이 아내는 고른 숨소리를 내며 잠으로 빠져들었다.

침실의 조명을 낮추고 거실로 나오며 나는 냉장고를 열어 습관대로 보르도 한잔을 마신다. 뭔가 근질근질하면서도 아주 답답한 심정이다. 창문을 열어젖히니 건너편 고층 아파트엔 불빛이 듬성듬성, 꽃이 핀 초봄의 정원 같다. 보통 취침 전 마지막 담배를 빼무는 이른 새벽 시간이면 어느 한 집도 불을 켠 곳이 없었다.

아내가 있는 집. 2년 전 이 집에는 아내뿐 아니라 딸아이도 있었다. 아내는 이번에 딸을 데려오지 않았다.

"아빠, 박사 따면 돈 많이많이 벌지? 그래서 세진이 바비인형 많이 사줘." 예전엔 전화로 늘 요구사항이 많던 아이는 요즈음은 전화선 너머로 숨소리만 들릴 뿐 말이 없다. 제 엄마가 옆에서 거드는지, "아빠, 여기 걱정은 마시고 건강하게 잘 지내세요" 하고 어른스럽게 인사하는 여섯살짜리 아이.

아내는 한달간 머무를 거라고 했다. 당신 공부에 혹 방해가 된다면 가지 않겠노라고 서울에서 떠나기 전 몇번인가 말했었다. 학교는 방학중이지만 아내는 수입을 위해서 몰래 과외지도를 하고 있었다. 아내는 수학선생이었다. 어쩌면 자신의 방문에 따른 금전적인 득과 실을 아내는 오래 저울질하고 있었던 듯, 그 말이 이상하게 그에겐 목에 가시가 되어 삼켜지지 않았다. 아내와 딸이 있는 집의 풍경이, 냄새가, 따뜻한 물결 같은 마음의 진동이 기억에서 사라지고, 단지 아내와 남편이라는 한줄에 매달린 마리오네뜨 인형의 관계, 지구의 반대편에서 서로 대롱거리며 줄이 끊어지기 전에는 어느 누구도 벗어나기 힘든 '관계'만 남은 것 같았다.

아내가 벌어서 송금해주는 돈줄에 내가 매달려 있다는 생각이 들면 사는 게 비겁하고 지겨웠다. 아버지가 살아생전 배당해준 유산은 3년간의 초기 유학생활에 이미 거덜이 났다. 아버지가 돌아가시고 얼마후 송금이 끊겨졌다. 중도 귀국과 생계를 위한 관광가이드의 기로에서 헤맬 때 아내의 결정은 신속하고도 완강했다. 빠리에서 그림을 공부하고 싶어하던 늦은 꿈을, 아내는 재빨리 접고 3년간의 임시교사 자리를 얻어 2년 전 딸아이와 떠났다.

연거푸 두 잔 마신 보르도는 적당히 몸의 기운을 데워주었다. 더운 숨이 하아, 하아 나오며 피돌기가 생생하게 느껴졌다. 방에 아내란 여자가 누워 있다. 아내 옆에 옷을 벗고 누워본다. 아내는 아까와 같은 자세로 식은땀을 흘리며 자고 있다. 헐렁한 코르덴 바지와 줄무늬 남방셔츠가 답답해 보인다. 가만히 손을 뻗어 이마에 흘러내린 머리칼을 쓸어본다. 높고, 또 차가운 이마. 나는 아내의 얼굴을 꼼꼼히 들여다본다. 호기심 많은 소년처럼 아내가 깨지 않도록 조심하며 아내의 겉옷을 벗긴다. 아내는 정말 깊이 잠들어 있다. 아내에게 이불을 덮어주려다 말고 나는 마음이 변해 아내의 팬티를 살살 내린다. 욕정이라고도 할 수 없는 취한의 호기 같은 심정으로. 그러다 나는 깜짝 놀란다. 아내의 아랫배에 그어진 선연한 칼자국과 모래둔덕처럼 드러난 면도된 아내의 불두덩을 보고. 아내가 몸을 뒤채고 나는 급히 팬티를 올려주고 불을 껐다. 가로등 불빛에 겨울비의 입자들이 차갑게 부서지는 것이 보였다.

아내는 다음날도 끼니때를 제외하곤 밤낮을 가리지 않고 혼수상태 같은 잠 속에 빠져 있었다. 내가 할 수 있는 일이란 고작 하숙 손님 같은 아내를 깨워 밥을 먹이고 담요 밑으로 빠져나온 아내의 맨발을 언짢게 바라보는 일뿐이다. 마르고 건조한 황태를 연상시키는 두 발의 티눈 박힌 발바닥과 발뒤꿈치의 굳은살엔 화가 났다. 작년에 배낭여행을 다녀간 철없는 막내처제의 말 때문이다.

"형부, 언닌 하루도 쉬지 않고 발바닥이 부르틀 정도로 과외 땜에 바빠요. 그 흔한 차도 없이. 언니 보면 놀랄 거예요. 돈독이 오른 얼굴이라구요."

네 번의 식사를 함께 한 이틀이 지나고 맞은 사흘째 아침, 화장실에서 아내가 항의했다. 서로에게 조심스러운 말투를 쉽사리 벗어나지 못하던 어색함 속에서 아내의 가벼운 비난조의 말투는 오히려 숨통을 트이게 했다.

"앉아서 일보는 사람 생각도 해야죠."

아내는 변기의 윗면을 휴지로 꼼꼼하게 닦고 있다. 아하! 늘 하던 대로 그냥 직격포를 쏘아댔으니. 아내가 앉아서 오줌을 누는 짐승이란 사실이 새삼스러웠다. 나는 뻔히 알면서 짓궂게 물었다.

"왜? 엉덩이가 다 젖었어?"

대답 대신 아내는 밉지 않게 눈을 흘겼다.

그날, 사흘째 되는 날에야 아내는 긴 잠의 터널에서 가까스로 빠져나왔다. 오후엔 중국시장에서 함께 장을 보아다 아내가 손수 저녁상을 차렸다. 저녁을 준비하는 내내 나는 불안한 마음으로 아내의 주위를 서성댈 수밖에 없었다. 아내가 국자는요? 전골냄비는? 조미료는? 채칼은? 된장은 어디? 끊임없이 물었기 때문이다.

식사가 끝난 후 아내는 내게 말했다. 임시교사의 계약기간은 곧 끝나가지만 오히려 끝나고 나면 과외를 더 많이 할 수 있어 잘되었노라고. 자신은 이제 그쪽으로 어느정도 입지를 굳혀 한달에 삼백 정도는 무난하다고. 신도시에 이미 새 아파트도 분양받아 곧 입주를 하게 될 거라고. 당신만 열심히 해주면 우리에겐 희망이 있다고…… 희망이 있다고, 말하는 아내는 자신이 이미 뱉은 희망이라는 상투적인 말을 조금 멋쩍어하는 듯 웃었다. 아내의 말을 듣는 중간중간 그녀의 굳은살 박힌 창백한 발과 아랫배의 상처자국이 눈에 어른댔다.

"아, 그거? 사실 나 맹장수술 받고 퇴원한 지 얼마 안돼요. 그래 그런지 요즘 너무 피곤해요."

아내는 걱정을 담은 내 물음에 심드렁하게 대답했다.

차가 빠리 시내 외곽의 순환도로에 이르자 막히기 시작했다.

차는 자주 멈춰야 하고 나는 스틱 잡은 손을 계속 흔들어댔다. 브레이크를 밟을 때 기어를 중립에 놓으며 스틱을 좌우로 흔드는 것은 나의 오래된 습관이었다. 몽뺄리에로 향하는 A6번 고속도로에서였던가. 아내가 불쑥 말했다.

"아이, 자꾸 흔들지 마. 뭐 눈엔 뭐만 보인다고 그게 꼭 자기 그거처럼 생겼네."

우리는 마주보며 크게 웃었다. 아내가 온 지 보름이 되어가고 있었고 우린 서로 익숙하게 탐닉하고 있었다. 오랜만에 맛보는 평화로운 섹스랄까 섹스의 평화로움이랄까에.

내가 기억하는 한 아내의 성감대가 조금 바뀐 걸 제외하곤 아내야말로 나의 열쇠가 가장 잘 맞는 편안한 자물통이었다.

현관문에 열쇠를 꽂고 천천히 비틀자 아침에 공항으로 출발할 때 미처 끄지 못하고 나온 오디오에서 아까 아내와 마지막으로 듣던 멘델스존의 바이올린곡이 다시 흘러나오고 있다. 덧문을 내린 어두컴컴한 침실 한켠에 침대시트가 마구 뒤헝클어져 있다. 비행기 시간에 늦을까 초조해하는 아내를 뉘어놓고 강간하듯 마지막 성교를 하던 침대 위에 누워 아까와 똑같은 음악을 듣는다.

"아이를 가질 수 있는 마지막 기회야."

아내는 옷이 구겨진다고 마구 짜증을 내다가 절정의 순간엔 울어버렸다.

아내는 아이를 갖고 싶다고, 그것도 사내아일 갖고 싶다고 졸라대지 않았던가. 세진이와 이미 여섯살 이상 차이가 나고 자신도 이제 더 기다릴 만큼 젊지 않다고. 아내는 이번의 짧은 해후에 숙제처럼 아이를 만들어 가기로 작정한 것 같았다. 그리고 자신있다는 표정이었다.

저녁마다 아내는 포도주를 마시고 내겐 짙은 커피를 끓여주었다.

"체질개선이 무엇보담 중요해요, 아들을 낳으려면. 여자는 알칼리

성, 남잔 산성. 그리고 커피가 정자의 활동에 영향을 끼치는 건 확실해요."

아내의 몸속에 들어간 나의 정자는 커피의 도움을 받아 맹렬한 속도로 무사히 아내의 난자를 만나게 될까? 그래서 멀리 있는 아내와 나를 묶어주는 또하나의 튼튼한 줄이 될 것인지.

눈앞에 아내의 몸에서 떨어진 무언가가 헝클어진 시트 위에 오도마니 있다. 때묻은 반창고. 아내의 팔뚝에 붙어 있던.

아내는 왜 그랬을까? 그날 밤, 아내는 확실히 이상했다. 아내가 온 지 아마 이십사일이나 오일째쯤 되었을까? 우린 아내의 돈으로 일주일간 남불여행을 다녀왔다. 우린 어쩌면 애틋하던 그리움이 채워지자 조금씩 서로의 관계가 주는 속박에 부담을 느끼기 시작했던 것 같다. 다가오는 아내의 출국 날짜가 안타깝기도 했지만 다행스럽게도 여겨졌으니까. 아내도 가끔 농담삼아 그랬다.

"왜 이렇게 불안한지 몰라. 당신과 함께 있는 게 꼭 정부랑 있는 거 같아. 그래서 그런지 여긴 내가 있을 곳이 아닌 것 같아. 왜 이런 마음이 드나 몰라. 이제 떠날 날이 며칠 남았지? 아, 세진이도 너무 보고 싶구."

그날 밤, 나는 오랜만에 지도교수의 저녁 강의에 나갔다가 얼굴 아는 몇몇 한국학생들과 까페에 앉아 늦은 시간까지 그들의 얘기에 귀를 기울이다 귀가했다.

문을 열어준 아내의 얼굴이 굳어 있었다. 늦은 귀가에 화가 났나 하고 어깨를 끌어당겨 과장되게 입을 맞추려 하자 아내는 매몰차게 밀고 완강한 등을 보이며 부엌 식탁에 가 앉았다. 꼿꼿하게 세운 뒷목과 긴장한 두 어깨. 그 너머로 거의 비워진 포도주병과 반쯤 남은 술잔이 보였다.

"무슨 일 있었어? 왜 그래?"

식탁을 돌아 아내의 의자 앞에 앉아 다그쳐 물으니 아내는 완강한 뒷모습과는 반대로 눈을 감고 흐르는 눈물을 내버려두고 있었다.

"혼자 있고 싶어. 먼저 자요. 당신도 그러고 싶을 때가 있지 않아?"

반쯤 열어둔 부엌창으로 테라스 담벽의, 겨울에도 푸른 담쟁이덩굴이 촉촉한 광택을 내며 가볍게 흔들리고 있었다. 소리없이 비가 내리고 있었다.

나는 아내를 가만히 내버려두고 침실로 돌아왔다. 누구든 화장실에 혼자 들어가며 그 모습을 보이고 싶지 않듯, 자신의 외로운 모습을 보이고 싶지 않을 때가 있는 거라고 나는 생각했다. 아내의 모습은 또 나의 모습이기에. 아내는, 지구 반대편에 있는 나를 부양하는 아내는, 하루 평균 열두 시간의 노동을 하는 아내는 단지 좀 피곤한 거라고 나는 애써 생각해본다. 그 아내를 힘겨워하는 서른일곱의 사내처럼. 아내에게 다 그만두고 아이와 들어와 함께 살자고 몇번인가 말했다. 그럴 때마다 아내는 또 돈 얘기다. 새로 분양받은 아파트는 어떡하며 이제 조만간 친구와 학원을 차릴 계획인데 모든 걸 중도에 그만둘 수 없다고. 당신은 한국을 그렇게 모르냐, 당신은 정말로 현실감각이 없는 사람이라고. 맞았다. 부끄럽게도 나는 내 손으로 돈을 벌어본 기억이 없다.

아내가 돈 얘기를 하며 희망에 젖는 게 얼마나 다행인가. 비겁하게도 나는 그녀가 그림 얘기를 할까봐 조마조마했다. 아내의 어딘가에 아직도 사리처럼 독하게 그 꿈이 영글고 있다면…… 수학을 전공한 아내는 늘 그림을 그리고 싶어했다.

설핏 잠이 들었다고 느낀 순간, 부엌에서 요란한 소리가 들렸다. 냄비와 프라이팬이 타일바닥에 부딪는 소리. 숟가락과 젓가락들이 차르르 떨어지는 소리. 아내의 가슴 깊숙이서 끌어올려진 선지같이 끈적한 울음과 흐느낌.

아내는 부엌 바닥에 쭈그리고 앉아 고개를 묻고 울고 있다.

"넌 내가 죽어버렸으면 좋겠지?"

내가 들어서자 아내는 퉁퉁 부은 눈에 눈물을 가득 담고 단정하듯이, 확신에 차서 말했다.

"당신, 너무 취했어."

"넌 흡혈귀야. 내가 언제까지 너한테 피를 빨려야 돼?"

아내의 눈빛이 광포해졌다.

"난 널 더이상 참을 수가 없어. 이 더러운 놈아!"

아내가 악을 썼다.

"차라리 날 죽여. 아니, 나 죽어버릴 거야. 이제 이렇게 살지 않을 거야."

나는 입만 벌리고 서서 언 듯이 굳어 아무 말도 할 수 없다. 한번도 보지 못한 아내의 광기, 아내의 고통, 아내의 슬픔은 내게 너무 낯설어 공포감만 주었다.

아내의 휘청거리는 발걸음이 어디로 향하는지 간파한 나는 재빨리 칼꽂이에 꽂힌 칼들을 놀란 손으로 부엌창 밖으로 던졌다. 자신의 의도가 저지당한 때문인지 오로지 동물적인 증오심에만 싸인 아내가 닥치는 대로 물건들을 패대기쳤다. 쌀봉지가 터지고 양파가 구르고 더러 접시들이 깨졌다.

그러다가 아내는 재빨리 탁자 위에 놓여 있던 포도주의 코르크마개

따개를 집어들었다. 나는 아내를 달래야 했다. 나는 화난 아이에게 하듯 양팔을 벌리고 오래 전, 연애할 때처럼 아내의 이름 끝자를 가능한 한 부드럽게 불러보았다.

"은아, 그러지 마. 이리 와봐."

그러나 병따개의 뾰족한 나사못은 나의 느리고 부드러운 호소를 비웃듯 재빨리 아내의 왼쪽 팔뚝을 찔렀다. 그제야 아내는 왼팔을 감싸쥐고 주저앉아 아이처럼 큰 소리로 울었다.

팔뚝의 상처는 별게 아니어서 흐르는 피를 닦고 연고를 발라 거즈를 대고 반창고를 붙여주었다. 아내는 그러는 동안 가끔 몸을 떨며 잦아지는 흐느낌에 그대로 몸을 내맡긴 채 가만히 있었다. 오히려 내 어깨에 기대어 잠의 늪속에 빠지고 있었다. 그러나 나는 그날 밤 잠을 이루기가 몹시 힘들었다.

그 다음날 아내가 털고 일어난 자리에는 낙화된 꽃잎 같은 혈흔이 묻어 있었다.

"모든 게 멘스 때문이에요. 멘스 때만 되면 신경이 날카로워져…… 내가 아닌 내 안의 호르몬 때문이었어."

그날 밤의 사건에 대한 아내의 해명은 그 한마디였다. 아내도 나도 더이상 아무 말 하지 않았다.

나는 아내의 반창고를 들여다보다 전화벨 소리를 듣는다. 받지 않는다. 말을 하고 싶지 않다. 나는 아내의 반창고를 입에 붙여본다. 두번 벨이 울리고 불어와 한국말로 녹음된 내 목소리에 이어 프랑스 여자의 젊은 목소리가 흘러나온다.

"안녕? 까뜨린느예요. 당신 부인 오늘 떠났겠죠? 내게 한달은 참 긴 세월이군요. 전화 주세요."

밖에는 아까보다는 굵어진 가랑비가 먼지 쌓이듯 내 일상에 내리고 있다. 나는 그대로 잠이 든다. 아내의 비행기는 비를 내리는 구름 위 높은 창공을, 은빛 날개 가득 태양빛을 반사하며 날아가고 있으리라.

나도 아내처럼 하루종일 잠이 들어 지낸다.

완전한 어둠속에서 또 한번의 전화벨 소리를 듣는다.

"……나예요, 은이. 집에 없군요. 밤이 늦었을 텐데…… 잘 도착했어요. 공항이에요. 여긴 아침이야. 겨울 햇빛이 아주 좋네…… 거긴 또 비가 오겠지? 이젠 이곳의 찬란한 햇빛을 봐도 내 마음속엔 당신이 있는 그곳의 비가 내려. 이게 뭔지…… 당신 알 수 있겠어요?"

*

비행기 안의 창들은 모두 내려진 채 어둑신하고, 승무원들도 모습을 드러내지 않는다. 좌석은 군데군데 비어 있고 몇몇 승객들은 아예 빈 좌석을 이용해 길게 누워 잠을 청한다.

화면엔 서울에서 반년 전쯤 상영됐던 영화가 돌아가고 있다. 비행기는 모스끄바를 경유한 지 얼마 지나지 않았다. 한달 전 아마 이 지점이었을까. 기내 화장실을 다녀오면서 퍼뜩 들던 예감. 그때 이후로 공중그네를 타던 가느다란 신경줄마저 끊어지던 그날 밤의 사건 때까지, 나를 줄곧 뒤흔들던 그 불안감이 처음 깃들이던 곳이. 지금 그 하늘길을 되짚어가면서 그때와는 다른 편안한 허망감에 나는 호오, 한숨을 쉬어본다. 그러나 가슴속은 무거운 추에 눌린 듯 답답하다. 나는 정말 아이를 갖고 싶어한 걸까? 마치 우리 부부는 아이를 핑계로 섹스를 한 건 아닐까. 우리에게 무슨 일이 일어났나? 우린 사랑했나……?

남편이 오늘 아침 떠나기 전 안으면서 한 말은, "아이를 가질 수 있는 마지막 기회야"였다. 불쌍한 남편. 멘스 끝나고 삼일째, 내 주기론 아이를 가지기엔 절대 불가능한 시기라는 걸 알 리가 없지. 무슨 연수팀인가 하는 늙지도 젊지도 않은 남자들이 기내 후미 쪽에 마련된 음료수 코너에 모여 가끔 와아, 하고 웃는다.

"주무세요?"

내 옆에 앉은 눈썹에 문신한 여자가 은근한 목소리로 물었다. 벌써 두번째다. 잠은 애를 써도 가망이 없다. 아무리 봐도 보따리장수임에 틀림없을 젊은 여자가 사실은 좀 지겨웠다. 첫 식사가 나올 때 자연스레 얘기를 나누다보니 그녀는 놀랍게도 나보다 일곱살이나 어린 신혼의 새댁이었다. 나이에 비해 좀 부대한 몸집에 느긋하고 세련된 영어 구사 때문이었을까. 노숙해 보이는 그녀가 곧장 내게 "언니, 언닌 참 조신하니 인상이 좋네" 하며 다정히 굴자 나는 좀 거북했다. 그녀의 너무 짙게 문신한 검은 눈썹과 흑자줏빛 립스틱도 보기에 부담스럽고 나를 주눅들게 했다. 자주 꿈틀대는 눈썹과 말미잘 같은 입으로 끊임없이 조잘대는 그녀는 다행히 자기 얘기만 늘어놓았다. 영문과를 졸업하고 중소 무역회사에 근무하다 그만두고 해외 배낭여행에서 만난 지금의 남편과 결혼, 일년에 열 번 꼴은 비행기를 탄다고 한다. 그녀가 유창하게 읊어대는 각종 외국 유명메이커의 이름들에 나는 애매한 웃음으로 아는 척을 해주었다. 못 받아도 세곱장사라고, 특히 여름과 겨울 대바겐 씨즌을 이용하면 훨씬 짭짤하다고.

"이 앵클부츠 좀 보세요, 언니. 이게 85프랑, 속에 입은 베네통 티는 단돈 50프랑, 이 리바이스 청바지는 마침 쎄일하더라구요. 135프랑. 난 빠리만 가면 막 살맛이 나요. 거기다 언니, 빠리지앵들 너무 뽕가게 멋지지 않아요? 사고 싶은 거 사느라 호텔비 떨어지면 디스코텍 가요. 밤새 나이트 하는 거죠. 그럼 며칠 님도 보고 뿅도 따고. 언니, 글쎄 걔네들이 내 작은 요 두 눈이 아주 신비하게 아름답대요. 웃기죠? 완전 콤플렉스가 거기선 개성이더라구요."

"남편이 껌같이 한국땅에 붙어살겠다는 통에 빠리에서 못 사는 게 한이에요. 언닌 너무 좋겠다. 아무때나 털고 갈 수 있잖아."

"언니, 남편도 훈련시키기 나름이라고요. 아무럼 내가 자기 수입의 세 배도 넘는데 찍소리 하게 됐어요? 나 없어도 밥도 잘하고 청소도 잘해요. 오랜만에 보니까 더 정도 나고, 볼 때마다 새맛인 거 있죠? 남편도 나도 서로 간섭 안해요. 서로의 사생활을 침범하지 않으면서도 공동의 선을 추구하자는 게 우리 부부의 모토예요."

수다는 무궁무진 끝이 없었다.

아무 말 않고 듣고만 있어도 젊은 여자의 수다치곤 민망해, 종당엔 얼굴 근육마저 자꾸 굳어지는 것 같아 슬그머니 잠든 시늉을 했다.

빠리에 도착한 며칠간 나는 남편의 얼굴을 마주볼 수 없었다. 어색해서라기보다 남편의 믿음을 배신했다는 자책감에, 두렵고 가슴이 미어지는 듯했다. 나는 처음 한동안은 남편을 붙들고 고백을 하리라 마음을 먹어보기도 했다. 혼자서 마음속으로 이런 독백을 자주 해보곤 했다.

한 남자를 우연히 알게 되었지요. 일년 전이었어요. 전람회에서였지요. 우연히 들른 백화점의 갤러리에서였어요. 추상화를 그리는 그는 터치와 색감이 아주 좋은 그림을 그리는 신진화가구요. 그 역시 나와 비슷한 시기에 3년간 빠리를 체험한 남자랍니다. 독신인 그와 나는 가끔 만나 빠리에 대해 얘기했어요. 떠나와도 누구에게나 마음의 고향이 되어버리는 그 이상한 도시에 대해 얘기할 때면 우린 둘 다 더 깊은 외로움에 빠지고 말았답니다. 날 너무 욕하진 말아요. 사랑 때문은 아니랍니다. 그저 너무 힘들고 외로웠어요. 믿지 않을진 모르지만 그와 섹스하고 나면 당신이 더 미치게 그리운 그런 관계였답니다. 가슴에 당신에 대한 사랑을 화인(火印)시켜주는 그런 기괴한 사랑이었다면 믿으시겠어요? 당신에게로 떠나기 전날, 내가 너무 방심했나봐요. 수술한 지 얼마 되지도 않았고 그저 잠깐 그의 아뜰리에를 지나다 들렀는데 그는 왠지 몹시 불안정해 보이더군요. 아무 대책 없이 그는 나를 강간하듯 욕구를 채워버렸습니다. 그 다음날 비행기를 타고 화장실에서 임신했을지 모른다는 두려움이 들었습니다. 나는 내 몸에 아주 민감하답니다. 젖가슴의 느낌과 팬티에 묻는 점액, 그리고 몸의 미열로 난 나의 수태기를 동물적인 본능으로 느낍니다. 다른 남자의 씨를 안은 자궁으론 당신을 도저히 받아들일 수 없을 것 같았답니다. 그냥 죽음 같은 잠 속으로 아니 잠 같은 죽음 속으로 빠져버리고 싶었습니다……

"언니, 아저씨 박사 따고 나오실 때 이삿짐에 이건 꼭 잊지 말고 사 오세요. 한국 나오면 부르는 게 값이에요. 가끔 부탁이 알음알음으로 들어오거든요. 이건 아무한테나 얘기하는 게 아닌데…… 사실 내가 이렇게 왔다갔다하는 건 그 물건 때문이에요. 다른 건 내가 취미삼아 좀 날라다 팔아보는 거고. 내 비행기표랑 호텔비, 체재비, 용돈 등으로 제법 떨어지죠. 그 돈을 밑천삼아 물건을 좀 사가면 꿩 먹고 알 먹기예요. 참, 언니도 한번 업종을 바꿔봐요. 아저씨도 거기 계시겠다, 연락사무소도 확실하겠다, 호텔비도 안 들잖아요."

그녀가 말한 그 물건이란 이름이 긴 오스트리아제 바이올린이었다.

"그런 고가품은 세관에서 걸리지 않아요?"

"그러니까 다 머리를 굴리는 거죠. 미리 비엔나에다 주문한 바이올린을 어떻게 찾아오느냐 하면⋯⋯"

여자는 주위를 한번 둘러보고는 소리를 조금 낮추었다.

"그 바이올린이랑 똑같은 제품을 국내에서 모조로 만드는 데가 있어요. 나는 가짜를 들고 출국 전에 세관에 신고를 하는 거죠. 연주여행차 나가는 바이올리니스트가 잠깐 되는 거예요. 나가선 실컷 놀다가 약속한 날 비엔나에 가서 진짜를 찾아와서 잘 모시고 귀국하면 돼요."

"그럼, 가짜는?"

"그거야 뭐, 버리고 와야죠."

"몇번 했어요?"

"다섯 번."

그녀는 손가락을 쫘악 펴며 천진하게 웃었다. 나도 마주보며 웃을 수밖에.

"겁나지 않아요?"

"겁은요? 신나요. 그런데 서방질도 꼬리가 길면 잡힌다고 이 짓도 조만간 그만두고 새 사업을 구상해봐야죠. 정말 세계는 넓고 할일은 많아요. 언니, 뭐 좀 가져다줘요? 샌드위치? 맥주 한 깡통, 어때요?"

여자는 거울을 꺼내 눈썹을 꿈틀꿈틀, 눈화장을 확인하고 거의 검은색으로 보이는 자주색 립스틱으로 입술을 덧칠했다. 부은 맨발에 벗어둔 부츠를 찾아 끙끙, 애써서 꿰어신고는 절룩절룩 천천히 뒤켠으로 사라진다. 나는 비로소 홀가분해짐을 느끼며 옆창을 조금 올려다보았다. 의외로 투명한 빛이 찌르듯 들어왔다. 창밖은 물속처럼 투명하고 맑았다. 아마도 밑은 눈 덮인 깊은 계곡인 듯, 마치 푸른 실핏줄이 얼핏얼핏 보이는 것 같기도 하다.

돌아가면 나는 또 무얼 하며 살아야 하나. 가방을 뒤져 수첩을 꺼내 2월란의 약속 메모를 본다. 꽉 짜인 과외일정. 그중 2월 11일란엔 'Q의 생일'이라고 적혀 있다. 생일선물이라도 사가지고 가는 건데…… 뒤늦은 생각이 든다. 남편과 함께하면서는 속으로 그를 얼마나 원망했던가. 아, 내게 고통만 주는 사람. 그를 다신 만나지 않겠다고. 그러나 힘들 땐 지척에 있는 그에게 위로를 받는 것이 얼마나 다행이었던가. 턱없이 비싼 국제전화로 남편에게 바가지를 긁을 순 없지 않은가. 어쩌면 육체적인 욕구보다 더 절박했다. 세상일에 노엽고 울고 싶은 날, 나쁜 꿈을 꾼 한밤중, 공연히 잠 못 드는 깊은 밤에 필요한 건 섹스가 아니다. 위로다. 잠든 노부모를 전화로 깨울 수도 없고 그 시간에 부담없이 하소연을 받아줄 친구도 없다. 아뜰리에로 전화한다. 그의 숙소이자 작업실인 오피스텔로 번호판을 누르면 대개는 새벽까지 작업을 하는 그의 목소리가 따뜻하게 꼬불꼬불 전화선을 타고 가슴에 퍼지곤 했다.

가만히 한숨을 쉬며 수첩을 덮다가 수첩의 표지 안쪽 비닐에 넣어둔 털 몇오라기를 발견한다. 머리카락 세 가닥과 거웃으로 보이는 꼬부랑 털 두 가닥.

가슴이 면도날에 에이듯 조용하고도 예리한 통증이 지나간다. 왜 이따위 것들을 수집해 가는 거지? 다섯 오라기의 털로써 무얼 하겠다는 건지. 그의 불륜에 대한 증거로? 아니면 내 불륜이 탄로났을 때의 방패막이로?

다시 만나지 않으리라던 Q씨에게 결국은 하소연을 하게 되는 내 모습이 떠오른다. 어쩜 술기운을 빌려 약간 흐느끼며 이렇게……

Q씨, 세상 사람들이 말하는 불륜으로 내가 남모르게 괴로워한 심정을 당신도 잘 알지요. 남편을 다시 만난다는 게 왠지 두렵기만 했어요. 그토록 이곳에선 그를 그리워했던 걸 당신도 짐작했을 줄 알아요. 난 사실 남편에게 우리 관계를 고백하고 용서받고 싶었어요. 아니 남편이 주는 형벌을 달게 받고 싶었어요. 망설이던 며칠이 지나고 우연히 서랍장을 정리하다가 프랑스제 콘돔상자를 발견했지요. 열두 개짜리 상자 속엔 세 개의 콘돔만이 남아 있더군요. 처음엔 오히려 너무도 담담했답니다. 정말로 면죄부라도 받는 양 내 죄의 무거움에서 좀 벗어나는 듯싶었어요. 그래 나 혼자만 그런 건 아냐. 그도 피가 뜨거운 남잔데. 아아, 그래 이해할 수 있어. 정말로 한 인간으로서 그를 이해할 것 같았어요. 그때부터 난 진정으로 그를 받아들일 수 있었어요. 결벽증이 있는 그가 에이즈의 천국인 이곳에서 콘돔까지 마련해놓고 있다니 얼마나 외로웠을까.

난 다른 남자의 아이를 자궁에 키우면서도 뻔뻔스럽게 그를 받아들이잖아.

그런데 어느날부턴가 나는 강렬한 질투심에 불타올랐어요. 남편의 상대를 찾아내고야 말겠다는 오기가 당신의 아이를 가졌을지도 모른다는 두려움에 싸일 때마다 불길처럼 솟곤 했지요. 생리일이 되어도 멘스는 찾아오지 않고…… 남편이 어쩌다 집을 비우면 나는 단서들을 찾느라 혈안이 되었더랬지요. 남편은 원래 완벽하고 꼼꼼한 성격의 사람이라 그런 흔적들을 마구 흘릴 사람은 아니지요. 잔뜩 긴장해보면 내게 쓴 편지의 초고 같은 파지들이 가끔 노트 사이에 끼여 있곤 했지요. 어느날 내가 농담삼아 그에게 혹 사귀는 여자가 없느냐 그랬더니 그는 픽 웃으며 "에이즈 겁나서 누굴 만나냐. 포르노나 보면서 딸딸이치는 게 속편하지." 이러더군요. 그러던 어느날……

"언니, 자 맥주. 저 아저씨들 되게 웃긴다. 백마가 낫다, 흑마가 낫다, 챙피한 줄도 모르고 떠들고 있어. 완전 숏다리 기사들이 잘 빠진 말만 타면 대순가? 맥주 땜에 그런가? 잠이 막 쏟아진다? 언니도 좀, 눈 좀 붙여요."

여자는 다시 부츠를 벗고 모포를 어깨까지 걸치고 잠이 든다.

마침 남편도 나가고 며칠째 햇빛 한점 없는 우울한 날씨에 답답한 마음을 달래보려 혼자 외출을 하려던 날이었지요. 침실을 나서는데 왼쪽의 귀고리가 툭 하고 떨어졌어요. 아주 작은 금귀고리로 결혼예물 중의 하나였지요. 바닥을 아무리 뒤져도 이상하게 보이지 않더군요. 그런데 그때 평소 같으면 내 눈에 들어오지도 않았을 것들을 보았답니다. 모께뜨라고 하는 양탄자 재질의 이곳 바닥을 자세히 보니 머리카락들이 엉겨붙은 곳이 많았답니다. 진공청소기로 청소를 해도 달라붙어 있는 머리카락 같은 것들은 잘 떨어지질 않거든요. 나는 사건 현장의 수사감식원처럼 조심스레 그것들을 뜯어내었어요.

최근에 내려앉은 몇개의 길고 검은 머리카락은 내 것이라 생각되었지만 동양인의 것으로 보이는 올이 굵은 긴 파마 머리카락도 있었지요. 그런데 올이 가늘고 긴 금발의 머리카락들이 보푸라기들처럼 뭉쳐져 바닥에 딱 들러붙어 있는 것이 아주 많이 눈에 띄었답니다. 치모들도 주워서 분류를 했지요. 아아, 날 그렇게 정신병자처럼 보지 말아요. 아무리 관대하게 결론을 내린다 해도 남편의 고정적인 파트너는 젊은 금발의 프랑스 여인이란 결론에 도달했지요. 손발이 싸늘해지고 대신 머리엔 온몸의 피가 솟구치는 느낌이었습니다. 나는 거의 광적인 흥분으로 남편의 책상과 물건들을 다시 뒤졌어요. 그의 앨범을 뒤지니 아마 남편의 생일날인지 우리집에서 조촐한 파티를 하는 사진들이 몇장 있더군요. 그중 다섯 사람의 프랑스인들 중, 세 사람의 여자. 그들 중 두 사람의 금발머리 여자, 그중 하나는 키가 작고 뚱뚱한 편이고 하나는 호리호리한 몸매에 매력적인 얼굴을 한 여자였어요. 나는 단박에 그 여자에게 혐의를 두게 되었지요. 배신감과 치욕으로 몸이 마구 떨려왔어요. 마음 한편에선, 게임은 비겼어. 너도 남편을 배신했잖아, 하는 풀죽은 목소리가 들리는 듯도 했지만 이미 내 마음의 광포한 불은 끄질 못했습니다.

남편에 대한 피나는 복수만을 생각했지요. 지금에서야 고백하지만 나는 그때까지도 당신의 아이를 임신했다고 생각했어요. 죽을 때까지 당신에겐 비밀로 하고 나는 당신의 아이를 낳아서 남편의 아이로 키우겠다고 마음먹었습니다. 그것만이 아이의 출생의 비밀을 알고 있는 어머니만의, 아니 여자만의 비장의 복수라는 생각이 들었답니다. 용서하세요. 나의 복수에 당신이란 남자를 이용하다니. 동시에 두 남자에게 복수하는 셈이 되는 건가요. 어느날 내 입을 통해 복수는 완성될 것이고 나는 복수의 칼날을 벼리면서 오랜 세월 배신감을 무마시키겠지요. 모르겠어요. 왜 그런 생각을 했는지. 삶에 대해서나 사랑에 대해서 당신처럼 난 단순하고 명쾌하지 못해요. 당신은 웃고 있군요. 섹스 파트너가 여럿인 당신에게 그 일부인 나 또한 한번도 불만인 적은 없답니다. 그러나 부부란 뭘까요? 결혼을 안해봐서 모르겠다구요? 그 피흘리는 관계란. 남편에게 울며불며 증거를 보이며 따져야 했던 걸까요? 난 그러지 못했어요. 잔뜩 술만 마셨죠. 밤중에 들어온 남편을 향한 살의를 잠재우기 위해 난 내 팔목에 자해를 했답니다. 뭐 별

건 아니에요. 그러곤 그냥 곯아떨어졌는데 내 복수계획은 초반에 박
살이 나고 말았답니다. 왜냐고요? 다음날 아침에 생리가 시작되었거
든요. 이상하게도 그러고 나선 해일이 지나간 바다처럼 모든 게 허무
해져버렸어요. 어쨌거나 우린 삶의 파도와 같은, 일상의 진자운동의
궤도를 벗어날 순 없다는 느낌이 들더군요. 나는 어쨌든 떠날 사람이
고 그는 어쨌든 남을 사람. 별리란 어느정도 사람을 관대하게 하나봐
요. 우린 그렇게, 벌써 2년이 넘게 그렇게 살아왔고 그런 삶의 습관을,
궤도를 이탈하려면 어떤 치열한 광기나 용기가 필요하다는 것을 깨닫
게 됐는지도 모르죠, 사랑이라든가, 죽음이라든가. 한달간의 세월은
우리 부부를 다시 길들이기에는 너무 짧았던 모양이에요. 아, 분노라
든가 증오 같은 감정도 서서히 습관이 되나봐요. 공항에서 잠깐 돌아
본 그의 뒷모습으론 이미 서서히 연민이 차오르더군요. 막 달려나가
그를 안아주고 싶은 예상치 못한 충동이 아주 잠깐 솟구치더군요.
　"어머, 아저씨하고 언니 딸이에요? 애기가 아빠를 쏙 빼닮았네!"
　눈을 감고 상념에 잠겨 있던 내가 잠깐 졸았던 모양이다. 그 소리에
깜짝 놀란다. 나의 손에 들려 있던 수첩이 떨어졌었나보다. 여자가 수
첩에서 빠진 사진을 주워올리며 하는 소리다. 겉표지 비닐에 나는 2년
전 아이와 남편이 둘이서 함께 찍은, 얼굴이 제법 크게 나온 사진 한
장을 끼워두었다. 여자는 사진을 유심히 보며 연이어 엉뚱한 소리를
한다.
　"아저씬 재주는 뛰어난데 관운이 좀 부족하겠는데요. 만학운이 있
고…… 지조가 있어서 쉽게 흔들리진 않아요. 여자로 말할 것 같으면
일부종사할 상이에요. 언니, 아저씨 안심 푹 놓아도 되겠다."
　나는 사진에 손을 가져가며 웃음이 픽 나오는 걸 그대로 내버려두

었다.

"어어? 언니 날 비웃는 모양인데, 나 관상 좀 볼 줄 알아요. 특히 남자들, 끼있는 사람들은 귀신같이 알아본다구요."

"그래, 신랑은 잘 골랐어요?"

나는 농담에 약간의 비아냥거림을 섞어 말했는데 상대는 의외로 진지하다.

"적어도 남편으로선 괜찮다 싶은 남자예요. 난 그래요. 의리를 지킬 줄 아는 남자면 되는 것 아니겠어요? 서로간의 생리적인 욕구는 인정해줘야 해요. 우리 부부 일년에 삼사개월은 떨어져 있어요. 내가 외롭듯 남편도 외로울 거고 외로워서 잠깐 바람나는 건 이해해줘야 돼요. 앞으로 외롭지 않게 해주면 해결되는 문제예요. 우리 부부 그 면에선 완전합일이에요. 서로 의리는 지켜주니까요. 서로 믿음이 있거든요. 사실 우린 일년간 시범적으로 살아보고 결혼했어요. 우리도 서양사람들처럼 좀 살아보고 결혼해야 돼요. 나 아는 불란서 한 커플은 십칠년간이나 살아보는 중이라고 하데요."

그러면서 그녀는 짙은 눈썹을 한번 장난스럽게 찡긋했다.

Q씨, 내 인생에서 육체적으로 당신이 두번째 남자라고 했을 때 당신은 조금 놀란 얼굴이었습니다. 내가 남편과 결혼한 것은 그가 첫번째 남자였기 때문인지도 모릅니다. 남편 역시 그렇지 않았나 싶구요. 3년 전, 프랑스에 유학을 결심하고 짐을 쌀 때 나는 남편의 오래된 물건들 중에서 누런 대봉투 하나를 발견했습니다. 무심코 안의 내용물을 꺼내니 피묻은 크리넥스 화장지가 곱게 접힌 채로 나왔습니다. 오래된 철기시대의 흑갈색의 녹슨 도구처럼 그것은 아주 오래 전 연애시절 처음으로 처녀성을 잃고 흘렸던 혈흔을 남편이 닦아준 휴지였던

것입니다. 그때 남편은 얼굴이 붉어지며, 평생 간직할까 했는데……
하고 멋쩍어했지요. 나는 그걸 태웠습니다. 하나의 부적처럼 내 정신
또한 거기에 구속되는 게 두려웠다고 할까요. 나는 뭔가를 하나의 상
징처럼 간직하는 것을 아주 싫어합니다. 나는 죽으면 당연히 화장을
유언할 겁니다.

비행기는 일본 영토를 벗어나 막 제주도를 지나나보다. 이제 약 한
시간 정도면 도착할 것이다. 나는 다시 한번 수첩의 겉장을 열어본다.
행복한 부녀의 사진이 꽂혀 있고 그 여백엔 내가 잡아다놓은 털들이
감금되어 있다. 행복한 부녀의 사진과 그것은 아주 그로테스크한 대
비를 보여준다. 감금되어 있는 건 털들이지만 어쩜 갇혀 있는 건 내
영혼인지 모른다. 그러자 그것들이 마치 부적처럼 여겨진다. 주술적
인 힘을 받아 서서히 꼼지락거리는 것처럼 보이기 시작한다.

갑자기 마음이 조급해진다. 조금 있으면 안전벨트 착용의 표시등이
켜질지 모른다. 나는 급하게 화장실로 들어간다. 이 터럭들을 내 몸에
지니고 내가 사는 땅에 발을 디딜 순 없다는 생각이 든다. 어쩜 그것
은 밤마다 조금씩 자라서 오랏줄처럼 나를 친친 감아댈지도 모른다.
나는 얼른 수첩 속의 터럭들을 변기에 털고 스위치를 내린다. 내 영혼
을 묶었던 다섯 개의 터럭들은 소리도 요란하게 공중분해된다.

기내의 복도로 나와보니 창문마다에서 프리즘을 통한 빛들처럼 햇
빛이 긴 스펙트럼을 이루며 실내를 떠돌고 있다. 자리로 돌아오니 승
무원의 안내방송이 나온다.

"승객 여러분, 이제 이 비행기는 약 이십분 후 서울 김포공항에 도
착하겠습니다. 지금 서울은 섭씨 십팔도의 아주 쾌청하고 맑은 날씨
입니다. 즐겁고 편안한 여행이 되십시오. 여러분의 안전을 위해 좌석

벨트를 매주십시오."

　나는 좌석에 앉아 가슴끝까지 깊은 호흡을 하며 천천히, 아주 천천히 숨을 내쉬었다. 이제 막 주술에서 풀려나 스스로 첫 호흡을 시작하는 마리오네뜨 인형처럼……

—『라쁠륨』 1997년 봄호

정육점 여자

단 카운 여자를 사이 좋은가로 간다,
밤중의 탈빛.

어쩌면 나를 이끄는 것은 비로 그 개인지도 모른다,

그 탈빛은 정육점의 탈빛과 같이 있다.

들 다 진열장의 고기를 먹음직스럽게 보이도록 한다.

거리를 향해 나있는

환한 진열장 속에서 그들의 살빛은 도발적이다,

난 늘 혼자 가서 누군의 조인 없이 그중

가장 싱싱해 보이는 여자를

그 자리에서 단번에 골라낸다,

공교롭게도 그 소식을 듣던 남은

아내가 아이를 가진 남이다, 뒤근하게 캐가왔을 때

아내는 진통제를 먹고 깊이 잠들어 있었다.

모로 누운 아내의 얼굴이 한쪽이

쉬어나온 빛로 조금 얼룩져 있었다.

정육점 여자

1

난 가끔 여자를 사러 홍등가로 간다.

분홍색 불빛. 어쩌면 나를 이끄는 것은 바로 그것인지도 모른다. 그 불빛은 정육점의 불빛과 닮아 있다. 둘 다 진열장의 고기를 먹음직스럽게 보이도록 한다.

거리를 향해 나 있는 환한 진열장 속에서 그들의 살빛은 도발적이다. 난 늘 혼자 가서 누구의 조언 없이 그중 가장 싱싱해 보이는 여자를 그 자리에서 단번에 골라버린다.

2

공교롭게도 그 소식을 듣던 날은 아내가 아이를 지운 날이다. 퇴근하여 귀가했을 때 아내는 진통제를 먹고 깊이 잠들어 있었다. 모로 누운 아내의 엉덩이 한쪽이 새어나온 피로 조금 얼룩져 있었다.

나는 거실에 앉아 텔레비전 리모컨을 눌렀다. 마침 9시 뉴스가 중반을 넘어서고 있었다.

화면엔 경북 어디의 농가에서 수입한 호주산 육우를 농민들이 연일 거부한다는 내용이 나왔다. 이미 약속된 소들을 받아들이길 거부하는 농민측 입장과 수입업자의 반론이 짧게 나왔다. 그러거나 말거나 화면엔 좁은 트럭 안에 비대한 몸집의 육우가 서로의 몸을 부대끼며 무심한 눈알을 굴리고 있었다. 그런데 그 와중에 취급 부주의로 두 마리가 트럭에서 도망쳐 어디론가 사라져버렸다고 한다.

잠자리에 들어 이국의 산야를 헤맬 두 마리 소를 잠시 생각하는데 핸드폰이 경망스레 울렸다. 난 아내의 수면을 방해할까봐 낮은 목소리로 응답했고 잠시 말없이 듣기만 했다. 그러고는 조용히 핸드폰 덮개를 닫았다. 라라가 죽었다……

3

라라의 죽음을 전한 건 김이었다. 김은 얼마 전 빠리에 갔다가 그 거리를 다녀왔다고 했다. 김과 나는 한때 빠리의 중국인 거리에서 잠시 함께 산 적이 있었다. 사실은 내가 그의 집에 얹혀살았다고 하는 편이 옳다. 결혼하자마자 유학와서 보르도에 함께 살았던 아내가 향수병으로 시작된 우울증을 심하게 앓다가 급기야 한국으로 떠나버렸다. 아이가 생기지 않는 것이 아내의 병을 더 악화시켰는지도 몰랐다. 지치고 힘들어 더이상 버틸 수도 없을 것 같았지만, 나는 한국으로 돌아가고 싶지 않았다. 논문만 마무리하면 끝날 학위도 그랬지만, 아무도 나를 모르는 곳으로 숨어들고만 싶었다. 그래서 나는 6년간 살았던 보르도를 떠나 빠리로 왔다. 집을 구하는 것이 쉽지 않았다. 한인정보지를 아무리 훑어봐도 일주일에 두세 집 광고에 올라오는 정도였다. 그러나 그것보다 내게 가장 큰 문제는 이혼 후 그런 집을 얻을 만한 형편이 되지 않는 것이었다. 한 선배의 소개로 겨우 전기세 정도나 내는 돈으로 들어간 것이 그의 집이었다.

차이나타운의 중심이라 할 만한 이브리가(街)의 한 허름한 건물 2층에 있는 그의 집은 집이라 할 수가 없었다. 아뜰리에 겸 침실로 쓰는 한칸짜리 방은 온갖 허섭스레기로 넘쳐나 발 디딜 틈이 없었다. 세로로 길게 난 좁은 창으로 인색한 햇빛이 흘러들어오는 곳에 2인용 매트리스가 깔려 있었다. 내게 허락된 공간이란 전혀 없는 듯 보였다.

그러자 그 김이라는 수염을 해적처럼 기른 사내가 걸어와 매트리스를 한쪽 벽에 세웠다. 매트리스 크기만한 맨바닥이 드러났다. 그러곤 바퀴 달린 작은 테이블을 끌어다 의자와 함께 창가에 놓아주었다. 이렇게 해서 그 공간은 낮엔 내 공부방이 되고, 밤엔 김과 나의 침실, 그 테이블에 접시 몇개를 얹으면 식탁이 될 거라고 그가 설명했다. 그나마 내 짐이라곤 몇권의 책과 옷가지밖에 없는 게 다행이었다.

그때 김은 이젤 앞에 서서 어떤 그림의 밑그림을 그리느라 몰두하고 있어서 우리는 한동안 침묵하고 있었다. 마음에 드는 건 동거인의 인상이 과묵한 점 딱 한가지뿐인 그 방을 나는 시뜻한 마음으로 훑어보았다. 그때 바람 때문인지 열려 있던 방문이 큰 소리를 내며 닫혔다. 나는 그 기이한 문의 색깔에 어리벙벙했다. 바깥으로 열려 있어 미처 눈여겨보지 못했던 그 문은 온갖 물감으로 뒤범벅이 되어 있었다. 그 문은 김의 대형 빨레뜨였던 것이다. 김이 나를 돌아보며 어깨를 으쓱하고 씨익, 웃어주었다. 그때서야 나는 김의 수염에도 푸른색 물감이 말라 있는 것을 보았다.

나는 이 사내가 단박에 마음에 들었다.

4

아내는 아이를 두 번 지웠다. 처음에 지웠을 때는 내 앞에서 투정을 부리며 조금 울었던 것 같다. 올봄이던가. 지독한 입덧으로 음식을 입에 대지 못했던 아내는 첫아이를 지우고 나자 뜨끈한 선짓국이 먹고 싶다고 했다. 나는 아무 말 하지 않고 해장국집으로 들어가 선지해장국을 시켜주었다.

"난 정말 자기 아길 갖고 싶었단 말야."

아내가 네모지게 응고된 선지를 입속으로 밀어넣으며 콧물을 닦아내며 말했다. 아내는 연극배우답게 연기를 잘한다.

그러나 이번에는 오히려 홀가분해 보였다. 나는 어젯밤에 끓여 찬 베란다에 두었던 꼬리곰탕 생각이 났다. 아내를 위해 어젯밤부터 고았던 곰탕이다. 찜통의 표면에 하얗게 응고되어 덮인 기름을 걷어내고 뭉그러진 꼬리뼈 마디에서 살을 발라냈다. 깨끗하게 탈골된 해골처럼 말끔한 뼈를 쟁반에 골라냈다. 쟁반에 쌓인 뼈는 마치 크기가 다른 레고블록처럼 보였다. 그리고 그 뼈를 보고 라라를 잠깐 생각했다.

아내는 내가 끓여준 꼬리곰탕을 아이 시원해, 하며 훌훌 잘도 마셨다. 한동안 입덧으로 건조하게 말랐던 아내의 얼굴에 금방 물이 오르는 것처럼 보였다. 아내가 주연으로 공연하는 연극은 10개월 이상 장기공연에 들어갔고, 아내는 단 며칠도 쉴 수 없었다.

　나는 아내에게 다시 한번 진지하게 좀더 안전한 피임법을 강구하는 게 어떠냐고 말해보았다. 그러면서 난 하여튼 절대로 아이를 안 낳을 거니까, 하고 쐐기를 박았다.

　아내는 나를 향해 그럼, 네가 묶든지 쪼매든지 해, 하며 눈을 흘겼다.

5

　김과 내가 살았던 그 거리는 빠리 시내에서 가장 큰 중국인들의 구역이었다. 7번선 뽀르뜨 디브리 역에서 뿔라스 디딸리 역 사이의 모든 길에는 중국음식점과 선물가게, 슈퍼마켓, 야채가게들이 성시를 이루었다. 특히 그 일대 대부분의 레스또랑은 똥끼누아즈 수프라 불리는 베트남 쌀국수가 유명했다. 구수한 육수냄새가 중국식당들의 문틈으로 훈김을 뿜으며 달려나오곤 했다.

　고기를 발라낸 쇠통뼈를 우려낸 국물에 처넘과 얇게 저민 쇠고기, 민트와 숙주, 이름도 알 수 없는 남방의 향초잎들을 손으로 뜯어 뜨거운 국물에 얹어 먹는 베트남 국수는 가장 값싸고 배부른 음식이었다. 그래서 가난한 학생들이나 노무자들이 부담없이 먹을 수 있는 음식의 대명사가 되었다.

　한번 맛보면 맑은 날보다는 비가 추적이는 날일수록 뱃골 깊숙이 그 쌀국수가 그리워졌다. 우기가 시작되는 가을부터 김을 따라 내가 자주 가는 단골식당이 있었다. 로뛰 블루. '푸른 연꽃'이란 뜻의 그 식당은 난민으로 정착한 베트남 남자 무슈 판민과 캄보디아 여자인 그의 아내 씰비아가 꾸려나가고 있었다. 김과 내가 유독 그 집을 가는 이유는 다른 집과 달리 육수를 우리려고 끓였던 뼈다귀를 원하는 사람에게는 서비스로 주었기 때문이다.

김이 주방장 무슈 가오와 친했기 때문에 우리들 접시엔 항상 살이 많이 박혀 있는 골반뼈나 요소요소에 맛있는 살점이 붙어 있는 척추뼈를 얹어주었다. 나도 얼마 안 있어 혼자 가서도 멋진 골반뼈나 갈비살을 얻어먹는 요령을 알게 되었다. 무슈 가오의 자존심을 한번씩 치켜올려주면 되었다. 그는 자신이 한족(漢族)이란 것에 상당한 자부심을 가지고 있는 인물이었다.

고기를 대충 도려낸 뼈지만 그래도 잘 바르면 너끈히 한 접시의 살을 후벼파먹을 수가 있었다. 그걸 춘장에 찍어먹는 맛은 감칠맛이었다. 뼈에 붙은 살을 공들여 파먹는 과정 또한 색다른 기분을 느끼게 해주었다. 마치 무슨 발굴작업에 참여한 것 같은 진지한 몰입, 또는 시체를 뜯는 구미호가 된 듯한 엽기적인 전율이 등골을 타고 온몸으로 퍼졌다.

간혹 노숙자풍의 사내들이 더러운 몰골을 하고 앉아서 겨우 맥주 한잔 시키고 뼈다귀를 핥으며 오래 앉아 있어도 아무 말 하지 않는 곳은 그 거리엔 푸른 연꽃뿐이라고 김이 말했다.

처음엔 국수가 나오기 전, 김의 앞에 놓인 뼈다귀의 얼개들이 마치 자연사 박물관의 공룡 뼈처럼 괴기스러웠다. 그걸 김은 살 한점도 헛되지 않게 침착하게 발라먹을 줄 알았다.

공짜인 그 전채요리가 끝나면 드디어 똥끼누아즈 수프가 나온다. 제일 먼저 피가 밴 얇게 저민 생고기를 혀가 델 듯 뜨거운 육수 속 쌀국수 밑에 잠시 묻어놓는다. 그리고 바구니의 갖가지 향초를 손으로 잘게 뜯어 파릇하니 데쳐질 만큼 살짝 뿌려넣고 앙증맞고 날렵한 홍고추 하나를 우려먹으면, 맛이 그만이다.

6

김은 온몸을 바쳐 그림을 그리는 열정적인 화가였다. 김의 수염에서는 머리가 약간 어지러운 물감냄새가 났다. 방문이 그의 빨레뜨이듯이 턱수염은 그의 붓이었기 때문이다. 캔버스에다 진지하게 물감 묻힌 수염을 문지르는 그를 여러번 보았다. 그의 그림은 좀 특이했다. 그는 짐승을 많이 그렸다. 돌진하는 투우라든가 개, 고양이, 원숭이들의 움직이는 모습을 포착하여, 속도감은 주로 수염으로 쓰윽 문질러 표현해내었다.

한동안 그는 개를 그렸다. 한국문화원이 주최하는 그룹전에 한몫 끼이게 된 김은 내가 있거나 없거나 집에 있는 동안은 그림에 몰두했다. 방은 어느새 개 그림으로 가득 찼다.

한데 개들은 몽땅 매달려 있었다. 올가미에 걸려 이미 죽었거나 아니면 죽어가고 있는 개들의 그림들이 벽에 하나씩 붙기 시작했다.

"민, 복날 개를 잡아본 적 있나?"

그는 필터도 없는 골루아즈 담배를 잇새에 끼고 물었다.

"고기를 맛있게 먹으려면 말이지, 이렇게 개를 올가미에 걸고는 모두 둘러 모여서는 몽둥이로 마구 팬단 말야. 개의 눈에서 뿜어져나오는 마지막 푸른빛을 본 적 있나? 이 개의 벌린 입을 봐. 이 이빨들 틈으로 삐져나오는 신음소리가 들리나?"

불에 검게 그을린 개의 몸뚱이 아래로 늘어진 머리통에서 한껏 절

규하다 멈춘 벌린 입속, 사기알처럼 희고 정교한 개의 잇바디가 유난
히 반짝거렸다.

7

이쯤에서 라라의 이야기를 해야겠다.

겨울이 되자 나는 푸른 연꽃에서 아르바이트를 시작했다. 돈이 떨
어져 더이상 버틸 힘도 없었지만 주방장 무슈 가오의 적극 추천이 있
었다. 웨이터로 있던 베트남 청년이 무슈 가오와의 불화로 한바탕 싸
우고 갑자기 뛰쳐나가버려 급하게 사람이 필요했기 때문이다. 게다가
겨울에는 똥끼누아즈 국수를 먹으려는 사람들로 넘쳐났다. 일주일에
세 번 점심과 저녁에 나가 뜨거운 국수를 요령껏 나르는 일 외에도 나
는 오전에 보조요리사인 캄보디아 출신의 바짝 마르고 앞니 빠진 쎄
바스띠앙과 함께 장을 보고 정육점에 가서 고기를 날라와야 했다.

슈아지가(街)의 끝자락에 있는 중국정육점, 금변육점(金邊肉店).
그곳이 푸른 연꽃이 거래하는 단골푸줏간이었다. 그 정육점 주인인
무슈 띠이라는 남자의 말없고 음산한 눈빛이 싫었지만, 그 집만큼 고
기가 좋은 집이 없다고 무슈 가오는 말했다. 고기맛이 다른 것은 그
집만의 숙성냉동 비법이 있어서일 거라고도 했다.

그래 그런지 가게는 작았지만 냉동고는 컸다. 쎄바스띠앙과 나는
소형트럭을 몰고 가 부위별 살코기와 육수에 쓰일 쇠뼈를 실어날랐
다. 그때 들여다본 냉동고에는 껍질 벗긴 소들의 몸통이 즐비하게 거
꾸로 매달려 있었다. 부위별로 정리한 내장과 손질한 다리와 꼬리도
차곡차곡 쌓여 있었다. 흰 작업복 앞섶이 항상 핏자국으로 얼룩져 있

는 무슈 띠이는 먼저 인사를 건네는 법이 없는 말없는 중년의 사내였다. 째려보는 듯 찢어진 눈을 웃는 듯 찡그리면 그게 인사였다.

그는 우리가 원하는 것을 정확하게 알고 있었다. 큰 덩어리의 몸통을 몇 킬로그램의 오차도 없이 거의 정확하게 절단기에 넣을 줄 알았다. 간혹 향이 역한 이름 모를 담배를 꼬나물고 그가 손수 네모난 커다란 칼을 들고 단번에 살과 뼈 사이의 관절에 내리쳐 뼛가루 없이 깨끗하게 고기를 잘라줄 때도 있었다. 그러곤 칼을 만진 그 투박한 손으로 그 무렵 중국가게에서도 보기 힘든 주판알을 재빠르고 섬세한 동작으로 굴리곤 했다.

한데 어느날, 냉동고 옆의 작업실에서 한 젊은 중국여자를 보게 되었다. 그 여자는 작은 몸집에 커다란 비닐 앞치마를 두르고 긴 장화를 신고 있었다. 커다란 도마 위에 껍질 벗긴 짐승의 몸을 뉘어놓고 칼을 잡고 스테이크용 포를 뜨거나 살코기를 발라내는 일을 하고 있었다.

그 여자가 라라였다.

누워 있는 짐승의 몸에서 능숙한 솜씨로 살을 발라내면서 그녀는 긴 머리를 틀어올린 얼굴을 들어 무표정하게 우리를 일별했다.

쎄바스띠앙이 너스레를 떨었다.

"라라, 오늘따라 정말 예뻐. 그 손길이라면 죽은 소의 막대기도 빳빳하게 세울 거야."

"물론이지. 어떻게 해줄까? 너도 도마 위에 한번 누워볼래?"

그녀가 고개도 들지 않고 유창하고 빠른 불어로 씹어뱉듯 말했다.

"아이, 왜 그래, 무슈 민 앞에서. 참 인사해. 푸른 연꽃에서 나랑 일하게 된 무슈 민이야. 잘생긴 꼬레앙이지?"

내가 봉주르, 하고 인사를 건네자 그녀가 나를 쳐다보았다. 가늘고 긴 눈. 아름답다는 느낌보다는 초승달을 보듯 애틋하고, 살짝 꽃잎을 벌린 꽃봉오리처럼 강렬한 신비감을 자극하는 눈빛이었다. 그녀는 마지못해 봉주르, 하고 인사하곤 하던 일을 계속했다.

돌아오는 길에 쎄바스띠앙은 "난 저 여자를 보면 자꾸 오줌이 마렵단 말이야" 하며 앞니 빠진 입을 히죽거리며 다물 줄을 몰랐다.

"저런 여자가 무슈 띠이 같은 놈이랑 살다니, 저 여잔 대학도 나왔대. 세상 참 공평하지 않아."

대형슈퍼인 '진씨상가' 앞에 다 와서 비가 뿌리기 시작했다. 그 상점의 로고가 찍힌 노란 비닐백을 든 사람들이 비를 피하려고 종종걸음을 쳤다. 노란 비닐백에 배추를 가득 들고 가는 사람들은 김치를 담가먹는 영락없는 한국인들이다.

8

아르바이트가 없는 날과 주말은 조르주 뽕삐두 쎈터의 도서관에 갔다. 김 때문이었다. 좁은 집에서 김과 부딪치지 않기 위해서였다.

김은 전시 직전에 전시불가 통고를 들어야만 했다. 가뜩이나 개를 먹는 야만인의 대명사로 낙인찍힌 한국인의 이미지에 똥칠을 덧칠할 필요는 없다는 게 이유였다. 지하철 광고판에 고속도로에 개의 시체들이 깔린 사진이 나붙고 열혈 동물보호론자인 브리지뜨 바르도가 입에 거품을 물었던 게 불과 얼마 전이었다.

김은 절망했다. 왜 혐오와 분노는 예술이 될 수 없는지, 예술이 뭐가 대단한 건지, 인생이 뭐가 대단한 거냐고 술에 취해 고래고래 소리를 질러댔다. 나는 더이상 김의 수염에서 현기증을 일으키는 물감냄새를 맡지 못할지도 모른다는 생각을 잠시 했다. 대신 김의 입에서는 싸구려 포도주 썩는 냄새가 진동하기 시작했다.

뽕삐두 쎈터로 들어가기 위해 줄서 있으면서 나는 그 건물을 바라보았다. 건물에 필요한 모든 관을 일부러 바깥으로 꺼내놓은 그 괴기스런 건축물을 볼 때마다 창자가 드러난 거대한 짐승의 몰골을 보는 것 같았다. 사람들을 실은 에스컬레이터가 외벽에 붙은 투명한 튜브 같은 통로로 내다보인다. 사람들이 마치 연동운동을 하는 거대한 창자 속에서 소화되는 음식물 부스러기처럼 흘러가고 있었다.

인종전시장인 빠리라는 이 도시야말로 거대한 잡식성 동물인지도 모른다. 나라는 인간의 정체성도 개성도 어쩌면 이곳에선 강력한 소화효소 작용으로 녹아버릴지도 모를 일이었다. 나는 그런 익명성을 즐기고 있으며 어쩌면 동양의 끄트머리 작은 나라에서 온 남자라는 사실마저도 잊고 싶어하는지도 몰랐다. 내 눈앞의 프랑스인들을 보면서 나는 동일시현상에 시달렸다. 마치 나 또한 내 눈앞의 그들과 같은 모습이겠거니 하고 나도 모르게 착각을 하는 것이었다.

출입문이 가까워오면서 유리문에 투영된 줄서 있는 사람들 사이에 끼여 있는 안경 낀 작은 동양남자의 모습을 낯설게 바라보다 나는 깜짝 놀라고 말았다. 그건 바로 내가 착각했던 '그들 같은 모습의 나'가 아닌 냉정하고도 객관적으로 비친 나의 모습이었기 때문이다.

9

고기를 떼러 라라의 정육점에 가더라도 오전에 라라를 보는 건 쉽지 않았다. 일반 손님을 위해 라라의 가게는 오후에 문을 열었다. 라라라는 오후면 가게에 나타났다. 점심시간과 저녁시간의 사이, 빈 시간인 오후 네시부터 여섯시엔 나는 금변육점이 잘 보이는 모퉁이 까페에 가는 적이 많았다. 라라의 정육점과 슈아지 공원이 한눈에 보이는 곳이었다. 오후 시간엔 대부분 라라가 가게를 지켰다.

동네가 동네인지라 손님은 거의 중국인들이었다. 오후의 정육점은 제법 붐볐다. 잠시 손님이 끊긴 틈을 이용하여 라라는 진열대에 턱을 받치고 담배를 피웠다. 진열장엔 갖가지 부위의 고깃덩어리들이 팻말을 꽂고 분홍색 조명을 받고 있었다. 낮인지 밤인지 구별이 안되는 빠리의 어두컴컴한 겨울 하오의 하늘 밑에서 그 가게 안의 꽃분홍 조명은 멀리서 보면 마치 진흙빛 연못에 떠 있는 연꽃무리처럼 떠보였다.

나는 가게가 한가한 걸 보고서 까페를 나왔다. 금변육점의 문을 열고 들어가자 라라는 인사 대신 웃으며 말했다.

"또 쇠꼬리예요?"

나는 요즘 세번째 쇠꼬리를 사러 왔다.

"우리나라에선 그거 아주 비싸거든요. 이만큼 값싼 영양식은 없어요."

"어떤 걸 고르실래요?"

진열장에 있는 걸 보여주며 그녀가 물었다.

고를 것도 없이 나는 제일 작은 걸 달라고 한다.

라라는 손에 든 담배를 입으로 옮겨 어금니로 지그시 물고 도끼날을 연상시키는 커다란 네모난 칼을 집어들었다. 그리고 쉬지 않고 연달아 대여섯 번을 내리쳐 꼬리를 몇도막으로 끊어냈다. 그 짧은 순간의 아찔하고 짜릿한 느낌을 어떻게 표현할 수 있을까. 쎄바스띠앙의 표현대로 순간 오줌이 찔끔거릴 정도였다.

그녀가 쇠꼬리를 봉지에 넣어주며 필터가 어금니에 납작하게 눌린 담배를 한모금 길게 빨면서 내게 물었다.

"한국에선 개고기를 먹는다고 하던데, 물론 정육점에서 개고기를 팔겠죠?"

"공개적으로는 못 팔죠. 그렇지 않으면 더운 여름날, 산속 같은 데서 몰래 잡아먹죠. 그렇게 야만인으로 볼 거 없어요. 중국도 개를 먹잖아요? 그렇죠?"

"몰라요. 난 중국여자가 아니에요."

"그럼? 베트남?"

"아뇨, 프랑쎄즈."

"그럼 여기서 태어났군요."

"아뇨."

"그럼, 고향은 어디예요?"

"난 입양되었어요."

그녀는 더이상 대꾸하지 않았다.

10

어느날 김은 다짜고짜로 내게 그 정육점의 냉동고를 구경할 수 있느냐고 물었다. 무슈 띠이의 음산한 얼굴이 떠올랐지만 다음날 고기를 받으러 갈 때 나는 김과 동행했다.

무슈 띠이는 못마땅한 얼굴로 냉동고의 문을 열었고, 김은 비명에 가까운 탄성을 질렀다. 그러곤 내내 심한 감정의 동요를 느끼는 듯 동공이 불안하게 흔들렸다.

"바로 이거야."

김이 나지막하게 부르짖었다.

그후 김은 더이상 개를 그리지 않았다. 대신 도살된 소의 이미지에 매달렸다. 거기서 더 나아가 정육처럼 해체된 인체를 그리기 시작했다. 마치 냉동고의 고기처럼 사람이 발가벗고 매달려 있거나 팔다리가 끊기고 내장이 드러난 인체를 일상적인 배경에 배치한 괴기스런 그림들이었다. 나는 왜 이런 걸 그리느냐고 물었다.

"야, 인간도 고기야. 뼉다귀와 살코기로 이루어진 물체야. 거기에 뭔가 심오한 게 깃들여 있다고 착각하지 마. 별수없잖아?"

나보다 나이가 대여섯살은 많은 김은 지독한 유물론자였다.

몇번인가 라라의 정육점의 고기를 스케치하고 싶다고 하여 김과 내가 오후에 라라의 정육점을 방문한 적도 있었다. 김이 고마움의 표시로 라라를 저녁식사에 초대한 적이 있었다. 김과 내가 진씨상가에서 장을 보아 마련한 음식은 잡채와 불고기 그리고 김치였다. 김치는 내가 담갔다. 아내와 함께 담가본 적이 있었기 때문이다.

방에 들어온 라라는 여기저기 걸린 김의 그림을 한동안 쳐다보았다. 김이 그리다 만, 알몸으로 거꾸로 매달린 인체 앞에서 한숨을 쉬며 말했다.

"십자가 처형이군요."

"겉은 동양여자지만 이걸 보고 예수의 십자가를 연상하는 걸 보니 확실히 불란서 여자군."

김이 내게 한국말로 말했다.

라라는 우리가 준비한 한국음식을 깨끗이 비웠다. 특히 김치접시로 젓가락을 자주 갖다대었다.

김치를 씹으며 복잡한 표정이 되는 걸 보면서 김이 물었다.

"이거 처음 먹어봐요?"

"……이 맛을 혀가 기억하고 있어요."

나는 그녀가 한국에서 입양되었다는 확신이 들었다. 그러나 그녀는 그 부분에 대해서 한번도 말한 적이 없었다. 내가 한국인이라고 해서 호기심을 드러낸 적도 없었다. 그러나 나는 순간, 그녀에 대한 호기심, 그녀를 알고 싶다는 생각이 불끈 들었다.

11

쎄바스띠앙과 고기를 받으러 가는 아침에 언제부턴가 라라가 항상 나와 있었다. 라라와 나는 쓸데없는 말을 나눈 적이 거의 없었다. 그러나 그 침묵의 살얼음 밑으로도 욕망의 실핏줄이 피돌기를 하였던가. 라라와 눈이 마주칠 때면 그녀는 살짝 얼굴을 붉히기도 했다.

봄이 오고 있었다. 무채색의 슈아지 공원이 엷은 수채화처럼 나날이 변하기 시작했다. 쎄바스띠앙이 폐렴으로 입원을 하는 통에 나 혼자 고기를 받으러 갔다. 그날따라 무슈 띠도 보이지 않았다. 냉동고의 무거운 문을 열고 라라를 따라 들어서자 그녀가 돌아서 갑자기 나를 와락 껴안았다. 그리고 고개를 들어 내 눈을 들여다보았다. 고통과 격정이 뒤섞인 눈길이었다.

나는 그녀를 성에가 낀 냉동고의 구석으로 몰아넣고 혀를 무기처럼 사용해 무자비하게 그녀의 입술과 입속을 짓이겼다. 축축하고 차가운 공기와 죽은 짐승들의 갈빗대와 등뼈에 붙은 검붉은 살덩이들이 매달린 곳에서 나는 증오처럼 폭발하는 욕망을 느꼈다. 그녀의 따뜻하고 몰캉한 젖가슴을 두 손으로 움켜쥐고 그녀의 머리를 벽에 계속 짓찧어댔다. 나는 먹이를 발견한 육식동물처럼 그녀를 뜯어먹고 싶은 강렬한 식욕을 느꼈다. 부딪치는 코끝이 어느새 얼어 얼얼했지만 입속의 두 혀는 불꽃처럼 타올라 온몸을 불살라 재로 소진되고 싶은 강렬한 충동으로 치달았다.

나를 억지로 떼어놓은 라라가 나를 끌고 냉동고를 나왔다.

"이러다 정말 죽어버리겠어요."

그러면서 라라는 활짝 웃었다. 거친 키스에 입술이 터졌는지 부푼 입술에 살짝 핏물이 번졌다. 가게를 향해 돌아서는 라라를 뒤에서 다시 거칠게 껴안자 라라도 반항하지 않았다. 셔터가 닫힌 어둑한 가게 안에서 라라가 스위치를 올렸다. 체리빛의 불이 들어왔다. 나의 공격에 밀린 라라가 진열장 위로 반쯤 누우며 내 머리통을 끌어당기고 내 입술을 세게 빨았다. 피비린내가 살짝 났다. 진열장의 불빛을 받은 라라의 얼굴은 고통인지 기쁨인지 하얀 이빨을 드러내며 신음을 쏟아내기 시작했다.

12

나는 김의 집을 나와 쁠라스 디딸리 부근의 다락방에 세를 얻었다. 슈아지 공원의 뒤편이 내려다보이는 화장실도 없는 작은 방이었다. 나는 라라와 섹스할 방이 필요했다.

라라는 그후에 "난 이상하게 냉동고의 고기를 보면 누군가와 섹스하고 싶어요"라고 말했지만 냉동고에서 목숨을 걸고 섹스하고 싶은 생각은 없었다. 하지만 그 차가움 속에서 피워올리던 불꽃 같은 두 사람의 뜨거운 혀의 감각은 가끔 몸서리나는 전율을 불러일으켰다.

게다가 나는 괴기스런 김의 그림이 도배된 방이 싫어졌다. 바야흐로 밝은 찬란한 봄햇살과 생의 에너지가 독성 바이러스처럼 창궐하고 있는 때에 그 방에 들어서면 인간 냉동고가 따로 없었다.

그 방을 떠나오던 전날 밤, 우리는 밤새워 술을 마셨다. 그때 취한 김이 고백했다.

"예술가는 말야, 악령에 쫓기는 불행한 인간이야. 내가 왜 이런 그림을 그리겠나. 난 살육을 했단 말야. 인간을 도륙했단 말야. 알겠니? 이 그림들은 내 죄의식의 그림자들이야. 처음엔 그걸 은폐하고 싶어서 개를 그렸는지도 몰라. 하지만 나 이제 부끄럽지 않아. 그 여자, 라라가 정확해. 그 여자 똑똑해. 십자가 처형. 이 그림 속 인간들은 바로 나야. 내가 끊임없이 십자가에 매달려 죄를 짊어져야 하는 거야. 내 그림은 내 죄의 고백이고 참회야. 알겠니?"

빛고을이라 불리는 한국의 남쪽 도시. 봄빛 찬란한 5월. 김을 쫓아다니는 악령은 그때, 그곳에서 탄생한다. 스물한살의 일등병 군복을 입은 김은 미칠 듯한 공포 속에서 사람을 패거나 죽인다. 그는 곧 숫자를 세는 것에 미련을 버린다.

라라는 내가 일이 없는 날 저녁에 오곤 했다. 정육점 문을 닫고 무슈 띠이와 저녁을 먹고 개를 산책시킨다는 명목으로 집을 나왔다. 그래서 그녀의 개, 슈아는 그녀의 명령이 떨어질 때까지 내 방문 앞에 꼼짝없이 앉아 있곤 했다. 슈아는 두 눈을 또록또록 굴리며 라라와 내가 짐승처럼 뒹굴며 물고 뜯는 것을 낱낱이 볼 수밖에 없었다. 가끔 그는 끄응, 못마땅한 신음을 내는 것 같았다.

"아 기분 좋아. 통쾌하게 복수하는 거 같아서."

라라가 슈아를 보고 웃었다.

"무슨 소리지?"

라라는 손가락으로 내 젖꼭지 주위를 뱅뱅 돌리다 멈추고 내 눈을 똑바로 응시했다.

"내가 한국에서 입양된 거 짐작하고 있었어?"

내가 고개를 끄덕했다.

"나는 여섯살에 노르망디에 있는 불란서 가정에 입양되었어. 대학을 빠리에 와서 다닐 때 한국유학생들을 간혹 만날 수 있었지. 내게 접근하는 남자들이 많았지. 한국에서 온 지 얼마 되지 않은 남학생들은 더 그랬지. 나 또한 그들을 통해서 내 뿌리를 알고 싶었고. 몇번인가 사랑에 빠졌어. 지금 생각하니 그들은 모두 다 날 이용했던 거야. 불어를 배우기 위해서, 섹스를 하기 위해서, 낯선 이국에서 도움을 얻기 위해서 등등. 그중에 내가 사랑했던 남자의 이름이 최정식이었어."

최, 정, 식,이라고 말하는 라라의 발음은 정확했다.

"Choi. 한국에선 최지만 불어식 발음은 슈아잖아. 내 개에다 그 이름을 붙인 건 지금 생각해도 잘한 일이야."

라라와 나는 다시 한번 껴안으며 개를 향해 보란 듯이 슈아, 하고 불렀다. 개가 얼른 꼬리를 치며 달려들 태세였지만 우리는 침대로 무너지며 상관하지 않았다.

13

내 방의 창에서 내려다보이는 슈아지 공원의 전경은 장미꽃이 둘러핀 분수대와 팔각정, 그 너머로 보이는 야외 객석. 라라가 오는 날이면 오후부터 자주 창밖을 내다보는 습관이 생겼다. 커다란 가방을 든 검은 조끼의 곱슬머리 남자. 그 뒤를 쫓아가는 다리가 세 개뿐인 사냥견. 남자의 가방에는 인형들이 들어 있을 것이다. 날이 더워지면서 오후에 두 차례씩 아이들을 상대로 마리오네뜨라 불리는 인형극을 했다. 그가 긴 그림자를 끌고 공원을 나오고 있었다.

밤의 슈아지 공원.

"난 한국사람을 다시는 믿지 않으려 했어요."

라라는 섹스를 할 때 빼곤 내게 반말을 하지 않았다.

섹스를 끝내고 어두운 슈아지 공원으로 개를 산책시키러 나와서 라라가 말했다. 내 방에서 너무 시간을 뺏긴 탓에 슈아가 똥을 누기만 하면 라라는 집에 들어가야 했다.

벤치에 앉아 라라와 나는 담배 한개비씩을 나눠 물고 오렌지색 가로등 빛을 받아 더욱 더 코발트빛을 띠는 밤하늘을 올려다보았다.

"난 누구일까요. 내 안에도 내가 모르는 기억들이 많이 내장되어 있겠죠. 난 가끔 두려워요. 아마도 난 한국에서 아주 많이 불행했던 거 같아요. 왜 불행한 기억은 빨리 잊으려는 인간의 심리가 있잖아요? 한국에서의 일은 그냥 백지예요. 기억나는 것들은 모두 이곳에 살기 시작한 무렵부터였어요. 간혹 양어머니가 내게 분노를 느끼거나 증오를 하거나 할 때가 있었어요. 아버진 날 무척 귀여워했었는데, 나를 입양하고 두 동생들이 태어나자 어머넌 이상하게 나에게 질투를 했어요. 간혹 어머니는 내게 나쁜 피!라고 저주하곤 했죠."

라라가 가만히 내 어깨에 머리를 기댔다.

"당신이 어쩌면 내 안의 기억의 코드를 일깨워줄지도 모른다는 막연한 느낌이 들었어요. 그래서 두려워. 단서가 될 만한 건 아무것도 없어. 다른 입양아들이 그런 걸 가지고 있어서 한국서 부모를 찾는다는 얘기도 들었는데. 양부모와 살던 집에 불이 난 적이 있대. 그 통에 없어졌는지도 모르지. 그런데 언제부턴가 자꾸 반복되는 이미지들이 떠올라. 냉동고에서 미친 듯 키스를 하던 날부터였나봐요. 어디선가 기차소리가 들리고…… 내 주위에 여자들이 많았던 거 같아요. 여자들의 분냄새. 그리고 잠들면 감은 눈 위로 분홍빛의 물살이 동심원을 그리고…… 난 그런 곳에 살지 않았을까…… 먼 옛날 당신의 나라에서, 나는."

14

라라를 깊게 만나면서 나는 레스또랑 일을 그만두었다. 무슈 띠이를 만날 일은 없었다. 그러나 나는 그를 꿈에서 보는 적이 있었다. 그가 가면 같은 무표정한 얼굴로 나를 뉘어놓고 내 몸의 각을 뜨는 꿈이나 냉동고 속의 늘어진 고깃덩어리 옆에 라라를 매달아놓고 나를 향해 웃고 있는 꿈도 간혹 꾸었다.

그 꿈들의 인상이 얼마나 강렬한지 그런 날은 라라를 안고 싶지도 않았다. 밤비 내리는 소리가 어쩔 땐 그의 발걸음 소리처럼 들리기도 했다. 바깥의 마로니에 이파리가 커튼에 그림자를 드리우고 흔들리는 것이 그가 칼을 흔들며 다가오는 것처럼 보인 적도 있었다.

어느 깊은 밤, 라라가 울면서 내 방에 뛰어들었다. 머리가 헝클어져 있고 블라우스의 앞섶이 뜯겨져 있었다.

"남편이 술을 마시기 시작했어요. 술을 마시면 그는 미쳐."

나는 그녀를 안심시키려고 창문과 문을 잠그고 포도주 한잔을 주었다. 그녀는 딸꾹질을 하며 계속 몸을 떨었다. 내가 온몸으로 그녀를 감싸고 어루만져주자 그녀도 다소곳해졌다.

"혹시 그가 때렸니? 어디 맞은 거야?"

라라는 고개를 저었다.

"남편은 알코올중독 치료를 두 번인가 받은 적이 있어. 난 어쩜 그의 칼에 도막나 죽을지도 몰라. 그는 그럴 수 있는 사람이야. 그가 날 의심해."

"그를 떠나버려."

"끝까지 쫓아올 거야."

"바보. 왜 그런 놈과 사는 거야?"

"그런 말 하지 마. 그는 불쌍한 사람이야."

"사랑하지도 않으면서."

"난 고길 만지며 사는 게 좋아."

그녀가 엉뚱한 대답을 해서 나는 피식 웃었다. 그러다가 라라가 무슈 띠이의 몸을 만지는 모습이 상상되어 불같은 질투가 일었다.

"그인 베트남 사람인데 전쟁이 끝날 무렵 고향의 일가족이 몰살당하고 동네 전체가 불에 타는 걸 혼자 살아남아 봤어. 어머니와 누이가 낯선 군인들에게 겁탈당하고 형제들이 대검에 찔려 죽는 것도 보았대. 그 도륙의 현장을 몰래 숨어본 소년은 반쯤 미쳐서 살다가 어느덧 정신을 차렸을 땐 베트남이 해방된 걸 알았대. 그는 온갖 어려움을 겪고 프랑스로 건너왔어. 프랑스로 온 건 외삼촌 때문이었지. 그가 아주 어렸을 때, 프랑스로 유학간 식민지 청년이던 외삼촌의 모습이 멋지게 각인됐기 때문이었어. 가족이 없는 베트남은 이미 고향이 아니라고 생각했기 때문이야."

라라는 포도주를 한잔 더 청해서 마시더니 끊임없이 이야길 늘어놓았다.

"이 거리의 사람들은 대체로 다 그런 사람들이야. 크메르 루주를 피해 도망친 캄보디아인, 본토 중국인, 베트남 난민…… 그런 인도차이나 반도 사람들이 대부분이지. '쉰떡'(Chinetoque)들. '쉰떡'…… 그래요. 불란서 사람들이 중국사람을 싸잡아 비하하는 말이죠. 어렸을 때 학교에서 귀가 따갑게 들은 말이죠. 아냐, 난 프랑스 사람이야. 아냐, 아냐. 난 쉰떡이 아니고 한국인이야. 꼬레엔느라고. 그렇게 말한들 무슨 소용이 있겠어요. 이들에게 노란 얼굴은 다 그게 그거인 거죠. 난 이 거리의 사람들에게서 짙은 동족애를 느껴요. 난 그저 윈느 쉬누아즈, 한 중국여자로 보이는 게 좋아요. 그게 편해요. 난 그의 불행을 이해해주고 싶었어요. 그리고 정육점의 불빛에 이끌렸다고 할까. 아무튼 그가 고기를 다루고 갈무리하고 파는 것이 그에게 너무도 잘 어울리는 일처럼 보여 참 편했던 거예요. 한데 함께 살기 시작한 지 얼마 되지 않아 그가 그러더군요. 자신의 가족을 살육한 건 네 동족인 따이한이었다고. 죄책감 같은 건 없어요. 난 한국여자도, 베트남 여자도, 프랑스 여자도 아니니까요. 난 도대체 누구일까요……?"

15

아직은 안돼…… 아내는 거부했지만 나는 억지로 아내를 강간하다시피 했다. 소파수술을 하고 아직 아물지 않은 아내의 자궁과 질에서 피가 흘렀다. 아내는 넌 짐승이야, 하며 울부짖었다. 아내를 죽이고 싶은 마음이 조금씩 무너지기 시작했다. 섹스는 살육인지도 모른다.

난 이미 아내를 고깃덩어리로 보았다.

한국으로 돌아와 재혼한 지 2년째. 처음부터 고백을 했어야 했을까. 이제라도 아내에게 고백을 해야 할까. 난 아기를 만들 수 없는 남자라고. 무정자증. 보르도에서 함께 살던 첫아내는 아기를 무척 갖고 싶어했다. 손끝이 야무져 살림도 잘하고 따뜻하고 연약한 여자였다. 6년을 살면서 아이가 없자 우리 둘은 불임클리닉에서 검사를 받아보았다. 문제는 내게 있었다.

지금의 아내가 결혼 8개월 만에 아기를 가졌다고 했을 때 나는 도끼로 머리를 한대 맞은 것 같았다. 아기를 낳게 할 수는 없었다. 아내를 한번만 용서하자고 입술을 물었다.

두번째인 이번엔 아내를 죽이고 싶었다. 할 수만 있다면 토막을 내어버리고 싶었다. 끔찍한 생각에 스스로 놀라기도 했지만 단번에 무슈 띠이처럼, 쇠꼬리를 토막내던 라라처럼 솜씨좋게 처치하는 상상을 하기도 했다.

그 상상 또한 한국으로 돌아와 몇번 꾼 그 꿈의 이미지가 너무 강렬했기 때문인지도 몰랐다. 꿈에 예쁘게 포장된 상자를 선물받는다. 뚜껑을 열면 라라의 몸뚱이가 해체되어 담겨 있다. 무슈 띠이가 어디선가 나타나 웃는다. 꿈을 꾸고 나면 온몸이 땀에 젖어 있다.

16

라라는 무슈 띠이를 떠나지 않았다. 알코올중독자인 그가 치료를 받으러 정신병원에 들어갔을 때 그녀는 내게 와 안겼다. 그녀의 벗은 몸을 살펴보면 멍자국이 보이기도 했다.

"그래요. 날 당신 나라로 데리고 가줘요. 내 어머니의 나라로 날 데리고 가줘요."

그녀는 내게 매달리기도 했지만 결국 그를 떠나진 않았다. 어쩌면 무슈 띠이에게는 날 좀 매달아줘요, 하며 애원했는지도 모를 일이다. 나는 점점 그녀가 혼란스러워졌다.

때마침 아버지가 위독하다고 해서 나는 귀국을 결심했다. 라라에게 설명했다. 그녀가 원한다면 한국으로 데리고 갈 수도 있다. 한번쯤은 그녀를 낳아준 모국에 가보는 것도 의미있는 일 아닌가. 그리고 그녀를 자유롭게 해주고 싶다고.

그녀가 함께 떠나기로 약속했다.

약속한 그날, 라라는 오지 않았다. 금변육점의 문은 셔터가 내려져 있었다. 출국 전날 김의 집에 가서 작별인사를 했다. 푸른 연꽃에도 들러 무슈 판민과 무슈 가오, 그리고 쎄바스띠앙에게 작별인사를 했다. 거기서 라라의 소식을 들었다. 라라가 손을 다쳤다고. 고기를 썰다 절단기에 손가락이 들어간 거라고도 했고, 일부러 자해를 했다고도 했다. 경찰과 구급차가 오고 무슈 띠이와 피투성이 라라가 각각 따로 차에 태워져 어디론가 갔다고 했다. 그 거리의 사람들의 입소문을 푸른 연꽃의 사람들이 제각각 떠들어댔다.

17

김은 말했다.

그 거리…… 우리가 한때 묻혀 살았던 그 거리. 라라는 죽었고, 광우병 파동 때문인지 그 중국인들의 거리는 이제 똥끼누아즈 수프의 냄새가 사라졌다고. 금변육점은 문을 닫았고 그 자리엔 중국떡집이 생겼더라고 김은 말했다.

"민, 라라는 늘 위험해 보였지. 라라에겐 그런 피가 흘렀는지도 몰라. 그래서 라라가 더 아름다웠는지도 모르지. 라라가 어떻게 죽었는지 알아? 그 거리에선 하나의 전설이 되었더구먼. 라라는 냉동고에서 시체로 발견되었대. 어떤 남자와 깍지를 끼듯 껴안고서 말이지. 그 남자의 신원은 한국인이라고 밝혀졌다나봐. 그 가게의 단골인 누군가에 의해 발견되었는데, 무슈 띠이는 언제부턴가 잠적을 해버렸고, 냉동고의 문은 잠그지 않은 상태였다는군."

무슈 띠이가 질투심에 두 남녀를 냉동실 바깥에서 잠그고 가두었다가 죽은 후 의심을 피하기 위해 잠근 흔적을 없애고 도망쳤다는 소문이 파다했다고. 또다른 소문은 두 사람이 냉동고에서 격정의 섹스를 하면서 동반자살했다는 것. 2년이 지났지만 아직까지도 그 거리에서 라라는 싱싱하게 살아 있더라고 김은 약간 격앙되어 말했다.

18

나를 이끄는 것은 체리빛 불빛인지도 모르겠다. 나는 여자들이 진열되어 있는 거리의 불빛을 따라 부나비처럼 빨려들어간다. 등뒤에서 기차소리가 들려온다.

　　　　　　　　　　　　　　　　　—『문예중앙』 2001년 가을호

섬

외출에서 돌아오니 자동응답기의
빨간 버튼에 불이 들어와 있다.
세 개의 메시지가 들어 있다.
재생버튼을 누르고 나서 빗방울이
이슬처럼 맺힌 코트를 벗는다.

나, 민선이.
비가 또 오네요, 여기 왠데 이래요?
이런다간 정말 옥수 마음에 곰팡이가 피겠어.
아이, 미칠 것 같아. 진정안녕,
오늘밤 술 한잔 할래요?
서로 독수공방하는 처진데,
둘이오면 진퇴 좀 넣어줘요.

수건으로 머릴 터는데 웃음이 나온다.
응답기내 오늘은 좀 경쾌나. 이곳에 정착한 지
넉달밖에 되지 않은 후배는
거의 매일 전화를 했다.
거기가에 산가 슬도록 외롭다고.

섬

외출에서 돌아오니 자동응답기의 메시지 버튼에 불이 들어와 있다. 세 개의 메시지가 들어 있다. 재생버튼을 누르고 나서 빗방울이 이슬처럼 맺힌 코트를 벗는다.

"나, 민선이. 비가 또 오네요. 여기 원래 이래요? 이러다간 정말 몸과 마음에 곰팡이가 피겠어. 아아, 미칠 것 같아. 진경언니, 오늘밤 술 한잔 할래요? 서로 독수공방하는 처진데. 들어오면 전화 좀 넣어줘요."

수건으로 머릴 터는데 웃음이 나온다. 응답기라 오늘은 좀 점잖다. 이곳에 정착한 지 넉달밖에 되지 않은 후배는 거의 매일 전화를 했다. 거시기에 쉬가 슬도록 외롭다고 노골적인 언사를 서슴지 않는 괄괄한 후배는 술만 먹으면 따뜻한 남쪽나라에 가서 거풍을 좀 하자고 졸라댄다. 창으로 빗줄기에 흔들리는 마로니에 잎이 보인다. 몇개 남지 않았다.

"나야. 거긴 별일 없지? 애들도 잘 있고? 아버지 칠순을 이번 일요일로 당겨서 하기로 했으니 당신, 그렇게 알고 아버지께 전화로라도 인사를 올리라구. 그럼 또 전화하자."

시누이 결혼과 시아버지 칠순이 겹쳐 한달 예정으로 한국에 가 있는 남편의 메시지.

세번째 메시지.

"……(바람이 부는 듯한 숨소리)…… 혹시 거기 동욱이 형네 집 맞습니까? 형수? 나, 석용빈인데…… 나, 왔어요. 여기 빠리에. 다시 전화하지……(담배연기를 내뿜는 듯한 숨소리)"

별안간 전화기 속의 숨소리가 바람처럼 휘몰아치면서 머릿속을 텅 비워버린다. 내가 휘발된 느낌이다. 나는 머리를 세차게 흔들었다. 그건, 그러니까…… 그의 목소리다. 허스키한 음색. 마치 녹이 슨 못을 만질 때처럼 붉고 습한 녹가루가 가슴에 바스스 떨어지는 듯하다. 가슴에 동통이 느껴졌다. 전화기로 달려가 그의 메시지를 재생하면서 액정판에 녹음된 시각을 살폈다. 14:41 14/11/98. 지금부터 대략 한시간 전쯤이다.

무거운 심장박동이 또박또박 타자 치듯 느껴진다.

그. 가. 지. 금. 여. 기. 에. 왔. 다.

내 눈길이 창으로 가 멎었다. 늙은이 손처럼 누렇게 시든 마로니에이파리가, 아니라고 자꾸 손을 흔드는 듯하다. 이건 꿈이 아니라고.

7년 전. 혼자 있을 때면 늘 남편 몰래 그와 긴 통화를 했다. 그때도 나는 수굿하게 상체를 기울이고 엿듣는 듯 서 있는 아파트 창밖의 키큰 마로니에의 우듬지에 눈길을 주곤 했다.

그땐 가끔 밤중에 소스라치게 놀라 꿈에서 깨곤 했다. 그와 나의 밀어(密語)를 먹은 전화통이 어느 순간 갑자기 홍수처럼 말을 토해내는 꿈. 마로니에 이파리가 서걱대며 수화(手話)하듯 남편에게 고자질하는 꿈. 마치 초현실주의 영상 이미지처럼 어두운 그림자를 꿈에까지 드리우던 그 비밀스런 불안.

그럴 때마다 지레 놀라 응답기가 내장된 전화기의 불어판 설명서를 다시 한번 사전을 찾아가며 꼼꼼하게 확인하곤 했다. 혹 그와 몰래 나눈 비밀스런 통화내용이 어느 순간 테이프에서 흘러나올 것만 같은 엉뚱한 불안에 시달렸다.

그가 떠나고 창밖의 마로니에는 여섯 번을 옷을 입고 벗었다. 여섯 번. 그렇다. 그러니 그의 목소리는 6년 만인 셈이다. 그가 떠난, 이곳에서의 6년은 내게 어떤 시간이었던가…… 집행유예의 시간. 나는 나 스스로에게 집행유예를 선고했었다. 다시는 욕망의 죄에 빠지지 말자고. 눈먼 욕망의 죄를 보속하듯 살자고. 내 삶을, 남편의 삶을, 그리고 아이들의 삶을 보듬어안지 않고는 구원을 받을 수 없으리라. 그러나, 그랬던가…… 그가 떠나고 난 후, 독사 아가리처럼 입벌리는 허기진 욕망의 구멍에 허겁지겁 그것들을 제물처럼 틀어막은 건 아니었던가.

전화벨이 울렸다. 가슴이 뛰기 시작했다. 그러나 나는 받지 못하고 그대로 둔다. 세 번 울리고 나자 기계에서 평소보다 좀더 친절한 내 목소리가 흘러나왔다.

"안녕하세요. 지금은 전화를 받을 수 없으니……"

녹음된 내 목소리가 끝나고, 몇초간 상대방은 침묵을 지켰다. 그리고 찰카닥, 수화기 내리는 소리와 그후에 뚜— 하는 음까지 녹음이 되어버린다. 이번엔 바람소리 같은 숨소리도 들리지 않았다. 그저 몇초간 나와 상대방 사이엔 진공의 시간이 가로놓여 있었을 뿐이다. 그랬을까……?

*

또 재발이다. 또르띠꼴리. 오른쪽 후두부가 허전하면서 목 뒤쪽으로 도끼로 패는 듯한 통증이 왔다. 이곳에 정착한 지 5년째 겨울 어느 날, 한국에서 가깝게 지내던 친구가 교통사고로 숨을 거두었다는 또다른 친구의 엽서를 받았다. 눈물도 나지 않았다. 저녁에 공연한 일로 큰녀석을 몹시 때렸다. 화가 난 아이는 갓 배우기 시작한 바이올린 활의 명주실 묶음 같은 줄들을 가위로 싹뚝 잘라버렸다.

왜 그랬을까. 그때서야 명줄이 끊어진 친구의 죽음. 게다가 뚝 떨어져 사는 쓸쓸하기 그지없는 외국생활. 세상 모든 인연의 줄로부터 내 삶마저도 끊긴 참혹한 단절감이 느껴졌다. 바이올린처럼 오래 흐느꼈다. 다음날 아침이었다. 내 목이 뒤틀려 있었다. 움직이기만 하면 목 뒤부터 어깨까지 꼼짝할 수조차 없는 잔혹한 통증 때문에 나는 거의 마비상태로 고통의 눈물만 흘리며 누워 있었다. 움직일 때마다 마치 누군가 도끼로 힘껏 내 어깨를 내리치는 것 같았다.

의사가 말해준 병명은 또르띠꼴리. 의사는 내게 스트레스를 많이 받는가 물었고, 모든 걸 긍정적으로 생각하고, 당분간 육체노동은 절대 피하고 무조건 쉬어야 한다고 말했다. 엑스레이 촬영을 권했고, 서너 가지의 약을 처방했다. 그리고 웃으며 걱정 말라, 사흘이면 낫는다고 했다. 그 약들은 모두 지독한 신경안정제류였는지 나는 사흘을 죽은 듯 잠만 잤다. 의사의 말대로 사흘이 지나자 거짓말같이 목이 풀렸다. 그때부터인가. 마음에 혼란이 오거나 슬프거나 사는 게 지겹다고 느껴지면 슬그머니 그 병이 찾아오곤 했다.

나는 그대로 견뎌볼까 하다가 그래도 약을 먹는 게 낫겠다고 생각한다. 서너 가지의 약을 털어넣고 침대로 들어가 누웠다. 그 약은 효과는 좋지만 유쾌하지 못한 꿈들을 안겨준다.

어제 최초의 메시지만 남긴 후, 그에게선 더이상 전화가 오지 않았다. 전화가 온다면 받을 것인가. 지금 이곳에 남편이 없다는 걸 그는 알고 있을까. 혹 그가 예전처럼 전화 없이 문을 두드리게 된다면 문을 열어줄 것인가. 마음이 혼란스럽다. 현관문은 잘 잠겨 있는지…… 그러나 체온이 퍼지기 시작한 따뜻한 침대에서 일어나기가 싫어졌다.

남편은 운전을 하고 있었다. 그는 조수석에 앉아 지도를 보고 있었다. 이제 다 왔어요. 그가 말했다. 차창 밖으론 끝이 보이지 않는 초원이 펼쳐져 있었다. 해가 뉘엿뉘엿 지느라 장밋빛 구름이 펼쳐진 하늘이 거대한 돔의 천장 벽화처럼 느껴졌다. 남편이 갑자기 서행을 했다. 하늘을 쳐다보던 고개를 내리니 길섶에서 늙은 양치기가 종일 풀을 뜯은 양떼를 몰고 집으로 돌아가는 중이었다. 궁둥이에 푸른 표시를 한 양떼들은 똘똘 감은 흰 털실뭉치들처럼 굴러가고 있다. 저렇게 때를 지어 가긴 하는데 양들의 얼굴은 왜 저렇게 고독해 보이나. 골똘한 표정이다. 저기 성채가 보이네요. 바닷물이 들어차서 일년에 몇번인가는 고립된 섬이 된다는데요. 그러니 완벽한 요새가 되는 거죠. 높은 성채 안의 뾰족한 사원의 탑이 보라색 하늘을 찌르고 있다. 노르망디의 몽 쌩 미셸 사원. 그와 내가 내리고, 남편이 성곽의 언덕 앞 주차장에 차를 세우고 있는 동안 우리는 성채를 향해 모래벌판을 걸었다. 그런데 주차장과 성채를 잇는 모래벌판에 갑자기 바닷물이 밀려들었다.

아아, 남편은 아직 차 안에 있을 텐데. 해일처럼 밀려드는 바닷물 때문에 그와 나는 좀더 높이 언덕을 향해 뛰어올라갔다. 제기랄, 섬이 돼버리고 말았잖아. 우린 고립됐어. 그가 비탄에 잠겨 소리쳤다. 나는 허겁지겁 종탑으로 향하는 계단을 올랐다. 종을 쳐야 해. 우리가 여기 갇혔다는 걸 남편에게 알려야 해. 그런데 갑자기 미친 듯한 종소리가 났다. 종탑의 첨탑 주위 하늘이 새까맣다. 까아악 까악…… 까마귀 떼들이 종을 치고 있다. 소용없어. 아무도 우리가 여기 갇힌 줄 모를 거야. 여긴 무인도야. 그러며 그가 등뒤에서 나를 안았다. 엉덩이에 그의 성기가 딱딱하게 치받는 것이 느껴졌다. 그와 나는 까마귀가 어지럽게 날고 있는 종탑 위에서 섹스를 했다. 리드미컬한 반동으로 흔들리는 내 얼굴 위로 까마귀들의 날카로운 발톱들이 보였다. 갑자기 까마귀들이 일제히 발톱을 세워 내 목을 겨냥하고 날아들었다. 아악!

꿈이었구나. 나는 이마에 흥건한 식은땀을 닦아냈다. 시계를 보니 오후 세시가 넘어가고 있다. 아침부터 아무것도 먹지 않았다는 생각이 들었지만 전혀 배가 고프지 않았다. 왜 그런 꿈을 꾸었을까. 나는 그에게 늘 나를 변호하곤 했었지. 이렇게 외롭고 유폐된 삶에 내 인생이 던져지지만 않았다면 당신 같은 사람을 결코 사랑하지 않았을 거라고.

그와의 사랑은…… 유폐된 자들의 처절한 몸짓이었을까, 어쩌면 삶의 새로운 코드를 찾기 위해 치러야 한 과정이었던가……

7년 전, 남편을 따라 처음 이곳에 떨어졌을 때 맞은 첫가을. 천국 같던 짧은 여름이 지나고, 우기의 가을이 오면서 나는 마음의 닻을 내리지 못하고 있는 나 자신에 대해 처음으로 두려움을 느꼈다. 밤인지, 낮인지. 이슬비 내리는 낮은 밤보다 겨우 조금 더 밝을 뿐이었다. 가끔 베란다 창에 날아드는 노란 부리의 작은 까마귀, 꼬르보라는 새의 지저귐으로 새날이 열리는 걸 알았을 뿐이다. 밤낮의 주기가 내게 무슨 소용이었으랴. 비오며 어두운 낮, 혼자 버려진 텅 빈 두 칸짜리 아파트에서 나는 잠을 잤다. 아무 할일이 없었다. 아이까지 친정에 맡겨두고 와 야심차게 유학길에 올랐건만, 나는 대학의 석사과정 입학시험에 떨어졌다. 당연한 일인지 몰랐다. 한국에서 나는 영문학을 전공했다. 몇달간 『모제』라는 불어 문법책을 훑고, 여름에 도착한 현지에서 겨우 3개월의 불어 중급과정을 마친 실력으로 세 시간짜리 논문을 쓰는 입학시험은 고문이었다. 나보다 불어를 더 못하는 남편은 한국서 석사도 마친데다가 경력이 인정되어 무시험으로 박사과정에 등록할 수 있었다. 남편은 무엇이 그리 바쁘고 신나는지 아침부터 밤까지 집을 비웠다.

첫여름이 지나간 비오는 창을 내다보며 나는 깨달았다. 이곳의 삶이 바캉스가 아니란 걸. 다가올 시간들이 두려웠고 지나온 길로 방향을 틀고 싶었다. 커튼을 치고, 어디선가 새어드는 지독한 습기에 무릎을 싸안고 라디에이터 옆에서 잠이 들었다. 내 몸은 서서히 시차를 무시했다. 몸의 리듬은 두고 온 땅의 시간을 줄기차게 쫓았다. 낮이었지만 내 몸은 늘 여덟 시간 후의 밤이었다. 두고 온 세살배기 아들 녀석은 꿈속에서 나를 향해 자꾸만 총을 쏘아댔다. 아이를 품으려고 달려가면 아이는 뒤로 총을 쏘아대며 서향 빛이 들이친 긴 아파트 복도로 달아났다. 아이의 이름을 부르다 잠이 깨면, 오래된 석조 아파트의 긴 낭하를 울리는 발걸음 소리들. 열쇠들의 날카로운 마찰음. 퇴근하여 귀가하는 이웃들의 인사말 소리. 높은 낭하의 천장에 부딪혀 허공을 도는 불어의 그 궁글고 웅숭깊은 공명음. 시간은 달리의 시계처럼 오후 여섯시께에 시럽처럼 늘어지고 있었다.

설친 밤잠 뒤에 오는 새벽은, 즙액을 빨듯, 딱딱한 한덩이의 코코넛 같은 내 머리통의 뇌수를 빨기 위해 꼬르보가 오른쪽 후두부를 콕콕 찍는 그 느낌으로 왔다. 거리에 나서면, 인종전시장처럼 많고많은 인간들의 숲속에서, 사람들의 무심한 듯하지만 탐조등처럼 느껴지는 눈빛 때문에 나는 종종 길을 잃었다. 내 우스꽝스런 불어가 사소한 오해를 일으키고, 내가 또한 사람들을 오해하게 될 땐, 자기혐오에 치를 떨었다.

첫해의 외국생활은 그랬다. 유폐된 섬. 무인도. 나는 마음으로 누군가에게 SOS를 부르고 또 부르짖었다.

그때 남편이 한 남자를 집으로 데려왔다. 그는 남편의 대학 후배라고 했다. 결혼식과 집들이에 참석한 적이 있다고 하는데 이상하게 내겐 전혀 기억나지 않는 얼굴이었다. 그때서야 나는 찬찬히 그의 얼굴을 뜯어보았다. 단적으로, 그는 전혀 내가 좋아할 스타일이 아니었다. 모든 게 지루하게 긴 남자. 키가 컸지만 허리가 불필요하게 길었고 긴 얼굴에 긴 코, 그 얼굴을 받치고 있는 목도 남자답지 않게 길었다. 다만 내 마음에 든 건 알이 작은 적갈색 안경과 잘 구워진 빵처럼 구두코가 부푼 특이한 디자인의 갈색 구두, 몸에서 풍기는 무슨 상표인지 모를 매혹적인 향수냄새였다. 그리고 손톱이 깨끗한 긴 손가락 정도였다.

"인사해. 석용빈이라고, 내 대학 두 해 후배야. 물론 같은 과 후밴 아니고, 이 친군 국문학 했어. 오래 소식이 없어 궁금했는데, 누구 말을 들으니 프랑스로 갔다고 그래. 설마 했는데, 오늘 뽕삐두 전시장에서 만났어. 우리보다 삼개월 먼저 도착했대. 당신, 시동생 하나 생긴

셈치고 잘해줘야 돼."

내가 웃으며 목례를 하자 그가 물었다.

"마담, 불란서식으로 해도 되겠습니까?"

뭐라 대답할 겨를도 없이 그가 성큼 다가와 허리를 구부려 어깨를 잡고 내 양볼에 한번씩 입을 대고 쪽쪽 소리가 나게 뽀뽀를 했다.

이곳 사람들의 친밀한 인사법인 비주(bisous)는 서로 뺨만 대고 허공에다 쪽쪽 입소리를 내는 건데, 나는 어쩌다 불란서 사람들과 그걸 할 때도 괜히 겸연쩍었다. 하물며 동족인 한국사람과는 한번도 해본 적이 없는 인사. 그런데 이 남자는 넉살좋게 뜨끈한 입술을 슬슬 비벼대다니. 나는 그가 무안하건 말건 손등으로 양볼을 씻는 시늉을 했다.

"야, 불란서 물 얼마나 먹었다고 꼭 그렇게 티를 내냐? 아예 키스를 해라, 이 자식아. 새끼가 형수한테…… 하여간 이 자식 응큼한 건."

"아 왜 그래요, 형. 이렇게 예를 갖추면 한국 마담들이 은근히 얼마나들 좋아하는데……"

보기보다 넉살좋은 그는 목욕시설이 되어 있지 않은 다락방에서 살다보니 찬바람 나고부터 자꾸 살비듬이 떨어진다며 때 좀 불려야겠다고 욕실로 들어갔다. 휘파람을 불어젖히며 뜨거운 욕탕에서 한동안 나오질 않았다. 식탁에서 그는 7개월 만에 처음 한국음식을 먹는다며 거의 일주일분의 김치를 혼자 먹어치웠다.

그는 자신을 백수라고 소개했는데, 나중에 남편 말을 들으니 광고 카피를 짜서 보내주면 서울의 광고회사에서 약간의 월급이 나온다고 했다. 남편은 그를 몹시 좋아하는 것 같았다. 친동생처럼 잘해주고 싶어하는 마음이 그의 거친 말투에서도 물씬 스며나왔다.

둘은 가끔 밖에서 만나 전시를 보러 가기도 하고, 짓궂은 사춘기 소년들처럼 의기투합하여 불어의 증진을 위해, 소위 여자 헌팅을 다니기도 하나보았다. 가끔 남편은 그와 전화 통화를 하면서 낄낄대곤 했다. 야 불어는 뭐니뭐니해도 불란서년들 배 위에서 배워야지. 어쩌다 삼겹살이라도 굽는 날이면 어김없이 그를 불러 먹였다. 그가 돌아갈 땐 나 대신 김치를 퍼담아주기도 했다. 먹성 좋은 그가 자주 오니 빠듯한 송금으로 꾸리는 가계에 가뜩이나 높은 엥겔지수가 치솟았다.

"삼장법사가 구도는 안하고 웬 고기는 그렇게 밝혀?"

남편답지 않게 하도 곰살맞게 구는 게 눈꼴셔서 내가 한마디했더니, 남편이 갑자기 배를 쥐고 웃었다.

"삼장법사? 와! 당신 별명 하나 잘 지었다. 맞다, 그래. 딱 어울리는 별명이야. 고기뿐이냐? 암컷들 육고기는 얼마나 탐하는데. 도가 뭐 멀리 있냐?"

그러다가 남편은 웃음을 거두며 말했다.

"걔한테 잘해줘. 날 봐서라도 따뜻하게."

남편은 또 밤늦게 유선방송에서 포르노 영화라도 할라치면 그를 불렀다.

"야 인마, 빨리 와. 혼자 다락방에서 청승떨지 말고 삼십분 내로 달려와. 기똥찬 거 한다. 니 집엔 유선방송 없잖냐?"

두 남자가 포도주를 앞에 끼고 포르노를 보며 낄낄대는 소리를 듣는 늦은 밤, 나는 혼자 잠들며 생각해보았다. 여자 둘. 남자 하나. 왜일까? 이곳의 포르노는 거의 여자 둘에 남자 하나다. 처음엔 여자 둘이 젖가슴을 물고 서로의 성기를 핥다가 남자가 나중에 가세한다. 내 궁금증에 남편이 나름대로 변을 한 적이 있다.

"포르노는 어디까지나 남성 전유물이야. 거꾸로 생각해봐. 사내놈

둘이 그 짓 하다 여자가 여왕봉처럼 나타나 셋이 얽히면, 그게 어디 그림이 되냐? 오싹하지."

글쎄, 그림이 안되는 걸까…… 두 여자에게 지극한 사랑을 받으니 포르노 보는 남자들은 그래서 기분이 좋은가보다.

하지만 나도 곧 두 남자와 잘 어울리게 되었다. 주말이면 빠리 근교의 성과 숲으로 주먹밥을 싸서 놀러 가기도 하고, 적적한 저녁이면 함께 모여 포도주잔을 기울이기도 했다. 벼룩시장에서 산 헌 이발기계로 서로 돌아가며 머리를 깎아주기도 했다.

그런데 그 일을 어떻게 받아들여야 할까. 술추렴을 하던 어느날, 술에 몹시 취해 그가 어린애처럼 운 적이 있었다. 프랑스 오기 전, 자궁암으로 돌아가신 홀어머니 얘기를 하며 자기는 세상천지에 고아라고 눈물을 흘렸다. 한점 피붙이조차 없는 외로움을 당신들은 모를 거라며 울었다. 서른세살의 고아. 야, 인마. 예수는 네 나이에 세상을 구했다. 남편이 윽박질렀다. 그래도 예수한텐 엄마가 있었잖아요. 술에 취한 그가 대들었다. 이봐요, 용빈씨. 사람은 누구나 다 혼자잖아요? 내가 달랬다. 그가 아이처럼 말했다. 그런데 나는요, 엄마 젖도 못 빨고 자란 놈이에요. 왠지 아세요? 우리 엄만 처녀 행세를 해야 했거든요. 미군들이 엄마 젖을 빨아줘야 돈이 나오니까요. 퉁퉁 불은 젖통에서 나오는 젖을 어른 남자들이 좋아했겠어요? 난 미군들 레이션 박스 속의 가루우유를 먹고 자랐어요. 우리 엄마 자궁은…… 그래요, 미국 군발이 놈들 폐수처리장 같은 거였으니 암에 안 걸리고 배겨요? 나 엄말 정말 저주 많이 했었어요. 서슴없이 양갈보라고 불렀어요. 인간에게 엄마는 왜 선택할 수 없는 건지.

그런데 그 말을 하면서 슬슬 몸을 허물어뜨리더니 한쪽 옆으로 뻗어 있던 내 맨발을 끌어당겨 엄지발가락을 자신의 입속에 집어넣고 빨기 시작했다. 기겁을 하고 놀란 내가 남편을 쳐다보자 남편이 가만 있으라는 손짓을 했다.

"취했어. 그냥 놔둬."

엄지발가락에 느껴지는 기괴한 흡착력으로 온몸에 소름이 돋았다. 그러나 그의 사연이 사연인만큼 발길질을 할 수도 없고 난감한 표정으로 꾹 참고 있자니 그가 제풀에 곯아떨어져버렸다.

비누로 발을 씻고 나온 내가 남편에게 따졌다.

"당신 후배 왜 저래? 좀 변태 아니야? 그걸 보고 가만 놔두는 당신은 또 뭐야?"

"쟤, 오늘 너무 취했어. 너무 외로웠겠지. 영혼의 상처가 깊은 거야."

"상처 없는 영혼이 이 세상에 어디 있어?"

"몸담고 있던 광고회사도 형편이 안 좋은가봐. 송금을 잘 안해준대. 그렇다고 여기 대학에 입학 자격도 안되고……"

"대학 졸업장 있는데 불어 실력만 있으면 석사가 가능하잖아."

"쟨 대학 졸업 못했어. 이년 다니다 말았어."

"그래? 왜? 그렇게 가난했나……"

"그럴 일이 있어……"

빠리의 첫겨울은 뼈가 아렸다. 기온은 영상이라지만 이유를 알 수 없는 냉기가 몸을 시리게 했다. 남편은 수업을 잘 따라가지 못해 곤혹을 치렀다. 요점정리한 친구의 노트를 복사해서 볼라치면 그들의 괴상한 필체를 해독하느라 신경질을 자주 냈다. 쎄미나 준비로 저녁 늦게나 들어와 밥 한술 뜨고 곯아떨어졌다. 감기마저 그에겐 들르지 않

고 심심한 내게만 자주 들러 놀다 갔다. 늘 비실비실거리며 라디에이
터 곁에만 붙어 있는 나를 책가방을 챙겨 나가던 남편이 돌아보며 화
를 냈다.

"야! 무슨 라지에터 귀신이 씌었냐. 나가서 영화도 보고, 전람회도
가고 좀 움직여봐라. 이 세계 최고의 문화도시에서 할망구처럼 맨날
집안에서만 골골…… 그게 뭐야! 어학원이 비싸 등록을 못한다 치면,
집에서 테레비 보면서 불어 공부라도 하든가."

"사방 천지에 내가 아는 인간이 어디 있다구."

"혼자 다니면 누가 빠리 천지에서 보쌈이라도 한대니? 아니면 용빈
이라도 불러내서 다니면 되잖아."

"싫어. 그 느물느물한 삼장법사는. 나 한국으로 돌아갈래. 민이가
자꾸 꿈속에서 보여. 도대체 내가 왜 여기 있는 거지?"

남편은 눈물이 글썽해진 나를 보고 잠깐 연민이 서린 표정을 지었
으나 시계를 보고는 황급히 문을 닫고 나갔다. 그날 오후 나는 처음으
로 삼장법사를 불러냈다. 쌩 미셸 거리의 오래된 영화를 상영하는 극
장에서 젊은 시절의 장 뽈 벨몽도가 그 두꺼운 입술로 노래하는 뮤지
컬 코미디를 보았다. 영화가 끝나고는 촛불 켜진 레스또랑에서 서로
의 불어 실력이 탄로날까봐 묻지도 못하고 뜻도 모르는 긴 이름의 요
리를 시켜 먹었다. 그중 기억나는 단어를 나중에 사전에서 찾아보니
송아지의 골이란 걸 알고 얼마나 비위가 상했던지. 돌아서면 잊어버
릴 시답잖은 얘길 주고받으며 저녁식사를 마치고 커피까지 마시고 나
자 아무 할일이 없었다. 그래서 우린 남편을 마중하러 남편의 수업이
있는 쏘르본느 대학까지 걸었다. 지독하게 추운 밤이었다. 황량한 하
늘에 이지러진 하현달이 한쪽 입귀를 올리며 냉소짓는 싸늘한 밤. 그

는 목도리를 풀어 내 목에 친친 감아주었다. 담배냄새와 섞인 익숙한 그의 향수냄새가 났다. 싫지 않았다. 야릇했다.

갑자기 비가 내리기 시작했다. 비를 피할 데도 없는 룩쌍부르 공원 앞이었다. 건물의 처마밑으로 비를 피하기 위해 몇몇 행인들이 뛰었다. 그가 앞서 뛰다 뒤처지는 내 손을 이끌고 뛰었다. 어느 건물의 입구로 뛰어드니 먼저 와 있던 연인 한쌍이 따뜻한 웃음을 보내왔다. 젊은 연인들은 얼굴에 붙은 서로의 머리칼을 쓸어주다가 자연스레 입을 맞추고 있었다. 소나기처럼 금방 그칠 것 같던 비는 좀 늦어지면서 좀체 그칠 줄을 모르고 내렸다. 또한 그칠 것 같지 않고 영원히 계속될 것 같은 그들의 입맞춤.

"처음에 이 사람들 이러는 거 참 이상했어요. 어떤 연인들은 글쎄, 신호등 앞에서 갑자기 눈빛이 야릇해지더니 키스를 하더라구요. 사람들의 통행을 방해하면서까지요. 뭐라 그러는 사람도 없어요. 동욱씨하고 나만 넋이 빠져 보고 있는 거 있죠. 내가 그만 보고 가자고 쿡쿡 찌르니까 동욱씨가 일단 건너가자, 해서 횡단보도를 건넜어요. 그런데 동욱씨도 참 웃기는 남자죠. 건너편에 가서 그러는 거 있죠. 자, 지금부터 시간을 한번 재보자. 그런데 정말 칠분을 뽀뽀만 하고 있더라구요."

"부러웠겠네요."

"연애의 천국에 있는 저 젊은애들이 부럽다기보단 우리가 청춘일 땐 왜 그렇게들 지낼 수밖에 없었는지. 늘 데모에다가, 잔뜩 짓눌리고…… 남들 앞에서 애정표현하는 것조차도 왜 죄스러운 분위기였잖아요. 동욱씨랑 연애할 때, 동욱씨는 그 당시로선 무척 용감하긴 했어요. 갑자기 기분 내키면 길에서도 뽀뽀하고. 일요일날, 우리 학교 교회에 함께 예배보러 왔다가 잔디밭에서도 했어요. 여자대학 캠퍼스에서요. 대낮에 명동의 어느 경양식집에선 주인 아줌마한테 쫓겨나기도 했어요. 이것들이 여관비가 없어서 쥐새끼들같이 새어들어왔냐고, 얼마나 무안을 주던지…… 내가 거리에 나와서 핸드백 집어던지며 막 울던 생각 나요. 블라우스 단추는 세 개나 풀어져 있는 채로. 얼마나 동욱씨가 밉던지."

"지금은 어떤데요. 잘 안해줘요?"

"뭐, 옛날 같지 않죠. 요즘은 마누라가 불란서 여자가 아니라 원통한가봐요. 참, 요즘 뭐 동욱씨 수상한 낌새는 없어요? 용빈씨야 총각이라 그렇다고 치지만 처자식이 시퍼런 동욱씨가 요즘 좀 헷갈리는 것 같아요. 낌새가 이상하면 이 형수한테 즉각 보고해야 돼요. 나한테 잘못 보이면 용빈씨 배만 곯지, 뭐."

그가 흐흥, 웃었다.

"그럼 형수도 헷갈려버리면 되지."

"아, 난 그런 게 안돼요. 그런 건 타고나나봐요. 내 성격을 규정짓는 단적인 예가 있어요. 다섯살 땐가 여섯살 땐가, 추석 때 귀성열차를 탔어요. 만원 입석 열차였는데요, 나는 엄마 따라 동네 미장원에서 머리도 올리고 화장도 하고 고운 한복을 입고 있었는데 갑자기 오줌이 마려워 죽겠는 거예요. 그 많은 사람을 뚫고 화장실을 가긴 엄두가 안 나고…… 엄마가 쪼그리고 앉아서 궁둥일 까고 싸지, 뭐 어떠냐고 자꾸 눈을 부라려요. 한복을 입었으니 아무도 모를 거라고. 아무리 급해도 그건 싫었어요. 사람들이 내리고 나서 지린내를 풍기며 내 오줌자국이 남는 걸 못 참을 것 같았어요. 고민 고민 하는데 마침 기차 바닥에 조그만 구멍이 뚫린 게 보이는 거예요. 동전보다 조금 컸어요. 안도의 한숨이 저절로 났어요. 살짝 그 위에 앉아서 살포시 치마를 내리고 어른들 다리 사이에서 살금살금 오줌을 누었어요. 절대로 구멍 바깥으로 오줌이 묻지 않게 잘 조준해서 누느라 흔들리는 기차 안에서 조바심을 내던 모습을 상상해봐요. 오줌발을 조종하느라 진땀을 흘리는 꼬마여자애, 그게 바로 나예요. 금 바깥으로 나가는 걸 두려워하는 인생. 나, 참 답답하죠?"

그가 내 얼굴에 흘러내린 머리칼을 귀 뒤로 넘겨주며 말했다.

"형수는, 당신은…… 참 귀여운 데가 있어요."

그의 목젖이 꿈틀했다.

"아, 비가 그쳤어요."

내가 그 말을 하며 먼저 처마밑을 벗어났고, 그가 따라왔다. 그날 쏘르본느 대학 앞에서 남편을 만나 나를 인계해준 그가 우리들에게 작별인사를 했다.

"안전하게 보관했다가 돌려드리니 이상 있나 오늘밤 확인해보시고, 문제가 있으면 점검을 해드려요. 형수, 오늘밤 롱타임으로 꼭꼭 안아달라 그러세요."

그가 파카의 깃을 올리고 지하철역을 향해 걸어갔다. 그는 휘파람을 씩씩하게 불며 걸어갔다. 「콰이강의 다리」였다.

나는 그때쯤 깨달았어야 하지 않을까. 그가 내게로 몰래 다리를 쌓고 있었다는 걸…… 크리스마스 사흘 전인 내 생일. 남편은 서른두 송이의 장미꽃 다발과 붉은색 램스울 머플러를 내게 선물했다. 그는 '뿌아종'이란 크리스띠앙 디오르의 향수 한병을 선물로 내놓았다. 그의 빤한 형편을 알고 있어서 선뜻 못 받는 내게 그가 말했다.

"독이란 뜻의 향순데 아주 농염한 향이에요. 세상 남자들 모두 중독을 시켜버리세요."

그날 우리 셋은 오랜만에 작정을 하고 술을 마셨다. 제일 먼저 떨어진 건 전날 밤 리포트 준비를 하느라 잠을 설친 남편이었다. 그가 먼저 침실로 들어가고 우리는 몇개 안되는 상송 음반을 들었다. 주로 떠드는 건 나였다. 이상했다. 나는 원래 말이 없는 편인데, 그 무렵 그 앞에선 아무 말이고 주절댔다. 너무나 모국어에 굶주려 있었기 때문일까.

자끄 브렐의 「느 므 끼뜨 빠」가 흐느끼며 흘러나오고 있을 때였다. 그가 볼륨을 올렸다. 눈을 감고 음악을 듣는 것 같던 그가 갑자기 일어나 전등의 스위치를 눌러버렸다. 순식간에 어두워졌다. 술에 취해가던 나는 잠시 어둠의 의미를 깨닫지 못했다.

그가 어둠속에서 한마리 짐승처럼 나를 덮쳐눌렀다. 놀람의 신음소리가 목구멍에서 터지기 직전, 그가 입술로 내 입을 틀어막았다. 그는 민첩한 동작으로 내 면바지를 우악스레 벗겨내며 오른손으로 자신의 혁대를 풀기 시작했다. 나는 발버둥을 쳤다. 그러나 포르말린에 마취되고 있는 한마리 풍뎅이처럼 나는 무기력했다. 자끄 브렐은 계속 흐느끼고 있었다. 혁대가 잘 풀어지지 않는지 버클의 쇠장식 부딪는 소리가 귀에 거슬리게 났다. 아아, 어떻게 이럴 수가 있나. 남편이 몇 발짝 건너 침대에서 자고 있는데…… 이렇게 금을 넘게 되는가…… 금 밖에 선 인생은 상상할 수도 없었는데……

그런데 그는 내게 들어오지 않고 갑자기 모든 동작을 멈추었다. 그가 떨리는 목소리로 말했다.

"미안해요. 내가, 내가 왜 이러는지…… 모르겠어요. 내가 취했나? 정말 미안해요. 형한테 가서 자요."

어둠속에서 그의 손이 무릎까지 내려온 내 바지를 천천히 올려주었다. 소름 돋은 살갗에 느껴지던 축축하게 땀 밴 뜨거운 손의 스침. 어둠속에서 그가 라이터를 켰다. 그 짧은 불빛 속에서 담배를 쥔 그의 손이 몹시 떨리고 있었다. 또다시 어둠속. 연기를 내뿜는 떨리는 한숨 소리. 동그란 담뱃불만이 오르락거렸다. 나는 몽유병 환자처럼 일어나 벽을 더듬어 침실로 갔다. 남편은 가늘게 코를 골고 있었다. 남편의 가슴에 얼굴을 묻었지만, 남편은 잠결에 건성으로 토닥여주곤 돌아누웠다.

며칠 후, 그는 나를 사랑하고 있다고 고백했다. 왜냐고 이유를 묻는 내게 수음을 하게 될 땐 늘 내 모습이 떠오르기 때문이라고 간단히 대답했다.

그런 걸 사랑이라 불러도 되냐고 따졌다. 그에게 뻔뻔하다고 욕을 했다. 그러나 그와의 일상적인 전화 통화에서도 갑자기 나른해지고 아래가 젖어오는 걸 스스로도 설명할 도리가 없었다. 그러나 그의 뻔뻔함은 거기서 그치지 않았다. 남편과 함께 식사를 하고 나서 설거지를 거든다는 핑계로 부엌으로 와 나를 격렬하게 껴안기도 했다. 소리가 날까봐 입을 다물고 속수무책으로 가만히 있을 수밖에. 그는 그런 불안한 애무를 즐기는 것처럼 보일 지경이었다.

어느날 내가 남편에게 호소했다. 그를 더이상 집으로 데려오지 말아달라고. 도대체 그를 그렇게 감싸고 도는 이유가 뭐냐고. 그러자 남편이 고백하듯 말했다.

"난 걔한테 마음의 빚이 있어. 걔가 학교를 못 다니게 된 건 나 때문이었어. 사실 난 걜 잘 몰라. 옛날이나 지금이나. 그게 어쩜 불행이지. 우리 과의 날라리 같은 한 녀석의 소개로 우연히 함께 술을 마시다가 용빈이 녀석이 그 무렵 한창 금서가 되어 오히려 대학가에 더 잘 알려진 시인의 시집을 가지고 있다는 얘길 언뜻 했어. 의외였어. 국문과긴했지만 용빈이도 완전 날라리 몰골이었거든. 왜 그때는 그 살벌한 분위기에서도 그런 책을 읽어야 지식인답다고 생각했잖아. 우리 과 날라리가 그 시집과 몇권의 금서를 얹어서 먼저 빌려보고 내가 그 다음 빌렸지. 그런데 재수없게 불심검문에 걸려버렸어. 잔뜩 겁이 난 나는 몇차례 그들의 공갈에 버티다가 끝내 용빈이 이름을 대주고 말았어. 그 정도만 됐어도 그렇게 되진 않았을지 모르지. 그애 방을 몰래 수색하는 중에 유인물 뭉치도 함께 나왔던 모양이야. 학교도 짤리고 군대로 끌려가 모진 고생을 한 모양이야. 어쨌거나 나는 그 일로 마음이 무너지는 것 같았어. 그렇다고 그애가 내게 섭섭해하는 것도 없었어. 나중에 복학을 할 수 있게 돼서 내가 등록금을 마련하여 설득을 해도 왠지 복학을 하지 않았어. 사회에 나와서 일도 잘 풀리지 않는 것 같고. 난 마음에 빚을 진 것 같아 늘 괴로워. 평생을 갚아야겠구나, 생각했지. 그러니 내 얼굴 봐서라도 잘해줘.”

가끔은 그가 격정을 참지 못해 고통스런 얼굴로 남편이 없는 집에 찾아오기도 했다. “도대체 이러면 어쩌자는 거야!” 비상구도 없는 사랑 앞에서 나는 막막해 소리를 질러댔다. 그때 그는 죽음보다 참을 수 없는 고통이 사랑이라고 했던가. 다림질을 할 때 찾아온 그에게 뜨거운 다리미를 휘둘러 그의 손에 화상을 입힌 적도 있었다. 그 화상자국은 남아메리카 지도 모양으로 새끼손가락 부근 손등에 오래 머물러 있어 내 마음을 불편하게 했다. 그러다가 나도 그런 사랑에 중독이 된 걸까. 살기가 돋듯 격렬한 그의 포옹이 홍수처럼 들이쳐 허술하게 빗장을 잠근 내 욕망의 문을 무너뜨렸는가.

그러다 문득 깨달았다. 세상에는 참을 수 있는 것과, 참을 수 없는 것이 있다는 걸…… 겨울비가 하루종일 오던 날, 나는 그의 다락방으로 찾아가 스스로 옷을 벗었다. 금을 밟고 넘어서니 의외로 편했다. 그후 나는 초식동물처럼 순하고 긴 그의 허리에 악착같이 매달리며 유폐된 섬에서의 탈출을 꿈꾸었다.

그 무렵 언제부턴가 드물어진 남편과의 섹스. 남편은 섹스를 하기 전에 내키지 않은 숙제를 하듯이 오래 뜸을 들였다. 까씨스 술을 두 잔 주문했고, 포르노 비디오를 돌렸다. 비디오가 한 30분쯤은 무르익어야, 겨우 내 젖가슴을 만지작거렸다.

네시. 학교에서 아이들을 데려올 시간이 되었다. 아직 묵직하긴 하지만 목이 제법 풀린 것 같다. 창밖을 내다보니 비가 그친 듯했다. 창문을 열고 밖으로 손을 내미니 안개비의 입자가 손등을 간질였다. 그는 이 도시가 음기가 세서, 늘 여자의 몸처럼 젖어 있기 때문에 좋아한다고 했다. 우산을 가져갈까, 잠시 망설이다 나는 그냥 나서기로 결심한다.

*

"시내에서 잠깐 전화하는데, 지금도 또 집에 없네요. 내일 나는 떠나요. 한번 봤으면 좋겠는데…… 오늘 저녁때쯤 시간이 어떨지…… 다시 전화할게요."

아이들을 학교에서 데리고 집으로 들어오니 그동안에 메시지가 들어 있다. 그의 메시지다. 이 무슨 숨바꼭질인가.

그가 만나고 싶어하는 건 누구인가. 남편인가. 떠나고 나서 내게 한 통의 전화도 없던 사람이다. 나는 그런 그를 이해할 수가 없었다. 다만 남편이 몇년 전 한국에 갔을 때, 그를 한번 만났다고 지나가는 말로 한 적이 있다. 정말 중이나 될까봐. 되는 일이 하나도 없어,라고 말하더라고 남편이 전해주었다.

그런데 그와 통화가 이루어졌다. 아이들의 저녁을 차리느라 부엌에 있을 때였다. 마루에서 만화영화를 보던 작은녀석이 소리쳤다.

"엄마! 어떤 아저씬데, 엄마 바꾸래."

그는 내 안부를 물었고, 그리고 나를 만나고 싶다고, 괜찮다면 우리가 가끔 만나곤 하던 시내 강변의 까페에서 밤 열시쯤 보아도 되겠냐고 했다. 나는 아이들 때문에 밤외출은 어렵다고 말하려다가 후배 민선을 생각하곤 좋다고 말해버렸다. 전화가 중간에 끊어지는 걸 보니 호텔 전화는 아닌 모양이다.

뜨거운 욕탕 속에 누워 수초처럼 흔들리는 거웃들을 바라보며 그를 만나기로 한 걸 잠깐 후회했다. 아직 목을 제대로 돌리기가 힘들었다. 뜨거운 샤워꼭지를 목 뒤에 대고 더운물 찜질을 하다가 거울에 비친 내 모습을 보았다. 익은 토마토처럼 흐물흐물해 보였다. 약기운 때문인지 어질거렸다. 내 몸이 아름답다고 그는 말했었다. 자신의 손안에 알맞게 쥐어지는 젖가슴을 특히 좋아했다. 이제 둘째아이를 낳고 모유를 먹여 가슴이 처진 걸 보고도 그가 그럴까. 나는 두 손으로 가슴을 받쳐보다가 오늘밤 그 앞에서 다시 가슴을 열어 보이지는 않으리라 다짐해본다.

그가 떠나고 곧 둘째가 서고, 아이를 낳고도 한참을 남편은 내 곁에 오지 않았다. 임신기간 때 태중의 아이를 배려해서 금욕을 하는 건 첫아이 때도 그랬다. 그러나 둘째가 기어다니기까지 남편은 한번도 나를 안지 않았다. 그가 말한 이유는 한국과 달리 분만과정에 아빠가 참

여하는 이곳의 관례에 따라 마지못해 내 출산과정을 지켜보았는데, 그게 좋지 않은 영향을 준 것 같다고 했다. 아이가 나오는 거대한 질구에 대한 공포감이 쉽게 없어지지 않는다고 했다.

목욕을 끝내고 수건으로 꼼꼼하게 닦고 나서 서랍장을 열고 한참을 그대로 있었다. 그러다 결혼기념일에 남편이 선물해준 검은색 레이스가 화려한 브래지어와 팬티가 한 세트로 포장된 비닐을 뜯었다. 검은색 속옷은 내 몸을 더 희게 부각시켰다. 나는 속옷의 레이스에 뿌아종 향수를 뿌렸다. 밤 열시라면, 왜 그렇게 늦게 만나자고 하는 걸까. 설마 나를 데리고 자신의 호텔방에서 함께 밤을 보내려는 건 아니겠지.

젖은 머리를 드라이로 말리느라 머리칼을 치켜드니 새치가 언뜻언뜻 눈에 띄었다. 화장을 너무 화려하게 하지 않도록 노력한다. 그는 자연스런 아름다움을 찬양하는 사람이다. 그러나 풋풋한 아름다움을 드러내기엔 너무 나이가 들어버리지 않았나. 옷장에서 금색 단추가 붙은 검은색 재킷과 비둘기색 바지를 맞춰 입었다. 아무래도 얼굴이 맥없어 보여 알이 촘촘히 박힌 진주 귀고리를 하니 한결 나은 느낌이었다. 그러자 슬그머니 웃음이 났다. 그는 절정에 다다르면 좀 광포해지는데 내 머리칼을 잡아당기거나 마구 흐뜨려버리는 습관이 있다. 어느날 그의 집에 갔다가 돌아오는 지하철 차창에 비친 내 얼굴을 보다가 왼쪽 귀에 귀고리 한짝이 없어져 텅 빈 걸 발견했다. 결혼예물인, 루비가 자잘하게 박힌 제법 값나가는 귀고리였다. 나는 집으로 돌아오자마자 그에게 전화를 했다. 하도 요란을 떠는 통에 귀고리 한짝을 떨어뜨린 것 같으니 잘 찾아보라고…… 다행히 남편은 집에 없었다.

다 차려입고 나니 민선이 포도주 한병을 꿰차고 도착했다.

"와아, 언니, 무슨 일이야? 이 밤에 이렇게 차리고…… 나랑 술 마시자고 오란 거 아니었어?"

"애들 먼저 재우고 너 혼자 마시고 있어. 그럴 리는 없겠지만 혹 늦게 되면 내 침대에서 자. 난 열쇠가 있으니."

"언니, 오늘밤 수상해."

민선이 눈을 흘겼다.

역에서 내려 강변을 걸으며 나는 잠시 생각했다. 그는 왜 여기에 왔을까. 그가 몸을 담고 있던 광고회사가 그에게 더이상 송금을 해주지 않자 허드레 아르바이트를 하며 몇달을 더 버티던 그가 떠나야겠다고 했었다.

"날 기다려달라고 약속을 걸고 싶진 않지만, 조만간 다시 만나게 되는 날엔, 내 손엔 제3국으로 떠날 두 장의 티켓이 들어 있을 거야."

그의 말에 나는 피식, 웃음을 지었다. 제3국? 그도 남편의 그림자가 없는 곳으로 도망을 가고 싶어하는구나.

환하게 불켜진 까페가 저만치 보였다. 들어서자 그가 손을 들었다. 의외로 살이 붙고 말끔한 모습이었다. 옛날의 축축하고 상한 모습이 아니라서인가. 왠지 나 자신이 더 초라하게 여겨졌다. 서로 어색하게 웃기만 했다.

"세월이 제법 흘렀지……? 민이도 많이 컸겠다. 그 이듬해 여름에 빠리에 왔던 그 녀석 나만 보면 총을 쏘고 수갑을 채웠잖아. 나 나쁜 놈인 거, 갠 다 알았나봐. 아까 전화를 받던 녀석이 그 녀석인가?"

"갠, 둘째야."

"그래? 몇살이지?"

"만 다섯살이 조금 넘었어."

"그러니까…… 내가 떠나고 나서 얼마 있다…… 아일 낳은 거야?"

"일년이 넘었을 때였지. 왜?"

"혹시 내 새끼가 하구……"

나는 눈을 동그랗게 떴다. 곧 그는 썰렁한 농담을 무마하듯 과장되게 웃었고 나는 그에게 눈을 흘겨주었다. 그래, 이 남자. 우리가 양들이었다면 새끼를 함께 낳을 수도 있었겠지. 우리가 인간이 아닌, 초원의 고독한 양들이었다면…… 가슴 저린 친근감이 순간 몸으로 퍼져나가는 게 느껴졌다.

그런 느낌도 잠시 우리는 침묵했다. 그는 차가운 맥주를 망설이듯 천천히 마셨고, 나는 뜨겁게 데운 포도주를 한잔 더 주문했다. 서서히 취기가 돌았다. 목의 통증도 가라앉는 듯했다. 그가 형편이 좋아 보이는 건 다행한 일인지 모른다.

"좋아 보여……"

"진경씨도 그래. 안정감 있어 보이고. 형도 잘 있겠지?"

"지금 여기 없어. 한국 갔어."

"부부전선엔 이상없겠지?"

그가 웃으며 물었다.

"그럼."

그가 담배를 물었다.

"진경씨한테 늘 미안한 마음이었어. 이렇게 늦게 나타날 마음은 아니었는데…… 떠날 때 내 마음은 그렇지 않았었거든. 하지만……"

그가 오랫동안 말을 잇지 못했다. 그 침묵이 어색해 내가 물었다.

"한데…… 여긴, 왜 온 거지……?"

"으음, 신혼여행……"

아, 나는 왜 그도 아내를 가질 수 있다고 한번도 생각해보지 않았던가! 나는 그에게 조금 웃어 보였다.

"신부가 내가 예전에 머물렀던 빠리를 보고 싶어했어. 며칠 됐는데 연락하는 게 망설여지더군. 내일 이태리 가서 며칠 있다 한국으로 떠나. 아내는 외국여행이 처음이라 그런지 시차 때문에 고생이야. 아홉시만 되면 곯아떨어져."

"나한테 결혼했다는 걸 자랑하고 싶었나보지⋯⋯"

내가 쓸쓸한 기분으로 비꼬는 듯 말하자 그가 맥주를 단숨에 들이켰다.

"그러지 마⋯⋯ 진경씨도 많이 힘들었을 거야⋯⋯ 하지만 힘들었던 건 당신만이 아니었어."

그가 품에서 봉투 하나를 꺼냈다.

"많이⋯⋯ 망설였어. 몇년간 보관하면서 없앨 생각도 많이 해봤어. 그러나 왠지 당신에게 약속을 못 지킨 걸 해명하고 싶었고, 나 스스로도 이젠 뭔가 정리하고 싶었어."

"이게 뭐지?"

그가 대답 대신 창밖의 거리로 눈길을 돌렸다.

봉투 입구를 벌리자마자 또르르 뭔가가 굴러나왔다. 그건 7년 전 잃어버린 루비 귀고리 한짝이었다.

"어머! 아무리 찾아도 없다고 하더니 찾았었네?"

그는 말이 없었다. 그리고 사각봉투가 두 개 나왔는데, 나는 그중 하나를 열었다. 넉 장의 사진이 나왔다. 녹음 짙은 나무 밑에 앉아 그와 내가 포옹하는 모습을 연속으로 찍은 사진. 갑자기 몸이 꺼지는 느낌이 왔다.

"한국으로 돌아와서 몇달 되었을까, 형에게서 우편물을 받았어. 귀고리와 이 사진. 당신이 내 집에 왔다가 그 귀고리를 잃어버리고 간 날, 당신 떠나고 나서 한 십오분이나 됐을까. 형이 지나는 길에 우연히 들렀어. 아마 그때 형이 발견했던 모양이야. 기억나? 그 사진? 내가 빠리를 떠날 때, 환송회를 해준다고 형이 우리를 퐁뗀느블로 성으로 데려간 적 있었지? 그 성의 울창한 숲에서 형이, 이런! 빈 카메라를 들고 왔네, 이십분만 기다려. 그러며 필름을 가지러 간 적 있었지? 우린 그때 며칠 앞으로 다가온 이별이 견딜 수 없이 가슴아팠고……"

그가 또하나의 담배에 불을 붙였다.

"나머지 봉투는 형의 편지야. 나중에 읽어봐. 사랑은 용서까지 포함하는 걸 거라면서. 용서하도록 노력하겠다면서…… 당신을 이제는 좀 놓아주었으면 한다고. 가끔 멍해져 있는 당신의 눈빛을 바라보는 것이 고통스럽다고. 그러니…… 내가 어떻게 당신을…… 나, 잊으려고 이를 악물었다. 다만 너무도 가슴아팠던 건, 당신에게 내 마음이 닿지 못해 당신에 대한 사랑을 포기했다고, 그렇게 당신이 믿게 되는 것, 그게 제일 슬펐지. 그걸 상상할 때마다 괴로웠어."

그가 고개를 숙이고 한손을 자신의 머리칼 속에 집어넣고 움켜쥐었다. 몸의 열기와는 달리 이상하게도 마음은 얼음처럼 싸늘해졌다.

"몇년 전이던가. 형이 한국 왔을 때 날 한번 찾아왔었어. 우린 아무 말 없이 코가 비뚤어지게 술만 마셨지. 형이 나중에 그러더라. 이제 그 여자를 좀 용서할 것 같다고. 그리고 내게도 마음의 빚을 좀 갚았다고 생각한다며. 형의 눈이 축축해진 걸 난 봤어. 나는 그때 생각했지. 형이 나보다 더 외로운 세월을 견뎠다고. 형은 진경씨를 정말 사랑하고 있었던 거야."

거리에 바람이 부는가. 사람들의 코트 자락이 펄럭이고 낙엽들이 휘날리는 게 보였다.

"진경씨한테 이런 얘길 굳이 할 필요가 없는지도 몰라. 어쨌든 난 당신에게 죄인이야. 두 사람 모두에게 못할 짓을 했어. 하지만 그 봉투를 버릴 수가 없었어. 그렇다고 그냥 세월의 먼지 속에 묻혀 있도록 둘 수도 없었어. 미안해. 당신 몫으로 남을 괴로움을 생각 못한 것도 아냐. 그러나 진경씨 강하고 현명한 여자인 거 알아. 진실을 알고 모르고의 차이는 큰 거라고 생각해."

어떻게 저렇게 눈 하나 깜짝하지 않고 논리 정연할 수 있단 말인가. 갑자기 소리를 마구 지르고 싶었다. 그러나 나는 앞에 놓인 물잔을 들어 눈을 감고 천천히 마셨다. 그리고 눈을 떴다. 그는 꽁초가 다 타들어가는 것도 잊은 채 창밖을 내다보고 있다. 나도 어금니를 물고 망연히 창밖만을 내다보았다. 입을 열면, 주체할 수 없는 울음이 터질 것도 같았다. 그때 눈부시게 환한 조명등을 단 쎄느강의 유람선 바또무슈가 지나갔다. 그 조명 탓인지 강변의 시들시들한 플라타너스 이파리가 눈이 시리게 생생한 초록색으로 살아났다.

"일어날까?"

그가 바바리 코트를 집어들며 일어났다. 밖으로 나오니 바람이 제법 차가웠다. 바또무슈의 밝은 조명 탓인지 그의 눈가의 주름살 하나하나가 칼로 그은 듯 세밀하게 보였다. 나는 고개를 돌려버렸다.

"지하철역까지 바래다줄까?"

"아니, 괜찮아. 신부에게 돌아가."

나는 그냥 앞만 바라보고 걸었다. 그는 쫓아오지 않았다. 바람이 젖은 보도 위의 낙엽을 간지럼태우며 강변 쪽으로 달아났다.

취기가 올라왔다. 그래, 그랬단 말이지…… 둘이서…… 개같은 새끼들. 욕설이 툭, 튀어나왔다. 나는 허망한 마음을 갈지자 걸음에 실었다. 취객처럼 과장되게 흔들흔들 걸으며 나 자신을 마음껏 조롱하고 싶었다. 그러다 무엇인지 미끄러운 것을 밟으며 길바닥에 나동그라졌다. 넘어지면서 나는 깨달았다. 그건 개똥이었다. 늘 밟지 않으려고 피해다니던 개똥. 개똥을 밟다니……

　일어나려니 목에 도끼로 찍는 강렬한 통증이 급습했다. 또르띠꼴리의 잔혹한 일격이었다. 나는 축축한 낙엽 위에 그냥 그대로 길게 드러누워버렸다. 편안했다. 손도 빈손이었다. 미끄러지는 통에 손에 쥐었던 봉투마저 어딘가에 놓쳤나보았다. 그때 마침 또 바또무슈가 지나갔다. 드러누운 채 하늘을 보았다. 배에서 내쏘는 눈이 시린 조명으로 북청색으로 보이는 하늘에 군데군데 뭉쳐져 흩어진 구름들이 보였다. 그게, 꼭 바다에 떠 있는 섬처럼 보였다. 남편의 섬. 그의 섬. 그리고 나의 섬.

─『은하수』 2000년 1월호, 흑룡강조선민족출판사

나무물고기

그 여자는 누구보다도 뛰었다.

오천 명이 타인이와 수영장을

가득한 수영장 혹은 풀 중에서

여자의 몸짓기는 좀 특별한 매가 있었다.

여자는 나이를 짐작할 수 없는 표정을 지니고 있었다.

나른하면서도 우아한 듯하고

지친 듯하면서도 도발적인 매가 있는

종잡을 수 없는 분위기를 풍기고 있었다.

그녀는 흰색 수영모와

새하얀 수영복을 끼고 나타났다.

때문은 경우이나 회색 간청새 수영복 입새인

주름 속에서 마치 깨미깨비를

속에 있는 배춧처럼 눈에 띄었다.

그건 그녀의 살빛이 유난히 희기

때문에 그런지도 모른다.

나무물고기

그 여자는 누구보다도 튀었다. 오전 열시 타임의 수영강습 기초반 수강생 열두 명 중에서 여자의 분위기는 좀 특별한 데가 있었다. 여자는 나이를 짐작할 수 없는 표정을 지니고 있었다. 나른하면서도 우아한 듯하고 지친 듯하면서도 도발적인 데가 있는 종잡을 수 없는 분위기를 풍기고 있었다. 그녀는 흰색 수영모와 새하얀 수영복을 입고 나타났다. 대부분 검정이나 회색 감청색 수영복 일색인 주부들 속에서 마치 까마귀떼들 속에 있는 백조처럼 눈에 띄었다. 그건 그녀의 살빛이 유난히 희기 때문에 그런지도 모른다.

그녀는 서두는 법 없이 천천히 풀을 향해 걸어들어왔다. 강사인 그를 보면 까딱 목례를 하고는 서서히 물로 들어가 몸을 담근다. 다른 아줌마들처럼 물에 닿자마자 호들갑스레 몸서리를 치거나 하지도 않

116

았다. 그건 그 여자의 본성인 것 같았다. 여자에게는 그런 우아한 몸짓이 잘 어울렸다. 군살없이 맵시있게 뻗은 팔다리에도 불구하고 약간 볼록하니 처진 아랫배와 벌어진 둔부로 그녀가 최소한 서른다섯 정도는 되었을 거라고 그는 생각했다. 그의 짐작은 대부분 맞아떨어졌다. 거기다 강습 도중 여자들 몸을 만져보면 더 정확해졌다. 연령별로 손맛이 다 달랐다.

그러나 그건 어디까지나 그녀의 외모로 본 첫인상이 그랬다뿐 어찌보면 그런 느낌을 주는 여자들은 얼마든지 있을 수 있다. 인상적인 거로 치자면, 그녀보다 더 젊고 더 육감적인 몸매의 여자들도 얼마든지 있었다. 그럴지라도 그는 다년간의 강사경력으로 보았을 때, 적어도 수영장에 오는 여자들에겐 관심을 갖지 않는 게 여러모로 편하다는 걸 안다. 친구 녀석들은 은근히 부러워들 하는 눈치건만, 살과의 전쟁을 위해 오는 여자들이건 까마귀떼처럼 몰려다니는 할일 없는 여자들이건간에 관심이 없었다.

하지만 문제는 그런 게 아니었다. 그녀는 강습을 시작한 지 보름이 넘었건만 물에 뜨지를 못했다. 여태까지 그가 가르친 여자들 중에 그런 여자들이 간혹 있었지만 정도의 문제이지 부력을 거스르는 인간은 존재하지 않았던 것이다. 몸을 받쳐주고 뜨게 하려 하면 금세 그녀의 살이 나무토막처럼 꼿꼿해지는 거였다. 다리에 쥐가 난다고 호소하는 적도 있었다. 물속에 머리를 넣게 하고 호흡훈련을 시킬라치면 물을 잔뜩 먹고 버르적거려 여자들의 웃음거리가 되기 일쑤였다. 한번은 물에 대한 두려움을 없애주려고 억지로 풀로 뛰어내리게 했다가 거의 졸도 지경에 이르기도 했다. 가끔 물에 대한 극도의 공포심을 가지고 있는 초보자들도 있다. 그런 사람들은 애초에 지레 겁을 먹고 물을 본

능적으로 피하려고 한다.

그러나 그녀에게는 그런 초보자들과는 다른 무엇이 있는 것 같았다. 엄살은 아닌 것 같았다. 오히려 물에 대해 지나치게 진지한 태도였다. 우아한 여배우가 물에 빠져 허우적거리는 연기를 잘해내려고 꼭 일부러 그러는 것처럼 보일 지경이었다.

어쨌거나 그런 상황에서도 포기하지 않고 그녀는 꾸준히 출석을 하였다. 삼삼오오 모여 있는 여자들과는 달리 항상 고독한 학처럼 홀로 다녔다. 다른 여자들이 자유형 발차기를 하며 물을 가르고 나아갈 때도 한쪽 구석에서 그녀는 머리를 물속으로 처박았다 들어올렸다 하며 "우움 파, 우움 파" 호흡연습을 홀로 할 수밖에 없었다.

"겁내지 말고 긴장을 푸세요. 그냥 침대에 누웠다 생각하고 힘을 빼요. 떠야겠다 집착하지도 말구요."

그가 할 수 있는 일은 그런 뻔한 말을 해주는 것뿐이었다. 무엇보다 스스로의 몸의 균형감각을 체득하는 건 그녀가 해야 할 일이었다. 그래도 그는 부진한 그녀를 외면할 수 없어 머리를 처박게 하고 뜨게 해보려고 그녀의 허리를 받쳐주며 최대한 그녀가 자존심에 상처받지 않게 조심했다.

"자아, 잘할 수 있어요. 누구나 다 하게 되어 있는걸요."

그럴수록 그녀의 몸은 무거운 납덩이처럼 가라앉았다. 가라앉으면서 그녀의 긴 손톱이 허우적대며 그의 뺨을 긁고 말았다.

도대체 어떻게 된 여자야? 급기야 그도 참다 못해 악을 쓰고 말았다.

"얼굴을 물속에 먼저 처박아보라구요! 숨을 최대한 참아보구요. 아줌마, 일부러 작정하고 이러는 거 아냐?"

여자들이 일제히 꼿꼿한 눈길로 두 사람을 쳐다보았다. 그도 그녀도 머쓱해졌다.

열두시면 주부반의 오전 강습이 끝나고 오후 여섯시부터 두 타임의 직장인반이 있기까지 남자의 낮시간은 자유롭다. 동료들과 근처에서 점심을 먹기도 하지만 그날따라 남자는 시내에 약속이 잡혀 있었다. 탈의실에서 옷을 갈아입고 여성문화쎈터 현관 앞으로 나오니 예상 밖으로 제법 굵은 비가 퍼붓고 있었다. 잠시 망설이고 있는 남자 앞에 한 여자가 다가와 인사를 했다.

긴 머리를 자연스럽게 틀어올리고 화장기없는 말간 얼굴에 입술연지만 살짝 바른 여자였다. 그는 그 여자를 잠시 바라보았다. 그가 그녀를 몰라보자 그녀는 아랫입술을 깨물며 눈을 내리깔았다. 긴 속눈썹이 파르르 떨렸다. 그 표정을 보자 생각났다. 곤란할 때마다 그런 표정을 짓는 건 그녀의 습관인가보았다.

"아아, 몰라봬서 죄송해요. 맨날 벗은 거만 보다가 옷 입은 걸 처음 봐서요. 아니 그런데 강습은 아까 끝났는데 여태 뭐 하셨어요? 절 기다린 건 아닐 테고……"

그가 과장되게 하하하 웃자 그녀도 환하게 웃으며 대답했다.

"책을 좀 빌렸어요. 사층에 도서관이 있잖아요."

그녀는 가슴에 책을 품고 있었다. 언뜻 보아도 무슨 번역철학서 같은데 이해되지도 또 이해하고 싶지도 않은 제목들이었다. 10년 전 고향에서 올라와 전문대를 겨우 다니다 만 남자는 가방끈이 긴 여자인가보군, 하며 시선을 거두었다.

"저어, 어디 급하게 가시는 길인 것 같은데 제가 차로 지하철역까지 모셔다드려도 될까요? 비가 이렇게 오니까……"

거절할 이유가 뭐 있겠는가. 그는 지하주차장에 있는 그녀의 차에 함께 올라탔다.

지하철역까지 가는 10여분 정도에 그는 수영을 배우려는 데 특별한 이유가 있는가고 조심스럽게 물었다. 그녀는 "그냥요……" 하며 입을 다물었다.

그는 다른 뜻은 없다는 걸 전제하고 개인레슨을 받아보는 게 어떠냐고 또 물었다. 그녀는 그 말에는 아랑곳않고 엉뚱한 소리를 했다.

"아아, 이런 날엔 뱅쇼를 마셔야 하는 건데……"

"뱅쇼……?"

"네, 레몬을 넣고 끓인 포도준데 몸을 이완시켜주고 따뜻하게 해주는 데는 그만이죠. 언제 저희 집에서 한번 대접할게요."

"정종을 뎁혀먹는 건 봤어도 포도주를 끓인다구요? 거 참 특이하네요."

지하철을 타고서도 뱅쇼 뱅쇼…… 그 이상한 술이름이 계속 혀끝에서 맴돌았다. 그녀에게는 뭔가 특별한 것이 있을지도 모른다는 생각이 들었다.

그런 그녀가 그후 일주일 동안 한번도 강습에 나오지 않았다. 봄이 오는 길목인 2월 마지막 주인데도 그 주간엔 진눈깨비가 두 번이나 내렸다. 동료들과 삼겹살을 구워 소주를 마시면서 그는 속으로 생각했다. 이런 날엔 뱅쇼를 마셔야 하는데 말이야.

그녀가 나른한 목소리로 말한 그 뜨거운 술이, 마치 그것이 무슨 묘약이라도 되는 듯 그를 갈증나게 했다. 목덜미에 한기가 파고드는 추운 날 밤의 귀갓길에서나, 월급을 쪼개모은 목돈으로 처음 투자해본 주식의 주가가 무겁게 가라앉아버려 쓸쓸한 빈주먹을 노려볼 때나, 그는 맛보지 못한 미지의 그 술맛에 입맛을 다셨다. 그 술에 취해버리고 싶었다. 세상사에 부대끼고 딱딱해진 몸이 따뜻하고 부드럽게 풀려 부웅 떠오르는 황홀한 기분을 느끼고 싶었다.

그럴수록 그는 이상하게도 물속에서 나무토막처럼 딱딱하게 굳어가면서 무겁게 가라앉던 그 여자의 몸의 느낌이 간혹 손끝에서 되살아나곤 했다. 그 여자…… 몸속 어딘가에 남들과는 다른 무거운 추라도 달린 걸까.

그는 어느날 쎈터 사무실에서 그녀의 등록카드를 찾아보았다. 그녀의 이름은 한미아. 주민등록번호를 보니 나이가 마흔이었다. 그는 그녀의 휴대폰 번호를 베꼈다. 간혹 그런 사람들이 있었다. 등록기간의 반 정도를 넘으면 제대로 못 따라오는 경우 게을러지다가 아예 나오지 않게 된다. 한미아의 경우는 진작에 그럴 수 있었다.

그런데 이상한 울렁거림이 일었다. 그로서도 이유를 잘 알 수 없는 조바심이었다. 진정으로 그녀의 딱딱한 몸을 부드럽게 풀어 가볍게 떠오르게 해주고 싶다고. 물위에 뜨는 걸 도와주느라 수많은 여인들의 몸을 만졌지만 이런 욕구를 느껴보긴 처음이었다. 떠오를 수만 있다면 그녀에게 최면이라도 걸고 싶었다. 그녀의 딱딱한 근육을 부드럽게 쓸어주고 애무를 한다면…… 그런 생각으로 잠에 빠진 그는 꿈을 꾸었다.

꿈속에서 그들은 물속에 들어 있었다. 그는 긴장을 풀어 뜨게 해주려는 일념으로 그녀의 등과 아랫배와 엉덩이를 쓸어주었다. 뭉쳐 있던 등 근육과 척추의 연골이 부드러워지며 엉덩이가 막 부풀어오른 동그란 빵처럼 폭신해졌다. 아랫배의 살짝 처진 뱃가죽이 물살에 부드럽게 흔들리자 그녀의 몸이 거짓말처럼 떠오르기 시작했다. 그러자 그의 부드러운 남근도 풍선처럼 둥싯 부풀어올랐다. 그는 떠오르는 그녀의 허리를 한팔로 휘어잡아 자신의 몸에 밀착시켰다. 그러자 그녀가 몸을 틀며 외쳤다. "안돼요! 난 인어란 말이에요." 허리를 비틀어 그에게서 빠져나간 그녀의 하체는 정말 은빛 비늘이 싸늘하게 번쩍이는 물고기였다.

남자는 그 꿈을 꾸고 난 날, 오전 강습이 끝나고 자신의 핸드폰 뚜껑을 몇차례 여닫다가 그녀의 핸드폰으로 전화했다. 여자는 나른하게 잠이 묻어 있는 목소리였지만 반가워했다. 지독한 몸살을 앓았다고 했다.

"지금도 수영을 배우고 싶은가요? 우리반은 현재 진도가 안 맞을 텐데, 원하신다면 제가 개인레슨으로 따로 보충을 해드릴 수도 있어요. 물론 우리 수영장에선 그렇고……"

남자는 더이상 할말이 없었다. 다만 꿈 생각이 나서 얼굴을 붉혔을 뿐이다. 그녀는 단숨에 "좋아요" 하고 말했다. 그리고 지금 뱅쇼를 마시고 있는데 함께 하지 않겠냐고 물었다.

그가 여자의 아파트를 방문했을 때 그녀는 발갛게 취해 있었다. 부엌 가스레인지 위에는 레몬을 저며넣은 붉은 액체가 설설 끓고 있었다. 그녀가 한 국자를 퍼서 포도주잔 가득 부어주었다. 소파로 돌아와 따끈한 술을 한입 들이켜니 향긋한 뜨거운 액체가 몸속 깊이 막 달려나가는 게 느껴졌다. 몸 안에 뜨거운 길이 뚫리는 게 느껴졌다.

집안을 둘러보니 컬렉션의 취미가 있는지 온통 고풍스런 물건들로 가득했다. 특히 목조 조각들이 많았는데 한눈에도 예삿집은 아닌 게 느껴졌다. 그녀의 말에 따르면 그들은 오랜 세월 프랑스에서 살았다고 한다. 남편은 고고미술사학을 공부해 박사학위를 받고 이곳에 돌아와 교수가 되었고 자신은 가끔 번역이나 하고 있다고 했다. 남편이 아프리카 조각에 관심이 많아 빠져 있을 때 모두 사모았다고 했다. 수

염 달린 탈이나 머리카락을 붙인 가면, 남근이 부각된 목조 전신상 등은 그의 눈에는 어째 흉물스럽고 불길하게만 보였다.

그러다가 남자는 한쪽 구석에 이상하게 생긴 나무물고기를 보았다.

"아 저거요, 아프리카 어느 부족들이 모시는 거래요. 한데 우리나라 거랑 모양이 너무 비슷하더군요. 왜 목어라구요. 나무목자에 물고기 어. 큰절에 가면 있잖아요."

여자가 나무물고기에 다가가 길쭉하니 나온 막대를 좌우로 흔들었다. 타타탁, 타타탁. 마찰소리가 났다.

"불가에서는 사물 중에서 특히 물속, 바닷속에 있는 생물을 깨우치기 위해 목어를 친다는군요. 바닷속의 영혼을 좋은 곳으로 천도하기 위해서도 그렇구요."

여자가 그 순간 아랫입술을 깨물었다. 그리고 소파로 돌아와 따뜻한 술을 홀짝 들이켜고 한숨을 쉬었다. 그녀는 추운 듯 소파 위로 두 다리를 올려 양팔로 감싸안고 생각에 잠겨 술잔을 뱅글뱅글 돌리고 있었다. 그런 그녀의 몸짓은 무척 도발적이었다. 남향 창으로 깊숙이 들어온 햇살이 그녀의 동그스름하게 튀어나온 흰 이마에 어른거렸다.

"여긴…… 숨이 턱턱 막혀요."

그녀가 갑자기 정말로 숨막힌 사람처럼 어깨로 숨을 내쉬었다.

"여기? 한국이? 그래요. 그럴 거예요. 힘들 거예요. 특히 외국에서 오래 살다 오셨으니……"

여자는 몽롱한 시선으로 말했다.

"어릴 적 내 별명이 뭔지 알아요? 물귀신이었어요. 물밑에는 신기한 세계가 있을 것 같았죠. 생각 같아선 그저 계속 걸어들어가기만 하면 될 것 같거든요. 물속에 들어가면 무언가 나를 끄는 힘을 느껴요.

하지만 그걸 느낀 순간 당황해서 물을 먹고 허우적대죠. 그래서 수영을 배우려고 했어요. 프랑스에서도 배우려고 했죠. 그런데 거긴 강사가 킥판을 잡게 하고 물속에 넣어놓고는 자신은 물속에 전혀 들어오지 않고 티셔츠 입은 채로 긴 막대기로 킥판을 밀고 당기며 가르치지요. 첫날 멋모르고 물속에 들어갔다가 나는 그 막대기에 매달려 살려달라고 울었어요. 첫수업이자 마지막 수업이 됐죠. 그런데 선생님은 그쪽 강사에 비하면 너무도 헌신적이세요. 늘상 물속에서 힘들게 가르쳐주시니…… 정말 너무 고맙더군요. 그런데 이렇게 속을 썩여드리다니. 아아, 나도 모르겠어요. 어쩌면 난 영원히 뜨지 않을지도 몰라요. 어쩜 뜨고 싶지 않은지도 모르죠."

"그런데 왜 굳이 배우려 하죠?"

"난 물이 무서웠어요…… 여태까지 난 무서운 건 모두 피하고 살았죠. 피할 수 있는 건 말예요. 학생 때 교정에서 데모하는 여학생의 긴 머리채를 경찰이 손으로 휘어잡고 주먹으로 패는 걸 보고는 절대 데모는 하지 않았죠. 상처받는 게 싫어서 먼저 사랑을 할 생각도 못했구요. 고통이 무서워 아이를 낳을 생각도 안했었요. 직장에서 무서운 상사만 만나면 사표를 썼죠. 난 이놈의 나라도 싫었어요. 눈만 뜨면 살기등등 싸움질만 해대고…… 난 다른 세계에 살고 싶었어요. 웃을지 모르겠지만 물고기의 허파를 가지고 물속 깊은 곳에서 조용히 숨쉬며 유영하며 살고 싶었다고 할까요. 사실 그런 꿈도 가끔 꿔요. 후후…… 꿈속에선 내가 수영을 아주 잘해요. 내가 남편과 결혼한 건 그가 유학을 떠날 남자였기 때문이었어요. 외국생활은 어떤 면에선 현실감없는 아늑한 어항 같은 생활이었죠. 이제 다시 돌아오고 보니 난 늘 혼자이고, 세상은 미친 듯한 물살에 광포한 어종들이 늘 겁을 주고 공격할

듯 야광눈을 부라리는 것 같았어요. 나 얼마 전에 마흔살 생일을 보냈어요. 마흔, 생의 중반까지 산 거죠. 그런데 그동안 참 비겁하게 살아왔다는 자괴감이 들더군요. 결심을 했어요. 이렇게 산다는 게 무슨 의미가 있는 걸까, 이제는 더이상 두렵다고 피할 데도 숨을 데도 없다. 그러니 한번쯤은 새롭게 살아보아야 하지 않겠냐고. 상징적인 의미로, 내가 제일 하고 싶었지만 두려워하는 것에 도전해보자고. 물속에서 호흡하고 물에서 자유로운 것. 바로 수영이었어요."

그녀가 또 한숨을 쉬었다.

"말이죠, 나 스스로 정말 원하지만 두려워했던 일도 이젠 해보자고 말이죠. 예를 들면 난 내 안에 있는 욕망의 횡포가 늘 두려웠는데, 그걸 피하지 말자고 생각하기도 했죠. 그런데, 그만둘까봐요. 결국 내겐 헛되고 불가능한……"

그러는 여자가 애처로워 보였다. 뭐 그렇게까지 헤엄치는 일에 대단한 의미를 부여하는 걸까. 바닷가에서 자란 남자는 생래적으로 물과 친해 여자의 그런 말이 먹물 든 인간들의 엄살처럼 느껴졌다. 전문대를 겨우 중퇴하고 취직도 마땅치 않은 그에게 밥벌이의 기회를 준 것도 물이었다.

"그런 비장의 각오가 있는 줄 몰랐습니다. 포기하지 마세요. 제가 최선을 다해 물속에서 자유롭게 수영할 수 있도록 도와줄게요."

여자가 고개를 돌려 남자에게 희미한 미소를 보냈다. 남자는 온몸의 힘이 빠지면서 머릿속이 하얘졌다.

여자가 베란다 창밖으로 먼 시선을 둔 채 물었다.

"가끔 사라지고 싶지 않나요?"

그후 남자는 여자의 차를 타고 인근 도시의 수영장에 가서 여자에게 물에 뜨는 법과 물속에서 호흡하는 법을 정성껏 가르쳤다. 물속에서 경직된 근육을 풀어주기 위해 남자는 자신이 가진 최대한 부드러운 말투와 손짓을 다해가며 여자를 가르쳤다. 여자는 아주 조금씩 나아지기는 했지만 혼자서는 여전히 뜨지를 못했다. 대신 남자는 여자가 물을 즐길 수 있도록 여자를 안고 부드럽게 레인을 몇번인가 왔다 갔다했다. 그럴 때면 여자의 몸이 서서히 풀어지는 걸 느꼈다.

완연하게 봄이 느껴지는 3월 어느 목요일 오후, 그들은 물이 아닌 지상 5층의 모텔방에서 서로를 안게 되었다. 그녀가 처음으로 물에서 혼자 뜰 수 있게 된 날이었다. 놀랄 만큼 따뜻하고 부드러운 몸이었다. 서른둘의 남자는 여태 서른둘 이상의 여자를 안아본 적이 없었는데, 그가 그동안 안아본 여자들과는 뭔가 다른 부드러움이었다. 그것이 탄력이 떨어지기 시작한 나이든 여자들 살의 부드러움인지, 그녀만의 고유한 부드러움인지 그로서는 알 길이 없었다. 그렇다고 그녀의 유방과 복부가 그리 처진 것도 아니었다. 그가 통념상 가지고 있던 마흔살 여자의 몸보다 그녀는 훨씬 젊어 보이긴 했다. 잊을 수 없는 것은 그녀의 부드러운 살은 이상한 애처로움과 슬픔의 여운을 남겨준다는 것이다.

그가 그녀의 따뜻한 아랫배에 뺨을 대고 누웠을 때 그녀가 말했다.

"난 할머니 손에 컸어요. 어릴 때부터 물귀신이라고 불러준 건 할머니였어요. 할머니가 돌아가시고서는 고모댁에서 자랐고요. 할머닌 날 사랑하셨지만 뭔가 설움이 복받칠 때면 에구 저년 저 물귀신! 하며 사정없이 나를 패셨어요. 그도 그럴 만하지요. 난 세 사람이나 한꺼번에 잡아먹은 물귀신이거든요. 할머니가 내게 그런 말로 패악을 떨 때마다 난 정말 인간일까? 하고 어린 맘에 골똘하게 생각했죠. 그래선지 어려서부터 사람들과 잘 어울리질 못했어요."

그는 속으로 인어공주니까, 하고 말했다. 그러면서 두 다리가 붙은 물고기 몸의 인어와는 섹스를 할 수 있는 걸까? 잠깐 엉뚱한 생각을 했다.

그녀의 아랫배가 쿨렁, 흔들렸다. 그녀가 또 큰 한숨을 쉬었기 때문이다.

"아마 한 일곱살쯤 됐을 거예요. 우리 가족이 강으로 물놀이를 갔던 가봐요. 들은 말에 의하면 내가 낮잠에서 깨어나 홀린 듯이 물로 걸어 들어가더라는 거예요. 물가에서 놀던 오빠가 소리쳐 불러도 대답도 않고 그냥 걸어들어가더래요. 오빠가 날 부르며 걸어들어왔대요. 닭죽을 끓이던 엄마가 화덕의 불씨를 입김으로 일구다가 이상한 기척에 뒤를 보니 아이들의 머리통이 부표처럼 찰랑거렸겠지요. 근처에서 낚시를 하던 아버지를 울부짖으며 부르다가 행주치마 입은 채로 강물로 뛰어들었대요. 아버진 그때 강둑에 앉아 낚시를 했던 모양이에요. 엄마의 울부짖는 소리를 겨우 듣고 믿을 수 없는 사태를 순간적으로 알아차린 아버지가 강둑에서 몸을 날려 식구들을 구하러 뛰어들었대요. 아버진 헤엄을 칠 줄 알았다고 하더군요. 그 상황에서 아버지가 왜 나를 선택했는지는 모르겠어요. 아버진 장손이라고 오빨 아주 이뻐했거든요. 아마도 내가 아버지 가까이 있었거나 했겠죠. 나를 꺼내어놓고 다시 물로 들어간 아버지는 아무도 건져내지 못하고 자신도 그냥 물속에서 나오지 않았죠. 후에 엄마의 시신은 꺼냈는데 아버지와 오빠의 시신은 결국 찾지 못했대요. 사람들 말이 바다로 흘러 물고기밥이 되었을 거라고 하더군요. 그후부터 난 물고기는 안 먹어요. 어릴 때 할머니네 시골에 살 때 여름에 할머니 몰래 아이들 꾐에 개울가에 간

적이 몇번 있었는데 시원한 물의 유혹을 참을 수 없어 발을 넣고 들어가면 그 기억 때문에 숨이 자지러지는 거예요. 쥐가 나기도 하고. 죽을 만큼 할머니에게 얻어맞고는 수십년을 물과 인연을 끊고 살았죠. 할머니는 내가 고2때 돌아가셨는데 하나 남은 여식인 고모에게 유언을 남겼대요. 저년을 물가로 절대 보내지 마라. 산속으로 보내라. 머릴 깎여 절간으로 보내야 저승에서도 내가 편히 눈을 감을 거다. 이렇게 말이죠. 지금도 할머니는 눈을 못 감고 계신지도 몰라요. 아버지와 오빠의 시신을 찾지 못해서일까. 난 그들이 어딘가에 꼭 살아 있을 것만 같았어요. 할머니도 그랬어요. 돌아가실 때까지 방의 불을 못 끄게 하셨어요. 어릴 땐 물속 어딘가에 그들이 집을 짓고 살고 있을 거란 생각을 많이 했어요. 그래서 힘들 때마다 그런 세계를 상상했는지도 모르죠. 하나의 유토피아처럼."

그녀의 아랫배가 가늘게 떨렸다. 고개를 들어보니 그녀는 눈물을 참는지 입술을 앙다물고 있었다. 그는 그녀의 앙다문 입술을 벌려 깊게 키스하고 가슴에 그녀의 얼굴을 꼭 감싸안아주었다. 그녀의 몸이 따뜻하고 부드러운 수초처럼 감겨들어왔다.

"난 이제 더이상 물에 집착하지 않을 거야."

그녀가 그의 품에서 도리질을 해댔다.

그녀의 선언대로 그녀에게 힘겨운 수영을 가르치는 일에서는 벗어났지만 그녀와 그는 가끔 만났다. 그녀가 그의 집으로 찾아오는 적이 많았다. 그는 이상하게 그녀를 만나면 온 정신이 고적하고 혼곤해졌다. 세상이 마치 깊은 물속에 가라앉아 있는 것 같았다. 격렬한 정사를 끝내고 나면 특히 더 그런 느낌이 왔다.

매일 아홉시부터 열두시까지, 그리고 저녁 여섯시부터 두 타임의 강습. 시립여성문화쎈터의 수영강사로 5년째 매일 여자들의 무거운 엉덩이나 허리를 잡고 물속에서 살아가는 자신이야말로 인간이 아닌 물고기처럼 생각되기도 했다.

"내 말 명심하세요. 자, 다같이 복창! 뜨려고 하면 가라앉을 것이요, 그런 생각도 잊으면 뜰 것이요."

남자는 강습생들에게 성경에서 패러디한 이런 말을 지껄여대는 게 우습게 느껴졌다.

서른둘. 맏이인 그에겐 고향에 기력없는 부모와 동생들이 셋이나 있다. 전문대를 중퇴하고 보험외판도 해보고 장사도 해보았다. 그러다 5년 전부터 수영강사 일을 시작했다. 겨우 도시에 전세로 코딱지만 한 원룸 하나를 가지고 있고 오랫동안 결혼자금으로 저축했던 목돈 1500만원을 탈탈 털어 올봄에 생전 처음 재테크라는 걸 해보았다. 부푼 꿈을 안고 주식에 투자했다가 삼분의 일도 못 건졌다. 고향에 전화하면 어머니는 농협빚 이자 때문에 징징댔다. 자신이야말로 세상에 곤두박혀 하루하루 가라앉아가는 생각이 들었다. 앞날을 생각하기가 싫었다. 게다가 앞으로 경기가 침체되면 수영 배우러 오는 주부들도 많이 줄어들 것이다. 아아, 숨이 가빠…… 그는 깊은 숨을 내쉰다.

그녀가 가끔 대형마켓에서 장을 보아 그의 작은 냉장고와 부엌 수납장에 식품들을 쌓아놓고 가도 그의 경제는 부족한 산소처럼 늘 그를 헐떡이게 하는 건 마찬가지였다. 하지만 그녀를 만나면 이상하게 모든 게 먼 세계의 일처럼 여겨졌다. 밖에서 떠드는 아이들의 재잘거림도 가늘게 켜놓은 라디오의 음악소리도 물속 깊은 곳에서 듣는 것처럼 웅숭깊었다.

점심을 함께 먹고 둘이 누워 있다 보면 어느새 그가 저녁 강습할 시간이 코앞에 닥쳐 있었다.

"당신하고 있으면 왜 이렇게 시간이 빨리 흐르나 몰라. 당신은 내가 만난 남자 중에 제일 편안한 사람이야. 무서운 급류 속에 있더라도 당신만 있으면 무섭지 않을 것 같아. 봐, 시간이 이렇게 폭포처럼 흐르는데도 우린 깊은 물속에 있는 것처럼 이렇게 평화롭고……"

그러며 그녀는 그의 가슴을 파고들었다. 배운 여자나 못 배운 여자나 나이먹은 여자나 나어린 여자나 이럴 때의 여자들은 참으로 단순하고 연약했다.

초여름이 되었을 때 남자는 고향으로부터 또 숨통 누르는 소리를 들었다. 아버지가 전답을 잡혀 친구의 빚보증을 선 게 날아가게 생겼다는 어머니의 코맹맹이 훌쩍임을 들어야 했던 것이다. 어머니의 입에서 나온 금액은 3000만원이었다. 그건 수영강사로 5년을 모아도 벅찬 돈이었다. 남자는 물속에 코를 박고 영원히 뜨고 싶지 않은 무거운 기분이 되었다.

게다가 본격적인 여름으로 접어들면서 수강생들이 늘어난 바람에 몸만 힘이 들었지 수입은 여전했다. 그녀는 그즈음 그에게 자주 사랑을 확인하고 싶어했다. "지리멸렬해." 그녀가 음울한 얼굴로 자주 한숨처럼 내뱉는 말이었다. 또 '실존적 고통'이란 단어를 말하기도 했다. 그러나 남자에겐 무엇보다 3000만원의 부담감만이 체감할 수 있는 고통이었다. 여자의 어두운 얼굴이 잠시 반짝일 때는 이 말을 할 때다. "안아줘. 죽을 만큼……"

남자의 어머니는 전화통 너머에서 매일 징징댔다. 니 애비가 농약이라도 털어넣을까 무섭다. 남자는 여자에게 돈 얘기를 하기로 결심했다. 10여년을 자본주의의 그늘에서 살아오긴 했지만 여자에게 사랑을 미끼로 돈을 뜯는 그런 썩을 놈은 아니라고 자존심을 세워보았지만 어쩔 수 없었다. 갚을 방법도 난감했지만 말할 용기도 나지 않았다. 하지만 그녀는 그를 사랑하고 있고 그녀는 자신보다 뭐가 많아도 많은 여자가 아닌가. 그녀야말로 그에겐 산소였다.

용기를 내어 말을 했을 때 그녀는 그의 눈을 오래 들여다보았다. 아무것도 묻지 않았다.

그는 비굴하고 비참했다. 하지만 그녀는 다음날 그의 통장에 돈을 넣었다며 전화했다.

"부자냐구요? 천만에. 남편도 모르는 내게 남은 마지막 재산이야. 얼마 되진 않지만 뭐 유산이랄까. 아버지가 물려준…… 어떤 의미의 돈인지 잘 알겠죠? 그걸 다 털었어."

어느날 남자와 여자는 여행을 떠났다. 순전히 여자의 제안이었다. 여자의 남편은 유럽에 학회가 있어 집을 비웠고 아들은 수학여행을 떠났다고 했다. 그들은 가까운 서해안의 바닷가 작은 호텔에 짐을 풀었다. 피서철이 아니라 한산했다. 두 사람은 바닷가를 두 시간 정도 드라이브하고 나서 생선회를 시켜 소주를 반주로 저녁을 먹었다. 남자는 나이트클럽에라도 가서 즐기고 싶었지만 그날 내내 들떠 있던 여자는 왠지 머리가 아프다며 무척 피곤해했다. 다음날 이른 아침 앞바다의 섬을 다녀와서 근처의 산사까지 다녀올 계획이라 남자도 여자와 함께 호텔방에서 맥주를 마시며 텔레비전을 보며 휴식했다.

목욕을 마치고 나오자 여자는 어느새 잠이 들어 있었다. 남자는 모로 누운 여자의 허벅지를 쓸어보았지만 여자는 꼼짝도 않았다. 이날 밤을 기다려왔던 달떠 있던 여자의 모습은 어디에도 없었다. 그새 깊이 잠든 여자를 보고 어이가 없었지만 남자는 여자를 깨울 생각은 없었다. 여자의 입술이 창백했다. 남자는 여자의 입술에 가볍게 자신의 입술을 대고는 얇은 이불을 덮어주었다. 후끈 달궈진 몸을 식히기 위해 창문을 활짝 열었다.

창문을 열자 파도소리가 밀려왔다. 바다가 가까운 고향집 생각이 났다. 그러자 늙은 부모가 생각났고 그녀에게 빌린 3000만원이 생각났다. 당장 그 돈을 갚을 방법은 없다. 그녀도 그것을 알고 있을 것이다. 그전엔 그녀를 사랑한다고도 믿었다. 하지만 그 돈이 낀 바람에 그녀를 '사랑해야 할 것' 같은 부담감이 생겨버렸다. 그는 이제 겨우 서른둘. 자신과는 여러모로 아주 많이 다른 여자와 어느새 깊이 빠져버렸다. 그녀와 이런 식의 관계를 언제까지 계속해야 하는 걸까. 한숨이 나왔다. 그녀와의 관계는 그에게는 가끔 그의 삶의 무게를 깨우치는 무거운 추가 되기 시작했다.

다음날 아침, 모닝콜이 울렸다. 섬으로 가는 뱃시간에 맞추려고 일찍 일어나야 했기 때문이다. 겨우 눈을 뜬 그는 옆자리가 휑뎅그레 빈 것을 느꼈다. 그녀는 목욕탕에도 없었다. 호텔 주차장에 세워졌던 그녀의 소형차도 보이지 않았다.

프런트에 알아보니 동틀 무렵 그녀는 이미 나갔다고 했다. 그는 이해할 수가 없었다. 그녀의 휴대폰으로 전화를 해보았다. 응답이 없었다. 이상하게 마음이 불안했다. 예감이 좋지 않았다. 바닷가를 헤매보았지만 그녀의 흔적은 찾아볼 수가 없었다. 그런데 호텔에서 연락이 왔다. 식당 차가 생선을 받으러 항구로 갈 때와 올 때 보니 그녀의 차로 보이는 흰색 승용차가 호텔에서 10여킬로미터 떨어진 한적한 바닷가에 버려져 있더라고.

그는 불길한 예감을 떨쳐버리지 못하고 그곳에 가보았다. 그곳은 해안도로로 일부 구간이 바닷가에 면해 있었다. 그녀의 차는 갓길에 얌전하게 세워져 있었다. 그녀가 잠깐 차를 세우고 바닷가로 바람을 쐬러 내려간 정도로 생각할 수도 있을 것이다. 그러나 그러기에는 그 해안은 진입이 쉽지 않았다. 가파른 바위와 표면이 고르지 못한 악지형이었던 것이다.

태양이 머리 위에서 끓고 있었다. 머리에서 김이 나는 느낌이 들었다. 검은 갯벌로 거품을 물며 달려드는 황톳물 같은 바닷물을 어처구니없이 바라보며 담배를 물었다. 도대체 어쩌다가 이런 일이 생겼을까. 그곳에서도 그녀의 흔적은 찾을 수 없었다. 그는 차 안을 살폈다. 아무것도 달라진 것도 특별한 것도 없었다. 그는 본능적으로 차 안에 남아 있을 자신의 흔적을 없앴다. 재떨이박스에 든 그가 피운 담배꽁초를 조심스레 꺼내 밖에 내다버렸다. 그가 앉았던 좌석도 털고 발판도 꺼내 털었다.

여자는 그렇게 사라졌다. 도대체, 왜, 어디로? 가끔 남자는 혼자 이렇게 묻는다. 그녀는 바다로 돌아갔을까. 지상에 잘못 올라온 인어처럼 자신의 세계로 돌아간 것일까. 남자는 물론 그녀가 사라짐으로써 귀찮고 번거로운 일을 겪었다. 경찰은 처음엔 단순한 실종이 아닌 여러가지 가능성을 열어두는 것 같았다. 참고인의 입장이라고는 하지만, 의혹의 눈초리로 질문을 해대는 그들 앞에서는 공연히 심장이 오그라들곤 했다. 다행히 그의 알리바이는 완벽했고, 그녀가 사라진 날 아침에 바다낚시를 하던 한 남자가 어떤 여자가 그 해변에서 거닐고 있는 것을 보았다고 증언했다. 경찰은 주변 해변가에 파도에 떠내려온 시신이 있나 철저하게 조사하겠다고 말함으로써 그녀를 단순한 실종에서 익사사고로 처리하려는 것 같았다.

남자는 그녀의 영혼이 빠져나간 몸이 어서 빨리 물위로 떠오르기를 바랐다. 그래야만 여자를, 아니 그 무거운 추를 잊을 것만 같았다. 그는 수영장 물속에서 점점 숨이 가빠오는 자신을 느꼈다. 어쩔 땐 여자들을 가르치다 가슴이 막히는 통증에 시달리기도 했다. 그는 수영강사 일을 그만두었다.

남자는 방안에서 늘 취해 있었다. 그는 무슨 수를 쓰더라도 균형을 잃지 않으려 안간힘을 썼다. 자신을 잠시나마 끌어당겼던 무거운 추 같던 여자에게서 이제는 자유롭고, 그녀와의 채무관계 또한 감쪽같이 소멸되지 않았는가. 그는 야비하지만 그렇게라도 자신을 위로해보았다. 이제 그는 가벼워졌는가. 그러나 그는 점점 더 밑으로 침잠하는 자신을 느꼈다.

여자가 무겁다고 생각하는 순간 여자는 사라진 것이다. 남자는 이제 자신이 여자를 물에 빠뜨려 죽게 했다고 생각한다. 여자에게 끝까지 수영을 가르쳐놓지 못했다는 후회 때문에 가슴이 먹먹해졌다.

어느날 저녁에 한 사내가 찾아왔다. 안경을 쓰고 머리가 벗겨지기 시작한 중년의 사내였다. 예감대로 여자의 남편이었다. 사내는 많이 취해 있었다. 그러나 눈빛만은 형형해 보이는 남자였다. 그의 몰골을 흘끗 훑어본 사내는 왠지 남자를 달래는 듯한 투로 말했다.

"그 여자는 죽지도 사라지지도 않아요."

"어떻게 알죠?"

"이번이 세번째니까요."

사내는 덤덤하게 말했다.

"없어지긴 물가에서 모두 없어졌는데, 엉뚱한 데서 찾지요. 첫번째는 결혼 전이었는데, 강원도의 절에서 찾았구요. 두번째는 대구에서 찾았어요. 찾으면 술래에게 들킨 어린애처럼 얌전하게 돌아오지요. 난 이제 찾지 않을 거요. 지쳤어요…… 이번엔 어쩐지 내게 돌아올 것 같지도 않구요."

"그런데 왜 그런 짓을……?"

"그 여자의 삶의 한 방식이죠. 그 여자가 자신의 얘기를 안하던가요? 그들의 죽음을 어떤 식으로든 속죄하고 싶은 마음인지도 모르죠. 남들로 하여금 자신이 죽었다고 믿게 하고 사라지고 싶은 거죠. 꼭 그런 게 아니라도 그 여자는 뭐랄까, 자신의 말대로 이 세상에 잘못 태어난 생물 같았어요. 다음 생에선 뭐 물고기로 태어날 거라고 늘 농담을 하곤 했죠. 사람들과 잘 어울리지도 못했고, 생활을 즐기지도 못했고, 늘 혼자만의 세계에서 안간힘을 쓰고 살았어요. 가여운 여자예요. 그렇다고 그 여자를 비겁하다고 욕하기도 뭣해요. 나름대로 피를 흘리며 산 거니까요. 참 힘겨워 보였거든요. 이 땅 위에서 마치 물고기의 아가미로 숨을 쉬는 것처럼. 비유를 하자면 그렇다는 거지요."

남자는 진작부터 손에 들고 온 커다란 쇼핑백에서 무언가를 꺼냈다. 그건 언젠가 그녀의 집에서도 본 적이 있는 나무물고기였다.

"그녀가 아끼던 물건입니다. 이제 저걸 보기만 해도 싫어요. 버리려다가 가져왔어요. 형씨가 그냥 버리셔도 좋습니다. 난…… 그 여잘 사랑했어요. 그 여자의 목숨을 건 숨바꼭질에서 묵묵히 술래 노릇도 했어요. 하지만 이젠 정말 지쳤어요. 형씨를 좋아했나보더군요. 두 번은 나와 함께 있을 때 사라졌지만, 이번엔 형씨를 선택한 거 같군요. 형씨가 찾아주길 바라기 때문인지도 모르죠. 하지만 정말 죽었는지도 몰라요. 알 수 없는 일이죠."

사내는 모호한 말을 남기고 일그러진 얼굴로 돌아갔다. 마지막으로 사내는 이렇게 덧붙였다.

"완벽하게 사라지고 싶은 건 모든 나약한 인간들의 꿈이겠지요."

그후 남자는 간혹 도시에서 그 여자의 환영을 보기도 한다. 공원의 벤치에 허리를 약간 비틀고 허공을 보며 외롭게 앉은 여자의 불안해 보이는 둔부, 지하철역의 혼잡한 사람들 무리에서 방향을 거슬러 힘겹게 홀로 올라오는 긴장한 여자의 옹송그린 어깨, 역 근처의 거리에서 얼핏 가로등에 스쳐간 창녀의 눈화장 번진 어두운 눈시울, 홀로 밤거리에 긴 그림자를 드리우고 불안한 발자국을 떼며 어디론가 걷는 여자의 뒷모습. 그런 것에서 얼핏 여자의 모습을 본다. 그런 이미지 조각들이 퍼즐처럼 여자의 환영을 만든다. 무리를 짓지 않고 혼자 떠도는 그 여자 또래의 여자들을 유심히 본다.

지치고 힘들 때, 누름돌에 눌린 것처럼 끝도 없는 심연 속으로 가라앉는 불가해한 인생의 중압감이 느껴질 때, 자신이 견뎌야 하는 자신만의 무거운 추를 떼어내지 못할 때, 남자 역시 이 세상에서 흔적없이 사라지고 싶다는 생각을 해본다. 존재를 지우고 싶다고 생각한다. 가볍게 순식간에, 단 한번의 클릭만으로 완벽하게 삭제하듯이.

하지만 남자는 또 가만히 생각해보는 것이다. 무거운 중력만큼 또 그만큼의 부력이 삶에는 항상 내장되어 있는 거라고. 그걸 믿지 못하면 뜰 수 없다는 것을 전직 수영강사인 남자는 몸으로 잘 알고 있지 않은가.

그런 날이면 남자는 집에 돌아와 나무물고기를 쓰다듬거나 두들겨본다. 그리고 완벽하게 사라지고자 했으나 혹 어딘가에 있을지도 모르는 여자를 생각해본다.

—『라쁠륨』 2001년 봄호

상자 속의 푸른 칼

은 방안에
이내가 가득 스며들 때까지 해서는
창가에 줄곧 앉아 있다.
이 시각의 사위어가는 오렌지빛과
깊어가는 남빛의 하늘,

이 도시의 정화와 지방과 주황색 도른
굴뚝들이 이별게 수채화 몇 간개럼 삼삼한
이내 속에서 뭄을 하느지
그 순간을 메면 놓치고 만다.

어느 순간 아둠과 빛의 경계를
느낌 틈도 없이 지붕들은 같이
모름 밤바다의 푸른색이
되어버리곤 한다.

빛과 어둠에서 인해되는
그 투명한 푸른빛을 그러다든

상자 속의 푸른 칼

1. 훔쳐보기

온 방안에 이내가 가득 스며들 때까지 혜자는 창가에 꼼짝 않고 앉아 있다. 이 시각의 사위어가는 오렌지빛과 깊어가는 남빛의 하늘. 이 도시의 청회색 지붕과 주황색 토분 굴뚝들이 어떻게 수채화 물감처럼 습습한 이내 속에서 몸을 섞는지 그 순간을 매번 놓치고 만다. 어느 순간 어둠과 빛의 경계를 느낄 틈도 없이 지붕들은 깊이 모를 밤바다의 푸른색이 되어버리곤 한다. 빛과 어둠에서 잉태되는 그 투명한 푸른빛을 그려보려고 혜자는 늘 빨레뜨에 물감을 뒤섞어보곤 한다. 혜자가 유화보다 수채화에 매달리는 건 밤바다의 어둡고도 투명한 이미지 때문인지도 모른다.

작년 여름의 꼬스따 브라바라는 스페인의 한 바닷가를 혜자는 떠올려본다. 단체여행객 틈에 끼여 유럽을 도는 일정중이었다. 지중해의 밤은 무더웠다. 혜자는 잠을 못 이루었다. 자신의 불면이 무더위 때문만은 아니란 걸 혜자는 잘 알고 있었다. 가슴속의 불, 실제로 가끔 뜨거운 통증까지도 가져다주는 끄지 못하는 가슴속의 화톳불 때문이었다. 혜자는 밤새 뒤척이다 새벽 두시쯤 되어 해변으로 홀로 나가보았다. 해변의 선물가게들과 부띠끄들, 아이스크림 가게들은 대부분 문을 닫았지만, 드문드문 까페의 불빛들과 주황색 나트륨 가로등이 켜진 밤바닷가는 시원하고도 따스해 보였다.

넓은 모래사장 안에는 사람들이 군데군데 모여 있었다. 기타를 치며 노래하는 젊은이들, 말없이 술을 마시는 사람들, 부둥켜안고 입을 맞추는 연인들. 누워 있는 사람들……

혜자는 쌘들 속으로 스며든 모래를 털어내고 아예 양손에 한짝씩 쌘들을 쥐고 맨발로 걸었다. 발가락 사이로 차갑고도 간지러운 모래가 물뱀처럼 기어들어왔다. 둔탁한 껍질 속에 숨은 혜자의 관능이 낮게 뒤척임을 했다. 그때 혜자는 보았다.

거대한 푸른 고래같이 완강하게 누운 바다를. 그러나 그 고래가 뒤척일 때마다 수평선이, 하늘과 바다의 경계가 믿을 수 없이 투명해지던 것을.

혜자는 다가가보았다. 어둠속에서도 눈앞의 바다는 아주 투명했다. 그러나 깊이를 알 수 없는 투명함이었다. 어둠속의 밤바다가 이리도 투명한 것이 놀라워 혜자는 한걸음 한걸음 자꾸 물속으로 들어갔다. 물속의 벗은 종아리가 실제보다 매끈하고 새하얗게 보였다. 머리끝까지 잠겼다가 나오면 자신도 투명하게 씻길 것 같은 느낌이 들었다. 혜자는 물속만 들여다보며 황홀하게 그 투명함 속으로 서서히 빠져들어갔다.

그때 뒤에서 무언가가 혜자의 어깨를 낚아채었다. 반쯤 물속에 잠긴 혜자의 몸이 휘청했다. 불쑥 혜자의 앞으로 나타난 것은 청년이었다. 그는 고개를 완강히 흔들며 이상한 악센트의 억양으로 강조하듯 말했다. 노우, 댄저러스. 프롬 히어 이츠 디이프. 그때서야 피식 웃음이 나왔다. 아마도 자살하려는 여자로 알았나보다.

시끄럽던 젊은이들이 하나둘씩 바닷가에 누웠다. 혜자도 눕고 싶은 욕망을 참기 힘들었다. 모래가 젖지 않은 해변에 등을 대고 누웠다. 짧은 반바지 차림이라 서늘했지만 아주 편안했다. 잔물결이 사사사, 다가와 모래밭에 스미는 소리가 은사시나무가 바람을 타는 소리처럼 간지럽게 들렸다. 누운 채로 하늘을 보니 별들이 폭죽이 터지고 남은 불똥들처럼 가뭇없이 그녀의 이마로 우르르 쏟아질 것 같았다. 우주라는 푸르고 둥근 태반 위에 누워 있는 그 느낌. 아, 이대로 죽었으면…… 존재감도 없고 아주 투명하게 가볍게 죽음 속으로 서서히 스며드는 느낌으로 잠에 빠져들었다.

그 무렵 처음으로 달디단 잠을 잤다. 잠들기 전 잠깐, 바닷물이 밀물이었으면 하고 바랐던 것 같았다. 그래서 그 푸른 기운의 바닷속으로 아무 고통 없이, 파도를 요람삼아 가볍게 우주의 자궁으로 들어가고 싶어했는지도 모른다. 그러나 새벽녘 눈을 떴을 때 바다는 저만치 물러나 있었다.

"어디서 밤이슬을 맞구 와?" 하고 일행이 은근한 눈빛으로 놀리건 말건 혜자는 한결 개운해진 몸과 마음이었다. 그러곤 곧 그 일에 결정을 내렸다.

혜자는 남편과 이혼을 하고 홀로 프랑스로 떠나왔던 것이다.

지금 그 결정에 후회는 없는가. 혜자는 좀더 깊어진 어둠속에서도 불을 켜지 않는다. 대신 익숙한 솜씨로 창가의 수납장을 뒤져 오징어 한마리와 마시다 만 포도주병을 꺼낸다. 전기곤로에 오징어를 구우니 살 타는 냄새가 진동을 한다. 그때 희미한 어둠속에서 휙, 하고 검은 물체가 나타난다. 노란 알전구 같은 빛을 본 순간 뜨거운 오징어를 바닥에 떨어뜨린다.

고양이다.

검은 도둑고양이. 그놈은 6층 꼭대기 혜자의 다락방에 인색하게 붙은 베란다 난간에 솜뭉치처럼 가볍게 내려앉아 혜자를 노려본다. 그때서야 혜자는 그놈의 욕망을 깨닫는다. 그놈은 굶주려 있는 것이다. 혜자는 얼른 오징어 다리를 쭉 찢어 베란다에 떨어뜨려준다. 그놈은 고요하면서도 민첩하게 그것을 낚아채어 건너편 지붕 위로 사라져간다.

5월이지만 저녁 공기는 싸늘하다. 창문을 닫고 혜자는 15평방미터의 실내로 돌아온다. 두 걸음 만에 그녀는 소파와 침대로 쓰이는 까나페에 앉아 눈앞에 보이는 텔레비전을 향해 리모컨을 누른다. 그리고 옆에 있는 비디오의 리모컨도 찾아서 PLAY를 누른다. 바로 두 걸음 앞이지만 그녀는 늘 리모컨을 사용한다.

실내에는 밤바다의 탐조등 같은 금속성의 찬 빛이 흐른다.

그는 이미 죽어 있었다.

혜자는 리모컨에서 화면을 그대로 두고 REW를 서서히 누른다. 그러자 그는 촬영중 NG가 났던 배우처럼 민첩하게 바닥에서 일어났다. 그 다음엔 세면대를 붙들고 일어섰다. 수도꼭지로 계속 물이 흘러들어가고 있었다. 물속에 풀려 있던 그의 붉은 피가 그의 왼쪽 동맥의 혈관 속으로 일사불란하게 주르르 딸려올라갔다. 손목 주위에 펼쳐졌던 만개한 꽃잎 같은 혈흔이 눈 깜짝할 사이, 꽃잎을 닫고 봉오리가 되더니 어느새 그의 손목에서 사라져버렸다. 잠시 후 그는 빛나는 면도날을 푸른 정맥에 갖다대었다.

이제 그는 어느 바닷가를 아주 빠르게 뒷걸음질치며 달려가고 있다. 커다란 여객선도 바다 위에서 뒷걸음질치고 있다.

거꾸로 세월을 먹어 한층 젊어진 그는 여자와 섹스를 하고 있다. 둘 다 행복한 얼굴이지만 두 사람의 빠른 동작은 들까불며 레슬링 경기를 하는 것 같다. 잘못 조작된 로봇들처럼 기계적인 빠른 피스톤운동이 계속되고 있다.

혜자는 STOP을 누르고 다시 PLAY를 작동한다. 이제 화면은 순행한다. 혜자의 주술에서 풀려난 그와 그녀는 그제야 간혹 교성을 지르며 여유롭게 섹스한다. 귀에 익었으나 곡목을 모르는 음악이 무드있게 깔리고 있다.

언제부턴가 혜자는 이런 방식을 좋아하게 되었다. 거꾸로 진행되는 비디오. 혜자는 이제 가지고 있는 비디오테이프들을 모두 이런 방식으로 본다. 왼쪽으로 가르마를 타던 걸 오른쪽으로 타듯, 그건 취향의 문제지 법칙은 아니지 않은가.

그저 처음엔 심심해서 장난처럼 하던 짓이었다.

인생이라는 무대에 잘못 튀어나온 배우처럼 서둘러 무대 뒤로 뒷걸음질치는 종종걸음의 배우들이 우스꽝스러웠다. 모두가 무성영화 시대의 주인공들처럼 회화적이 되어버린다. 아무리 멋진 배우도 누구나 비디오를 거꾸로 돌려놓고 보면 한창 푼수를 떠는 채플린이 되고 말았다. 그러다, 그러다 혜자는 어느 순간 무언가 가슴을 치는 작은 소용돌이를 문득 느꼈다.

그건 표면적으로는 혜자의 단절된, 해저와도 같은 일상에 아무런 변화를 주지는 못하였다. 그러나 그때만큼은 비디오를 거꾸로 돌려보듯, 죽음에서 깨어난 그가 과거로 내달려가는 것처럼, 한번쯤은 생에서도 시간의 화살을 거꾸로 돌려보고 싶은 욕구가 혜자의 깊은 곳에서 소용돌이치는 걸 생생하게 느낀다. 왜 인생이란 편집 불가능의 필름이란 말인가.

비디오는 계속 순행하고 있다.

혜자는 여러번 보아 너무도 낯익은 그 할리우드의 배우가 다시 세면대에 서 있는 그 화면을 본다. 그는 다시 동맥을 자르고 피를 흘리며 쓰러져 다시, 다시 죽고 있다.

혜자는 비디오의 전원을 꺼버린다.

혜자는 천천히 말해본다.

"나는 죽었어."

어두워진 방안에 오랜만에 혜자의 입에서 나온 그 말은 환청처럼 느껴졌다. 그러나 흐릿하게 진동된 공기 속에는 오래 입을 다물고 있던 사람의 입에서 나는 군내가 알코올과 섞여 떠돌고 있다. 사흘 만에 처음으로 해보는 발성이었다. 혜자는 포도주병에 입을 대고 꿀꺽꿀꺽 두 번 목젖을 울리며 들이마신다. 아무래도 좋아. 혜자는 침대에 길게 드러누워본다. 자, 이제 내 인생을 리와인드시켜볼까……

혜자는 일주일에 세 번, 오후 두시부터 네시 사이에 몽빠르나스에 있는 그랑쇼미에라는 사설 미술학원에 나간다. 그곳에서 누드 크로키를 실습한다. 나체의 남자모델이 재빠르게 포즈를 바꾼다. 긴 검은머리를 헐렁하게 묶은 그녀의 등뒤에서 구레나룻의 선생이 털이 촘촘히

난 손을 그녀의 어깨에 살짝 얹고 그녀의 에스끼스를 수정해준다.

어학학원에 다니는 그녀. 선생의 질문에 고개만 숙이고 있는 그녀. 공원에서 프렌치 샌드위치를 먹는 그녀.

물끄러미 호수에서 아이들이 띄우는 나무 돛단배를 바라본다. 아이들은 막대기로 수면을 저어 가짜 물살을 만든다. 고집스런 배는 가만히 있으려 하나 그만 잔물결에 정처없이 떠돈다.

미술관의 미술품들을 꼼꼼하게 비디오로 찍고 있는 그녀. 집에서 그림을 그리는 그녀. 오페라 하우스의 장내에서 망원경으로 오페라를 관람하는 그녀. 홀로 두 개의 거울을 앞뒤로 장치하고 흰머리칼을 뽑는 그녀. 혼자 등을 긁느라 애쓰다 마침내 분홍색 브러시를 찾아내어 등을 긁는 그녀. 커다란 베개를 두 다리 사이에 끼우고 자는 그녀. 커다란 이민 가방을 들고 텅 빈 다락방에 문을 열고 들어서는 그녀…… 수많은 그녀들, 그러나 홀로인 그녀의 모습들이 재빠르게 스쳐지나간다.

혜자의 화면에 비행기가 굉음을 내며 상징적으로 지나간다.

정원이 넓고 스페인식 아치가 있는 집. 결혼 20주년 기념일, 남편과 혜자, 청년기와 사춘기에 접어든 아이들이 행복하게 웃고 있다. 모두가 행복하다. 그러나 그 모든 웃음은 속임수 같다. 더 효과적인 반전을 위한.

혜자의 기억 속에 남은 단 한장의 흑백 가족사진처럼…… 열네살 무렵에 찍은 가족사진 속에서 식구들 모두는 사진사가 시킨 대로 김치—나 혹은 치—즈의 입모양을 하고 웃고 있었다. 아버지의 희미한 웃음은 병색이 깊은 몰골에서 잠시나마 죽음의 그림자를 걷어내는 듯했다. 그 옆에서 고른 잇속을 보이며 웃고 있는 어머니의 미소에서는 불과 몇달 후 정부와 도망을 칠 운명의 징후는 보이지 않았다. 가족에 대한 정결한 믿음이 가득 차 보였다. 그 뒤에서 화사하게 웃고 있는 열아홉의 언니는 이미 뱃속에 아비를 모르는 씨앗이 막 뿌려진 참이었다. 반항적이고 불량기가 있던 오빠마저도 양순하게 웃고 있었다. 언니와 오빠의 사이에 선 혜자만이 겁먹은 표정으로 시선이 조금 빗나가게 찍힌 그 가족사진. 누군가 본다면 거 참, 행복해 보이는 가족이구먼, 할 수도 있는 그 사진.

혜자는 그 사진을 볼 때마다 무서웠다. 서로 마주보며 한번도 웃는 얼굴들을 보여주지 않던 이들이 무엇을 향해 웃음을 날린 것일까.

거꾸로 돌린 혜자의 인생 비디오의 어느 부분을 살짝 지우거나 다시 편집하고 싶다면, 그 가족사진을 찍던 무렵과 그로부터 이십년 뒤의 어느날, 그리고 또다시 7년 뒤의 어느 화창한 날이 될 것이다.

혜자는 고개를 흔들었다. 누구에겐들 완전한 인생이 있겠는가…… 혜자는 발딱 일어나 냉장고로 걸어가 병째로 벌컥벌컥 물을 들이켠다. 그러다 창문으로 눈을 준다. 앞건물 5층, 그의 방에 불이 켜져 있다. 길고 커다란 창문의 희미한 망사커튼 사이로 오렌지빛 환한 불빛 속에 그의 방 정경이 무르익은 여인의 속살처럼 비쳐졌다.

그가 돌아왔구나. 불빛이 없어도 환히 떠올릴 수 있는 그 방의 모습. 혜자의 방에서 시선을 아래로 15도 정도만 기울이면 그 방의 창이었다. 엄밀히 말하자면 그곳은 방이라기보다는 낡고 작은 스튜디오였다. 거의 정중앙에 침대가 보이고 침대의 머리맡 쪽에 커다란 거울. 혜자의 창에서 비스듬히 마주보이는 쪽에 샤워실이 있고, 샤워실 앞에 페달밟기, 팔다리의 완력을 증진시키는 듯한 운동기구가 놓여 있다. 창에서 가려진 쪽에 아마도 간이부엌과 식탁이 놓여 있는지 끼니 때만 되면 잠시 그의 모습은 창에서 사라지게 된다.

그는 주로 낮에 집을 비우고 주말에도 거의 집에 머무르는 적이 없다. 대개 늦은 저녁에 귀가하며 환하게 불을 밝혀놓는 습관이 있다. 밤새도록 말이다. 거기다 간혹 망사커튼을 열고 안에서 우두커니 길거리를 내다보다 커튼을 닫지 않고 그냥 내버려두는 적도 많았다. 그래서 불밝힌 그 집의 창은 잠 못 이루는 밤 은은한 조명등처럼 혜자의 창에 불빛이 스며들기도 하였다.

애초에 그런 짓을 한 건 꼭 그녀의 잘못만은 아니었다. 어둠속에서 밤새도록 불켜진 그의 방이 먼저 그녀를 유혹했다. 거기다가 그는 노출증 환자였다.

두달 전 3월의 어느 비오는 밤, 혜자는 가위에 눌려 잠을 깬 적이 있다. 정신을 차리고 깨어보니 몸은 식은땀으로 칠갑이 되어 있고 오한이 나서 이빨이 딱딱 마주쳤다. 그러곤 갑자기 두렵고 무서워졌다. 무섭기 때문에 떨리는 게 아니라 몸의 떨림이 혜자에게 거꾸로 혹독한 외로움의 무섬증을 안겨주었다.

그럴 때 창 쪽에서 희미한 불빛이 새어들어왔다. 혜자는 자신도 모르게 창 쪽으로 걸음을 옮겼다. 건너편 5층의 한 커다란 창 안쪽에서 흘러나오는 빛이었다. 그녀는 부나비처럼 그 불빛이 간절했다. 저 불빛으로 건너가고 싶다. 고작 10미터나 될까? 할 수 있다면 창틀에 서서 그 창의 불빛을 향해 피터팬처럼 훌쩍 날아가기라도 하고픈 심정이었다. 저 불빛 속의 사람에게 위로받고 싶다. 삶을 살아내는 게 이렇듯 순간순간의 무서운 외로움에 마주치는 것이라면…… 오늘밤 저 이에게 위무를 받다가 부나비처럼 새벽이슬에 스러져도 좋을 것 같았다. 아아, 저 집엔 누가 살까?

혜자는 눈을 부릅뜨고 불켜진 집안을 들여다보려 했지만 터치가 섬세하지 못한 유화 한폭을 보는 듯 선명하지는 않았다. 왜 그랬을까. 그때 퍼뜩 그 생각이 났다.

오페라 망원경! 혜자는 어둠속에서 그것을 재빨리 찾아내어 눈에 대고 그 창을 향해 초점을 맞추었다. 생급스러울 만치 선명한 모습이 그녀의 시야에 들어왔다. 방안의 초라한 가구들이 한바퀴 휙 지나치고 나서 한 남자의 모습이 그녀의 렌즈에 채집되었다. 그 순간 그녀는 흡, 하고 놀랐다. 그리고 망원경을 눈에서 떼었다. 그는 침대에 드러누워 얌전히 자고 있었다. 이미 모두가 깊이 잠들 시각이었으니까. 그런데 그는 담요 한장, 팬티 한장, 아니 실오라기 하나 걸치지 않은 채였다.

가운데 갈색 털로 뒤덮인 불룩한 그의 물건도 충견(忠犬)처럼 얌전히 엎어져 자고 있었다. 어쩌자고 이 망원경은 이리도 성능이 좋단 말인가. 그곳의 늘어진 주름마저도 세세히 포착되었다. 기분이 고약했다. 나쁜 짓을 하다 들킨 것처럼 심한 수치감이 뜨거운 전류처럼 몸을 돌았다. 혜자는 망원경을 팽개치며 돌아섰다. 장에서 포도주를 찾으니 술은 바닥나고 없었다.

마흔다섯이나 먹은 게 주책이지. 남자를 잊고 산 지도 이미 3년이 돼가고 있었다. 자신이 여자란 사실도 잊고 싶던 세월이었다. 거기다 심신의 쇠진은 혜자에게 갱년기 증상을 빨리 가져다주었다. 작년부터 수십년 내 틀림없고 정확하던 멘스도 서너달에 한번씩 찾아오다 자지러드는 느낌이었다.

다시 잠자리에 들었으나 창문으로 희미하게 새어드는 그 불빛은 집요하게 혜자의 의식을 수면(睡眠)에서 끌어내었다. 시계의 야광판이 새벽 4시를 가리키고 있었다. 4시 40분이 되자 혜자는 견디지 못하고 일어나고야 말았다. 내 잘못이 아니야. 이건 순전히 호기심을 자극하는 저 노출증 환자 때문이야. 그도 어쩜 이걸 원할지도 모른다는 생각이 들었다. 혜자는 자신의 모습이 혹 드러날까봐 다시 한번 어두운 방의 커튼을 잘 여미고 한쪽 구석에 망원경의 렌즈를 갖다대었다.

이번엔 그의 머리가 보였다. 약간 금발이 섞인 듯한 부드럽고 숱 많은 연갈색 머리, 줄리앙이라는 석고상의 윤곽을 닮은 미끈하고 잘생긴 젊은 얼굴. 키가 크고 균형잡힌 잘 빠진 몸매. 한눈에도 이상적인 비례를 가진 몸이었다.

나이는 한 스물대여섯쯤 되었을까…… 이들의 육체적 성숙도를 고려한다면 어쩜 그보다 약간 적을지도 모른다.

혜자는 서서히 자신의 몸이 펌프질되고 있는 소리를 들었다. 온몸이 나른하고 뜨거워졌다. 거세어지는 펌프질…… 아주 오래 전에 잃었다고 생각되던 느낌들이 혜자의 온몸으로 스며들었다.

그때부터였다. 혜자는 그가 돌아오면 방의 불을 끄고 망원렌즈로 그를 훔쳐보는 버릇이 생겼다. 이쪽의 노출을 최대한 허용하지 않으면서 젊은 한 남자의 모습을 훔쳐볼 수 있다는 것. 전에는 상상조차 해보지 못한 일이었다. 게다가 야릇한 흥분과 설렘은 한번도 느껴보지 못한 은밀한 쾌락에 몸을 떨게 했다.

젊다는 건 참 아름답구나…… 터질 듯한 생명력을 분수같이 간직한 젊은 육체는 정말 아름답구나…… 뜨거운 시선으로 그 몸에 탐닉하다 자신의 몸을 내려다보았다. 그러다 갑자기 우울해지기도 했다.

그도 외로운 남자 같았다. 늘 혼자였다. 집에 여자를 불러오는 일 따위도 없었다. 저렇게 잘생긴 청년이 여자가 없다는 게 믿어지진 않았지만 왠지 기분은 좋았다. 그는 저녁에 집에 돌아와 늘 환하게 불을 밝힌다. 그리고 웃옷을 훌훌 벗고 샤워실로 들어간다. 사실 혜자는 그의 벗은 몸보다는 옷 벗는 동작에 더 매료되어 있다. 그는 와이셔츠보다는 주로 티셔츠나 스웨터 종류의 옷을 즐겨 입는다. 그중에도 그에게 잘 어울리는 색은 그의 흰 얼굴을 말끔하니 받쳐주는 검은색 스웨터나 네이비 블루 계통의 면티들이다. 그는 늘 양손을 가슴에 엑스자로 교차해 셔츠의 하단을 잡고 단 한번의 완벽한 솜씨로 옷을 벗어낸다. 그의 치켜올려진 잘 단련된 근육질의 팔뚝 아래로 무성한 겨드랑이 털이 순식간에 스쳐 보이며 내려뜨리는 두 팔의 반동으로 단단한 그의 가슴 근육이 한두 번 움찔한다. 바로 그 순간의 매혹은 이루 말로 설명을 할 수 없다. 마치 어느 남성향수 광고를 떠올리게 하는 그 장면은 혜자의 모든 감각을 일깨운다. 마치 그 순간은 강렬하고도 매혹적인 그의 체취를 맡은 것처럼 잠깐 현기증이 나기도 하니 말이다.

그림으로써는 표현해낼 길이 없는 아름다움이었다. 언제부턴가 혜자는 그를 모델로 누드화를 그려보고 싶다는 강렬한 욕구가 일었다. 그것은 그와 자보고 싶다는 세속적 욕구를 초월하는 어떤 아름다움을 향한 의지라고 생각하고 싶었다. 그런데 이제는 거기서 한걸음 더 나아가 그의 육체의 떨림 자체를 온전하게 살려내는 것이 그림으로 불가능하다는 걸 인정할 수밖에 없었다. 그래서 얼마 전부터 가끔 망원 렌즈를 사용해 캠코더로 사진을 찍어보기도 한다.

미친년. 자신에게 수없이 타이르지만 이 짓을 혜자는 멈출 수가 없었다. 혜자는 자신이 이상해지고 있다고 생각했다. 이젠 그의 일상적인 모습보다는 점점 더 강렬하고 저급한 자극에 갈급해하는 자신의 모습에 치를 떨었다.

가끔 그가 혜자의 기대에 부응할 때가 있다. 그러면 혜자는 월척을 낚는 순간의 긴장과 전율을 느낀다. 망원렌즈를 잡은 두 손과 두 눈의 신경줄이 터질 것처럼 팽팽해진다. 운좋게 이런 장면이 걸려들 때다. 샤워를 마친 그가 알몸으로 나와 물방울이 돋친 몸으로 음악을 틀고 거울을 들여다본다. 거울에 오래도록 자신의 몸을 비춰본다. 그러다 거울 앞에서 선정적이고 음란한 몸짓을 연출하기도 한다.

이상하게 처음엔 충격적이더니 그것조차 아름답게 보였다. 마치 한 남자무용수의 현대무용을 보는 듯. 그러다 그는 아주 슬픈 얼굴로 침대에 무너져내린다. 침대 스프링이 한동안 일렁거릴 때까지. 그것까지도 잘 계산된 안무처럼 느껴졌다. 그러나 뒷맛은 언제나 씁쓸하고 허무하다.

그 느낌은 아마 자주 그의 이런 모습을 보아왔기 때문인지도 모른다. 그는 잠자기 전 침대에 걸터앉아 오래도록 창 쪽으로 시선을 둘 때가 있다. 무엇을 보는지…… 그 공허하고 퀭한 생각에 잠긴 눈길. 혜자는 그가 무엇을 보는 것인지 알고 싶었지만 알 수가 없었다. 아무 것도 보지 않는 눈빛이 저럴까. 그럴 땐 가슴이 찌릿하며 그를 안아주고 싶어지곤 했다.

혜자는 망원경을 내어 그의 불켜진 방을 바라본다. 그의 방문 안쪽에 못 보던 낡은 가방이 놓여 있다. 그의 모습은 잡히지 않는다. 어디 여행이라도 가려는 걸까? 가방은 제법 큰 데 비해 내용물이 꽉차지 않았는지 손잡이 부분이 축 늘어져 있다. 잠시 후 그가 나타난다. 그는 가방 쪽으로 가서 한쪽의 지퍼를 조금 열다가 멈춘다. 생각이 바뀌었는지 가방을 든다. 그의 몸짓으로 보아 가방은 부피에 비해 제법 무거운가보다. 잠깐 지퍼가 열린 가방으로 무언가 잿빛의 길쭉한 물체가 보였다 사라진다. 저게 뭘까? 그러나 그는 가방을 혜자의 시선이 따라

갈 수 없는 부엌 쪽으로 옮기는 것 같다. 성능 좋은 혜자의 망원경도 이제는 더이상 따라갈 수 없다.

2. 뒤돌아보기

그 가족사진을 찍고 나서 얼마 되지 않아 아버지는 죽었다. 아버지 무덤의 흙이 채 마르기도 전에 엄마는 그나마 전재산이던 두 칸짜리 전셋방의 보증금을 빼내어 사라졌다. 나중에 동네 사람들 얘기로는 동네 카바레의 춤선생과 오래 전부터 눈이 맞은 사이라고 했다. 혜자가 막 열다섯, 중학교 3학년에 올라가는 초봄이었다. 오빠는 애초부터 바깥에서 싸도느라 집에 들르길 군대 휴가 나오듯 했고 언니는 봄을 타는지 얼굴에 기미가 돋기 시작했다.

공장에 다니던 언니가 적금을 깨어 봉천동 산동네 꼭대기에 겨우 방 한칸을 얻었다. 황사바람이 불고, 혜자는 긴 조회시간마다 노랗게 쓰러졌다. 골목길에 버려둔 언 연탄재와 배설물들이 푸석푸석 허물어지고 아이들이 진창바닥에 떼거지로 뒹구는 봄. 그 훼손된 혜자의 봄 속에서도 어느 집 얕은 판자 담 위로 흰 목련이 민망한 듯 피어올랐다.

언니는 봄이 익을수록 얼굴에 그늘이 지듯 눈 아래에 기미가 퍼져갔다. 버스정류장 근처 아랫동네 시장에서 시래기를 주워 올라오는 골목길에서 언니의 호흡은 날이 갈수록 거칠어지고 그 된 숨의 마디마디에 후렴처럼 독한 욕을 달았다.

"씨발년. 칼침을 받을 년!"

그러나 언니의 엄마에 대한 저주도 어느 골목길 모퉁이 집에서 라

일락 향기가 새어나올 무렵 사라졌다. 정확히 말하면 혜자의 열다섯번째 생일날 밤이었다. 언니의 월급으론 과하다 싶은 꽃무늬 여름원피스와 붉은 플라스틱 액자에 끼운 작은 가족사진, 난생 처음으로 양초를 꽂는 생일케이크를 언니는 혜자에게 선물했다. 처음에 혜자는 무조건 감동했지만 뭔가 심상치 않았다. 아니나다를까, 언니는 늦은 밤까지도 잠을 못 이루는 듯했다. 긴 한숨 자락마저 가늘게 떨렸다.

설친 잠으로 다음날 늦게 깬 혜자의 머리맡엔 한아름의 장미꽃 그림이 든 커다란 생일카드 한장이 놓여 있었다.

'열다섯번째 혜자의 생일을 정말 축하해. 그래도 우리 살아 있는 걸 축복으로 여기며 살자꾸나. 살아 있다면 냇물이 바다에서 서로 만나듯 우리 더 넓고 좋은 세상에서 만나자꾸나. 언니를 제발 용서하거라. 그리고 정말 행복해야 돼…… 너의 못난 언니 인자가.'

그리고 두 학기 등록금에 해당하는 정도의 현금이 그 봉투 속에 들어 있었다. 언니가 주고 간 모든 것은 세월이 지나며 사라졌지만 중졸의 학력치곤 유난히 고르지 못한 글씨체가 오랜 세월 소화되지 못한 내용물처럼 혜자의 가슴에 늘 꼬물거렸다.

그리고 남아 있는 한장의 가족사진.

언니가 카드에 적은, 어디서 많이 본 듯한, 냇물이 바다에서 서로 만나듯,이란 구절을 혜자는 오래도록 들여다보았다. 언니에게서 그런 비유를 발견한다는 건 놀라웠다. 그러자 초등학교 졸업식의 졸업가 생각이 났다. 혜자는 그걸 베껴먹은 언니를 마음껏 비웃었다. 다시는 만나고 싶지 않아. 그것보다도 할 수 있다면 당장이라도 인생을 조기 졸업하고픈 마음뿐이었다.

그후 혜자는 학교의 주선으로 급사일을 보기도 하고 고아원에서 아이들을 돌보기도 하며 어렵게 여상을 졸업했다.

졸업 후 혜자가 취직한 곳은 작은 인쇄소였다. 혜자는 사무실에서 타자도 치고 가끔 조판도 하였다. 거기서 남편 준석을 만났다. 그는 문선공이었다. 그러나 알고 보니 후사가 없는 사장영감이 데려다 키운 양아들이라고 했다. 야간대학에 나가기도 했으나 낮시간엔 더러운 작업복을 입고 똑같이 기름때를 묻히며 성실히 일하는 그가 보기에 썩 좋았다. 말없는 그의 눈길 속에서 혜자는 사랑의 징조를 찾고 싶어 했다. 그러나 그의 눈빛은 해독하기 어려운 난수표였다. 삼팔 따라지였던 영감 내외가 한날 한시에 교통사고로 죽자 법적인 아들인 그가 인쇄소의 주인이 되었다. 얼마 되지 않아 그는 인쇄소를 미련없이 팔아치워버렸다.

어느날 그가 혜자의 집을 찾아왔다. 그러곤 이상한 방식으로 뜻하지 않은 프로포즈를 했다.

"나랑 갈 데가 좀 있어."

"어디요?"

"땅 보러 가자."

"땅요?"

"땅을 사서 말뚝을 박고 집을 짓는 거지."

"……?"

"그리고 그 집에서 너와 함께 가족을 만들고 싶어."

가정이 아니라 그는 가족이라고 말했다. 그때 혜자에게 남은 한장의 가족사진이 왜 떠올랐을까? 그러나 그의 입에서 흘러나온 가족이란 말은 따뜻하게 들려왔고 그때쯤엔 혜자도 타인의 체온을 살갗에 간절하게 느껴보고픈 나이가 되었다. 그녀가 스물두살 때였다.

혜자와 준석은 인쇄소를 판 돈으로 땅을 보러 다녔고 집을 지었다. 땅을 사러 갈 땐 그는 꼭 혜자를 데리고 다녔다. 그리 큰 목돈은 아니어도 그에겐 선견지명이 있었는지 70년대의 개발붐을 타고 밤새 배추밭이 금싸라기땅이 되는 건 꿈이 아니었다. 스물셋에 결혼을 하고 2년 후 그들은 옥수수밭이 펼쳐진 논현동에 땅을 사서 집을 지었다.

"네가 복덩이야."

남편 준석은 혜자를 백자 항아리처럼 귀하게 여기고 사랑했다. 딸과 아들, 아이들이 곧 태어나고 남편의 사업은 봄날에 산불 일듯이 무섭게 번창했다. 혜자는 처음 5년간 자신에게 찾아온 이 행운이 불안하고 믿기지 않아 몸이 피곤한 날은 자주 악몽을 꾸었다. 웃음을 머금고 가족사진을 찍던 가족들은 어디 갔나. 봉천동 달동네에서 어느날 한꺼번에 갖게 된 값비싼 원피스와 생일케이크의 기쁨도 잠시, 그보다 더 혹독한 대가가 밤사이 기다리고 있지 않았던가.

남편이 어쩌다 안 좋은 얼굴로 들어올 땐 회사에 부도가 났구나, 하고 지레 겁을 먹거나 남편의 귀가가 늦어지는 밤중엔 교통사고로 피범벅이 되어 죽은 남편의 모습을 떠올리다가 경망스럽게 놀라기도 하였다.

결혼한 지 5년이 지나고 나서야 남편의 회사가 쉽게 부도날 부실기업이 아님을 혜자 스스로 인정했다. 남편은 천하에 없어도 건강 장수할 운을 타고났다는 유명 점쟁이들의 말도 자주 들으니 위로가 되었다. 거기다 그녀의 사주팔자마저도 황후가 부럽지 않다고 나왔다. 그녀에게 온 행운이 제법 견고하다고 느껴지자 그녀 스스로 그 강박관념과 피해망상에서 서서히 벗어났다.

그녀의 인생은 그때부터 완벽했다. 엄마에게 구박받던 아버지와 달리 남편은 건강하고 유능했으며 아이들은 영양이 고른 발육으로 알토 란같이 자라고 있었다. 거기다 혜자는 젊고 정숙하고 아름다웠다. 어머니와 언니 같은 그런 지저분한 삶과 어린시절 한때나마 닿아 있었다는 것조차 수치스러웠다.

다른 집 여편네들이 아이들 낳고 키우느라 악다구니 쓰고 삶에 지치고 늙어갈 때 혜자는 오히려 서른다섯이 넘으면서 더 화사하다는 소리를 많이 들었다. 옷탐이 많은 그녀의 장엔 유명 디자이너의 새 컬렉션들이 계절이 바뀔 때마다 쌓여갔다. 일주일에 몇번씩 얼굴 피부와 바디라인을 체크해주는 전문 미용관리사도 두었다. 황후도 부럽지 않았다. 남편 준석은 아직까지도 그녀에게 오 나의 비너스여, 하고 익살을 부리며 침실에 뛰어들었다. 그는 잘 꾸민 그녀를 어디든 대동하고 다니길 좋아했다.

냇물이 바다에서 서로 만나듯…… 가끔 언니의 편지 구절이 생각날 땐 오소소 소름이 돋았다. 꿈에서라도 만나고 싶지 않았다. 인생의 배역은 처음부터 주연과 엑스트라가 정해져 있다고, 남루했던 가족들, 그들은 단지 한때 잠시 무대에서 스쳤던 엑스트라였다고 생각하면 그뿐이었다.

다만 그녀에게도 치명적인 약점은 있었다. 골프 회동 때나 파티에서 대졸 이상의 학력과 쟁쟁한 친정의 배경을 거들먹거리는 여자들과 환담을 나눌 때면 잠깐 초라해졌다. 그래도 그녀들이 출신학교를 맞대놓고 묻는 결례를 범하는 경우란 좀체 없었다. 그래도 이렇게 슬쩍 눙치면 대부분 넘어갔다.

"아이, 저야 뭐 학벌이라고 할 게 있나요? 친정아버지 사업차 하도 어릴 때부터 외국을 돌아다녀서 말예요. 대학 다닐 땐 스페인에 있었죠. 스페인 남부지방의 대학에서 그림을 조금 그리다 결혼하느라 말 았죠 뭐."

그러면 대개 이렇게 응수했다.

"참 겸손하기도 하셔. 그냥 척 봐도 어쩐지 몸에서 예술적 향기가 풍겨요."

그래서 언젠가는 말발 좀 서려면 그림을 배워야 되겠군 하고 생각 했다. 남편도 은근히 부추기는 눈치였다.

"거 그림 그리는 여자, 참 보기 좋더라. 당신같이 아름다운 여자가 그림을 그린다면 그 모습 자체가 하나의 예술이지 뭐."

어느 재미있는 영화나 드라마가 그렇듯이 행복은 그리 지루하게 계 속되지는 않았다.

혜자가 서른여섯이 되던 해, 그녀의 인생드라마에 또다른 여우주연 이 나타나 위기를 맞게 되었다. 남편에게선 아무런 낌새를 느끼지 못 했다. 그는 오히려 나이가 먹으면서 중후한 인상에 교양미가 넘치는 신사의 모습이 되어갔다. 머리가 벗겨지고 돈독이 오른 몇 안되는 고 등학교 친구들의 남편과는 격이 달랐다. 언제부턴가 그는 시를 읽었 다. 모두가 잠든 깊은 밤 홀로 거실의 흔들의자에 앉아서 시집을 읽고 있는 그의 모습을 한두 번 본 적이 있었다. 옛날 그가 문선공이었던 시절, 기름때 묻은 작업복을 입은 그가 제본된 시집을 읽는 모습을 혜 자는 떠올렸다. 아무도 책으로 나온 시집을 그런 눈으로 읽는 사람들 은 거기 없었다. 책이 나오기까지의 하나의 공정, 그 이하도 이상도 아닌 활자들의 조합에 그처럼 진지한 눈길을 주는 사람은 아무도 없 었다.

혜자는 마치 부적을 펼쳐 보는 신자를 보는 사제처럼 왠지 마음이 편치 않았다. 그러나 그건 나이 마흔을 넘긴 남자의 젊은날에 대한 향수쯤으로 받아들이기로 하였다. 그녀가 어쨌든 이해할 수 없는 그의 마음속의 향수.

그러다 알게 됐다. 남편에게 여자가 있다는 사실을.

알고 보면 인생이란 그녀가 즐겨 보는 멜로드라마의 원형이란 사실을. 그 사실을 알게 되자마자 혜자는 드라마의 여주인공보다 더 통속적이고 솔직하게 굴었다. 여자가 팔당 근처에 내고 있는 분위기있는 까페를 찾아가 단번에 박살을 내고 말았다. 혜자가 멱살을 잡고 악다구니를 쓰며 바라본 그녀의 얼굴은 연약한 새처럼 몹시 질려서 떨고 있었다. 혜자는 실망했다. 전의마저 상실했다. 그녀는 전혀 예쁘지 않았다. 혜자의 생각보다 그리 젊지도 않았다. 얼굴엔 수심과 궁기마저 흘렀다.

그녀는 혜자보다 다섯살이 어리다고 했다. 한때 불가에 몸담았던 여승이었으나 환속하고 말았다고 했다. 그리고 그녀는 시인이라고 했다. 그녀와 남편에게 둘 다 각서를 받고 일단 모든 일은 마무리가 되었다. 남편은 자신의 치명적인 실수를 사죄했고 여자는 그곳을 떠나 어딘가로 가버렸다. 다시 머리를 깎았다는 풍문을 들은 것도 같았다. 전만 같진 않았지만 서서히 모든 게 회복되어가고 있었다. 남편은 혜자에게 더욱 더 마음을 써주고 아이들에게도 자상하게 굴었다.

혜자는 자신에게 있어 행복의 원천인 남편을 놓치지 않으려고 더욱 조바심을 쳤다. 눈밑에 생기기 시작하는 주름과 흐트러지는 턱선이 신경쓰여 주름살 수술과 쌍꺼풀 수술을 했다. 한번 몸에 손을 대니 자신의 몸의 불완전함이 더욱 드러나 안달이 났다. 아이를 낳은 배의 지방도 절제를 하고 늘어지기 시작하는 유방도 다시 당겨올렸다. 보따리장수들한테서 물 건너온 야한 속옷을 사들이는 것도 그즈음 붙인 그녀의 취미였다. 아이들은 그녀가 붙인 과목별 과외선생 덕으로 잘 해나가고 있었다. 누가 봐도 고등학생과 중학생 남매를 둔 아줌마로 보아주지 않았다. 여전히 준석은 혜자를 사랑했다. 아니 그렇게 믿었다. 그는 그 일로 인해 한결 풀이 죽고 늙긴 했지만 여전히 혜자를 데리고 다니길 좋아했다. 선망인지 비난인지 준석의 친구들이 새끼손가락을 꼽으며 말했다.

"이렇게 영계 같고 탈렌트 같은 부인을 누가 마나님이라 하겠는가. 요거 달고 다닌다고 모르는 사람들은 욕하지 않겠나? 이 사람 복도 많지."

혜자의 공작 날개 같은 자존심은 그때마다 화려하게 펴졌다.

이렇게 7년이 다시 흘렀다. 어느날 신도시에 최근에 겨우 집장만을 한 여상 때의 친구가 전화를 했다. 활달한 그녀는 그 아파트의 반장 일을 보고 있었다.

"얘! 이 얘기 해야 되니, 말아야 되니? 우리 아파트에서 미림이 아빠 같은 사람을 내가 몇번 봤다. 예진이네라구 우리 윗줄로 십층에 사는 엄마네 집에 가끔 와. 혹 모르지, 세상엔 비슷한 사람도 많으니…… 옷도 좀 허름하구 해서 첨엔 아닌가 했는데 말야. 그런데 며칠 전에 또 봤다. 그래도 너 한번 뒤를 캐봐. 아니겠지만 말야. 예진이 엄마도 참 얌전한 사람이거든."

친구는 애써 호기심을 억누르며 말했지만 잔뜩 기대에 부푼 듯 흥분해 있었다. 혜자는 웃으며 여유있게 거짓말을 했다.

"얘는, 미림이 아빠 아냐. 그인 두달 전부터 미국에 출장중이야."

전화를 끊고 왠지 혜자는 온몸의 기운이 스르르 빠졌다. 그러나 최근의 준석을 생각해봤지만 짚이는 데가 전혀 없었다. 준석은 며칠 전에 부산으로 3일간 출장을 다녀왔다. 회사가 커지면서 언제부턴가 준석의 국내외 출장이 잦아졌다.

어느 일요일 아침, 준석은 일주일간의 유럽 출장을 떠나게 되었다. 혜자는 꼼꼼하게 속옷과 옷들을 챙긴 트렁크를 건네주며 공항까지 따라나서겠다고 우겼다. 그는 그럴 필요 없다고 극구 사양하며 15년간 고용한 기사 박씨와 함께 집을 나섰다. 남편이 집을 나가자마자 갑자기 이상한 기분이 들었다. 혜자는 차를 몰아 일산으로 향했다. 친구가 사는 아파트 광장에 차를 부려놓고 한참을 숨을 골랐다. 두려웠다. 확인하고 싶지 않았다. 설령 친구가 본 사람이 남편이라 할지라도 예진이 엄마라는 사람을 그냥 회사직원의 부인쯤으로 생각하고 싶었다. 30분을 그렇게 앉아 있다가 어쨌든 예진이네를 들러보자고 마음을 먹었다.

1005호 현관문 앞에 선 혜자는 잠깐 후회했다. 하지만 어쩔 수 없다는 기분이 들었다. 안에서는 고소한 기름전 냄새와 텔레비전 소리가 흘러나왔다. 벨을 두 번 누르자마자 호흡을 가다듬을 새도 없이 안에서 "아빠야?" 하고 외치며 예닐곱살쯤 된 어린 여자애가 강아지처럼 달려나왔다.

아이를 보는 순간, 혜자는 모든 걸 다 이해했다. 아이는 준석을 빼닮은 얼굴이었다. 혜자는 얼결에 발길을 돌렸다. 그때 부엌 쪽에서 슬리퍼 끄는 소리와 함께 "아빠가 벌써 오셨니?" 하며 앞치마를 두른 여자가 나왔다.

여자가 먼저 손에 들고 있던 뒤집개를 떨어뜨렸다. 현관 타일바닥에서 째그르르 소리가 나며 준석이 좋아하는 깻잎고추전 냄새가 얼핏

풍겼다. 시각은 후각보단 느렸다. 그제야 혜자의 눈에 매운 번개가 한 번 쳤다.

그녀는 남편과 7년 전에 헤어져 절로 돌아갔다고 하던 그 못생긴 비구니 시인이었던 것이다.

두 사람은 한동안 폭풍 전야처럼 말이 없었다.

이상했다. 예전처럼 불같은 분노와 질투가 일지는 않았다.

"사모님, 안으로 좀 드세요."

여자는 허리를 구부려 뒤집개를 집어들고 막 탄내를 풍기는 부엌으로 허둥지둥 걸어들어갔다. 준석을 빼다박은 아이가 나불댔다.

"오늘 우리 아빠가 오는 날이걸랑요. 아줌마 일본 가봤어요? 울 아빤 일본서 큰 회사를 해서 아주 바빠요. 나 가방이랑 연필이랑 예쁜 학용품 많아요. 내년에 나 학교 간다고 울 아빠가 다 외국서 올 때 선물한 거예요. 아줌마 들어오세요. 내가 다 보여줄게요."

붙임성있는 아이의 손에 이끌려 혜자는 허공을 밟듯 그 집안으로 들어갔다. 환속한 비구니는 부엌에서 완강하게 등을 보이고 계속 깻잎고추전을 부쳤다. 그래도 고추전은 계속 탄내를 풍겨댔다.

그때 다시 현관벨이 울렸다.

혜자와 여자의 놀란 시선이 현관문 언저리에서 함께 얽혔다.

"나다! 아빠야! 빨리 문 열어!"

그 두 얽힌 시선 너머에서 얼른 안으로 뛰어들고 싶어 안달이 난 행복한 가장의 씩씩한 목소리가 들려왔다.

현관에 들어선 그를 혜자는 처음엔 몰라보았다. 그는 아침에 나갈 때 입었던 최고급 정장 차림이 아니었다. 불편하다며 한번도 입지 않은 청바지에 스포티한 느낌의 점퍼를 걸치고 있었다. 거기다 두꺼운 검은 테 안경마저 끼고 있었다. 언뜻 보면 예진이 또래의 아이를 둔 삼십대의 젊은 아빠로 보이기에 충분했다. 그제야 천둥과 번개가 지나갔던 혜자의 가슴에 억장이 무너지듯 폭우가 내렸다. 혜자의 눈에서 소나기가 내렸다.

7년 동안의 비밀극이 혜자가 모르는 무대에서 여전히 진행되고 있었다니!

이중의 주역을 맡은 남편의 분장도 훌륭했지만 그의 완전한 연기에 혜자는 경악했다.

그 일이 있은 후, 남편은 가면을 벗은 악당처럼 가공하리만치 당당해졌다. 먼저 예진이의 입적을 거론했고 결국에는 위자료 문제를 제기하며 이혼을 요구했다. 혜자와의 가면극을 끝내고 싶노라고, 이젠 후련하게 가면을 벗고 싶다는 표현을 썼다. 혜자는 합치고 싶어하는 두 사람에 대한 증오의 마지막 무기로 절대로 이혼은 하지 않겠노라고 선언했다. 그들에게 복수를 하고 싶어 미치고 환장할 것 같았지만 별다른 방법이 없었다.

술에 취해 분노한 남편은 씁듯이 말을 뱉었다.

"이제 텅텅 빈 네 껍질엔 질렸어. 불쌍한 년. 껍데기는 가라! 가!"

껍데기는 가라? 언젠가 남편이 읽어주던 시의 한 구절임이 어렴풋이 생각나자 혜자는 남편이 가소로워 눈물이 날 때까지, 그것이 통곡으로 이어질 때까지 미친 듯이 웃어주었다. 그리고 이후로 혜자는 말을 더듬기 시작했고 서서히 말을 하고픈 의지마저 잃었다.

혜자에게 그때 그림을 권한 건 정신과 의사였다. 혜자가 마흔셋 되던 해였다. 그리고 유럽여행을 다녀온 마흔넷의 가을, 혜자는 아무런 삶의 기약 없이 빠리로 왔다.

3. 바라보기

요 며칠 혜자는 꼼짝 않고 그림만 그린다. 처음에 그림은 그녀에겐 예술이 아니라 하나의 처방이었다. 2년 동안 푸른색만 칠했다. 그 푸른색에 몰두하다 보면 가슴이 조금 뚫리며 시원해졌다. 어느날 빠리 시내 한 미술관에서 보게 된 이브 끌랭의 푸른색 유화작품에 혜자는 전율했다. 또한 혜자는 화집에서 본 영국의 터너라는 화가의 하늘 그림을 무척 좋아했다. 구름의 오묘한 조화와 그 풍부하고 투명한 터치를. 거기엔 푸른색이 주는 자유와 평화가 있었다.

요즘의 빠리의 하늘색은 그야말로 아들이 잘 썼던 표현대로, 죽여준다. 몇번 혜자는 탁 트인 야외라도 나가볼 생각이었다. 그러나 처박혀 지내는 데 익숙해진 몸은 곧 신호를 보내왔다. 온몸에 힘이 빠져버리는 것이다.

혜자가 말을 서서히 잃게 되었을 때 찾아온 증상도 그랬다. 혀에 기운이 서서히 빠지면서 뱉어낸 말을 끝까지 하기가 싫었다. 의식적으로 안간힘을 쓰면 더듬거리게 될 뿐이었다. 그러면 마구 가슴이 뛰고 불안해졌다. 프랑스에 오게 되자 혀에 힘이 빠지는 증상은 깨끗이 사라졌다. 프랑스는 그야말로 익명의 섬이었다. 혜자는 모국어를 쓸 기회도 없었고, 그렇다고 자신의 마음속 얘기를 불어로 표현하는 일 따위도 없었다. 대신 늘 텔레비전을 켜놓고 사는 덕에 눈치껏 알아들을 정도는 되었다. 몇가지 귀에 익숙한 표현과 제스처를 구사하는 정도로도 이 나라 사람들은 친절하게 대해주었다. 아주 복잡한 일은 돈 주고 통역을 사서 처리하면 되었다.

한국에서 처음 혜자가 언어를 거부하는 증상을 보이자 정신과 의사는 이런 말을 했다.

"언어의 발생에 관한 견해 중에, 언어는 한 개인의 정열에서 나온다는 설이 있더군요. 루소던가요. 언어의 두 가지 기원설을 제시했던 것 같은데…… 하나는 따뜻한 남쪽 하늘 아래 흘러넘치는 감정 속에서 '나를 사랑해주세요 Aimez moi'라는 첫외침이고 또하나는 북부의 거칠고 결핍된 기후 속에서 '나를 도와주세요 Aidez moi'라는 첫외침일 거라구요. 그중에서 나는 언어란 욕망의 산물, 즉 자아와 타인의 관계에 대한 최초의 열정적 표현이라고 생각해요. 내 생각은 이혜자씨가 열정과 감정을 촉발할 수 있는 환경을 만들도록 노력해야 한다는 거죠. 쉽게 얘기하면 연애도 하나의 치료방법이 될 수 있다는 겁니다."

5월말의 상큼한 공기와 햇빛은 거리마다 풍성하게 흘러넘친다. 이곳의 햇빛은 에로틱하다. 사람들은 누구나가 '에메 무아(Aimez moi)'라고 속삭이는 듯하다. 혜자도 가슴속이 간지러웠다. 우기의 시작인 늦가을과 긴 겨울 동안엔 느껴보지 못한 일이었다.

낮에 햇빛이 레이스 커튼을 통과해 그녀의 푸른색 그림을 아롱아롱 간질이는 걸 보면 이따금 혜자는 행복을 느꼈다. 그리고 밤에는 그를 독차지하며 훔쳐볼 수 있다는 것에 지극한 만족을 느끼며 잠들 수 있었다.

그런데 서서히 그를 개인적으로 알고 싶은 호기심이 들었다. 그것은 어떤 땐 잠재우기 힘든 열망이 되었다. 그는 누구일까? 무엇을 하는 사람일까? 무슨 생각을 하며 살까? 그의 몸의 촉감은 어떨까? 그가 내게 들어왔을 때의 느낌은 어떨까……

이런 마음속의 열망은 며칠 전부터 그가 들고 나는 시간대에 그녀

를 거리의 모퉁이 까페의 노천 의자에 나앉도록 했다. 그의 집과 지하
철로 통하는 길목에 위치한 까페였다. 렌즈의 매개 없이 그를 가까이
에서 보고 싶다는 작은 소망밖엔 없었다. 그러나 그 작은 열망도 번번
이 무너졌다. 이상하게 요즘엔 그를 볼 수가 없었다. 집에 돌아와 그
의 방을 보아도 늘 불이 꺼져 있었다. 벌써 닷새째다. 그림을 그리는
건 핑계고 혜자는 어쩜 그의 방에 불이 켜지는 순간을 놓치게 될까봐
그 좁은 방을 나서지 못하는 건지도 몰랐다.

오후 내내 그림을 그리다 늦은 저녁으로 찬밥에 오이피클과 고추장
을 퍼넣고 비빔밥을 만들어 먹는다. 벽을 마주보며 꾸역꾸역 먹는 게
서러워 얼마 전부터는 작은 거울을 그 앞에 매달아놓았다. 그럼 덜 외
로울 것 같았다.

또 한사람의 늙어가는 여자가 보인다. 형편없는 식사와 부족한 일
조량과 삶에 대한 희망이 결핍된 건조하고 마른 여자의 긴 목울대로
한덩이의 밥이 지나가는 궤적이 보인다.

꾸우울떡.

혜자는 외면한다. 자신의 얼굴에 혐오감이 든다. 마음에서 되쏘는
빛이 없는 얼굴은 전원이 나간 조야한 스탠드등의 낡은 헝겊 외피처
럼 쓸쓸해 보인다. 거기다 요즘 불꺼진 그의 방 때문에 혜자의 얼굴은
더욱 어둡다.

그때 방안이 환한 느낌이 들었다. 혜자는 마음으로 그 불을 느낄 수
있었다. 그가 돌아온 것이다! 혜자는 밥숟갈을 놓고 창가로 가보았다.
정말 그의 방에 불이 켜져 있다.

혜자는 방의 불을 끄고 망원경으로 그의 방을 본다. 가슴에 잔물결
이 친다. 그는 좀 초췌한 몰골로 우두커니 침대에 걸터앉아 있다. 자

세히 보니 그는 울고 있다. 한동안 깜박이지 않고 열려 있는 그의 동공에서 맑은 눈물이 소리없이 흘러 반짝이는 것이 성능 좋은 오페라 망원경에 잡힌다. 혜자는 가슴이 아린다.

그러다 그는 일어나 바닥으로 뒹굴며 마구 몸을 비틀어댄다. 처음 혜자는 그 몸짓이 무얼 의미하는지 몰랐다. 가끔 그가 홀로 비틀어대던 음란한 몸짓은 아닌 게 분명했다. 이건 너무도 고통에 찬 몸짓이다. 죽음의 냄새가 나는 고통이다. 간질 발작이 아닐까? 누워서 뒹굴던 그가 갑자기 벌떡 일어나 몸을 비틀어댄다. 이상한 건 몸을 비틀되 사지를 마구 비틀어대진 않는다는 것이다. 혜자는 혼란스럽다. 그가 그의 방에서 죽어도 그의 죽음은 오랫동안 드러나지 않고 방치될 것이다. 늘 불이 켜진 그의 방에서 그의 주검을 바라보게 되는 건 정말로 원치 않는 일이다. 구조대에 신고를 해야 할지 옆집 사람에게 알려야 할지 순간적으로 갈피가 잡히지 않는다.

그렇게 고통스럽게 비틀던 그가 어느 순간 딱 정지를 한다. 혜자도 호흡을 멈추고 바라본다. 그는 아무렇지도 않은 듯 뚜벅뚜벅 샤워실로 걸어들어간다. 샤워실 커튼 밖으로 옷가지들이 하나씩 던져져 나온다.

6월 첫번째 토요일, 혜자는 슈퍼마켓에서 장을 봐오는 중이었다. 제법 오랜만에 보는 장이라 보따리들이 무거웠다. 초여름의 건조하고 강렬한 햇살이 목덜미에 따갑게 느껴졌다. 그때 뒤에서 다급하게 부르는 남자의 목소리를 들었다. 누군가의 이름을 부르며 달려오는 듯했다.

"베아트리스!"

다시 다급한 목소리가 들려옴과 동시에 혜자의 왼팔이 거센 힘에 낚아채졌다. 그 통에 체리 봉지가 터져 알맞게 진홍색으로 잘 익은 체리가 길바닥에 마구 쏟아졌다. 한 남자의 완강한 팔힘이 느껴진 것과 그를 바라본 것은 거의 동시였다. 그는 햇빛 때문에 검은 썬글라스를 쓰고 있었다. 그를 올려다보는 혜자의 맨눈은 태양빛을 맞받고 있어서 그의 얼굴이 처음엔 흐릿했다. 어디서 많이 본 얼굴이었다.

혜자를 보자 그는 무척 당황한 얼굴에 낭패한 빛을 감추지 못했다. 그가 썬글라스를 벗어들며 사과했다.

"아, 용서하세요. 죄송합니다. 사람을 잘못 봤어요."

그때 다시 놀란 건 혜자였다. 그는 다름아닌 망원경 속의 남자였다. 혜자가 아픔 때문에 그러는 줄 아는지 그는 그때까지 왼팔을 잡고 있던 손을 얼른 놓으며 어쩔 줄 몰라했다. 그러고는 몸을 구부려 더러 흠집난 체리들을 비닐봉지에 주워담았다. 수줍음 때문인지 당황함 때문인지 그의 귓불과 옆얼굴이 발갛게 물드는 걸 혜자는 보았다. 생각보다 아주 내성적인 사람 같았다.

그와의 만남은 그렇게 시작되었다. 집으로 오는 도중 그는 미셸이라고 자기소개를 했다. 그가 혜자의 하는 일을 물었다. 혜자가 조금 부끄러워하며 화가라고 말했다. 그리고 혜자는 그를 쳐다보았다. 당신은? 그는 웃으며 대답했다. 자기의 직업도 '예술가 같은 것'이라고. 미셸은 혜자가 자신의 아파트 바로 앞에 산다는 사실을 신기해했고 그럼에도 불구하고 오늘 처음으로 만나게 된 것이 이상하다고 말하는 듯했다.

그후로도 혜자는 망원경으로 그를 훔쳐보았다. 이제 그는 더이상 익명의 한 남자가 아니다. 젊은 예술가 미셸이다. 특별히 변한 건 없었다. 다만 여름이 되어선지 그는 훨씬 더 지쳐 있는 모습이었다.

첫번의 만남이 있고 나서 일주일쯤이 지난 어느 밤. 불을 끄고 누운 혜자의 귀에 그녀를 부르는 소리가 들렸다.

"예자!"

혜자의 창 건너편에서 들리는 그의 목소리였다.

보통의 불란서인들처럼 그도 'ㅎ'음을 내지 못하였다. 다시 한번 그녀를 부르는 소리가 들려왔다.

"예자! 불을 켜고 창가로 나와봐요."

혜자는 카디건을 걸치고 불을 켰다. 그리고 창을 열었다. 그가 창가에 앉아 그녀에게 손을 흔들었다.

"방해가 되지 않는다면 이야기를 함께 나누고 싶어요. 참 아름다운 밤이죠?"

"난 불어를 잘 못해요. 당신의 얘기를 잘 이해할 수도 없을걸요."

"괜찮아요. 당신은 그냥 가만히 거기에 서서 나를 바라보기만 하세요. 그리고 당신이 말하고 싶으면 불어든 한국말이든 하세요."

그들은 불켜진 서로의 창을 바라보았다. 그는 모노드라마의 배우처럼 무언가 말을 하기 시작했다. 그의 목소리는 크지도 높지도 않았으나 밤공기를 타고 듣기 좋게 울려왔다. 시각은 새벽 한시를 지나고 있었지만 아무도 그들을 방해하지 않았다. 그는 자신의 말에 도취되어 있는 듯했다. 처음엔 신경을 바짝 세워보았지만 혜자는 잘 알아들을 수 없었다. 혜자는 자신을 향해 잔잔하게 말을 하는 청년 미셸의 입술을 따스하게 바라보았다. 그의 입에서 흐르는 불어의 울림이 그저 가슴으로 전해오는 것 같았다. 그러고 들으니 뜻 모르는 음유시를 듣는 듯한 기분이기도 했다. 꿈꾸듯 편한 기분이었다. 그는 가끔 한숨을 쉬기도 하고 미소를 짓기도 하며 오랫동안 침묵하기도 했다. 그러자 그 공백을 혜자는 자신의 캔버스를 푸른 물감으로 그려 채워넣듯 낮게 말했다. 오랫동안 쓰지 않은 모국어로.

"난 그림을 그려요. 늘 푸른색의 그림만요. 나도 모르겠어요. 푸른색은 무한이에요. 바다도 그렇고 하늘도 그렇지요. 그런데 가까이 보면 그 푸른색은 안 보여요. 그냥 투명할 뿐이죠. 모든 보여지는 것들은 가짜예요. 우리는 속고 있는 거예요. 왜 이런 말을 하죠? 내가? 난 한번도 이렇게 무언가를 자신있게 말해본 적이 없는데. 가끔 난 이렇게 말해봐요. 난 죽었어. 그래요. 난 아주 쓸모없는 여자지요. 내 삶은 텅 비어 있죠. 아무도 내게 깃들이질 못하고 나를 떠났죠. 난 거의 말을 잃을 뻔했죠. 말을 무덤에 묻으면서 나 자신도 함께 묻은 거지요. 그런데 오늘밤 당신한테만은 말을 하고 싶군요. 그냥 당신이 그 불빛 아래에서 나를 응시하기만 해준다면."

혜자는 몸을 떨었다. 갑자기 꼬스따 브라바의 바닷물에 몸을 적셨던 그 느낌이 들었다. 도시는 북청빛 어둠에 잠겨 있는데 혜자는 꼭 바닷물에 몸을 담근 듯하다.

혜자는 떨리는 목소리로 말했다.

"당신은 날 모르겠지만 난 당신 모습을 오래 전부터 그 비밀스런 부분까지 다 알아요. 용서하세요. 늘 당신을 훔쳐보았어요. 이젠 그러지 않을게요. 이젠 내가 나의 망원경으로도 볼 수 없는 보이지 않는 당신을 알고 싶어요."

서서히 몸의 오한이 사라지자 혜자는 자신이 뱉은 말을 후회했다. 그러나 그건 한국어였다. 혜자는 안심이 되었다. 하지만 말하길 잘했다. 온몸이 가뿐해짐을 느꼈다.

그는 혜자를 말없이 바라보았다. 그러다 천천히 말했다.

그 말은 혜자도 알아듣는 불어였다.

"난 두려워요."

그러나 그는 곧 자신의 말을 수정하듯 별일 아니라는 듯 어깨를 으쓱했다.

"쎄, 라, 비."

혜자는 이곳 사람들이 잘 쓰는, 체념적인 느낌이 드는 세 음절의 짧은 문장을 한 음절씩 끊어서 말했다.

그가 동감한다는 듯 활짝 웃었다.

"오, 맞아요."

침묵이 흘렀다.

"왜 당신은 밤에도 불빛과 함께 자나요?"

혜자는 자신없는 불어로 천천히 물었다. 문장이 우스웠다.

그는 대답 대신 미소를 지었다.

"당신의 서툰 불어는 오히려 시처럼 들리는군요. 정말이에요. 난 정말 당신이 하는 어떤 말이라도 이해할 것 같아요."

혜자는 얼굴이 달아올랐다. 그러나 기뻤다.

"기다림 때문이죠."

그는 다시 우울하게 말했다.

"누굴?"

"베아트리스."

지난 토요일의 일이 떠올랐다. 그가 혜자의 뒤에서 부르던 그 이름.

"그녀는 어디 있는데요?"

"아무 곳에도."

"죽었나요?"

혜자는 미안한 듯 물었다.

"어쩌면 그럴지도……"

알 수 없는 대답이었다.

"나와 그녀가……?"

닮았냐고 묻고 싶었다. 그는 정확하게 이해했다.

"전혀. 참, 긴 갈색 머리카락은 정말 똑같아요."

"당신의 작품을 언젠가 볼 수 있을까요?"

"작품?"

그가 눈을 크게 떴다.

"당신도 예술가라고……"

그가 묘한 웃음을 지었다.

"아아, 예술가. 음…… 뭐라고 할까, 그래요. 나는 사랑과 죽음의 예술을 보여주는 사람이에요."

4. 마주보기

그것은 꿈이었을까. 혜자는 그 밤의 일을 지금 꿈처럼 떠올린다. 미셸은 그후 한번도 혜자를 부른 적이 없다. 이제는 더이상 그를 훔쳐볼 수도 바라볼 수도 없다. 그의 창이 덧문으로 굳게 닫힌 지 벌써 이주일이 넘었다. 무슨 일일까. 베아트리스가 돌아와 어디론가 함께 떠나버린 것일까.

도시는 긴 여름바캉스를 맞기 시작했다. 낮에는 관광객이 거리에 넘치고 밤에는 떠난 시민들이 놓아두고 간 고양이들이 방황을 한다.

밤에도 낮의 열기가 치우지 않은 쓰레기처럼 도시의 구석마다 남아 있다. 얼마 전부터 그의 창문이 닫히고 더위가 몰려오자 혜자는 밤산책을 나가기 시작했다. 아홉시가 넘어도 환한 밤이다.

산책이라야 마레 지구라고, 예전엔 늪지였다던 동네를 한바퀴 도는 정도다. 멀리 가야 바스띠유 광장까지 걸어갔다 오는 정도였다. 오다가 까페에 들러 찬 맥주 한잔 들이켜는 게 고작이었다.

산책길에서 돌아오다가 왜 그런 생각이 들었을까? 덧문을 닫은 그의 방에 그가 꼭 들어 있을 것 같은 생각이 들었다. 그가 없어진 게 아니라 '보여주기'를 거부하는 것이라고. 이 도시에서 안전하게 숨을 데라곤 불을 끈 자신의 방밖엔 없다는 걸 혜자도 너무나 잘 알고 있지 않은가. 열한시가 다 되어가지만 아직도 희미한 빛이 남아 있다.

그의 방을 찾는 것은 어려운 일이 아니었다. 그의 아파트 우편함엔 '미셸 아라공, 508'이라고 씌어 있었다. 혜자는 엘리베이터가 없는 낡은 아파트의 5층을 올라갔다. 508호는 복도의 가운데쯤에 있었다. 혜자는 떨리는 손에 힘을 꽉 주어 주먹을 쥐었다. 그리고 검지손가락의 꺾여진 마디를 조금 세워 방문을 두드렸다.

똑 똑 똑.

안에선 아무 소리도 들리지 않았다. 또 한번 두드렸다. 자동장치가 된 복도의 불이 꺼졌다. 창이 없는 그 복도는 완벽한 어둠이었다. 어둠속에서 저만치 깜박깜박하는 복도의 전등 스위치가 보였다. 그 어둠속에서 혜자는 그의 주검을 떠올렸다. 언젠가 그의 고통스런 몸짓을 처음 본 그날 상상해보았던 그의 죽음. 머리털이 쭈뼛 서는 느낌이었다. 돌아가자. 혜자가 스위치를 향해 몸을 돌린 순간 안에서 긴 한숨소리를 내듯 문이 천천히 열렸다. 혜자가 순간 앗, 하고 짧은 비명을 질렀다. 문 안쪽도 어둡이긴 마찬가지였다. 문 안쪽의 스위치가 찰칵 하는 소리가 나고 방안에 불이 켜졌다.

그의 모습. 그는 오랜 잠에서 깬 사람처럼 굳은 표정으로 눈빛이 멍했다. 머리는 땀에 절어 있었고 걸치고 있는 흰 셔츠는 마구 구겨진 채 더러웠다.

혜자를 보자 희미하게 웃었다.

"안녕, 예자. 들어와요."

혜자는 체념하듯 들어섰다. 망원경 속의 방으로. 방은 망원경 속에서 보던 것보다 훨씬 누추하고 초라했다. 습기에 전 곰팡이 냄새가 났다. 통풍을 안한 탓인지도 모른다. 침대 밑엔 빈 포도주병이 몇개 세워져 있었다. 그러고 보니 곰팡이 냄새는 습기와 섞인 알코올 냄새인지도 모른다는 생각이 들었다.

그는 비틀거리는 걸음으로 의자를 내어주고 자신은 침대에 걸터앉았다. 가까이 마주본 그의 모습은 거칠었다. 꺼칠한 피부. 팔뚝과 손엔 생채기가 나 있다. 그에게서 왠지 깊고 음습한 상처의 냄새가 나는 듯하다. 그는 발밑의 병 하나를 들어올려 혜자에게 내밀었다.

"마시겠어요?"

혜자는 고개를 저었다.

"그동안 무슨 일이 있었나요?"

대답 대신 그는 병째로 술을 마신다.

"좀 아팠어요."

"불빛이 없어 당신이 없는 줄 알았어요."

"며칠 전에 돌아왔어요."

"그런데 왜 불을 켜지 않았죠?"

대답 대신 그는 고개를 숙이고 오른손을 머리칼 깊숙이 집어넣고 쥐어뜯었다.

잘 익은 밀대 같은 그의 머리칼이 바람에 흔들리는 듯했다. 그리고 쥐어짜듯 말했다.

"이젠 기다릴 아무것도 없단 말이야."

그의 어깨가 흔들렸다. 고통스런 신음소리가 났다. 그는 울고 있었다.

"며칠 전 베아트리스를 무덤에 묻고 왔어요."

혜자는 다가가 조심조심 그의 어깨를 감싸안았다. 그러고 싶었다. 방안의 공기는 질식할 듯 무겁고 답답했다. 문을 좀 열고 싶었지만 덧문까지 닫힌 창문은 그의 아픔처럼 완강해 보였다. 혜자는 그 어떤 말도 해낼 수가 없었다. 그저 손길로 그를 어루만질 뿐이었다. 그의 어깨와 등줄기는 억세고 탄탄했다. 그러나 언젠가는 터질 화산 같았다. 슬픔이 용암처럼 끓고 있는 게 느껴졌다. 그는 혜자의 어깨에 기대어 어린애처럼 울고 있다.

그가 고개를 들었다.

"놀랍군요. 머리칼에서 베아트리스의 냄새가 나요."

그는 젖은 눈으로 빨아들일 듯 혜자를 바라보았다. 혜자는 또다시 방안 공기가 질식할 듯 답답했다. 혜자는 공연히 숨이 가빠왔다. 꿈에서 깨어나듯 그가 말했다.

"배가 굉장히 고파요. 이틀 동안 아무것도 먹지 못했어요. 뭘 좀 만들어줄래요, 예자?"

혜자는 방 한쪽 구석에 있는 냉장고로 갔다. 냉장고 안에서 시들기 시작한 야채를 꺼내 씽크대가 있는 곳으로 가 야채수프를 만들었다.

그리고 조금 남은 봉지쌀을 털어 미음도 끓였다.

미셸은 이인용 식탁에 앉아 그녀가 만들어준 음식들을 모두 비워냈다. 그러곤 침대로 돌아가 금방 고른 숨소리를 내며 잠이 들었다. 혜자는 미셸이 비워낸 그릇들을 치우다가 식탁 밑의 어떤 물체에 발을 부딪혔다. 묵직하고 둔탁한, 신경이 거슬리는 쇠의 마찰음을 들었다. 내려다보니 언젠가 망원경으로 보았던 낡은 잿빛 가방이었다. 한데 가방 바깥으로 무언가가 삐죽이 나와 있었다. 칼의 손잡이 같기도 했다. 혜자는 망설이다가 침대 쪽을 일별하고 재빨리 가방의 지퍼를 열어보았다.

배를 가른 것처럼 가방은 열렸다. 그 안엔 아주 굵고 긴 쇠사슬이 창자처럼 똬리를 틀고 있었다. 그 위에 좀더 작은 부피의 밧줄 묶음. 그리고 긴 칼. 60센티 정도의 그 칼의 손잡이는 복고풍의 장식이 화려했다. 자세히 보니 칼은 그저 장식용인지 칼날에도 여러가지 문양이 음각되어 있었다. 칼끝과 칼날은 두툼했고 벼리어진 흔적은 찾을 수 없었다. 그래도 기분이 좋지 않았다. 섬뜩했다. 괴기스럽기조차 했다.

도대체 저 남자의 정체는 무얼까. 언젠가 우연히 보았던 영화가 생각난다. 컬트영화라고 하던가. 변태성욕자의 일상을 다룬 괴상한 영화였다. 주인공은 여인을 죽이고 시간(屍姦)을 하기도 했다. 그 영화의 소도구로 쇠사슬과 칼 같은 것도 본 듯하다. 도무지 뒤죽박죽 알 수 없는 기분이었다. 뭔가 이상한 일에 말려드는 듯 두려웠다. 혜자는 재빨리 다시 가방을 닫았다. 미셸은 아주 깊이 잠들어 있었다. 혜자는 불을 끄고 그 방을 빠져나왔다.

오랜만에 비가 내렸다. 잠시 서울의 장마를 생각나게 하는 비였다.

비가 그친 저녁 하늘에 무지개가 떴다. 아주 비현실적인 느낌이었다. 혜자는 그 무지개를 보며 미셸에 대한 자신의 감정에 대해 생각해보 았다. 자신의 마음에서 끊임없이 뜨는 그 다양한 색깔의 감정이란 무 지개를. 그에게 끌리는 자신이 두렵기도, 때로는 가슴 벅차기도 했다.

밖에서 문 두드리는 소리가 난 걸까? 타인에 의해 열려본 적이 별로 없는 혜자의 베이지색 문이 소리를 내고 있다. 분명 누군가가 문 두드 리는 소리다.

"예자! 미셸이에요."

그제야 혜자는 문을 열어준다. 그는 짙은 청람색 폴로셔츠와 물 바 랜 옅은 청바지 차림으로 서 있다. 말끔한 모습이다. 혜자는 그의 첫 방문이 놀랍다.

갑자기 그가 수줍게 꽃다발을 내민다. 흑장미 한다발이다.

"푸른 꽃을 고르려고 했지만 그런 건 어디에도 없더군요. 예자는 푸 른색을 좋아한다고 했죠. 하지만 예자도 흑장미를 좋아할 것 같아 서…… 베아트리스가 좋아하던 꽃이죠."

그는 수줍게 웃는다. 혜자도 수줍게 웃는다. 화병이 없어 당황하다 붓이 꽂혀 있던 유리병에 물을 담아 꽃을 꽂는다. 미셸은 혜자의 동작 하나하나를 눈으로 쫓는다.

"야채수프와 그 쌀수프 아주 맛이 좋았어요. 그 소리도 못하고 잠이 들어버렸죠? 정말 고마워요. 태어나서 처음으로 아주 따뜻한 위로를 받은 느낌이었어요. 난 남들에게 위로를 받은 적이 거의 없거든요."

혜자는 커피물을 올려놓는다.

"무지개 뜬 것 보셨어요?"

창가로 다가간 그가 손가락으로 반원을 그리며 묻는다.

"네."

"아름답죠? 비 다음엔 무지개. 어둠 다음엔 빛. 죽음 다음에…… 죽음 다음엔 무엇일까요?"

그가 창가에서 혜자에게 묻는다.

혜자는 두 개의 잔에 인스턴트 커피를 넣으며 생각한다. 이렇게 물에 빨려들어가 형체 없이 녹아서 그저 검은 어둠이 되는 것은 아닐까. 그러나 혜자는 입을 다문다.

그는 창으로 고개를 내밀고 보랏빛 하늘을 바라본다.

혜자와 미셸은 아무 말 없이 커피를 마셨다. 방안을 살피던 그가 탄성을 지르듯 말한다.

"아! 저게 당신 그림이군요."

그가 한쪽 구석에 펼쳐진 그리다 만 유화 캔버스와 수채화들을 들여다본다.

"당신은, 슬퍼요?"

혜자는 그냥 웃는다.

"그림이 그렇게 말하고 있네요. 당신, 활짝 웃어봐요. 크게. 당신은 참 아름다워요."

혜자는 고개를 젓는다.

"아녜요, 아녜요. 난 이제 늙고……"

"늙다니? 몇살이죠?"

혜자는 조금 망설이다 솔직하게 말해준다.

"마흔다섯. 미셸은 몇살이죠?"

"스물여덟. 예자는 베아트리스보다 한살 젊군요."

혜자는 베아트리스의 나이가 젊지 않다는 데 약간 놀란다.

"우리나라에선 나처럼 나이 많은 여잔, 여자로서는 끝이에요."

혜자는 오른손으로 칼을 만들어 허공을 베는 시늉을 한다.

"이해할 수 없군요. 세월이 주는 아름다움도 있는데……"

"거기다 나는, 나는……"

혜자는 적절한 불어 단어를 찾아내지 못한다. 마침내 한국말로 씹듯이 뱉었다.

"껍데기!"

"껍데기? 뭐죠?"

"음…… 그러니까 쓸모없다는 뜻이에요."

그가 고개를 갸웃했다.

"그러니까……"

혜자는 쓰레기통으로 다가갔다. 거기엔 두 쪽 난 달걀 껍질과 아침에 우려먹고 버린 홍차 티백이 들어 있다. 양손에 그걸 집어들었다.

"바로 이런 거죠."

"맙소사…… 자신을 그렇게 생각하지 말아요. 누구보다도 예자는 정말 따뜻하고 아름다운 마음을 가진 사람이에요. 난 알 수 있어요."

어디선가 미친 여자의 날카로운 울음소리가 들려오는 듯하다. 어린아이의 찢어지는 울음소리 같기도 하다. 가까이서 들리는 것 같기도 하고 멀리서 들리기도 한다. 너무나 처절하고 구슬퍼서 기분나쁜 소리다.

"저 소리, 뭐죠?"

혜자가 질린 얼굴로 묻는다.

"사람들에게 버림받은 고양이들이 짝을 찾는 소리예요. 사랑을 하고 싶은 거죠."

미셸은 혜자의 눈을 똑바로 쳐다보며 말한다. 그가 혜자의 긴 머리카락에 손을 댄다. 그의 눈빛이 슬프다.

"정말 아름다운 머리칼이에요."

다시 고양이의 울음소리가 길게, 어둠이 내리는 저녁 공기를 찢어댔다.

갑자기 미셸이 벌떡 일어났다. 그리고 화가 난 사람처럼 혜자의 방을 나가버렸다.

5. 보이지 않는 것

혜자는 미셸을 뒤쫓고 있다. 그는 잿빛 가방을 어깨에 둘러메고 쎄느강변을 걷고 있다. 혜자는 짙은 썬글라스와 챙이 넓은 모자를 쓰고 고개를 숙이고 그를 따르고 있다. 그는 강변을 따라가다 씨떼 섬 쪽으로 향하고 있다. 이 도시의 심장부에는 아주 작은 두 개의 섬이 있다. 씨떼 섬과 쌩 루이 섬. 두 섬은 사이좋게 손잡은 연인들처럼 자그마한 철교로 연결되어 있다. 그는 그 다리를 건너고 있다.

바람도 불지 않는 화창한 여름날이다. 도시는 각양각색의 외국 관광객들에게 점령되었다. 무기를 든 다국적 군인들처럼 그들은 모두 캠코더나 카메라를 들고 맘에 드는 그 도시의 이미지를 한껏 노획한다.

오래된 공룡의 골격 같은 노트르담 성당이 저만치 보인다. 그는 성당 앞의 광장으로 향하는 것 같다.

그가 성당이 보이는 '까페 에스메랄다' 앞의 광장에 멈춰섰다. 그는 한동안 어딘가를 응시한다. 혜자는 까페 차양의 그늘에 잠깐 몸을 숨긴다. 무얼 하려는 걸까.

가방에서 물을 꺼내 몇모금 마시고 미셸은 카세트를 꺼내 볼륨을 한껏 높인다. 이상한 리듬의 음악이 흘러나온다. 아랍음악 같기도 하고 어느 나라 민속음악 같기도 하다. 그가 음악에 맞춰 춤을 춘다. 허리와 엉덩이를 많이 움직이는 음란한 느낌의 춤이다. 사람들이 하나둘씩 모여든다. 이번엔 마이클 잭슨의 춤. 다음엔 탭댄스. 아이스크림을 빠는 아이들까지 몰린다.

몇번의 춤사위로 사람들이 얼추 모이자 그는 사람들 중에 건장한 청년 두 명을 지목한다. 그리고 가방 안에서 밧줄과, 똬리를 틀고 있던 굵고 긴 체인을 꺼낸다. 혜자는 짧게 아, 하고 소리친다. 미셸의 방에서 보았던 것들이다. 미셸은 두 청년으로 하여금 쇠사슬의 끝자락을 한쪽씩 잡고 당기도록 한다. 반대방향으로 두 청년이 걸어간다. 쇠사슬의 길이는 20미터 정도 된다. 두 청년이 양끝에서 힘껏 잡아당긴다. 줄은 어린애 주먹만한 굵은 체인이 단단히 연결되어 어느 한곳 허술한 틈이 없다. 체인의 양쪽 끝은 잠금장치가 되어 있다.

그는 청년들에게 밧줄로 우선 자신의 몸을 묶도록 한다. 청년들은 그를 죄수처럼 손발을 바짝 묶고 몸통도 몇번 둘러 묶는다. 그는 염이 끝난 송장의 모습이 되었다. 이번엔 거기에 체인을 감아낸다. 미셸은 더 바짝 조이라고 말한다. 두 청년이 양끝의 체인을 연결해 자물쇠를 채우고 땀을 닦으며 물러났다.

혜자의 가슴이 답답해져온다. 미셸이 사람들에게 가볍게 농담을 하는지 사람들 속에서 웃음의 잔물결이 인다. 그는 어느 한곳 자유로운 부분이 없다. 강시처럼 깡충깡충 뛰며 사람들이 만든 원내(圓內)를 돌며 말한다.

"무슈, 이리 와서 한번 확인해주시죠. 자아, 마담? 빈틈없이 묶였지요?"

몇몇 사람들이 손을 뻗어 확인하며 고개를 끄덕인다. 그는 다시 원의 중앙으로 깡충거리며 온다.

"여러분 이런 미라를 본 적 있습니까? 나는 여러분에게 자신할 수 없습니다. 내가 이 쇠사슬을 벗어나 자유로운 몸이 될지 아니면 이렇게 미라처럼 죽게 될지. 내 삶은 그야말로 모험이지요. 만약 내가 사슬에서 벗어나 자유를 얻게 된다면 한조각의 빵을 위해 기꺼이 동전을 던져주십시오. 만약 사슬을 풀지 못해 고통 속에서 죽게 되더라도 여러분의 잘못은 아닙니다. 귀가하실 때 그냥 쎄느강에 던져주고 가시면 됩니다."

몇몇 사람들이 웃었다. 그러나 혜자는 마음이 편치 않았다. 바보 같은 사람. 하필 왜 저런 짓을……

그는 우뚝 서서 몸에 힘을 주었다. 그런다고 끊어질 사슬이 아니었다. 또 한번 힘을 주었다. 눈을 크게 뜨고 입에 잔뜩 바람을 넣은 붉은 얼굴로 익살을 떨었다. 힘겹게 똥누는 표정으로 끙, 하고 힘까지 주자 아이들이 손뼉을 치며 웃어댔다. 미셸도 웃는다. 삐에로의 웃음.

이번에는 미셸이 바닥을 마구 구른다. 그의 검은 티셔츠는 땀과 먼지로 얼룩덜룩하다. 미친 듯 바닥을 구른다. 사람들이 마구 웃는다. 혜자는 웃을 수가 없다. 망원경의 렌즈 안으로 훔쳐오던 그의 나신(裸身)의 감동. 서로의 창을 바라보며 이해하지 못할 말들을 쏟아내던 밤. 혜자의 손길을 타고 흐르던 그의 슬픔. 수줍은 미소 속에 흔들리던 흑장미 한다발. 초여름 보도 위로 흩어지던 핏빛 체리…… 그런 것들이 그의 고통스런 몸부림 속에서 함께 흔들린다. 그의 얼굴에 땀이 비오듯 쏟아진다. 바람 한점 없는 잔인한 여름이다.

180

"글렀어. 고깃밥이 되겠는데."

"그럴 거 같으면 이렇게 나오지도 않을 거야. 저 사람을 두달 전부터 여기서 봤어. 매번 사슬을 풀고 한푼 벌겠다고 기어나오는 걸 보면 오늘도 동전 준비해야 될걸."

"이제 저런 것도 재미가 없어. 정말 보고 싶은 건 그가 실패하는 모습이야. 옛날 써커스에 갔다가 공중그네 타던 이가 정말 떨어져 죽는 모습을 봤지. 구경거린 그런 거야."

사람들은 저마다 기대에 들떠 그를 바라본다. 그가 그렇게 몸부림 친 탓인지 아니면 비장의 기술 때문인지 사슬이 조금 헐렁해졌다. 발목을 서서히 비틀며 그는 오른발을 겨우 빼낸다. 그러자 왼발은 더 쉽다. 사람들이 탄성을 지른다.

이번엔 몸을 비틀어 하나씩 사슬을 풀어낸다. 머리를 돌려 몸의 쇠줄도 몇줄 더 풀어낸다. 손을 움직여 손목의 사슬도 풀어낸다. 두 손이 사슬에서 풀려난다.

드디어 온몸이 사슬에서 풀려났다. 사람들이 박수를 친다.

이번엔 밧줄이다. 밧줄은 훨씬 쉽다. 그는 채 5분이 되지 않아 자유의 몸이 되었다. 사람들이 환호성과 박수를 쳤다. 그는 한팔로 이마의 땀을 털어내며 챔피언이 그러하듯 두 손을 깍지껴서 높이 흔들었다. 두 손에 벌겋게 밧줄 조였던 흔적이 남아 있다.

그는 이번엔 가방에서 칼을 꺼낸다. 그 칼을 들고 멋진 포즈로 휘둘러본다. 마치 중세의 기사처럼. 청년들이 휘파람을 불어댔다. 칼을 사람들에게 천천히 구경시킨다. 호기심 많은 여자들이 칼을 만져본다. 남자들이 칼자루를 흔들어본다.

미셸은 칼을 가져다 무릎으로 장작을 뽀갤 때 하는 몸짓을 해본다.

"여러분은 이제 죽음의 예술을 보시겠습니다. 이건 아주 강한 칼입니다. 나는 이 칼을 내 몸 안에 넣어보겠습니다. 목구멍을 통해서 말입니다. 이건 용수철 따위의 칼이 아닙니다. 여러분은 무사히 이 칼이 제 몸속에서 나오는지 아니면 칼끝에 심장이 찍혀 나오는지, 아니면 이 칼을 맞고 제가 고꾸라지는지를 보시는 겁니다. 저도 어떻게 될지 모르겠습니다. 두고 보죠. 어찌됐든 여러분은 아무 책임이 없다 이겁니다. 다만 즐거우셨다면 성의껏 저를 도와주시면 됩니다. 그리고 어린이 여러분들은 절대 흉내내선 안돼요."

혜자는 미셸이 낯설게 느껴졌다. 미셸의 목소리는 신이 내린 무당의 것처럼 들렸다. 광기와 신기마저 실린 듯했다.

"당신 한번 나와서 목구멍에 이 칼을 반만 넣어보겠어요?"

앞줄에 선 한 남자를 향해 다가가자 남자는 두 손으로 손사래를 치며 도망간다. 사람들이 또 와아 하며 폭소를 터뜨린다.

미셸은 호흡을 가다듬고 칼끝에 시선을 고정시킨다. 그의 눈매가 날카로워진다. 군중들은 물을 끼얹은 듯 고요해졌다. 미셸은 기합을 한번 넣고 나서 야금야금 칼을 먹어들어간다. 혜자는 눈길을 돌린다. 여자들이 낮게 비명을 질러댄다. 혜자는 강을 바라본다. 강은 햇빛 속에서도 잿빛이다. 사람들이 와아아 박수를 쳤다.

끝까지 들어간 칼의 손잡이가 입에 걸려 더이상 내려가지 못한 모습으로 미셸은 서 있다. 혜자는 소름이 끼친다. 그는 몸에 칼을 넣은 채로 어슬렁어슬렁 군중에게 다가간다. 여자들이 소리치며 웃으며 도망간다. 미셸은 칼을 꽂은 채로 궁둥이를 흔드는 우스꽝스런 춤을 춘다. 사람들이 박수를 친다. 그는 원을 한바퀴 돈다.

이제 미셸은 머리를 하늘로 향하고 몸속에서 천천히 칼을 빼어나간다. 마침내 빼내어 치켜든 칼끝이 햇빛에 은빛으로 빛난다. 탄성과 박수소리가 요란하다. 뽑아든 칼을 사람들의 옷에 슬쩍슬쩍 닦자 사람들은 기겁을 하며 웃는다. 심장은커녕 피 한방울 묻지 않았다. 미셸은 낡은 가방에서 후줄근한 중절모를 꺼냈다. 그걸 거꾸로 들고 군중들에게로 간다. 사람들이 중절모를 겨냥해 동전을 던진다. 혜자는 자꾸 눈물이 나서 공룡의 뼈대 같은 노트르담 성당 쪽으로 간다.

"이거 예자의 짓이지?"

화가 난 미셸이 혜자의 방에 들어서기 바쁘게 흰 봉투를 내던진다. 바닥에 떨어진 봉투 아가리엔 500프랑짜리 지폐가 여러장 물려 있다. 오후에 혜자가 그의 우편함에 넣어놓았던 봉투다.

"나 오늘 미셸을 봤어. 꼭 그렇게 돈을 벌어야 돼요?"

"그건 내 직업이에요."

"제발 그만둬요. 난 싫어요. 미셸의 그 모습."

혜자의 눈에 눈물이 어린다.

"왜 싫죠?"

"그러다 미셸이 죽을 것 같아요."

혜자의 눈에서 눈물방울이 후두둑 떨어졌다. 혜자는 얼른 고개를 숙여버린다. 분홍색 목면 치마에 떨어져 퍼진 눈물자국은 혈흔처럼 보인다.

미셸이 가만히 혜자를 끌어안는다. 혜자의 머리칼에 코를 박고서 미동도 않는다. 혜자는 그의 몸에서 나는 땀냄새를 고스란히 맡는다. 싫지 않다. 그를 붙잡은 손에 더욱 힘을 준다.

"내가 미셸을 도와줄게요. 그 고통스런 일만은 하지 말아요."

미셸은 혜자의 머리를 가슴에서 떼어내어 얼굴을 들여다본다.

"당신, 날 사랑하고 있군요. 그렇죠?"

혜자는 고개를 끄덕인다.

"그럼 당신도 이미 알고 있겠군요. 나도 당신을 사랑한다는 거."

혜자는 또 고개를 끄덕인다.

"잘 들어둬요. 나는 당신을 사랑할 수 없어요. 당신을 만난 순간부터 내내 가슴이 아팠어요. 내가 얼마나 당신을 원했는지…… 아마 당신보다 백배는 더했을 거예요. ……난 에이즈 보균자예요. 지금쯤 환자가 되었는지도 몰라요. 나는 매일매일 조금씩 죽어가고 있어요."

혜자의 가슴 한구석이 무너지는 듯했다.

"그건 베아트리스에게서 왔지요. 하지만 나는 그녀를 원망해본 적이 한번도 없었어요. 사랑과 함께 죽음까지도 받아들일 만큼 난 그녀를 사랑했어요. 그녀는 집시의 피가 흐르는 댄서였지요. 난 한때 그녀와 파트너가 되어 사람들에게 사랑을 보여주는 에로극장의 섹스극 배우 노릇도 했어요. 우린 아주 호흡이 잘 맞았어요. 보여주는 사랑뿐 아니라 실제 우리 사랑은 정말 완벽했어요. 우리에게 불행이 찾아온 건 그녀의 발병이었어요. 우린 그때부터 극장에서 나와 거리의 쇼맨 노릇을 했지요. 그녀는 춤을 추고 나는 묘기를 보이고. 그래도 우린 행복했어요. 그녀가 병원에 들어가고 하루하루 죽어갈 때의 모습도 난 정말 사랑할 수 있었어요. 믿을 수 있겠어요? 그녀의 마지막까지를 사랑하리라 다짐했죠. 한데 어느날 그녀는 병원에서 사라졌어요. 나는 그녀를 기다렸어요. 우리가 쇼를 했던 곳에서나 집에서나. 밤이나 낮이나. 기다림에 지치면 그녀를 찾아 정처없이 헤매기도 했지요. 결국 그녀는 길에서 죽은 채로 발견되었어요. 아주 비참하게."

그의 얘기를 혜자는 울면서 듣는다.

"가만히 있으면 두려워요. 죽음의 그림자가 점점 길어지는 게 느껴져요. 곧 완전한 어둠이 나를 덮치겠지요. 난 쇼를 할 때가 제일 행복해요. 그 순간이…… 울지 말아요, 예자. 나, 행복한 사람이에요."

그는 혜자의 머리칼을 쓰다듬으며 꿈꾸는 목소리로 말한다.

"그러니 난 쇼를 보여줘야 해요. 난 보여줘야 해요. 볼 수 없는 것, 보이지 않는 것까지도."

"그게 뭐죠?"

"죽음."

혜자는 사흘인지 나흘인지를 꼬박 앓았다. 여러번 눈을 떴다간 다시 잠에 빠져서 끊임없는 발정난 고양이 울음소리를 들었다. 실제였는지 환청이었는지 알 수가 없다. 이마에 닿는 손길도 느낀 듯한데 알 길이 없다. 우유와 인스턴트 수프를 먹고 나니 기운이 났다. 창을 열었다. 햇볕이 좋은 날이다.

그의 창문은 덧문이 굳게 닫혀 있다. 시계를 보니 정오가 다 되어간다. 그가 일하러 나갔을 시간이다. 혜자는 쓸쓸해진다. 그러나 그를 이해할 수 있을 것 같다. 조만간 이사를 해야겠다는 생각이 든다.

방문을 노크하는 소리가 들린다.

문을 열자 처음 보는 소녀가 서 있다.

"꽃집에서 왔어요. 방금 전에 한 남자가 꽃을 배달시켰어요. 당신이 예자 맞아요?"

"그래요."

꽃집 소녀는 흑장미 한다발을 내밀었다.

"아, 참 이것두요."

길게 포장된 것이다.

소녀는 돌아갔다.

혜자는 장미꽃에 코를 묻었다. 꽃향기를 맡자 눈이 매워졌다. 미셸 생각이 난다. 눈을 몇번 깜박여서 눈물을 말린 다음 선물의 포장을 뜯었다.

칼이다.

그의 칼. 혜자는 오른손에 칼을 들고 왼손으로 칼날을 쓸어본다. 매일 그의 몸 안에 깊숙이 머물다 나오는 그의 칼.

뜯다 만 포장지 안에서 편지 한장이 툭 떨어진다.

이 칼은 바로 내 몸입니다.

당신을 사랑할 수 없었던 내 몸 대신 당신께 바칩니다.

이 칼로 나는 사람들에게 거짓 죽음을 보여주면서 하루하루를 연명했습니다.

이제는 필요없을 것 같습니다.

나는 더이상 죽음을 기다리진 않겠습니다.

제발 슬퍼하지 말아요.

이젠 두렵지 않아요. 매일 죽는 연습을 했잖아요.

죽음이란 비온 다음의 무지개 같은 것이겠지요.

이 칼이 당신에겐 푸른 생명의 칼, 희망의 칼이 되기를 간절히 바랍니다. 당신의 아름다운 파란색의 그림처럼 말입니다.

내 마지막 사랑, 아듀……

혜자는 큰길가에서 서둘러 택시를 잡아타고 노트르담 성당 앞에서 내렸다. 자동차는 광장과 섬 안으로의 진입이 금지되어 있어 혜자는 뛴다. 하늘은 혜자의 그림처럼 더할 수 없이 푸르고 햇빛에 드러난 노트르담은 하얗게 바스러질 듯하다.

숨이 턱에 닿는다. 뛰고 있는 그녀의 시야에 풍경이 물감 섞이듯 마구 혼합된다. 저만치 사람들이 모여서 환호성과 박수를 치는 소리가 꿈결처럼 들린다.

미셸, 제발 조금만 참아. 넌 보이지 않는 것조차도 보여주는 천하의 쇼맨이었지. 고통과 쾌락도. 사랑이라든가 죽음까지도. 네 선택은 옳아. 넌 진실했어. 네 죽음은 행복할 거야. 하지만 넌 비겁해. 봐, 생의 푸른 심연을. 그 속에선 죽음도 삶도 경계가 없다는 걸 넌 모르니? 어둡지만 너무도 투명하다는 걸 모르니? 조금만 기다려줘, 제발……

사람들의 환호성이 가까워진다. 그들 틈 사이로 칼을 문 그의 모습이 언뜻 비친 듯하다. 거기서 빛이 되쏘아져 나온다. 혜자는 온몸의 마지막 기운을 다해 뛴다. 바깥에 둘러선 사람들의 등짝이 코앞에 보인다 싶을 때 여자들의 찢어지는 비명 속에 사람들의 외침이 들려왔다.

"아, 진짜다!"

그 순간 그녀 앞에서 바닷물이 갈라지듯 길이 났다. 칼을 빼든 미셸이 걸어오고 있었다. 혜자는 순간 미셸의 눈이 그녀를 향해서 웃고 있는 모습을 본 듯하다. 그의 입에선 붉은 피가 뿜어져나온다. 피묻은, 잘 벼려진 칼날이 허공에서 날카롭게 푸른빛을 발한다.

세 걸음 만에 그는 큰대자로 땅바닥에 엎어졌다. 그의 모습은 마치 추기경 서품을 받는 사제의 모습 같다. 그의 몸에 찬란하고 투명한 햇빛이 은총처럼 부어진다. 갑자기 어디선가 버림받은 밤고양이들의 울음소리가 들려오는 듯하다.

혜자는 눈물이 어룽진 눈을 들어 하늘을 올려다본다. 빨려들듯 깊고 푸른 한낮의 하늘에 눈이 시려온다.

—『라쁠륨』1997년 여름호

투우

와아, 게 첫울음 줄 봐.
숨이 컥컥 막히네.
하아, 이쪽것도 돌아가는 것 좀 봐.
이건 양쪽이요, 남쪽에는 이제
누드해변도 있어요, 옷을 입은
사람은 들어가지도 못해요.
아니요, 어디? 카짓 가봅시다.
황현, 또 내는 건 아님 거 아니냐?
우리야 벗어도 순해 볼 건 없고,
그런 구경이야 돈 주고라도 함 텐데……
참, 경사감도 밝히긴.
마나님까지 대동하신 마당에,
남자들은 해변에 내려섰을 때
처음엔 걍간 주눅든 모습이었다.
민망하긴 나도 마찬가지였다.

투우

1

"와아, 저 젖통들 좀 봐. 숨이 칵칵 막히네."

"허어, 이국장님 눈 돌아가는 것 좀 봐."

"이건 약과예요. 남쪽에는 아예 누드해변촌도 더러 있어요. 옷을 입은 사람은 들어가지도 못해요."

"어디요, 어디? 까짓 가봅시다, 황형. 돈 내는 건 아닐 거 아냐? 우리야 벗어도 손해 날 건 없고, 그런 구경이야 돈 주고라도 할 텐데……"

"참, 강사장도 밝히긴. 마나님까지 대동하신 마당에."

남자들은 해변에 내려섰을 때 처음엔 잠깐 주눅든 모습이었다. 민망하긴 나도 마찬가지였다. 탁 트인 바닷가의 시원한 해풍도 잠시, 얼굴이 후끈 달아올랐다. 번철처럼 달아오른 해변도 해변이지만 대부분의 여자들이 기껏 손수건을 딱 두 번 접은 것만한 수영팬티만 입은 채 아무렇지도 않게 젖가슴을 드러내고 있는 천연덕스러움 때문이었다.

이제야 술이 오르는 걸까. 점심 반주로 포도주를 걸친 남자들은 점점 방자해졌다. 이웃도시 바이욘으로 가기 전에 유명한 비아리츠 해변에서 바람이나 쐬자고 가이드 황이 제안했었다. 아스파라거스 같은 잎을 달고 있는 아담한 나무들로 아기자기하게 꾸며진 공원로를 지나 펼쳐진 해변은 오밀조밀했다. 깎아지른 벼랑에 드문드문 바닷속에 몸을 담근 바위들도 이상하게 친근하게 느껴졌다. 남해의 어느 해변에 와 있는 듯한 느낌이었다.

"이국장님, 저 금발 아가씨 것이 아무래도 튀네요. 그렇지 않습니까? 단연 군계일학이네요."

"에이, 어떻게 그렇게 품평을 합니까? 잘 봐요. 완전 짝젖 아닙니까? 이핼 못하겠네. 그런 눈으로 그림장사를 하는데 장안의 돈은 그 집 화랑에서 다 긁으니……"

"아, 얼마나 예술적입니까? 저 불균형의 미. 예술은 곧 파격 아닙니까!"

남편이 일부러 장난스레 목에 힘을 주며 말했다. 남편의 침방울이 투명하게 튀어올랐다. 바늘쌈지에서 바늘들이 쏟아져 내리꽂히는 듯 햇살은 눈부시고 따가웠다. 남편이 실실 웃으며 턱끝으로 가리키며 말했다.

"자꾸 보니까 눈이 피로하네. 딱 벗으면 좋을 여자만 벗으면 좋았을걸. 안 벗어도 좋은 여자들마저 뒤섞여 있으니. 저기 좀 봐요. 저 여자, 막 보떼로 그림에서 걸어나온 거 같네. 어이, 참 푸짐도 하다. 이국장님하고 잘 어울릴 듯한데?"

"아니, 왜 이러쇼. 금방 새침하게 복수하는 거요?"

서너 파라솔 건너에 이스트가 많이 들어가 잘 부푼 식빵 같은 여자가 하품을 하고 있다. 온몸의 마디가 갓난아기처럼 옴폭옴폭 묻혀 있는데다 해변에 오늘 처음 도착했는지 살색마저 아직 분홍빛이다.

"어이, 카메라 좀 꺼내봐. 저 여자 배경으로 나오게 한 컷 찍어봐. 저쪽에서 눈치 안 채게 줌을 잘 조절해보라구."

"난 저쪽 빨간 팬티 여자. 조붓하니 작아도 표정있는 젖이 난 좋더라."

"그만들 쳐다보세요. 사람들이 모두 이쪽을 보잖아요."

마침내 황이 한마디했다. 그는 썬글라스를 쓰고 허공으로 담배연기를 내뿜고 있었다. 여자들의 젖통에는 아예 관심없다는 표정이었다.

동양인이라고는 우리 네 사람뿐. 거기다 파라솔도 없이 해변에는 가당치도 않은 옷차림으로 엉거주춤 앉아서 걀걀거리며 목을 빼고 희번덕 눈들을 돌리고 있으니. 그나마 나는 소매 없는 흰색 니트에 반바지 차림이었지만 가이드 황을 제외한 두 남자는 넥타이만 매지 않은 여름정장 차림이었다. 거기다 몸집이 비대한 이국장은 모 심다 나온 사람마냥 양복바지마저 둥개둥개 걷어붙인 모습이었다.

나는 썬글라스 낀 눈으로 바다를 보는 척, 황을 바라본다. 도통 말이 없는 남자, 검은 안경 속으로 눈빛마저 꽁꽁 숨기고 있는 남자를.

"참, 몇시라 그랬지?"

남편이 시계를 들여다보며 물었다.

"투우 경기 말이오."

이국장이 황을 보며 다시 확인하듯 물었다.

황은 시큰둥한 표정으로 대답했다.

"다섯십니다. 그런데 꼭 가실 겁니까?"

"아니, 건 또 무슨 소리요? 투우 얘길 꺼낸 게 누군데? 가야지 그럼. 투우란 아무때나 하는 게 아니라면서요? 작년 봄에 투우의 고장 스페인에 가서도 못 봤는데 절호의 찬스를 놓치면 안되지."

황은 아무 말 없이 담배를 꺼내 입에 물고 불붙일 생각을 잠시 잊은 듯 멍하니 있다.

2

살다 보면 예측할 수 없는 일이 있다. 말하자면 황과의 만남 같은 것이 그렇다. 그런 걸 우연이라고 부른다. 아니 필연이라고 해야 할지도 모른다. 나는 어느 쪽이냐 하면 한송이 국화꽃을 피우기 위해 봄부터 우는 소쩍새를 믿는 편이다. 황과 만나려고 그랬는지 전시 날짜를 받아놓고도 왠지 빠리로 떠나고 싶은 생각이 없었다. 웬만큼 살다 보면 자기 인생에 관한 한 '감'이라는 게 생기는 법이다. 언제부턴가 목구멍에 무언가가 달라붙은 듯한 이물감이 도지기 시작한 것부터가 예사롭지 않았다. 아무것도 발견하지 못한 의사는 과로로 몸과 정신이 쇠약해진 탓이라고 했다.

피곤할 만도 했다. 최근 몇년간 나는 참으로 잘나가는 화가 중의 하나였기 때문이다. 사람들은 나를 아주 운이 좋은 여자라고 부러워들 했다.

그저 그런 대학의 서양화과를 나와 적령기에 결혼을 해서 아이 낳고 집에 들어앉았던 여자가 서른이 훌쩍 넘어 재기를 했다. 재기는 성공적이었다. 물론 그렇게 되기까지의 내 피나는 노력과 처들인 돈과 광고작전, 그 삼박자가 잘 맞았다고나 할까. 내가 운이 좋았다는 건 나도 인정한다. 나는 우선 어느정도의 재력이 밑받침되어 있는 여자다. 내 그림은 다소 감상주의적 소재로 색감이 화려한 반구상 계열이라 우선 보기에 아름답고 누구의 취향에도 무난하다. 특히 한동안 신도시 개발붐을 타고 웬만한 도시인들이 내집마련을 하는 통에 고만고만한 아파트 거실 공간에 남들처럼 그림 한점씩은 걸어야 한다는 욕구가 생겨났다. 그들의 취향과 경제력이 악수한 형식이 판화였다. 나는 어느정도 이름을 얻자 수백장의 판화를 찍었다. 내 판화전은 늘 성황이었다. 그 점은 어쩜 남편의 덕인지도 모른다. 남편은 나를 키우기 위해 화랑을 열었다. 최소의 자본으로 생산과 판매까지 한 라인에서 해결되는 셈이다. 거기다 특히 가장 유력한 미술잡지 『미술한국』의 편집책임자인 이종만이 늘 살뜰하게 뒤를 돌봐주었다.

졸업 후 집안에 박혀 있던 그 공백기를 벌충하기 위한 그럴듯한 경력은 해외전이 최고다. 뉴욕과 빠리의 커미셔너들을 통해서 일년에 두 번 꼴로 굵직한 해외전시회를 가진다. 그래서 큼직한 활자로 내 이름과 그림이 신문에 자주 소개되고 있다. 내 그림의 생명인 색감, 특히 물감뿐 아니라 판화의 색을 내는 것도 우리나라에선 어림없다. 그래서 일년에 한번은 어김없이 판화를 찍기 위해 빠리 일정이 잡혀 있다. 닭이 먼전지 달걀이 먼전지 모르겠지만 이런 모든 것들이 상승작용을 해서 나는 어느새 유명하고 잘 팔리는 화가가 되어 있었다.

아니, 이제 내 그림의 운명은 이미 내 손을 떠난 듯이 보였다. 그림 오른쪽 하단의 내 서명의 위력은 무시무시한 속도로 나를 추격해 가 위눌리게 했다. 예상할 수 없었던 성공의 속도였다. 나는 간혹 브레이

크가 망가진 차 안에서 가없는 속도감으로 까무러치는 꿈을 꾸기도 한다. 그럴 땐 대학시절 좋아했던 뭉크의 그림 속, 캄캄한 절규가 귀가 먹먹하게 들리는 듯도 했다. 남들은 즐거운 비명이라고 일축할지 모른다.

어느날 나는 남편에게 호소했다.

"그림을 더 그렸다간 나 죽을 것 같아요. 난 두려워. 이건 예술이 아냐. 나는 사이비야. 남들은 몰라도 난 안다구."

남편마저도 그랬다.

"당신 너무 민감해서 그래. 자의식 과잉이야. 뭐가 문제야? 예술이라는 걸 너무 무겁게 생각해도 안돼. 사람들이 좋아하잖아. 당신 그림의 단순한 선과 특유의 색깔을. 다 돈 벌자고 하는 짓인데, 사실 당신만큼 편하게 돈 버는 여자도 없잖아? 막말로 그림 한장 그리는 데 몇 시간도 안 걸리잖아."

나는 남편에게 호소하는 걸 포기했다. 하긴 남편은 내겐 악덕 고용주임에 틀림없었다.

전람회 일정과 강박관념으로 아뜰리에에 꼬박 들어앉아 화폭에 눈길을 꽂고 있으면 뒤통수에 서늘한 느낌을 받는다. 뒤돌아보면 나를 꿰뚫는 그 눈길. 너의 진실은 도대체 무어냐고 다그치는 무언의 눈길이 노려보는 듯하다.

그랬는데 황, 그를 빠리에서 만났다.

이번 빠리행은 두 가지 목적에서였다. 유화를 중심으로 한 개인전과 예의 내 단골 공방에서의 판화작업 때문이었다. 거기에 남편이 따라나선 것이다. 작품 구매와 올해 유럽 미술 판도를 읽어보겠다는 게 그의 목적이었다. 내가 공방에서 며칠 판화작업을 할 동안 남편은 올

여름 유럽에 몰린 각종 아트페어와 비엔날레를 보러 떠났다.

판화작업을 마무리하고 개인전 오프닝까지 하고 나자 일주일간의 공백이 생겼다. 공방에서 판화를 찍어내려면 적어도 일주일이 걸리기 때문이다. 그때 남편과 나타난 사람이 이종만이었다. 베니스 비엔날레에 취재차 들른 그를 남편이 붙들었다고 한다.

결혼 13주년에 접어든 부부는 이국에서도 권태롭긴 마찬가지였다. 서울에서도 우리 부부는 오히려 사업 동반자에 더 가까운 편이었다. 이종만도 어차피 일주일간의 여름휴가를 연달아 쓸 수 있는 처지였다. 그가 유럽에 온 건 알았지만 되도록이면 접촉을 피해오던 차에 여행이라니. 그것도 남편과 함께. 그것은 내키지 않는 첫번째 악연이었지만 나는 내색할 수 없었다.

모든 경비는 남편이 부담하기로 하고 가이드가 딸린 자동차 여행으로 프랑스의 미술관을 순례하자는 남편의 계획에 이종만은 흔쾌히 동의했다. 우리 관계를 알 리 없는 남편은 자신이 얼마나 외조를 잘하는 인간이냐고 내게 유세했다. 이종만의 영향력을 두고 한 말이었다. 눈치빠른 남편은 미술판과 저널리즘의 생리를 누구보다도 잘 체득하고 있는 사람이다.

빠리에 있는 미술평론가 오선생이 주선해준 가이드가 호텔에 도착했다는 연락을 받고 일행이 내려갔을 때 부딪친 두번째 악연이 바로 황병우였다. 악연? 글쎄…… 어쩌면 나는 그를 기다렸는지도 모른다.

차체만 컸지 트렁크 옆에 땜질한 자국이 어설픈 낡은 쥐색 볼보의 운전석에 가이드가 뒷모습을 보이고 있었다. 유난히 검고 긴 머리를 질끈 동여맨 뒤통수는, 그러나 여자의 것이 아니었다. 유럽식의 최신 스타일인지는 모르지만, 유난히 광대뼈가 튀어나오고 얼굴이 누르게 한 남자의 앞모습에 일행은 잠깐 아연실색했다.

그와 눈이 마주쳤을 때 나는 단박에 그를 알아보았다. 그의 큰 눈동자의 홍채가 잠깐 놀라움으로 떨리는 것도 놓치지 않았다. 그는 얼른 고개를 숙이며 인사를 했다.

"안녕하십니까? 황이라고 합니다."

남자들이 서로 수인사를 건네고 급하게 차에 오르는 바람에 알은척을 할 틈도 없이 차가 출발해버렸다. 출발하기 전 그는 나를 향해 오래 우려낸 찻물 같은 미미한 미소를 잠깐 던졌지만 내 가슴은 한동안 뛰었다. 나는 차 안에서 그의 뒤통수만 쳐다볼 수밖에 없었다. 서로 마주보지 않을 수 있는 이 구도가 차라리 마음에 들었다.

20년 가까운 세월 건너 그를 처음 만났을 때도 그는 장발이었다.

그때의 그는, 머리가 길었지만 지금처럼 머리를 묶은 게 아니라 야생마의 갈기처럼 풀어헤치고 있었다. 검게 물들인 군용 야전잠바로 여름 한철을 제외한 세 계절을 났다.

학교 앞의 중국집에서 신입생 환영회를 할 때부터 그의 모습은 띌 수밖에 없었다. 여고시절 내내 같은 미술학원에서 미술과외를 받고 함께 합격한 주영과 나는 그때도 손을 꼭 잡고 앉아 학과 친구들의 소개를 귀담아듣고 있었다.

"황. 병. 우. 한자는 다르지만 병든 황소, 이렇게 기억하면 인상에 남을 겁니다."

몇날 며칠을 안 감았는지 나일론 빗자루 털처럼 엉기고 갈라진 머리뭉치를 한 넓적하고 누런 얼굴의 그가 양쪽 콧날개에 바람이 들어간 황소웃음을 풀썩 웃으며 자기소개를 하고 앉았다.

"안 그래도 거기가 인상파인 건 다 알아요."

좌중에서 누군가 튀어나와 말하자 폭소가 터졌다. 아닌게아니라 그는 고개를 약간 숙이고 늘 양미간에 주름을 잡고 다녀 꼭 인상을 쓰는 것 같았다.

"얼굴이나 좀 잘생긴 사람이 인상을 쓰고 다니면 철학자처럼 멋지기나 하지. 딱 똥마려운 머슴상이다, 얘."

주영과 나는 쑤군대며 웃었다. 좌중에 웃음이 지나갈 때까지 그는 머리를 석석 긁더니 손톱 밑에 낀 머리때를 탁탁 튀겨낼 뿐 말이 없었다.

그런 그가 다시 폭소 속에 싸인 건 누드 크로키 시간이었다. 일주일에 한번 모델이 와서 포즈를 취하면 우리는 그동안 입시학원에서 훈련받은 대로 척척 그림을 그려냈다. 모두가 싸인만 다르지 그만그만한 그림들이었다. 그중에 유독 눈에 띄는 게 그의 것이었다. 필치가 강렬하고 선이 굵은 그의 그림. 하지만 모델과는 영 딴판인 모습이었다. 몇몇 여자애들이 깔깔거리고, 모델은 그의 그림을 보자 발끈했다.

"어머! 이게 나예요? 어떻게 이렇게 그릴 수가 있어요? 완전히 씨름꾼으로 그려놨어!"

대부분의 아이들이 미대를 가기 위해 일정한 교육을 받은 것에 비해 그는 고등학교도 시골 농고를 나왔다고 했다. 재수를 한 것도 아닌데 그는 나보다 두살이 많았다. 집에서 농사짓고 한 2년 꿇었는데 그냥 그리는 게 좋아서…… 그가 미대에 들어온 건 단지 그 이유뿐인 것 같았다.

간혹 시골 출신의 가난한 미대생들이 그렇지만 그 역시 학교 앞의 한 선배가 운영하는 작은 화실에 기식하는 모양이었다. 청소도 하고 밥도 해주며 겨우 용돈이나 벌어 쓰는, 간혹 근처 여중생이나 미대를 꿈꾸는 고등학생들에게 석고데생이나 정물화 등을 가르치는 게 고작인 그런 곳. 거기서도 그는 가끔 어린 학생들에게 퉁바리를 맞는다고 했다. 데생실력이 자기네만 못하다는 둥, 사생만 잘하는 건 죽은 그림이라고 하며 자기네를 헷갈리게 한다는 둥, 학원생들이 불만을 드러내며 떠나갔다.

그래선지 화실 주인인 선배가 분통을 터뜨리며 그를 모욕했다고 했다. 평소에 순하던 그는 술을 먹고 화실의 석고상들을 모두 깨부숴버리고 그 길로 나와버렸다. 학교 실기실 한구석에서 시궁쥐처럼 라면 부스러기 속에서 잠든 그를 볼 수 있었던 건 미대 건물 뒤편의 아카시아숲에서 꽃향기가 현기증나게 밀려들던 초여름께부터였을 것이다.

그렇다고 그의 그림이 그렇게 형편없는 것은 아니었다. 그의 그림에는 섬뜩한 힘이 있었다. 아아 그림을 저렇게 그릴 수도 있구나. 대상을 저렇게 바라보고 저렇게 표현할 수도 있구나 하는 새로운 놀라움이 거기엔 있었다.

그렇긴 해도 그는 늘 과에서 외톨이처럼 소외되었다. 그러거나 말거나 그는 교내 탈춤판에도 데모판에도 잔칫집에 거지 드나들듯 무시로 드나들었다. 그럴 때 그의 모습은 튀지 않았다. 비로소 제자리에 박힌 장대못처럼 느껴졌던 건 왜일까.

그와 좀 친해진 것은 주영이 때문이었다. 겨울이면 학교 구내 보일러실에서 잠을 잔다는 그가 학교 앞에서 크게 하숙을 하는 주영이네 집에 허드렛일을 하도록 주영이 주선했기 때문이다. 주영이 나중에 고백한 일이지만, 학교 숲속에서 낯선 남자들에게 봉변을 당할 뻔한 걸 그가 구해주었다고 했다. 주영의 감사 표시였는지 아니면 소박하고 순수한 황병우의 인간적인 매력에 이끌렸는지 어쨌든 그는 주영이

네의 한갓진 구석방 한칸을 차지하고 숙식을 해결했다. 그 방에서 가끔 우리 셋은 허물없이 만났다. 주영이 그와 가까이 지내는 걸 탐탁해하지 않던 주영의 부모들도 우리 셋이 만나는 것에 대해서는 아무 말 안하셨다.

어느날 그 방에서 우리는 목판화 수십장이 책상에 쌓여 있는 것을 보았다. 그때 그는 청소년 근로자들을 위한 야학에 나가고 있었다.

"학생들하고 함께 해본 거야. 봐라. 얼마나 삶의 이야기가 풍부하냐? 어디서 읽은 적이 있는데, 예술은 노동의 아들이지 유희의 아들이 아니래. 나는 그 말 믿어. 예술가도 노동자일 뿐이야. 이 애들이 공장에서 볼트 너트를 한번 조일 때마다 나는 붓질 한번, 끌칼질 한번 하는 거지. 유치해도 좋다. 치졸해도 좋아. 삶의 진실이 담기면 예술이지. 예술 별거 아냐."

황병우는 아주 진지했다. 그는 뭔가 벼르고 있는 사람처럼 책상 서랍을 뒤져 얇은 카탈로그 한권을 열어 보여주었다. 아아, 나는 그날 처음으로 그 눈빛과 만났다. 지금 나를 따라다니는 그 눈빛을.

짙푸른 하늘을 배경으로 이삭이 팬 푸른 보리밭이 펼쳐져 있고 한 초로의 남자가 얼굴을 비스듬히 돌리고 뭐라 형언하기 힘든 완강한 눈빛을 쏘아보내고 있었다. 그 눈빛은 뭔가 가슴에 턱 맺히도록 강렬하고도 불편했다.

"내가 좋아하는 우리 고향 선배의 최근 작품이야. 지금 내 가슴은 열정에 가득 차 있어. 하지만 난 아직 투박해. 열심히 갈고 닦아서 이 땅의 사람들에게 그림도 희망과 위안을 줄 수 있다는 걸 보여주고 싶어."

그 고백을 하던 그날, 그의 황소처럼 순하던 두 눈에 빛나는 간절하던 그 결기……

그런 그가 지금도 계속 그림을 그리는지 그게 나는 궁금했다.

3

여행중 처음으로 둘만 있을 기회가 생긴 것은 니스의 마띠스 미술관 뜰에서였다. 넓은 전시실을 돌다 일행과 헤어진 나는 미술관 출구 앞의 나무 밑 벤치에 앉아 사람들을 기다릴 요량이었다. 그때 노란 방울들이 가득 달린 어떤 나무 아래서 담배를 물고 있는 그의 모습이 눈에 들어왔다.

"참 오랜만……이지요? 마지막 본 게 십년도 넘었나?"

내가 나무그늘 밑으로 들어가며 엉거주춤 먼저 말을 꺼냈다.

"벌써 그런가……"

그가 세월을 가늠하는 눈빛으로 가늘게 실눈을 뜨며 말했다.

"계속 그림 해요?"

"아니, 보다시피."

담배를 비벼끄며 그가 짧게 말했다. 그리고 씨익 웃었다.

"야! 옛날처럼 말 놔라. 쑥스럽게 무슨 존댓말은…… 나 출세했지, 옛날에 비하면? 볼보도 몰고 다니고."

"그러게……"

그리고 침묵이 흘렀다. 너무나 호젓하게 느껴지는 침묵이 불편해 나는 자꾸 목을 돋워 잔기침을 해댔다.

"넌 여전히 몸이 약한가보구나."

나는 그냥 웃다가 나무를 올려다보았다. 송홧가루를 묻힌 다식처럼 뽀송뽀송해 보이는 노란 방울 타래를 잔뜩 달고 있는 나무였다.

"이 나무, 이름이 뭘까?"

"으응, 미모사. 이곳의 전형적인 나무지."

"어머, 이게 그 미모사구나. 생물시간에 배운 기억이 나. 아주 쎈서티브한 나무라고. 건드리면 잎이 움츠러든다고 하던가?"

그가 노란 방울 타래를 휙 뜯어다 손톱으로 눌러 바수뜨리며 냄새를 맡았다. 늘 새카맣던 그의 손톱 밑이 지금은 하얗다. 그의 손톱 밑으로 계속 짓이겨지는 노란 미모사 열매를 나는 조마조마하게 바라보았다.

빠리를 출발하여 일박한 날 이국장이 아침식사를 하며 의뭉스런 눈빛으로 그에게 둘러치던 말이 생각났다.

"황형, 간밤에 내가 더듬지 않았어요? 마누라 떠나 열흘이 넘다 보니 도무지 헛헛해서 말야. 새벽 어스름에 언뜻 보니 옆에 긴 머리 여자가 누워 있는 거 같아 손을 덥석 쥐었더니, 아 어쩜 그렇게 손이 보들보들해? 남자 손이 말야. 한국선 뭐 하다 왔어요?"

"더듬어서 미안하면 가만히 계실 일이지 아침부터 웬 손타령이세요?"

남편이 응수했다. 하긴 투박한 풍모에 비해 그의 손은 작고도 단정한 맛이 있었다. 하지만 황이 없을 때 이국장이 내게 소리죽여 물은 적이 있었다.

"저 사람 혹 그림판에 있었던 사람 아니오? 원체 말이 없는 사람이라 물어도 대답을 안해. 그림 그리는 사람이면 왜 나한테 알은척을 안할까. 황병우라…… 어디선가 들은 적이 있는 이름인데…… 혹시 몰라요?"

그러다 그 다음날 이국장이 감 잡았다는 얼굴로 말했다.

"저 친구, 기억을 더듬어보니 80년대 중반에 민중미술 하던 친구들 중 하나야. 왠지 느낌이 걸쩍지근하더라니. 그치들도 지금은 다 오합지졸이 돼버렸지만 어째 여기서 가이드를 하나? 민중미술 하는 사람이 내 땅을 지켜야지. 혹 노선을 바꿨나? 포스트모던, 뭐 그런 걸루다?"

그러다 언제부턴가 무엇 때문인지 노골적인 불만으로 바뀌었다.

"에이, 방을 따로 쓰든가 해야지. 가이드면 좀 싹싹하게 굴든가, 민중미술 했으면 다야? 사람 우습게 보는 거 같아 영 기분이 안 좋아. 지들이 민중을 위해 한 게 뭔데? 예술적 안목만 떨어뜨려놨지."

남편이 욱하는 성격의 이국장을 달랬다.

"민중미술 하는 사람이나 우리처럼 대중예술 하는 사람이나 다 지 좋아서 하는 거지, 뭐라 그럴 거 없어요. 다 이국장님 자격지심이지."

"뭐요? 자격지심? 난 꿀릴 거 하나도 없어요. 나는 나대로 신념이 있는 사람이에요."

"그렇죠. 우리나라 미술판의 발전을 위해 불철주야 애쓰는 이국장님을 누가 욕합니까? 우리 술이나 한잔씩 합시다. 객지에 나와 오래 여독에 시달리다 보니 신경이 날카로워진 겁니다. 아 어쩌나, 화끈하게 좀 풀어드려야 하는데……"

남편의 무마에 이국장이 곧 허물어지긴 했지만 한 방을 쓰는 그들이 못내 불안하긴 했다. 하지만 황은 말없이 잘 참아내고 있었다. 남편도 혀를 끌끌 찼다.

"성질 한번 드럽긴, 저 이국장 말야, 안하무인이야. 내가 보기엔 황이란 사람 좀 뚱해서 그렇지 무던하게 할일은 다 하는 것 같던데 사사

건건 공연히 트집이야. 저런 사람들 비위를 맞추자니, 참. 미술판이 썩었어. 이게 다 당신 때문이야. 어쩌겠냐, 여행 끝날 때까지 며칠만 잘 참아보자구. 이번 당신 전시도 그래야 잘 터뜨려줄 것 아냐?"

이국장이 그럴수록 나는 점점 더 불안해졌다. 이국장의 그런 심사는 질투심에서 나온 건지도 모른다. 그래서 공연히 엉뚱한 황을 괴롭히는지도 몰랐다. 내게 들러붙는 이국장의 위험한 눈길에 나는 요즘 숨이 막힐 지경이었다. 내게 남은 미련과 어쩔 수 없는 금욕상태, 남편에 대한 묘한 질투심. 호색한인 그의 욕망이 포화상태에 이른 것을 나만은 알 수 있었다.

그날 오후 엑쌍프로방스를 거쳐 차는 붉은 유도화가 찬란하게 핀 고속도로를 달렸다. 애초에 이국장과 몸을 섞은 게 잘못이었다. 첫단추를 잘 채웠다면 이렇게 헝클어지진 않았을까…… 첫전시를 앞두고 그를 소개받아 만났다. 그는 예외적으로 내 전시를 잡지에 크게 실어주었다. 어떻게 사례를 해야 하나 고민하던 나는 남들의 조언대로 그림과 함께 수표 한장을 넣어 그를 찾아갔다.

그는 그림이고 수표고 받으려 하질 않았다. 다만 화끈하게 술이나 한잔 사라고 지나가는 말처럼 할 뿐이었다. 술이 2차로 이어지고 밤이 이슥해지자 그는 노골적이 되었다. 나는 눈을 질끈 감았다. 그냥 예방주사 맞는다고 생각하면 돼. 고상한 말로 통과의례 치르는 거라고. 예상 못한 일도 아니잖은가. 그가 호색한이란 건 공공연한 비밀이었다. 다만 설마 했을 뿐이었다. 그후부터 한 3년 동안 나는 수차례 그의 요구에 시달렸다.

"인제 좀 컸다고 튕기기야?"

그가 그렇게 볼멘소리를 할 때쯤엔 나도 그의 요구를 묵살할 수 있었다. 그가 아니라도 나는 이미 자생력이 생겨 있었으니까.

그런데 내가 원했던 건 이런 삶이었을까…… 아아, 예술의 이름으로 용서받을 수 있는 삶일까.

앞자리의 이국장이 굵은 뒷목을 천천히 자라처럼 틀더니 남편을 돌아보며 말했다.

"강사장, 내 충고하는데 이번에 돌아가는 대로 빨리 결정하는 게 좋아요. 박민종 화백 말이야, 내 오기 전에 보니까 저승꽃이 얼굴에 확 피었어. 죽고 나서 그림값 팍 뛰기 전에 서둘러 사두라구. 그 집 마나님하고 얘긴 거의 다 됐으니까. 그 영감 지금 기운이 없어서 한 작품에 선 하나씩만 긋고 있어. 니미 좆겉이, 나도 그림쟁이나 할걸. 그 영감은 생전에 호사할 거 다 하고 죽어서도 그림값이 몇배나 뛸 테니 완전 브이아이피 귀신이 되는 거지. 누군 앉아서 지렁이 같은 선만 딱딱 긋고서 떼돈을 벌고, 누군 거시기에 종소리 나도록 거간꾼 노릇을 해도 몇푼 떨어지는 게 없는 신세니……"

"이국장님 통찰력은 못 따라가겠습니다. 이국장님이 조언하는 거니 귀국하는 대로 좀 들여놓을까요? 믿고 잘 부탁드립니다."

"우리 문선생도 이제 한 이십년만 있으면 점 하나만 딱딱 찍어서 팔아도 대재벌 될 텐데, 뭐. 부럽수다, 강사장. 에이 열불나! 황형, 거 조용필 어디 갔어. 테이프나 좀 돌려봐. 세월이 지나도 조용필은 조용필이야."

나는 두 사람의 수작에 얼른 차창으로 고개를 돌려버렸다. 쎄잔느의 그림에서 본 듯한 새하얀 석회석 바위산이 저만치 남프랑스의 여름 햇빛을 받아 설산(雪山)처럼 빛나고 있었다. 부끄럽고도 부끄러워라. 청년시절의 황을, 그 순한 소 같은 두 눈에 어리던 열정을 기억하는 한, 이제 나는 그를 감히 쳐다볼 수도 없을 것 같은 참담한 자괴가 느껴졌다. 나를 이 찬연한 햇빛 앞에 발가벗기고 있는 두 남자의 무신경에 치가 떨렸다. 황은 내게 그림에 관한 얘기는 전혀 묻지 않았다. 그러나 나는 황에게 불끈불끈 내 알리바이를 주장하고 싶은 생각이 났다. 나는 이들과 공범이 아니라고. 눈을 감았다. 어두운 망막 속엔 보리밭 속의 남자의 얼굴이 떠올랐다. 꿰뚫는 눈길과 보리이삭의 수염마저도 생생하게 느껴졌다. 보리이삭이 목구멍에 들어온 듯 목 안도 다시 간질거렸다. 마구 소리치고 싶은 기분을 참는 게 몹시 힘이 들었다.

울고 싶은 마음이 되었다. 애써 참았지만 썬글라스 안에서 눈물이 속눈썹을 조금 적셨다. 그러고 나니 좀 편안해졌다.

4

쥐색 볼보는 비아리츠 해변에서 바이욘으로 달리고 있었다.

앞면의 반사경 속에 운전하는 황의 오른쪽 얼굴이 들어 있다. 그는 낮에는 줄곧 썬글라스를 쓰고 있어서 도무지 표정을 알 수가 없다.

방금 지나간 푸른색 표지판엔 바이욘 8킬로라고 씌어 있었다. 바이욘. 그 도시에 대해 아는 것은 아무것도 없다. 바로 어제, 빠리 출발 닷새째, 우리는 남프랑스에 널려 있는 화가들의 생가나 미술관을 둘러보고 다시 빠리로 올라가는 여정중이었다. 프랑스 국토를, 빠리를 정점으로 대략 이등변삼각형으로 그린 일주일간의 노선 중에서 한 변이 남은 상태였다. 엑쌍프로방스나 니스 근방의 주요 미술관들을 훑고 남프랑스의 해변을 거쳐 틈틈이 바캉스 기분을 내보자는 계획은 무모했다. 턱없이 빠듯한 일정이었다. 군소리 없이 시속 170킬로로 몰아대는 황만 아니었다면 엄두도 내지 못할 일이었다. 남편은 이미 황에게 일주일간의 가이드 비용을 선불한 상태라 계획을 파할 생각은 하지 않았다.

어제 저녁. 밤 열시가 되어가는데도 아직 혼곤하게 석양에 젖어 있는 한 도시에 다다랐을 때까지도 그 도시의 이름조차 몰랐다. 넓은 강과 다리들, 제법 고풍스런 건물들이 있는 그 도시는 언뜻 런던의 템즈 강변과 비슷한 느낌이었다. 갑자기 황이 차를 세울 때 호텔을 찾나 했다. 그런데 그는 운전석에 그대로 앉아 한 곳을 뚫어지게 응시했다. 딱히 호텔 앞도 아니어서 왜일까 싶었는데 그가 대뜸 전조등을 켰다. 사위가 어두워가는 도시에서 헤드라이트 불빛을 받은 것은 길가에 세워진 광고판이었다. 그것은 투우 경기를 알리는 광고판이었다. 등을 보인 투우사의 상반신 아래로 붉은 천이 늘어져 있고 검은 싸움소가 정면을 향해 조용히 얼굴을 쳐들고 있었다. 초점이 모호한 검은 눈동자는 깊이 모를 우물처럼 웅숭깊었다. 검은 소의 두 눈의 광택이 눈물처럼 느껴지는 건 나만의 느낌이었을까. 소는 조용히 무언가를 응시하고 있었다. 황은 핸들에 턱을 괴고 한동안 움직이지 않았다. 마치 소와 황이 투우사를 비껴 서서 둘만의 조용을 하는 듯했다.

"뭐요? 투우를 하나, 여기서? 스페인도 아닌데?"

남편이 그 침묵을 깼다.

"내일 저녁에 투우 경기가 있는 것 같습니다."

황이 나지막이 말했다.

"투우? 좋지! 이거 집 떠나 마음껏 몸도 못 풀고 근질근질하던 참에 잘됐다. 쌈 구경이라도 하고 가야지. 어때요? 내일 투우 한판 땡기고 갑시다."

졸던 이국장이 머리를 벌떡 세우며 호기있게 외쳤었다.

차는 더이상 진입이 불가능했다. 투우 경기가 열리는 원형경기장이 멀지 않은지 수많은 사람들이 물결치듯 밀리는 길가에 황은 차를 주차했다. 경찰까지 동원되어 바리케이드를 치고 차들의 진입을 막고 있었다. 더러 붉은 스카프를 맨 젊은 사람들이 무리지어 흥겹게 노래를 부르며 지나갔다. 여자들은 꽃다발을 들고 가기도 했다. 사람들은 대체로 일부러 흰옷 아니면 붉은색 옷을 입고 나선 듯했다. 흰 손수건 또는 붉은 손수건을 주머니에 꽂은 사람들도 눈에 띄었다.

"꼭 축제 같네요. 옛날 학교 다닐 때 연고전 생각이 나요."

남편이 들떠서 말했다.

나는 투우 경기가 썩 내키지 않았다. 가뜩이나 심란하고 피곤한데 살육의 경기까지 보고 싶은 마음은 없었다.

길에는 베레모를 쓴 사람들이 눈에 많이 띄었다. 황이 우리에게 설명했다.

"여기는 스페인과 프랑스 국경이 연한 바스끄 지방입니다. 이곳 바이욘은 그 지방의 중심도시죠. 원주민인 바스끄족은 양쪽 국가에 흡수되지 않고 자주적인 독립노선을 지키며 자신들의 문화를 보존하며 살아요. 저 베레모는 이곳의 민속의상인 셈이구요. 그런데 이상하게도 베레모 하면 프랑스의 상징이 되고 프랑스는 예술의 나라, 이런 논리다 보니 베레모가 예술가의 상징처럼 알려진 것 같아요."

그때 이국장이 근처 가게에서 깡통맥주를 사가지고 와 합세했다.

미리 예약을 하지 않아서 힘들게 표를 구해 장내에 들어섰을 때는 이미 시작 팡파르가 울리고 있었다. 황이 투우 경기의 소개를 실은 작은 책자 하나를 사들고 왔다. 제법 큰 원형경기장의 계단식 관람석은 빼곡히 차 있어서, 사람들의 다리 사이를 뚫고 우리 번호가 새겨진 좌석까지 들어가는 데 애를 먹었다. 원색의 옷을 입은 관객들과 화려하게 꽃으로 장식되어 있는 관람석이 마치 카드섹션처럼 화려했다. 저 아래 둥근 경기장의 모래가 금빛으로 빛나고, 반대편 서쪽 관람석의 윗부분은 가는 초승달 같은 그늘에 가려 있었다. 아직 햇빛은 찌를 듯 강렬했다.

자리에 앉자마자 이국장이 하이네켄을 하나씩 돌렸다. 내 왼쪽엔 남편이, 오른쪽엔 이국장과 황이 앉았다. 황은 고개를 숙이고 책자를 들여다보고 있었다.

위쪽 어딘가에 밴드가 있었나보다. 경쾌한 음악소리가 귀에 진동했다. 경기장에서는 황제보다 더 찬란하고 호사스런 장식을 한 제복 차림의 늘씬한 투우사들이 막 입장 퍼레이드를 끝내고 퇴장하는 중이었다.

"무슨 투우사가 저렇게 많지? 열 명도 넘잖아?"

맥주캔 따는 소리에 이어 이국장이 물었다.

"저 중에서 물레따라는 붉은 기를 흔들며 소의 목에 칼을 꽂는 마따도르라는 투우사는 몇명 안될 겁니다. 나머지는 조수 투우사들인가 봅니다."

안내책자에 고개를 박고 있던 황이 시끄러운 음악소리에 맞서 목소리를 돋우며 말했다.

그때 음악이 뚝 끊겼다. 투우사들도 퇴장을 한 경기장은 텅 비어 적막했다. 이국장의 목구멍으로 꿀렁꿀렁 맥주 넘어가는 소리가 유난히 크게 느껴질 무렵 한 사내가 피켓을 들고 경기장 안으로 들어왔다.

23번, 598킬로그램, 94년 3월생.

그가 운동장을 한바퀴 돌고 나가기 무섭게 그 옆문에서 검은 소 한 마리가 미친 듯 튀어나왔다. 소는 흔히 볼 수 있는 온순하게 길든 식용소가 아니다. 원시의 동굴 알따미라나 라스꼬 벽화에서 막 튀어나온 것 같다. 인간에게 길들기 오래 전, 대자연을 본성대로 질주하던 야성의 소 같은.

색깔이 다른 각각의 천에 금사 은사로 수를 놓고 장식한 제복을 입은 여섯 명의 투우사가 경기장 안으로 뛰어들어왔다. 다리 근육이 꽉 조인 제복 속에서도 탄탄하게 느껴진다. 검은 황소는 분출되는 힘을 어찌지 못해 모래를 하얗게 퍼올리며 마구 뛰다가 들입다 원형경기장 둘레를 들이받기도 한다. 여섯 명의 투우사는 손에 든 깃발을 흔들며 요리조리 날렵하게 몸을 피한다. 그들의 깃발은, 한면은 꽃분홍색 또 다른 한면은 노란색이다. 그걸 흔들어 소를 약올리는 게 그들의 임무인 것 같다. 소가 약이 올라 달려들라치면 그들은 한쪽에 마련된 도피처로 냅다 달려들어간다.

소가 저 혼자 경기장 안을 이리 뛰고 저리 뛰고 하자 잠시 후 장식한 말을 타고 중세 기사풍의 근엄한 얼굴을 한 남자가 긴 창과 방패를 들고 나타났다. 다시 여섯 명의 조수 투우사들이 소를 그쪽으로 몰아간다. 창을 든 남자가 아주 신중하고 노숙한 몸짓으로 말에서 상체를 살짝 들어 소의 등에 긴 창을 쿠욱, 찌른다. 눈 깜짝할 새에 창이 소의 등에 쑤욱 파묻혔다.

소는 잠시, 이게 뭐지? 하는 눈빛으로 멍청하다. 하지만 잠시 후 검붉은 피가 잔등으로 넘쳐 번진다. 나도 그때서야 어머, 하며 후루룩 놀란다. 사람들이 박수를 친다. 그때서야 소는 씩씩대며 찌그렁이를 부리는 깡패처럼 말에게 머리를 들이밀며 저항한다.

"저 창을 찌르는 사람을 삐까도르라고 한답니다. 광포한 소는 세 번까지도 찌른다고 합니다."

황이 말했다.

등짝에 창이 꽂힌 소가 계속 말을 어깨로 밀어붙이는 통에 삐까도르는 방패로 소를 밀어내느라 여념이 없다. 눈이 검은 천으로 꽁꽁 묶인 말은 소가 미는 반동으로 아무것도 모른 채 흔들거릴 뿐이다. 드디어 삐까도르는 힘겹게 창을 빼낸다. 다시 경쾌한 음악이 울려퍼지고 삐까도르는 퇴장한다.

음악 속에서 세 명의 투우사들이 등장했다. 이들은 양손에 색종이와 리본으로 화려하게 장식된 아름다운 막대 두 개씩을 치켜들고 있다. 그러나 막대 끝에는 작살창이 꽂혀 있다. 검은 잔등에 검붉은 피가 마치 아프리카 대륙 모양처럼 번진 소를 향해 한사람씩 다가가고 있다. 장내가 조용해진다.

"또 뭘 하려는 거야? 소가 너무 불쌍하네."

내가 한숨을 쉬자 경기에 취한 남편이 눈도 돌리지 않은 채 쉬잇, 하며 집게손가락을 입술에 댔다.

푸른색 바탕의 옷을 입은 첫번째 투우사가 작살 끝을 아래로 내린 막대 윗부분을 마치 거룩한 물건을 들듯 치켜들고, 날뛰는 소에게 살금살금 다가간다. 소의 주위를 빙빙 돌다가 어느 순간, 소가 방심한 틈을 타 힘껏 솟구쳐올라 소의 뒷목에 두 개의 아름다운 작살을 꽂는다. 작살이 꽂히자 소는 펄쩍 튀어오르며 경련을 한다. 아아, 가슴에 화살을 맞은 듯 내가 고개를 푹 꺾자 남편이 내 손을 꼭 잡으며 괜찮아, 한다.

정확하고 날랜 솜씨에 관중들이 환호성과 박수를 보냈다. 소는 발광하듯 사나워졌다. 두번째 투우사 역시 민첩하게 달려들어 단번에 깨끗하게 끝낸다. 관중들이 흥분해서 소리치며 손뼉을 쳐댄다. 네 개의 작살을 등에 꽂은 소는 분함과 고통으로 길길이 날뛰기 시작한다. 마지막으로 세번째 투우사가 소에게 다가간다. 그는 좀 소심하다. 몇 번 기회를 놓치고 소가 저돌적으로 달려들자 숨기에 바쁘다. 결국 두 개를 꽂았지만 소가 요동을 치는 바람에 하나가 빠져서 땅에 떨어졌다. 관중들이 야유를 보낸다.

나는 하이네켄을 따서 입안에 맥주를 흘려보냈다. 미지근했다. 황은 여전히 맥주를 따지 않은 채로 앞만 응시하고 있었다.

세 명의 투우사는 퇴장했다. 금빛 모래에 간혹 목단 꽃송이 같은 피를 뚝뚝 흘리고 있는 소는 이제 또 혼자다. 다섯 개의 아름다운 작살을 등에 꽂고 있는 소. 그는 커다란 장식용 양초를 등에 켜고 있는 듯하다. 어찌 보면 언젠가 본 인도의 축제에 나오는 훌륭하게 장식된 성스러운 소 같기도 하다. 소 등의 핏물이 햇빛 속에서 잉걸불처럼 번진다. 소는 어쩌면 작살을 양초처럼 자신의 몸속에 박고서 피를 끌어올려 서서히 생명의 불꽃을 태우고 있는지도 모른다. 상처로 기운이 쇠락했는가. 입과 코에서 희부연 거품마저 비어져나온다. 소가 잠시 허공을 보고 서 있다. 그러나 다시 소는 마지막 투혼에 불타기 시작한 듯 어디랄 것도 없이 헉헉거리며 거침없이 마구 달린다. 거칠게 숨을 몰아쉬며 다가오는 죽음이란 운명을 거부하기로 결심한 듯 몸 전체로 항거하는 듯이 보인다.

관중들이 서서히 달아오르고 있었다. 다섯시 반이 넘어가는 시각이었지만 아직 햇빛은 창창했고 장내의 열기로 땀내들이 후끈후끈 뻗쳐

왔다.

다시 음악소리가 귀청을 때리자 사람들이 소리를 지르며 박수를 쳐 댔다. 다부진 몸매의 한 투우사가 사람들의 환호에 모자를 벗어들고 답례하며 장내로 들어선다. 그 뒤를 예의 조수 투우사 세 명이 따른 다. 그가 바로 투우사 중의 투우사 마따도르인지 그의 손엔 선홍색 기 가 쥐어져 있다. 조수 투우사들이 분홍기로 소가 너무 외곽으로 돌지 않게 마따도르에게 몰아주고 퇴장한다. 한 조수가 마따도르에게 펜싱 칼을 닮은 긴 칼을 건네준다.

혼자 남은 투우사 중의 투우사 마따도르는 한손엔 칼을, 한손엔 붉 은 물레따를 쥐고 있다. 그가 소를 향해 발꿈치를 살짝 들고 물레따를 흔든다. 상처입은 맨몸의 소는 머리를 디밀고 죽자구나 붉은 깃발을 향해 쳐들어간다. 투우사는, 두 발을 땅에 꼭 붙인 채 상체만 움직여 소를 조종한다. 광포해질 대로 광포해진 소가 뿔을 들이밀고 달려들 어도 그는 붉은 깃발만 요리조리 흔들 뿐 동요하지 않는다. 게다가 팔 놀림마저 우아하다. 누가 투우를 죽음의 경기라 했는가. 마치 투우사 가 아니라 조련사처럼 보인다. 어쩌면 소와 인간이 더불어 춤을 추고 있다는 착각마저 든다.

"너무 노련하니까 장난 같다야."

남편도 나와 같은 생각일까.

"호레이!"

관중들도 투우사가 깃발을 펄럭일 때마다 추임새를 넣었다. 장내는 점점 흥겨운 분위기가 무르익었다. 투우사는 한손에 든 칼을 등뒤에 숨기기도 하고 붉은 깃발 속에 감추기도 하며 소를 유인해갔다. 그러 다 칼을 치켜들기도 했다. 그럴 때면 장내는 찬물을 끼얹은 듯 싸늘하게 가라앉았다. 그러면 들려온다. 투우사의 외마디 기합소리, 말 못하는 소의 힘겨운 숨소리, 절박한 단말마의 소리…… 그 소리에 퍼뜩 정신이 들었다. 아! 장난이 아냐. 등뒤로 땀이 주르륵 흘러내렸다.

소는 왜 칼을 보지 못하는 걸까. 자신을 죽음으로 몰고 갈 칼을. 어쩌자고 핏빛 물레따 속으로만 죽자고 뛰어드는 걸까. 저 50호 크기의 붉은 깃발은 대체 그에게 뭐란 말인가. 그러자 내게는 투우사가 흔드는 붉은 물레따가 텅 빈 캔버스로 자꾸 흔들거렸다. 메말라버린 샘처럼, 하얗게 바래 바삭바삭 타버린 화혼(畵魂)을 저주하며 절망감으로 확대되던 하얀 공포. 채워지지 않는 흰색 캔버스 앞에서 나는 얼마나 죽음을 생각했던가. 아무도 모를 것이다. 내가 그 유혹을 이기기 위해 미친 듯 허겁지겁 색칠을 해대는 것을. 포기할 수도 선택할 수도 없는 길의 처절한 외로움을…… 태어나 산속에서 야생으로 키워져 단 한 번의 싸움소라는 생의 목표를 실현하고 죽을 운명의 야생소. 그는 운명 앞에서 아무것도 선택할 수 없단 말인가.

그렇다면, 제발 더이상 소를 고통에 헐떡이게 하지 말고 단칼에 찔러! 갑자기 마음속에 무언가 울분이 차오면서 소리치고 싶은 충동을 느꼈다.

투우사가 다시 긴 칼을 뽑아올렸다. 다시 수천명이 든 경기장 안은 숨소리마저 죽은 듯 믿을 수 없을 만큼 고요해진다. 투우사는 광신자가 방언을 하듯 중얼거리면서 휘파람 소리를 내며 기합을 넣는다. 어깨로 호흡을 고른다. 그의 숨소리가 소의 거친 숨소리와 어우러져 조용한 경기장 안에 떠돌 뿐이다. 투우사가 한걸음 한걸음 다가간다. 나는 맥주를 입에 다시 들어부었다. 맥주의 쌉쌀한 기가 온몸의 혈관에 재빨리 퍼지는 걸 느낀다. 소름이 돋는다.

순간, 투우사는 온 정신을 집중해 칼을 들고 소를 노려본다. 그러나 소는 처연한 눈길로 햇빛에 빛나는 칼을 잠깐 물끄러미 쳐다본다. 그는 무엇을 보는 걸까. 다가오는 죽음의 그림자를 보기나 하는 걸까. 반대편 관중석의 절반이 두텁게 해그림자에 먹혀들고 있었다.

사람들의 환호성에 따라 내 피가 뜨겁게 솟구치고 열기가 짜릿짜릿하게 몰려들었다. 사람들의 자지러지는 함성이 달뜬 내 몸을 까마득한 속도감으로 밀어내는 착각이 들었다. 마치 꿈속에서…… 브레이크가 고장난 차 안에서의 내 절규처럼 아득하게 어딘가로 빨려들 것 같았다. 정신을 차리고 보니 아아, 투우사가 비상하듯 솟구침과 동시에 소의 뒷목엔 긴 칼이 끝까지 들어가 박혀 있는 것이다! 비상한 칼솜씨였다. 나는 몸을 한번 떨었다. 그 순간 소는 입으로 울컥울컥 생피를 쏟으며 도약하는 몸짓으로 앞발을 높이 들고 버르적거렸다. 그러곤 보란 듯이 과장되게 몇걸음 내처 달렸다. 도저히 죽음을 믿을 수 없다. 살아 있음을 확인하고 싶다. 내게는 소가 그렇게 온몸으로 말하는 것처럼 느껴졌다.

관중들의 우레 같은 박수와 목청껏 지르는 환호성으로 경기장 안은 떠나갈 것 같다. 사람들이 우르르 일어나 손수건을 흔들었다. 맞은편 관중석 사람들의 희고 붉은 점들의 움직임은 거대한 매스게임, 아니 현미경으로 본 꼬물거리는 벌레들 같았다. 내 옆의 남자들도 순식간에 벌떡 일어나 뭐라고 악을 썼다. 잔인한 쾌감이 내 몸에도 찌르르 몰려왔다. 아름다운 작살과 칼을 꽂은 소는 피를 뭉텅뭉텅 흘리며 사력을 다해 달린다. 소의 체취와 피비린내가 훅훅 끼쳐온다. 하지만 운명의 순간은 어김없이 왔다. 소는 한번 크게 몸서리를 치더니 투우사 앞에서 무릎을 후드득 꺾는다. 그리고, 머리를 조아린 모습으로 쿵,

죽어 나동그라졌다. 마치 패배를 인정한다는 듯이…… 몇 분 전 그 용감했던 소는 그렇게 죽어버렸다.

곧 두 마리의 말이 끄는 아름다운 마차가 들어왔다. 흰옷을 입고 모자를 쓴 네 명의 사내들이 소에게로 가서 무언가 처치를 할 때도 관중들의 열화 같은 함성은 끊이지 않는다.

"마뉴엘! 마뉴엘!"

흥분한 관중들이 이번에는 투우사의 이름을 연호하자 투우사가 손을 입에 댔다 떼며 높이 흔들었다. 여자들이 준비해 간 꽃다발을 아래를 향해 던졌다. 모자나 브래지어가 바닥에 떨어지기도 했다.

"화아! 화끈하네."

일어선 남편과 이국장은 흥분으로 눈마저 충혈되어 있었다. 나는 황을 건너다보았다. 단정하게 앞을 향해 앉아 있긴 했지만 그의 얼굴도 흥분 때문인지 상기되어 있었다.

관중들이 머리 위쪽의 심사석을 향해 손수건을 흔들며 뭐라 외쳐댔다. 그러자 방송이 나왔다.

"뭐라는 거야?"

이국장이 황을 보며 외쳤다. 그런데 황은 묵묵부답이었다.

그때 마차와 함께 들어왔던 네 명의 남자 중 하나가 투우사에게 뭔가를 건넸다. 투우사는 희끄무레한 그것을 높이 쳐들고 경기장을 한 바퀴 돌았다.

"저게 뭐지?"

안달하는 목소리로 말하던 남편은 옆에 앉은 젊은 여자에게 뭐냐고 영어로 물었다.

"저게 소 귀래요. 최고로 멋진 경기를 한 투우사에게 소의 귀를 잘라 바친대요. 관중들이 그걸 심사석에 요구해서 받아들여졌대요."

투우사는 한손엔 소의 귀를, 다른 손엔 꽃다발을 가득 안고 관중들의 기립박수를 받고 있었다. 나는 거기서 눈을 돌려 아직까지도 미세한 경련이 멈추지 않은 죽은 소의 하늘로 치켜든 한쪽 다리에 시선을 고정했다.

경련이 갑자기 딱 멈추었다. 이제 그저 천근 무게의 고깃덩이로 남은 소를 갈고리로 꿰어 마차가 끌고 나갔다. 네 명의 남자가 손에 쥔 도리깨 같은 것을 공중으로 흔들며 마차 뒤를 따라 뛰어나갔다. 도리깨를 흔들 때마다 따닥 따다닥 경쾌한 소리가 났다. 그 소리는 차라리 괴기스럽게 들렸다. 가슴속이 도리깨로 맞은 듯 뻐근하게 아파오기 시작했다. 인부들이 나타나 검은 선지피로 군데군데 얼룩진 바닥을 깨끗한 모래로 말끔하게 뒤덮고 지워진 선을 다시 그었다. 살육의 현장은 눈 깜짝할 사이 흔적조차 없어졌다.

이제 끝났나 싶었는데 경기는 그후에도 다섯 번을 더 하였다. 다섯 마리의 소가 거의 비슷한 과정을 겪고 죽어나갔다. 처음의 충격과 달리 소들의 고통스런 헐떡임, 분수처럼 솟는 피, 주술처럼 들리는 투우사의 기합소리, 관중들의 함성도 이상하게 익숙한 풍경처럼 느껴졌다. 마치 끝이 뻔한 지루한 활극영화를 보는 것처럼 답답해졌다. 악인과 선인의 역할이 너무도 뻔한…… 소는 죽어나가야 했고, 투우사는 꽃다발을 흔들어야 했고, 관중은 함성을 지를 수밖에 없는 대본을 들고 내게 속임수를 쓰는 거 같았다. 그런데 왜 자꾸 눈물이 날까…… 뜨거운 태양 아래서 흥분해서 마신 캔맥주의 취기 탓일까. 나는 무릎에 머리를 묻었다. 산다는 건, 세상의 빠져나오지 못할 올가미에 갇힌 줄도 모르고 생피를 흘리는 투우와 무엇이 다를 것인가.

투우 경기가 끝날 때까지 아무도 내가 운 줄은 몰랐나보다. 마침내 경기가 모두 끝나자 남편과 이국장의 얼굴은 흥분이 채 삭지 않아 한바탕 싸운 뒤끝의 사람들처럼 붉어져 있었다. 여덟시가 다 되어가고 있었다. 아직 남은 광선이 경기장의 모래밭 한자락을 하얗게 떠오르게 했다. 사람들이 꾸역꾸역 밀려나가고 맨 구석 자리의 우리들도 주섬주섬 일어났다.

"어이 황형, 갑시다. 끝났다구."

이국장의 재촉이 들리는가 싶더니 남편이 놀라는 소리가 연이어 들렸다.

"어어? 왜 이래요, 황형! 괜찮아요?"

남편이 황의 등을 가볍게 치는지 픽 소리가 들렸다. 나는 고개를 돌려 황 쪽을 바라보았다. 황이 모로 쓰러져 두 팔을 버르적거리고 있었다. 입에서 허연 거품이 버글버글 새어나왔다. 누구도 가까이 다가갈 엄두를 못 내고 망연하게 서 있을 뿐이었다. 그의 얼굴과 머리칼은 온통 땀으로 젖어 있었다. 얼굴도 핏기가 가셔 데스마스크를 쓰고 있는 듯했다. 다만 새파랗게 질려 떨고 있는 입술만이 아직 살아 있는 표지처럼 보였다.

5

우리는 다시 비아리츠로 되짚어 달려왔다. 나는 황의 상태가 걱정스러웠다. 그러나 정작 그는 다섯 시간 전 이 길을 달릴 때와 달라진 점이라곤 전혀 없었다. 운전도 침착했다. 오히려 달라진 건 아무 말 없이 머쓱하게 앉아 있는 우리들이었는지도 모른다.

바이욘에서 투우 경기가 끝나고 일박을 하려던 계획이 어그러져버렸다. 그날이 바스끄 지방의 축제일이란 걸 우리가 몰랐던 것이다. 호텔마다 방이 없다는 것이다. 제일 가까운 대도시인 비아리츠로 다시 가자고 제안한 것은 물주인 남편이었다.

그러나 비아리츠에도 빈방은 없었다. 그나저나 시간은 열한시가 다 되고 있었다. 그때까지 저녁 요기도 못한 우리는 해변가의 주점을 겸한 허름한 식당에서 우선 허기라도 꺼야 했다. 스빠게띠밖에 안된다고 하여 반주로 이딸리아산 포도주 한병과 해물 스빠게띠를 시켜서 허겁지겁 먹고 나니 종업원이 서툰 영어로 떠듬떠듬 우리에게 한가지를 일러주었다.

자정부터 축제행사로 비아리츠 일대에 성대한 불꽃놀이가 펼쳐진다는 것이다. 그래서 근방의 관광객들이 모여들어 빈방이 없는 거라며 일찌감치 구석진 해변에 차를 세우고 자는 편이 나을 거라고 귀띔해주었다.

더 갈 것도 없이 그 식당 밑이 군데군데 모래사장 안에 바위가 박힌 좀 후미져 보이는 해변이었다. 우리는 거기다 차를 대고 모래사장에 퍼질러앉아 사들고 온 포도주 두 병을 나눠 마시기 시작했다. 운전을 해야 한다며 늘 사양하던 황도 오늘따라 주는 잔을 마다하지 않고 묵묵히 들이켰다. 남편과 이국장은 빨리 취하고 싶은 마음인 것 같았다. 두 사람 모두 투우장에서의 황의 일을 잊고 싶은지 석연치 않은 얼굴빛이었다.

파도소리만 들리지 않는다면 바닷가라고 생각되지 않을 만큼 주위가 캄캄했다. 달도 없는 밤이었다. 게다가 공기는 어딘지 무겁고 음습했다.

"거어 소라는 놈 말이야. 참 멍청한 동물이에요. 끝까지 인간에게 이용당하기만 한단 말이오."

이국장이 땅콩을 우두둑 깨물며 말했다.

"그러게요. 투우도 그렇지만 우리나라 소는 어때요. 인간을 위해 죽도록 일해주고 죽어서도 남김없이 다 바치죠."

남편이 말했다.

"그런데 그 투우라는 놈, 정말 빨간색만 보면 죽기살기로 환장을 하는 걸까? 그런 거 보면 빨갱이잖아? 안 그래요, 황형?"

무슨 음흉한 생각에서였을까. 이국장이 황을 집적대기 시작했다.

"………"

어둠속에서 황의 표정은 잘 보이지 않았다. 그러나 공연히 내가 찔끔 놀랐다. 황이 자신의 빈잔에 술을 따르는 소리가 났다.

"확실히 인간들이 약았어요. 투우 경기를 소가 발명했다면 무조건 소에게만 불리하진 않았을 텐데…… 투우사는 한 명도 안 죽고 소만 죽어나가잖아요."

"강사장, 그게 바로 냉혹한 약육강식의 논리지. 그리고 인간의 위대함이기도 하구요. 아까 나는 그 생각이 나데요. 소는 정말로 고통 속에 죽어갔을까. 아닌 거 같다는 생각. 그놈은 아주 비굴해. 소는 죽는 순간까지 자기 삶을 걸고 쇼를 하는 것 같더라구. 관중들의 환호성과 박수에 호응하는 것처럼 보이더란 말이지. 보란 듯이 더 흥분해서 날 뛰면서 보답하는 것 같더라구. 관중들이 없다면 녀석은 싸움을 안할지도 몰라. 아까 봐요. 죽는 순간 투우사에게 턱 고개 숙여 절하는 것 같더니 그 앞에 두 무릎을 꺾고 엎드리는 듯하잖아요? 투우사는 또 그걸 이용할 줄 알구 말이야."

"그러고 보니 그러네요."

"그래 하는 얘긴데 약하고 우매한 것들은 지 꾀에 지가 넘어가 죽는 수밖에 없어. 그런 것들일수록 무모하게 목숨을 걸지. 순수한 이상? 그런 건 없어요. 그 뒤엔 다 야료가 있는 거라구. 뭔가 결탁이 있다는 말씀이야. 80년대 운동권 인사들? 다 지금 정권에서 한자리 차고 앉아 오히려 더 썩은 내를 피우고 있잖아. 미술계만 봐도 그래요. 민중미술 하던 이들도 80년대의 그 흥분의 분위기에서 마구 박수들을 쳐주니까 미친 듯 날뛰다가 지금 살아남은 게 몇이나 돼? 내가 강사장네보다 몇살 위인 구세대라 그런지 모르지만 난 어딘가에 머리 디밀고 죽자사자 덤비는 이들 재미없어. 다 또라이 같은……"

그때 갑자기 황의 고함소리가 어둠을 찢었다.

"개소리 하지 마, 이 새끼야!"

벌떡 일어난 그가 옆의 바위벽에 술병을 쳤다. 쨍그랑 소리에 모두가 퉁기듯 일어섰다.

"죽여버릴 거야, 더러운 새끼. 네가 뭘 알아! 너처럼 돼지 같은 새끼가. 함부로 말하지 마. 그 더러운 주둥이를 이 병아가리로 콱 찍어버릴 테니까!"

남편이 이국장에게 달려드는 황을 뒤에서 안고 말렸다. 이국장은 몇 걸음 물러서며 어어, 하고 놀라 말이 되지 않는 어눌한 소리만 냈다.

"황형! 왜 이래요? 진정해요. 오늘 황형 너무 피곤해서 그래. 자아 진정해요."

남편이 황을 붙들고 늘어졌지만 황의 힘을 당하기는 역부족인 모양이다. 이국장은 뒤뚱뒤뚱 모래사장을 넘어질 듯 뛰어가기 시작했다. 황이 그 뒤를 쫓아가고 남편은 질질 끌려가고 있었다.

"저, 저, 저 지랄병! 아까 그 지랄병이 또 도졌네!"

어느정도 떨어져 마음이 놓이는지 이국장이 돌아서서 황을 향해 손가락질을 하며 소리쳤다.

나는 다리를 떨며 서서 갑자기 벌어진 사태에 정신이 멍했다. 주춤주춤 그들을 따라 발을 떼는데 갑자기 하늘이 환해졌다. 허여스름한 모래 위에 환영처럼 세 남자의 그림자가 나타나는가 싶더니 그들 쪽의 하늘 위로 꽃밭처럼 불꽃들이 어우러졌다. 타닥타닥 타다닥……불꽃이 터지는 소리. 그러다 꽃잎이 떨어지듯 와르르 바다 위로 떨어져내렸다. 검은 바닷가의 불꽃놀이. 점묘화처럼 아름다웠다. 나는 잠시 그대로 서서 넋을 놓고 그걸 바라보았다.

두번째 불꽃이 터졌다. 빨간 불덩이가 하늘로 치솟았다. 나는 남자들 쪽을 바라보았다. 그들이 달려가는 모래사장 쪽이 온통 붉은빛 일색이다. 세 남자는 마치 투우 경기를 하는 것 같다. 황은 마치 성난 투우 같다. 뛰다 돌아서서곤 하는 이국장은 소를 약올리는 투우사. 이글거리는 화로를 뒤집어엎은 듯 불꽃들이 거꾸로 쏟아졌다. 그러자 그들의 모습도 싸이키 조명을 받은 듯 비현실적으로 흐느적거렸다. 그리고 다시 어둠에 먹혀버렸다. 그 사이로 잠시 잊고 있던 파도소리가 밀려오는 함성으로 들려왔다. 그러곤 아무 소리도 들려오지 않았다. 그들이 멀리 가버린 걸까. 나는 푹푹 발이 빠지는 모래 위를 힘겹게 달려갔다.

세번째는 하얀색 폭죽. 흰색 불꽃이 터지자 주위는 명멸하는 빛으로 대낮 같았다. 이국장은 이미 보이지 않고 남편과 황이 저만치 어깨를 수그리고 앉아 있는 뒷모습이 눈에 박힐 듯 들어왔다.

황은 어깨를 떨고 있었다. 나를 보자 남편이 대뜸 말했다.

222

"당신 이 친구랑 여기 잠깐 있어. 나 이국장 좀 찾아보고 올 테니까."

그러고는 드문드문 불켜진 주점들이 있는 쪽으로 달려나갔다.

황은 분함을 참는 건지 울음을 삼키는 건지 알 수 없게 몸을 떨었다. 투우장에서처럼 그가 또 발작을 일으키면 어쩌나 두렵기도 했다. 내가 알지 못하던 황의 모습이었다. 그러나 나는 십여년 전 내 마음속의 따뜻한 황을 향해 손을 내밀었다. 아이 달래듯 그의 등을 쓸어내렸다. 무슨 말을 해주고 싶은데 아무 말도 생각나지 않았다. 그때 다행히 또하나의 커다란 불꽃이 하늘에서 터졌다. 푸른색 꽃송이들이 난무했다. 황도 고개를 들어 하늘을 올려다보았다. 푸른 쪽빛 속에서 그의 눈시울에 남은 물기가 반짝했다.

우리는 오랫동안 둘이 앉아 말없이 불꽃놀이를 구경했다. 온다던 남편과 이국장은 소식이 없었다. 이국장을 달래며 술잔을 기울이다보니 고주망태가 되어가는지…… 불꽃들이 하나씩 터질 때마다 가뭇없이 먼 별인 양 옛날 황의 모습이 떠올랐다.

대학 3학년 때던가. 황이 내게 쭈뼛거리며 누르스름한 봉투 하나를 내밀었다. 우리 사이에 주영이 빠질 리가 없었을 텐데, 하여간 그 어두운 까페에선 우리 둘만 있었다.

"집에 가서 펼쳐 봐."

그가 그날따라 유난히 부끄러워하는 것 같았지만 나는 그냥 봉투를 부욱 찢었다. 까페의 조명등에 내용물을 펼쳐 보고 나는 엄마야, 하며 손을 뗐다. 그건 글씨가 씌어진 화선지였다. 내가 놀란 건 그 글씨가 먹빛이 아니라 핏빛이기 때문이었다. 선혈을 찍어서 꾹꾹 눌러쓴 그 글씨는 펄떡거리고 있었다.

'내 사랑 내 피의 예술이여.'

나는 그걸 어떻게 받아들여야 할지 몰라 곤혹스러웠다. 비위가 약한 나는 피냄새가 풍기는 비릿한 그 종이에 손도 대기 싫었을 뿐이다. 아닌게아니라 커피잔을 잡는 그의 오른쪽 엄지손가락엔 붕대가 감겨 있었다.

"너한테 주고 싶어서 오늘 새벽에 썼어."

나는 왠지 모르게 속이 메슥거리며 화가 났다. 화장실에 다녀오겠다는 핑계로 자리를 털고 그 까페를 나와버렸다. 무식하긴. 어떻게 사랑 고백을 저 따위로 무지막지하게 할까. 그 당시 나는 그가 내게 사랑을 고백하는 거라 믿었다. 아무리 황병우가 다른 남자애들에 비해 세련되지 못하고 못났지만 주영과 나 사이에 있는 그의 무게중심을 내게 두고 싶어했던 건 사실이었다. 그를 사랑해서라기보다 내 또래 여자애들에게 있음직한 알량한 자존심 같은 거였다. 나중에 황병우의 소식이 끊긴 지 오래되었을 때 인천에서 여고 미술선생을 하는 주영이 내 전람회에 와서 고백한 적이 있었다. 황병우를 사랑했었다고, 자신은 황병우가 자신을 위해 써바친 사랑의 혈서를 아직까지 고이 간직하고 있다고. 나는 그때 입을 다물었다.

하지만 그랬을까…… 그건 황병우의 예술에 대한 운명적 사랑의 고백이 아니었을까. 그는 외로웠던 것이다. 홀로 고투하는 외로움 때문에 주영과 내게 손 하나씩을 내민 건 아니었을까……

졸업반이 되면서 그는 우리와 확실히 갈라졌다. '두엄'이라는 민중 미술 그룹의 창립전에 그림을 출품하기도 하고 시위대의 깃발에 그림을 그리느라 밤을 새우기도 하는 모양이었다. 교수들의 눈총과 미움을 한몸에 받았지만 그는 온몸 가득 신명을 감추지 못하는 사람처럼 생기로 가득 차 있었다. 어느날, 급하게 연락을 해온 그가 커다란 가방을 내게 맡기고 어둠에 몸을 숨긴 이후로 한동안 그를 보지 못한 적도 있었다.

그 무렵 형사들이 그가 기거하던 방을 불시에 덮쳐 수색하자 주영의 부모는 아예 황병우를 빨갱이 취급하며 치를 떨었다. 주영을 심하게 닦달하는 모양이었다. 아무리 그래도 주영은 가끔 황병우의 소식을 내게 물어다주었다. 나는 그때 한 남자와 막 사랑에 빠져 정신이 없던 무렵이라 황병우 따위는 얼마든지 주영에게 물려줘도 괜찮다고 이미 너그러워질 대로 너그러워져 있었다.

황병우가 내게 맡긴 가방도 까맣게 잊고 있었다. 황병우도 우리와 함께 어찌어찌 졸업을 했고, 졸업 후 고향에서 방위 근무를 한다는 말을 주영에게서 들은 적이 있을 뿐이었다.

주영은 인천 어느 학교로 발령을 받아 떠나고 나는 한 남자에게 몸과 영혼을 바쳤던 사랑이 실패로 끝나 그 상처를 앓느라고 졸업 후 일년을 보내버리고 말았다. 집안에서 서둘러 골라준 신랑감과의 결혼 날짜를 받고 처녓적 물건을 정리할 때 비로소 나는 그 가방을 열어보았다.

농무가 새겨진 투박한 칼질의 목판화, 붉고 검은색 일색인 호랑이 형태의 대한민국 전도, 공장 노동자들인지 흥분한 군중들의 얼굴, 최고권력자의 얼굴을 마음껏 희화화한 인물화, 누런 마댓자루에 그린 농민의 얼굴, 파쇼정권 물러나라! 미제 매판자본의 뿌리를 뽑자! 전두환을 처단하자! 백두산 끝까지! 등이 씌어진 플래카드들, 붉은 깃발에 주먹을 쥔 그림들…… 그리고 아무것도 걸치지 않은 맨몸의 남자가 무언가를 향해 치달리는 검붉은 선의 그림. 자세히 보니 그 선에서는 녹슨 쇳가루 같은 게 얽고 있었다. 피로 그린 그림이었다. 가슴이 답답했다. 숨이 막혔다. 병든 황소! 왜 이렇게 바보같이 힘들게 사니? 이게 네 운명을 건 예술이니?

감정의 광휘에 휩싸인 한 청년예술가의 열정 같은 것이 꼿꼿하게 살아나 내 가슴을 쑤셨다. 하지만 왜 그랬을까. 나는 그것들을 모두 꺼내 정원 한구석에서 미련없이 불태워버렸다. 굳이 이유를 따진다면 그 가방 옆에서 나온 옛애인의 솜사탕처럼 부풀고 달콤한 연애편지 묶음 때문이었는지도 몰랐다. 나는 세상의 모든 게 우스웠다. 한때 달이라도 따다 바칠 것같이 헌신적이던 남자의 사랑도, 피냄새 나는 한 청년의 어마어마한 예술적 포부도.

그런데 결혼식을 며칠 앞둔 어느날, 까까머리의 황병우가 찾아왔다. 제대를 해서 서울 변두리에 월셋방 한칸을 마련했다고 그림가방을 달라고 했다. 나는 거짓말을 했다. 집안 보일러 수리를 하는 통에 인부들 손을 탄 것 같다고 몹시 미안해했던 것이다.

그때 돌아서는 길목에서 그가 말했던가.

"희원아, 그림 포기하지 말고 계속 그려. 평생을 고민하면서 그려. 앞으로 우리 한 삼십년 후에 만나 함께 전시하면 재밌겠지? 너 그림 엉망이면 내가 가만 안 둘 거다."

그림가방을 돌려받지 못한 까까머리의 그가 휘적휘적 어둠이 짙은 골목길을 빈 몸으로 사라져가는 걸 나는 오래도록 바라보았다. 오래도록 그 뒷모습이 남을 것 같았다. 바랑마저 잃고 맨몸으로 떠돌 외로운 탁발승 같은……

노랑과 보라색이 합쳐진 폭죽이 마지막이었던 것 같다. 한참을 숨죽이고 기다려도 불꽃은 다시 떠오르지 않았다. 사위는 다시 어둠과 적막에 싸이고 파도소리만 들려왔다. 불꽃놀이를 구경하는 동안 황은 진정된 것 같았다. 그의 숨소리가 고요했다. 나는 어색한 침묵을 깨기 위해 목을 가다듬고 주영이 얘기를 꺼냈다.

"주영이 소식 알아? 걔 아직 혼자야. 둘 사이에 무슨 썸싱 있었던 거 아냐?"

내가 장난스레 묻자 그가 일어서며 담배에 불을 붙였다.

"잘 지내고 있겠지. 여기 프랑스 오기 전까지 간혹 만났었어. 처음 네가 전람회를 열고 그림을 다시 시작했다는 것도 걔 통해서 들었어."

"깜찍한 기집애. 나한텐 그런 말 통 없었어."

황이 발걸음을 떼며 천천히 걸었다. 나도 그의 곁을 따라 걸었다.

"내가 나쁜 놈이지. 걔는 나 땜에 오랜 세월 상처만 받았다. 마음잡고 그애와 결혼을 하려고도 했었다. 한데 후후……"

그가 담배연기를 훅 밀어내며 자조적으로 웃었다. 나는 속으로 놀랐다. 내가 모르는 새 둘 사이에 그런 일이 있었다니.

"간신히 주영이가 부모들을 설득해서 양가 부모들이 신촌 무슨 레스또랑에서 만나 얘기가 잘되었는데 마침 그날 연대 앞에서 큰 데모가 있었지. 레스또랑 앞 길가에 어쩌지 못하고 모두들 서 있는데…… 한데 내가 또 그…… 발작병이 났어. 너도 아까 봤지…… 그러니 뭐…… 너 걔네 부모들 알잖냐. 참 알다가도 모를 일은 내 병은 내가 막 민중미술에 환멸을 느낄 무렵부터 생긴 거야. 어릴 땐 전혀 그런 일이 없었는데. 플래카드와 깃발을 들고 뛰는 대학생 애들, 최루탄 냄새, 구둣발 소리…… 그런 것이 무슨 신경계를 건드리는 건지…… 알수가 없어. 그것 때문에 그렇게 쫓아다니던 시위판에도 나가기가 겁났어. 나도 모르게 벌떡벌떡 뒤로 넘어가니 말이야. 어쩌면 방어기제라는 거 있잖냐, 그건지도 모르지. 나 자신과 타협하기 위한 나 자신도 모르는 속임수. 그렇게 목숨까지 바칠 듯했던 신념에 대한 나 자신의 배반을 응징하기 위한 잠시 동안의 가사(假死)상태."

바람이 부는지 그의 풀어진 머리칼 한자락이 내 귓가를 스쳤다. 그가 꺼지지 않은 담배꽁초를 돌팔매질하듯 바다로 던졌다.

어느새 차로 돌아왔지만 남편과 이국장은 돌아와 있지 않았다. 자동차 앞 모래사장엔 먹다 만 포도주 반 병이 그대로 남아 있었다. 그와 나는 한잔씩 나눠들고 다시 바다를 향해 모래밭에 앉았다.

"근데 여긴 왜 온 거야?"

밤공기가 선뜩하니 맨살에 스쳤다. 포도주 한모금을 목구멍에 넘기며 내가 물었다.

"제대하고 나는 정말로 열심히 일했어. 뜻이 맞는 사람들과 그룹으로 활동도 하고 의를 위해 이름을 걸 일이 있으면 서명도 하고 현장에도 가봤고…… 시위에도 늘 참여하고. 밤샘하다시피 깃발그림도 그리고 전단에 판화도 찍느라 온몸을 바쳤지. 그때 주영이도 뒤에서 알게 모르게 나를 도와줬어. 더불어 하는 예술. 하루하루 사는 맛도 나고 이루 표현할 수도 없이 가슴 벅찼지. 그런데 그런 민중을 위한 예술도 선거 때가 되니까 저들의 선전미술로 전락하고 이용되더라. 깃발과 걸개그림도 유세장에서 나부끼고 함께 일했던 선배들도 결국은 선거자금을 따라, 권력의 물살을 따라 입질을 하러 떠나고 말이야. 가슴속의 등대가 하나씩 꺼지는 거 같았어. 나는 진리란 유행처럼 그렇게 쉽게 변하는 건 아니라고 생각해. 문민정부 시대가 되었다고 왜 민중을 위한 운동이, 예술이 모두 끝났다고 생각하는지 모르겠어. 문민정부가 들어서면 고통받는 민중이 사라져? 갑자기 모두들 중산층이나

228

된 것처럼 똥폼들 잡구 말야. 사실을 말하면, 아아, 나는 예술가가 되지 말았어야 할 인간인지도 몰라. 내 예술이 이제 아무런 희망도 되지 않는다면…… 가난한 사람들도 이제는 내 그림을 좋아하지 않아, 구차스럽다는 거지. 그들이 변했다면, 그들을 이끈 내 그림에도 책임이 크다는 무거운 반성이 가슴을 누르기 시작했다. 내가 그린 깃발이 그들을 제대로 몰고 갔는가라는. 그래도 먹고는 살아야겠기에 길을 바꿔 돈이 되는 그림을 그리려고도 했어. 그러나 이렇게 타고난 나 같은 놈에게는 그것도 불가능했어. 힘들더라. 점점 내가 그린 그림들이 나도 싫어지는 거야. 그때부터 내 의식은 물론 내 몸도 나를 받아들이지 못한 거야. 시위장에서 나도 모르게 자꾸 넘어가니 사람들도 나를 이상하게 보는 것 같고…… 점점 쓸모없는 멍청이가 돼가는 것 같았지. 죽을 것 같았다. 그 땅을 떠나고 싶었다."

황은 연거푸 잔을 비우며 말이 많아졌다.

"그런데 아까 투우를 보다 보니 잊었던 옛날로 내가 고스란히 던져진 것 같았어. 내가 피흘리는 소로, 어떨 땐 물레따를 흔드는 투우사로. 내 그림들, 걸개그림, 깃발그림들이 그 붉은 물레따처럼 느껴지기도 했어. 나는 그 땅의 민중들을 어디로 몰고 갔는가, 하는 생각도 들고. 경기가 끝나고 다시 새 흙을 뿌리고 또다시 시작하는 피의 싸움. 역사는 그렇게 냉정하게 반복되는가……"

황은 고개를 숙였다.

잠시 후 그가 고개를 들고 하늘을 올려다보았다.

"그래서 이제 그림은 영 안 그릴 거야?"

나도 하늘에 눈을 준 채 물었다.

"바람처럼 마음을 비우고 좀 떠돌지, 뭐…… 모르겠어…… 더 늙어서 내 땅에 대한 애증도 이 포도주처럼 잘 발효되면 그 땅으로 돌아갈 거야."

그가 다시 거친 숨을 몰아쉬었다.

"하지만 이국장 같은 치들, 제대로 고민 한번 해보지도 않고 입으로만 까는 놈들은 참을 수가 없어. 여태 대꾸 한번 없이 잘 참아줬지만. 그놈의 투우 때문에…… 술 탓인지도 모르지."

공기가 제법 쌀쌀해졌다. 내가 한기 때문에 두 손으로 양 어깨를 쓸자 황이 비틀거리며 일어났다. 우리는 차 안으로 들어갔다. 그가 전조등을 켰다. 멀게만 여겨졌던 바다가 한눈에 투명한 빛으로 쏠려왔다. 차창을 통해서 끊임없이 밀려오고 밀려가는 물결을 보며 나는 보리밭을 떠올렸다. 파도가, 우수수 바람에 흔들리는 푸른 보리이삭으로 보였다. 그때 그가 망설이듯 말했다.

"네 그림들을 보았어."

갑자기 얼굴로 뜨거운 열이 뻗쳤다.

"………"

그의 그 말에 팔랑개비처럼 이상하게 가슴만 팔랑거렸다.

그는 담배를 한대 꺼내물었다.

"빠리에서 열린 네 전시회도 알고 있었다. 다 봤어."

그때 뜨거운 눈물이 콱 솟아올랐다. 나는 두 손에 얼굴을 묻고 복받쳐오르는 울음을 눌렀다.

"괜찮아. 울지 마…… 야, 문희원. 그렇게 울면 어떻게 하니……"

그가 어깨를 다독여주었다. 조금 있다 그는 내 어깨에서 손을 떼고 일어나 차 트렁크에서 둘둘 만 뭔가를 가지고 왔다.

"나 같은 놈은 네 그림에 가타부타 말할 주제도 못 되고…… 이거

230

투우장에서 산 포스터야. 처음 바이욘에 떨어진 날 밤, 거리에 붙은 포스터에서 이 죽음을 앞둔 소의 눈에 이끌렸지. 놀랍고도 착잡했어. 사실은 투우장에 가는 게 마음속에선 꺼려졌는데…… 널 주려고 일부러 샀어."

6

앞으로 숙인 무거운 고개 때문인지 이빨이 아파 눈을 떴다. 앉은 채로 그대로 잠에 떨어졌던 것이다. 잠의 갈피마다 기분나쁜 꿈을 꾸었다. 뒷좌석엔 남편과 이국장이 언제 돌아왔는지 찌든 알코올 냄새가 섞인 호흡을 내쉬며 구겨진 채 잠이 들어 있었다. 하늘이 희끄무레한 걸로 봐서 곧 날이 밝을 모양이다. 운전석이 텅 비어 있다. 황은 어디를 갔을까. 나는 얼얼한 턱을 만지며 차문을 열고 내려섰다. 간밤에 황이 먼저 스르르 잠들고 나서 눈을 붙였는데 날도 밝기 전에 그는 어디로 간 걸까. 한줄기 불길한 생각이 자꾸 회오리바람이 되어 머리를 맴돌았다.

나는 옆쪽의 바위 위로 엉금엉금 올라갔다. 서서히 밝아오는 사위를 둘러보았다. 멀리 수평선의 경계가 면도날에 벤 상처처럼 보였다. 가늘게 핏물이 번지듯 동이 터오는 중이었다. 아직 근처에 사람 그림자는 보이지 않았다.

새벽바다는 물결도 잠을 자는지 고요했다.

그런데 희미한 빛의 바닷물 속에 검은 점 하나가 흔들리고 있었다. 아무래도 사람인 것 같았다. 나는 와락 불길한 예감에 사로잡혀 모래사장을 뛰어 바다로 달려갔다. 그런데 너무도 익숙한 황의 운동화 두

짝이 바다를 향해 나란히 놓인 것이 한눈에 들어오는 게 아닌가! 제법 먼 바닷물 속에서는 사람의 머리가 떠올랐다 가라앉기를 반복했다. 아아, 어쩌자고 그는……

다행히 밀물이었다. 수영을 못하는 나는 감히 바다에 뛰어들 생각은 못하고 샌들이 젖어드는 물가에서 애달아 목청껏 소리만 질러댔다.

"황병우우! 황병우우! 그러지 마아!"

황이 맞았다. 그는 해변 쪽으로 밀려오는 것 같았다. 그런데 그가 자꾸 손사래를 치는 것이었다. 날 보고 돌아가라는 손짓이었다. 나는 애가 타서 울음 섞인 목소리로 다시 한번 그의 이름을 간절하게 불렀다. 그러다 나는 주저앉아 소리내어 울었다. 남편과 이국장에게 도움을 구해야겠다는 생각이 퍼뜩 들어 몸을 일으킬 때 황병우가 저만치 밀려왔다. 그런데 눈여겨보니 그는 밀물 덕분이 아니라 제법 유연하게 헤엄을 잘 치는 것 같았다. 그때 황병우가 내게 소리쳤다.

"저리 가! 너 왜 그래? 저리 가라니까! 나갈 수가 없잖아. 나 홀딱 벗었단 말이야."

나는 순간 머쓱해졌다.

그리고 그는 해가 돌아오는 불그스레한 수평선을 향해 다시 쭈욱쭈욱 팔을 뻗으며 헤엄쳐 갔다. 붉은 태양을 향해 솟구치는 그의 검은머리가 돌진하는 검은 싸움소의 모습으로 떠올랐다. 콧날이 시큰하게 아름다웠다.

내가 그를 두고 차 있는 쪽으로 걸어가다가 돌아보니 황이 막 물가로 나오는 중이었다. 어느덧 태양이 불쑥 떠오른 핏빛 바다에서 솟아오른 그의 나신은 멀리서도 순결하고 장해 보였다. 그는 잽싸게 근처 바위로 뛰어갔다. 옷을 갈아입는 모양이었다.

"아아, 참 개운하다. 그런데 너는 왜 그러냐? 오랜만에 몸과 정신을 깨끗이하려고 새벽 수영 좀 했는데 무슨 생각으로 울고불고 한 거야? 너 모르는구나. 나, 수영이 물개급이라는 거."

그가 달려와 긴 머리의 물기를 털며 내 어깨를 쳤다. 그러다 우스운지 갑자기 우하하하 웃음을 터뜨렸다. 나도 그 통에 재채기가 터지듯 걷잡을 수 없이 웃음이 터져나왔다. 아침해를 맞으며 오랜만에 실컷 웃으니 근질거리던 목구멍 속이 확 뚫리는 느낌이 왔다. 그때 황이 말했다.

"좀전에 바닷물에 몸을 담그고 생각해본 건데, 옛날에 내가 널 마지막으로 찾아갔을 때 말야. 그때 한 약속, 아직 유효하겠지? 우리 삼십년 후에 만나 함께 그림 전시해보잔 약속 말이야. 아직 십오년도 더 남았다. 애쓰다보면 그때쯤엔 좀 떳떳해지겠지…… 그래 또 한번 싸우자. 예술의 이름으로 이 세상의 모든 유혹과 또 고통과…… 그리고 자기 자신과 말이지. 그렇게 살다 죽더라도 장하단 생각이 들어. 나, 아직 철이 안 든 걸까?"

나는 말간 그의 얼굴을 보며 조용히 웃어 보였다.

"오늘이 마지막 날이지? 이제 떠나면 또 기약이 없겠구나. 그래도 참 다행이야. 내가 아직도 너한테 이런 말을 들을 수 있다는 게…… 고마워…… 나, 사실 아주 힘들었거든. 고마워. 그래, 네가 어딘가에서 애쓰고 있다고 생각하면 왠지 기운이 날 것 같아. 투우장의 소처럼 말야."

나는 진심으로 말했다.

"어휴, 니가 투우는 무슨! 나야말로 투우지. 투우는 모두 황소라는 사실! 암소는 갈비집에나 가는 거지."

"웃기지 마. 병든 황소 주제에."

황이 콧날개를 잔뜩 씰룩이며 예의 황소웃음을 웃었다. 그리고 새끼손가락을 내밀었다. 나는 말없이 그와 새끼손가락을 걸었다. 이제 마흔을 바라보는 그와 나, 남은 삶에 무엇을 거는가.

황이 손가락에 힘을 주었다. 새끼손가락이 저리도록 아파왔다. 나도 손에 힘을 주었다. 소처럼 크고 무구한 그의 눈동자에 막 수평선을 박차고 튀어오른 붉은 태양이 들어 있었다.

—『창작과비평』 1998년 봄호

사라진 마녀

나는 지금 대양에 떠 있어.
두 시간째야. 꼬챙스의 로이브르 항구에서
이엘랜드로 가는 페리를 탔다.
바다는 평활하구나.
베이츠호로 하오의 농염한 햇빛을
반야 경쾌하게 덤벼대는 파도가
두 거대한 날고기의 비늘처럼 현란하다.
수평선 너머로 펼쳐진 하늘의
몽게구름 모양조차도
무슨 웅장한 상형문자처럼 상징적이다.
내가 그렇지.
우린 생을 미함으로
바다를 빵으가 있다고,
그럼 사는 게 아주 가벼워진다고,

사라진 마녀

나는 지금 대서양에 떠 있어. 두 시간째야. 프랑스의 르아브르 항구에서 아일랜드로 가는 페리를 탔다. 바다는 광활하구나. 바야흐로 하오의 농염한 햇빛을 받아 잔잔하게 넘실대는 파도가 꼭 거대한 물고기의 비늘처럼 현란하다. 수평선 너머로 펼쳐진 하늘의 뭉게구름 모양조차도 무슨 웅장한 상형문자처럼 상징적이다. 네가 그랬지. 우린 생을 미립자로 바라볼 필요가 있다고. 그럼 사는 게 아주 가벼워진다고. 네가 사는 남프랑스의 작은 도시에 있는 묘지에서 그랬지. 1년여 만의 해후였지만, 세월이 네게만 급류처럼 흘러버린 듯했다. 너는 어찌 보면 살 만큼 산 노파처럼 보이기도 했으니까.

그런데 나는 왜 이리 무거운 것이냐. 늘 가슴속에 무거운 추를 달고 사는 거 같아. 네 말대로 난 뭔가에 단단히 주눅든 놈인가보다. 내가 생각해도 그래. 널 찾았던 걸 후회했다. 너는 내게 무거운 추 하나를 더 얹어줄 뿐이었어. 그 짧은 해후는 생각보다 나빴다. 이게 이제 내게 배당된, 견뎌내야 할 청춘의 무게인지……

왜 아일랜드냐구? 나도 모르겠다. 묘지에서 너와 헤어져 내가 생각한 건 표류였다. 일엽편주에 몸만 싣고 파도 위에 나를 방기하고픈 심정이었지만, 그건 현실적으로 어려웠다. 그저 아무 생각 없이, 바다만 바라보다가 잘 말린 명태처럼 가벼워져 돌아가고 싶다. 네게도 말했지만 난 이 여름이 끝나면 입영을 하게 돼. 이렇게라도 하지 않으면 분명 사고치고 말 것 같아.

내 마음의 묵은 먼지나마 털어내지 않으면 도저히 숨조차 쉴 수 없을 것 같은 마음이야. 그래서 이 글을 쓴다. 이 편지의 수신인은, 그러므로 너이기도 하고 나이기도 해.

"아빠! 이 아저씨 한국사람인가봐."

소리가 난 쪽은 뒤통수 바로 근처다.

이국의 여객선에서 듣는 호기심이 배어난 어린 계집아이의 새된 모국어.

나는 무릎에 올려놓았던 노트에서 손을 떼고 쪼르르 내 앞에 선 계집아이의 얼굴을 바라본다.

아이는 아마 여덟살쯤? 나와 눈이 마주치자 헤에, 무방비한 웃음을 웃는다. 곧 한 사내가 엉거주춤 유모차를 끌고 내 앞에 선다. 유모차 안엔 돌 무렵의 아기가 공갈젖꼭지를 맹렬하게 빨고 있다. 사내는 뭔가 마뜩찮은 표정이다.

"안녕하세요?"

내 인사에 사내는 건성으로 머리를 끄덕이며 물었다.

"지금 몇시나 됐죠?"

"아, 네시 오십분인데요."

나는 시계를 보이며 공손하게 말했다. 사내 얼굴이 일순 환해진다.

"아! 그거……"

"네? 뭐가요?"

"그 시계 말이오. 그거 한국에도 팔던가? 나는 예전에 그거와 똑같은 걸 빠리의 벼룩시장, 좌판에서 샀었는데……"

"아, 이거요? 오래 전에…… 선물받았어요. 차던 건 여행 오기 전에 술 먹고 잽혔거든요."

나는 조금 얼굴을 붉혔다. 떠나기 전에 약을 새로 갈아넣고 차고 온 남녀 공용의 패션시계였다. 둥근 판에 시침은 늙은 마녀, 분침은 길다란 빗자루 모양인, 디자인이 아주 특이한 시계다. 마녀는 지금 빗자루를 타고 하강하고 있다. 누구나 그 시계를 보면 한번쯤 빙그레 웃는다.

"그거 아직 대륙 시간이죠? 그나저나 아직 스무 시간이나 남았는데, 벌써 저렇게 난리니…… 슈퍼에도 없고, 면세점에도 없고…… 참, 약방 문을 언제 연다고 방송이 나왔습디까?"

"아뇨, 못 들었는데요."

"거 참, 난 아무렇지도 않은데…… 그렇죠?"

뭐가 그렇다는 건지?

"네?"

왜 이럴까? 한국을 떠난 지 한달도 넘어서일까? 아니면 이 남자의 생략이 심한 화법 탓일까? 난 계속 어눌한 반문만 하게 되니 말이다.

사내는 남방셔츠에서 담배 한개비를 꺼내물고 내게도 권한다.

잠시 사라졌던 계집아이가 급하게 뛰어오며 외친다.

"아빠, 빨리! 엄마가 죽을 거 같애!"

"넨장! 알았다."

나는 의아한 얼굴로 사내를 보았다.

"마누라쟁이가 배멀미에 시달리고 있어요. 너무 민감한 거지. 발밑의 파도를 너무 의식하니까 몸의 균형이 무너지는 거요. 자, 봐요. 이 배는 우리가 사는 도시다, 이렇게 생각하면 되잖아요. 사실 그렇죠. 밑에는 호텔처럼 캐빈(객실)들이 있고 까페에 레스또랑, 극장, 카지노, 오락장, 디스코텍까지 갖춰진 유흥도시로 생각하면 끄떡없잖아요? 배가 가는 것 같지도 않게 가는데. 배를 탄 게 아니라 바닷가의 거대한 쇼핑몰에 들어왔다고 생각하면 그만인데…… 가끔 균형을 잡기위해선 속임수도 필요한 거라구. 우라지게도 꼭 막힌 예펜네! 그나저나 어쩐다?"

그때 아기가 아앙, 하고 공갈젖꼭지를 퉁겨내며 울어대기 시작했다.

계집아이가 바닥에 떨어진 그것을 주워 티셔츠 앞섶에 한번 쓰윽 닦아 아기의 입에 쑥 물린다. 아기는 도로 뱉어내고 분홍 입속을 드러내며 운다. 여섯 개의 여린 젖니가 떨리고 있다.

"아빠, 준이 배고픈가봐!"

그러자 사내는 아이의 유모차를 신경질적으로 흔들어주다 결심한 듯 몸을 돌린다. 그때 갑자기 생각이 나서 나는 급히 말한다.

"저어…… 비행기 멀미약도 됩니까?"

어머니는 처음 타는 비행기의 멀미를 걱정했다. 공항의 약국에서 급히 지어오신 약을, 그대로 배낭의 어딘가에 처박아놓은 게 그제야 생각이 났다. 그 멀미약은 하필 배낭의 맨 아래쪽에 있는지 내 남루한

행장이 하나씩 다 드러난다. 약봉지는 나달나달 구겨진 채 나왔다. 속 엣것을 다 토해낸 배낭이 축 늘어진다. 계집아이가 옆좌석에 마구 쏟아놓은 냄새나는 허섭물건을 호기심어린 눈길로 다가와 바라본다.

"한번에 두 알씩 아침에 한번, 저녁에 한번."

나는 처방을 읽어주며 사내에게 약봉지를 건넨다. 사내의 얼굴이 감격스러워진다.

"어이구, 고마워요. 이따 봅시다. 내 맥주 한잔 살게요."

사내는 처음으로 활짝 웃는다. 눈가에 많은 주름이 진다. 그러나 웃는 얼굴이 의외로 호감가는 얼굴이다. 사내는 유모차를 끌고서 급히 뒤돌아간다. 아래층 객실로 내려가는 계단 앞에서 갑자기 생각난 듯 뒤돌아 소리친다.

"심심하거들랑 내려와요. C복도 303호루."

잠시 잠에 떨어졌었나봐. 선선한 한기에 눈을 뜨고 보니 마주친 하늘은 온통 복숭아빛 노을이야. 바다는 그새 은빛으로 변했구나. 내가 지나온 곳의 물빛들을 떠올려본다. 베네찌아와, 지중해와, 스위스의 호수와, 내륙의 강들과…… 여긴 배의 꼭대기층 갑판 위야. 그새 썬탠을 하던 사람들도 내려가고 야외용 테이블과 흰 의자들마저도 분홍색으로 물들어 있다.

잠들기 전 편지를 쓰던 노트는 바닥에 곤두박여 흰 낱장이 퍼덕거리고 있구나. 마치 날개 다친 바다새처럼…… 가만히 집어들다 거기 삐죽 나온 분홍색 메모지를 들여다본다. 너의 주소. 이 편지를 봉인하고 우표를 부치고 네게로 향한 나의 마음이 날아가야 할 운명의 기호들……

넌 내가 거기까지 올 줄은 몰랐겠지? 사실 이렇게 배낭을 달랑 메고, 지구를 반바퀴 돌아 유럽까지 온 건 오로지 너 때문만은 아니었어. 좀더 솔직해지라구? 그래…… 내가 어떻게 꼭꼭 숨은, 너라는 술래를 찾아내게 되었는지 말해줄게.

 네가 네 삶의 마디를 도마뱀처럼 끊고 흔적없이 사라져버리자, 소문은 한동안 맥주거품처럼 차올랐다 꺼졌다. 이경철 선배의 얼빠진 표정하며…… 동아리들의 혓바닥 위에서 너는 여러번 더 짓이겨졌지. 하지만 나, 난 네가 사라질 줄 알았던 사람처럼 담담했어.

 너와의 사랑…… 그것도 사랑이라고 불러야 하는지…… 마치 한순간의 신기루 같았지. 신기루는 그냥 환영일 뿐이잖아. 하지만 신기루는 사람의 마음이 몹시 간절할 때만 나타나거든. 성냥팔이 소녀의 신기루처럼 말이야. 내 삶은 늘 그랬어. 늘 원하면 사라지게 장치가 돼 있었지. 그래서 나는 늘 덤덤한 척하는지 몰라. 삶이란 놈이 눈치채지 못하게 말이지. 그건 늘 주체가 되지 못하는 방관자적인 내 기질인지도 모르겠다.

 그래서 나, 쓰러려하지 않았다. 외려 학교 수업도 한번 빼먹지 않았고, 아르바이트가 없는 날은 늘 도서관에 처박혀 있었지. 물론 우리들의 동아리, '시인과 촌장'에도 발길을 끊지 않았지. 그 여름의 막바지와, 가을과 겨울을 온통 애쓰며 살았지. 책 속에 묻혀 그동안 갈급했던 지식욕을 해갈하느라 밤을 밝힌 적도 많았다. 그리고 믿었다. 한 욕망은 언제든 다른 욕망으로 대체되는 것이라고. 너에 관한 것이라면 컴퓨터 프로그램처럼 영원히 삭제시킬 수도 있다고 믿었다. 그런데 그런데…… 어처구니없이 언제부턴가 맥이 빠져버렸다.

 네가 딱 한번 내게 엽서를 보낸 적이 있었지. 꽃샘바람이 매섭던 올해 초봄에. 앞면엔 겨울의 쎄느강변이 우울하게 편집되어 있던 그 엽서. 이름도 생경한 시인의 난삽한 시를 불어로 휘갈겨쓴 그 엽서를, 난 불한사전을 뒤적거리다 팽개쳐버렸지.

그때부터였나…… 자주 네 얼굴이 떠오르고, 나는 머리를 흔들며 너를 지우려 끙끙대곤 했다. 아아, 용케 견딘 그 가을과 겨울은 한낱 잠복기였단 말인가. 햇볕이 따뜻해지고 나뭇잎들의 색이 하루가 다르게 짙푸르러질 때쯤엔, 나는 온몸과 마음의 맥을 놓을 만큼 나른해져 버렸다.

그동안 나는 올바른 인생 행로를 가고 있다는 사실을 자신에게 확신시키려고 얼마나 애쓰며 살아왔던가. 일회성인 생에서, 한치의 시행착오도, 낭비도 아까웠다. 젊음의 열정과 방황? 그건 내가 원한 모범답안이 물론 아니었다. 그러나 나는 비겁했다는 걸 인정한다.

나 이제, 왜 사는지…… 한때는 나를 삶의 마지막 희망으로 삼은 한 늙은 여인의 소망을 위해 살고도 싶었다. 그래서 법대를 지망했고. 그 여인은 일찍 남편을 잃고 힘겹게 두 아들을 키웠지. 시국을 잘못 만나 큰녀석은 몸과 마음이 망가지고, 지금도 가끔 용인의 병원 신세를 진다. 여인은, 작은녀석은 큰녀석과 달리 소심하고 겁이 많아 믿을 만하다고 생각했겠지.

그러나 그 작은아들은, 노모에게 저 웬수 소리를 들으면서도 광기에 번들거리는 눈빛으로 "흔들리지 흔들리잖게……"를 가끔 불러젖히는 그의 형을 바라보며 늘 흔들리고 있었지. 어딘가에 들리지 못하고 배회하는 정신의 황량함을 오래 속으로 부끄러워하며. 그저 숲속 큰 나무그늘의 응달진 곳에서 고개나 꼬고 음습한 권태로 크는 고사리 같은 양치식물의 삶. 그런 습습한 삶에 지겨워하지.

그럴 때 똑 끊고 떠난 너의 꼬리를 보고 싶었다. 과연 새살이 돋았는지…… 그보다 너는 왜 떠났는지…… 떠남도 삶에 대한 일종의 용기며 애정인지를 묻고 싶었다.

그때 누군가 나를 부추겼다. 바깥바람을 좀 쐬어보고 입대를 하는 것이 어떠냐고. 다행히 내겐 두 건의 아르바이트로 돈이 좀 모여 있었고, 지친 청춘에겐 군복무라는 인생의 유예기간이 있다는 깨달음은 그나마 최선의 선택이었다.

그러나 막상 첫 기착지로 빠리에 왔을 땐, 네 주소가 있는 빠리 북쪽만 남겨두고 관광을 했다. 다시 만나는 게 무슨 의미가 있는가. 왠지 만나선 안될 것 같았다. 산다는 건 무언가를 조금씩 잊는다는 것 아닐까? 어제의 사랑은, 오늘은 시효가 지난 승차권처럼 쓰레기통에 던져져야 하는 건 아닌가. 엽서를 쓰레기통에 구겨넣어버렸다. 그러나 이미 여러번 보아 내 머릿속에 각인된 네 주소는 어떻게 할 도리가 없었다.

결국 찾아갔지. 그러나 머뭇거리며 닷새를 보내다 찾아간 네 주소에 너는 살고 있지 않았다. 웬 낯선 노파로부터 분홍색 메모지를 건네받았을 뿐이지. 넌 육개월 전에 이사를 했다고. 아마 그 엽서는 네가 거길 떠나면서 부쳤던 거겠지. 어딘가의 너로부터 느껴지는, 날 밀어내는 자력(磁力). 차라리 잘되었다는 생각이 들었다.

난 그 길로 미련없이 암스테르담행 기차를 집어탔다. 안개비가 오는 한밤중에 내려 역 근처 부랑아 합숙소 같은 델 들어가 마약을 하는 그들 틈에 섞여 한쪽에서 싸구려 보드카 한병을 거덜냈다. 그리고 아침이 되자 난 내가 평생 너를 찾게 되면 네 속에서 나온 자식이라고 마음을 다잡았다.

스스로의 자력 때문에라도, 한달을, 그래 거의 한달을 그렇게 떠돌며 지냈구나. 세상 풍광이 처음의 감동과 달리 차츰 덤덤하게 느껴질 무렵에 한 여자를 만났다. 널 다시 찾은 건 그 여자 때문인지도 모르겠다.

동이 트는 베네찌아에서였다. 밤기차를 타고 새벽에 떨어져 몹시도 고단했던 내 눈에 역광장에 주질러앉아 울고 있는 그녀의 모습이 들어왔다. 그대로 지나치기엔 그녀와 나, 너무 오래 눈을 맞추었다. 그녀는 악명높은 이태리행 밤기차에서 배낭을 통째로 도둑맞았단다. 순박해 보이는 그녀의 간청하는 듯한 눈빛을 외면할 수 없어 우린 동행이 되었다. 베네찌아의 낭만적이고 몽환적인 분위기 때문이었을까. 나그네의 고독과 여독이 달콤한 여수와 애수를 불러일으킨 걸까. 어쨌거나 나는 가진 것 없는 가련한 그녀에게 한껏 방만해져 있었다. 여행중에 내핍했던 돈을, 싼 마르꼬 성당 앞의 호화판 까페에서, 바가지 요금이 득실거리는 레스또랑에서, 거리의 악사에게조차도 마구 집어주었다. 그녀는 처음엔 몸둘 바를 몰라하며 한동안은 일단 사양하는 척했다. 그러나 그것은 인사치레에 불과할 수밖에 없지 않겠니? 여자에게 있어 그 정도의 자존심은 기본이니까. 나는 개의치 않았다.

다만 배버스를 타고 무라노 섬으로 갈 때, 해풍을 잔뜩 맞아 부푼 그녀의 긴 머리카락이 내 코를 간질였을 때 생각했다. 이 여자의 몸을 가져도 되겠다. 그녀는 무일푼의 처지도 잠시 잊고 마냥 행복해했다. 왜 그런 생각을 그렇게 쉽게 했는지…… 너도 짐작하다시피 나는 사랑에 미숙해. 다만 돈도 없이 이국땅에서, 허리춤에 여권이 든 지갑 하나만 달랑 찬 앳된 동족의 여자. 그녀를 마음껏 유린하고 싶어진 뜻밖의 야수성.

우리가 성당 앞 광장으로 다시 돌아왔을 땐 베네찌아에 밤이 내리고 있었어. 한껏 달착지근하고 비릿한 밤공기가 물의 도시를 안개처럼 감싸고 있었다. 우린 선착장에 팔을 괴고 앉아 정박한 곤돌라가 얕은 물살에 간지럼을 타는 모습을 오래도록 바라보았지.

그러나 내 오랜 망설임과는 달리 호텔에 들었을 땐 그녀 쪽에서 나를 급습하더구나. 만반의 준비를 갖추고서 말이지. 그녀의 허리춤엔 쓰고 남은 반 타스의 콘돔이 방패처럼 갖춰져 있더라. 두 개의 콘돔을 적신 그 밤, 그 밤이 지나자 그녀는 빚을 갚은 채무자처럼 당당해지더구나. 아니 승자처럼 뻔뻔해지더라. 그 다음날도 나는 그녀를 위해 수놓은 아사냅킨이 깔린 레스또랑과 검은 곤돌라에서 만돌린 연주를 들으며 풀꽃 같은 그녀의 체취에 취해 있었구나.

베네찌아의 물길을 굽이굽이 돌아온 밤바람이 커튼을 휘날리는 밤이 오면, 그녀는 또 자신의 몸을 열어주었다. 그런데 이상했다. 마치 그녀의 몸에 문이 있었던 게 아니라 내 몸으로 그녀의 몸에 길을 내고 있는 느낌. 온통 어둠뿐인 길을 무언가에 쫓기며 달리는 느낌. 어딘가로 꼭 치달리고 있는 절체절명의 귀소(歸所). 그 길의 막다른 골목엔 어김없이 하얗게 웃고 있는 네 모습……

새벽녘에 그녀가 돈 몇푼 집어들고 사라진 것을 알았다. 후에 들으니 코 옆에 점이 있는 앳된 모습의 그녀는 주로 배낭여행의 남학생들을 노리는, 그런 여자였나보더라.

그녀가 떠난 날은 베네찌아에 하루종일 비가 내렸다. 마치 우리의 그 마지막 밤처럼. 조건반사된 개처럼, 나는 방안에서 혼자 수음을 하며 매번 네 하얀 웃음을 떠올렸다. 아니 네 웃음이 떠오를 때마다 내 의지와 상관없이 벌떡벌떡 일어서는 내 살덩일 달랠 수가 없었다. 나는 우산도 없이 비를 맞으며 오래된 골목길을 미친 듯 달렸다. 내 안의 불을 끄기 위해. 그러다 그만 남불로 향하는 기차를 집어타게 된 거다. 내 피를 달군 게 간절한 그리움이었는지, 야수성이었는지, 나는 모르겠다. 그저 다친 암컷의 상처를 핥아주며 한낱 짐승의 수컷으로만 살아도 어떤가 하는 생각뿐.

웃기는 얘긴지 모르지만 널 그제야 사랑할 수 있을 것 같았다. 너. 김서현이란 이름을 가진 동갑내기, 스물두살 난 여자를. 네가 즐겨 쓰던 '만인의 여자'가 아닌 '나만의 여자'로.

네 웃음을 지금도 아프게 기억한다…… 네가 처음 대학내 써클인 '시인과 촌장'에 들어오던 날을 기억한다. 재작년 봄이던가…… 요즘도 그런 고리타분한 써클에 다니느냐는 비아냥거림을 받으면서도 나는 너보다 한학기 먼저 회원이 되어 있었지. 전통적으로 시인이 많이 나온 우리 학교의 창작의 산실 같은 곳이었지, 그곳은. 어쨌든 법대생인 내가 거기 발을 들여놓은 건, 별다른 취미가 없는 나의 일종의 숨구멍트기랄까, 뭐, 그런 거였지. 입회가 까다로운 그곳에 형의 소싯적 시들을 슬쩍슬쩍 손보아 회원자격을 얻은 나완 달리 넌 이미 대학 내에 문명(文名)을 날리고 있었구 말야. 선배였던 옛시인의 이름을 딴 문학상뿐 아니라 학보와 교지에도 줄곧 네 시들이 실렸으니까. 거기다 너는 불문과 수석에, 미인이란 프리미엄까지 달고 있었으니…… 우리 동아리들의 기대와 설렘을 너, 짐작할 수 있겠니?

그 화려한 소문에 나는 가시 돋친 도도한 장미 한송이를 떠올렸다. 그러나 웬걸? 너는, 치켜깎은 숏커트에 낡은 청바지, 보풀이 인 검은색 아크릴 스웨터, 구두끈을 매는 갈색 단화로 언뜻 뒤에서 보면 체수 작은 남학생의 모습이었다. 같은 2학년의 공주병에 걸린 짙은 화장의 여대생들 속에서 오히려 튀었지. 거기다 화장기 없는 창백한 얼굴에 줄곧 피워대는 줄담배. 그 담배연기가 이지적으로 뻗은 코의 강낭콩 같은 두 콧구멍 속에서 굴뚝연기처럼 마구 뿜어져나올 땐 사실, 좀 질렸다.

그러나 보이시한 게 지나쳐 터프함을 과장한 듯한 그 모습에서도 나는 따뜻한 여성성(女性性)의 샘을 찾은 기쁨을 오래지 않아 느낄 수 있었다.

그건, 너의 웃음 때문이었다. 넌 정말 '푼수처럼' 잘 웃었지. 웃음에 관한 한 넌 연금술사야. 거칠 것 없이 고른 잇속을 드러내며 낭랑하게 웃는 함박꽃 같은 웃음. 볼우물이 깊게 패며 입술을 열지 않고 웃는, 깊고 그윽한 미소. 얼굴을 붉히며 수줍게 샐쭉 웃는 눈웃음…… 말로써 표현해내지 못하는 어떤 미세한 것까지도 가능했던 그 웃음.

일주일에 한번 모이던 우리들은 작품 발표와 함께 자평(自評)을 하는 경우가 있었지. 결코 말이 많지 않던 넌 네 현학적이고 좀 난해한 시를 얘기할 때도 말이 막히면 소리없이 웃기만 했지. 그러면 된 거였다. 네 웃음의 마력…… 시도 인생도 아주 간단하게 이해될 수 있을 것 같던 그 느낌……

그렇다고 웃음 하나로 모든 걸 얼렁뚱땅 넘길 너는 아니었지. 그 뒤에 차돌처럼 단단한 네 지성의 무기. 계통이 잘 세워진 철학. 고전서부터 현대문학까지, 특히 보들레르, 랭보 등 이름만 듣던 시인들의 시를 줄줄 꿰차는 너. 그래도 말많은 애프터 모임에서 커다란 두 귀를 쫑긋 열어놓고 미소 띤 조용한 얼굴로 경청하는 너. 아니면 조용히 한 구석에서 낮은 목소리로 토론을 하던 너. 늦은 밤까지 홍일점으로 남아, 주는 술은 다 받아 마시던 너의 잘 익은 볼. 넌 누가 건들지만 않으면 정물화처럼 조용히 앉아 있곤 했지.

내가 너와 일주일에 한번씩 밤데이트를 한 건 선배들의 배려였지. 배려라기보다 내 집과 너의 하숙이 가깝다는 이유로 내린 에스코트 명령이지. 자정도 넘어 거나해진 술판에 '여자도 아니고 남자도 아닌 것'이, 생전 취하지도 않는 것이, 앉아서 또록또록 눈망울만 굴리고 있는 게 민망해서였겠지. 그 비약과 은유가 종횡무진하는 어떤 음담패설에도, 다른 여자애들이 통 감 못 잡은 백치 같은 얼굴이 될 때, 넌 한술 더 떠서 친절하게 해설까지 해주는 애였으니까. 내숭떠는 여자애들과는 확실히 달랐어. 그뿐이니…… 어디든 다 끼였잖아. 보신탕을 먹을 때도, 산낙지를 먹을 때도, 시 낭송의 밤이 끝난 걸판진 뒤풀이 후의 여관에서의 합숙에도, 심지어 한 선배의 입영 환송 기념으로 색시가 나오는 미아리에 갈 때도. 선배들이 문전에서 결국 나를 딸려서 너를 내쫓았지만……

하여간 취중에도 그 임무는 점점 내게 설렘과 즐거움을 주었지. 주객이 전도되어 술이 약한 내가 네 부축을 받으며 길거리에서 토한 적이 더 많았지만. 가만가만 내 등을 토닥여주는 네 손길에 눈물이 삐져나온 게 아마 진저리쳐지는 구토의 뒤끝 때문만은 아니었을 거야.

나는 점점 술의 양을 조절했지. 심야 까페나 편의점이나 포장마차에서라도 2차를 하며 널 독점하려는 심보로 말야. 우리들의 화제는 늘 싱거웠지. 내가 주변머리가 없어서 말이야.

그러나 오랫동안 말없이 앉아 있어도 난 참 좋았다. 사실 난, 긴 자주색 손톱에 담배 가락을 끼우고 아주 섹시한 입술 모양을 만드는 여자애 따윈 질색이었으니까. 다만 사철 변함없는 통바지 블루진에, 너의 트레이드마크인 복학생 같은 머리 스타일이 좀 마음에 걸려서 내 앞의 너를 상상 속에서나마 분장을 시켜보곤 했지.

그래도 잘 익은 네 귓불을 훔쳐보는 설렘. 헐렁한 네 남방 속의 가슴께 볼륨과 청바지 속의 단단한 허벅지살에 슬근슬근 눈을 주면서 바라보는 즐거움은 아주 감칠맛 났지. 볼수록 넌 매력적이었어. 짧은 머리칼 속의 잘생긴 뒤통수, 유연하게 뻗은 흰 목덜미, 삶은 계란을 까놓은 듯한 말갛고 촉촉한 작은 얼굴. 단아한 이목구비. 꾸미지 않은 입성이지만 네 타고난 미모는, 오히려 그로 인해 보석처럼 빛나는 듯했어. 자연 그대로의 순수한…… 어느 광고문안처럼, 그래 산소 같은 여자였지.

너는 또 더할 수 없이 상냥했지. 나와의 2차를 한번도 거절해본 적이 없었으니까. 거기다 내 말에 늘 사려깊은 고갯짓을 하며 그윽이 바라볼 땐, 난 그걸 사랑이라고 믿으며 혼자 애태워보기도 했지.

그런데 너의 그 태도들에는 너무 맺힌 데가 없었어. 너무 시원시원하고 싱거웠어. 왜 저애에겐 저 또래의 처녀들이 갖고 있는, 장미의 가시 같은 것, 일종의 긴장, 어떤 도사림이 없는 걸까…… 그래 그런지 상상 속의 열정과는 달리 네 앞에만 있으면 뜨거운 욕조 속에 있는 것처럼 혼곤한 기분이 되곤 했지.

맞아…… 딱 한번 거절한 적이 있긴 하다. 언젠가 버스에서 내려 하숙집 근처의 포장마차로 이끌자 네가 처음으로 명쾌하게 거절했지.

"미안해, 형민아. 오늘은 안되겠다. 비상사태에 돌입했어. 아무 준비도 없이 지금 방금 멘스가 터졌어!"

언제부턴가 회원들의 나를 보는 눈빛이 심상치 않았어.

국문과의 뺀질이 유상준이 생각나지? 그 녀석이 어느날 도서관 휴게실에서 내 어깨를 툭 치며 빙글빙글 웃었다.

"잘 돼가냐, 인마?"

"뭐가?"

"이 새끼…… 닭 잡아먹고 오리발은?"

알다가도 모를 일이었다.

"너만 독식하지 말라구. 선배들이 벼르고 있어. 특히 이경철 선배, 곤조통이잖아. 금요일 밤마다 누리는 재미가 어때? 뼈가 녹고 살이 타는 2차 말이다."

그제야 금요일 밤의 너의 에스코트에 생각이 미쳤다.

"야, 그건 무슨 오해가……"

변명을 한다고 생각했는지 그가 정색을 하며 내 말을 자르더라.

"야, 내 충고하는데, 너 같은 얼뜨기 순정파가 상처받을까 싶어서 말이야. 걔 소문이 안 좋아. 사귀는 남자가 한둘이 아니야. 지금도 학교앞 까페나 술집 어딘가에 한놈 꿰차고 앉아 술잔을 기울일 거다. 늘 새로운 파트너와 함께. 걔 넘보는 자식들이 어디 한둘이냐? 거기다 서현이, 걘 통금도 없는 기집애 아냐? 지가 무슨 프리섹스론자라구…… 난 아무리 이뻐도, 오는 놈 마다않고 가는 놈 붙잡지 않는 그런 헤픈 앤 질색이야."

모욕감보다는, 널 짝사랑하는 맘을 숨길 수 없던 나는 그게 거짓말 같았다. 그런데 오래지 않아 나 또한 어느 까페의 어둠침침한 구석에서 널 보게 되었다. 넌 맥주를 앞에 두고 마주앉은 남학생의 손을 두 손으로 모아쥐고 애틋한 표정으로 앉아 있었더랬지. 나와 눈이 마주치자 눈웃음으로 아는 척까지 하는 널, 난 울컥 참을 수가 없었다. 넌 참 알다가도 모를 여자애란 생각이 들었다.

게다가 그땐 이상한 소문까지 동아리들 사이에 퍼지고 있었다. 유상준과 네가 함께 술을 먹고 야심한 밤에 여관 앞에서 서로 싸우는 걸 봤다는 둥, 철학과의 이병선이 네게 귀싸대기를 맞았다는 둥, 아침에 어느 호텔에서 썬글라스 낀 젊은 사내와 나와서 외제 스포츠카를 타고 떠나는 너를 봤다는 둥, 백동렬 선배가 술 먹고 꼭지가 돌아 너의 하숙으로 쳐들어갔었다는 둥……

동아리들의 대부분이 인문대 쪽이라 나는 늘 소문이 춤을 추고 난 다음에야 귀동냥을 하게 되었다. 언젠가 널 붙들고 내 마음을 고백해 보려고 단단히 벼르던 속에서 서서히 분노의 피가 들끓었다. 하지만 늘 변함없이 천연덕스런 네 얼굴을 보면, 나는 이상하게 기운이 빠졌다. 혹성과 혹성 간의 거리…… 천만년을 두고도 좁혀볼 수 없을 것 같은 절대적인 그 거리감……

그러다 기말고사를 앞둔 어느날, 나는 우연히 학교 앞 대머리네 소주방에서 동아리 친구 셋을 발견하였어. 반가운 마음에 끼여드니 그들은 왠지 심기가 불편한 모습이 되더라. 빙빙 화제가 겉돌더니, 결국 내게도 털어놓는 말들이, 그들 모두가 널 무척이나 짝사랑하고 있었다더구나. 그들 각자도 같은 병을 앓고 있다는 걸 안 건 바로 얼마 전이었다고. 나는 내심 놀랍고 쓸쓸했다.

"형민이 너도 닭 쫓던 개 아냐? 지붕에 이경철 선배가 입을 딱 벌리고 버티고 섰더라, 이거야."

"개는 이경철 선배다. 모두 죽 쒀서 개 준 꼴이니."

"경철이 형이……?"

내가 어눌하게 묻자,

"등잔 밑이 어둡다고, 얘 이거 깜깜절벽이네. 빙신 중에 상빙신은 바로 이 자식이네. 따먹을 기회야 이 자식이 제일 많았을 텐데."

지청구부터 먹였다. 나는 할말을 잃고, 떠드는 그들을 멍하니 바라
보았다.

"이경철 선배, 요즘 방방 뜨잖아. 선배 말이, 가을쯤에 식 올린다구,
아무도 건드리지 말라구 으름장이 대단하더라. 그 선배 요번에 코스
모스 졸업이잖아. 한다면 하는 카리스마 아니냐, 그 형. 악명높은 개
병대 출신 아냐!"

"그 선배, 여자 후리는 솜씨야 많이 들었잖아."

"이해할 수 없는 건 서현이야. 난 걔가 날 정말 좋아하는 줄 알았거
든…… 함께 술 먹고 내가 여관으로 유인해가는 데까진 성공했지. 그
런데 약방에 뭘 잠깐 사러 나갔다 온다고 하던 애가 그냥 뺑소닐 쳤잖
냐. 아깝다, 아까워."

"야! 그런데 이경철 선배가 그러더라며? 서현이가 그때까지 아다라
시였다고……"

"야, 인마! 넌 그걸 믿냐? 소문대로라면 걸레같이 밑이 너덜너덜해
졌을 앤데. 경철이 형이 수 쓰는 거지 뭐. 아무도 못 건드리게 하고 자
신의 위상도 올리고 싶겠지 뭐."

그때까지 가만있던 나는 아무래도 믿어지지 않아 한가닥 희망을 걸
고 다그쳐 물었다.

"야! 또 헛소문 아냐? 확인된 사실이냐구?"

그러자 내게 돌아온 것은 단 한마디였다. 그것도 세 사람 모두의 합
창으로.

"벼엉신!"

"어—이!"

사내가 손을 흔들며 소리친다.

늦은 저녁을 때울 요량으로 카페테리아에 들어섰을 때다. 바다 쪽으로 난 커다란 창 밑에 그의 가족들이 옹기종기 모여 있다. 나는 흰살 생선 하나와 샐러드를 골라 그들 쪽으로 가 앉는다.

"우린 다 끝나가는데, 늦었네요. 여보, 참 인사해. 멀미약 준 학생이야. 우리 집사람이에요."

닭다리의 힘줄에 붙은 살을 떼먹느라 열중하고 있던 그녀가 멋쩍게 고개를 들어 인사한다.

"안녕하세요. 덕분에 약 먹고 한잠 푹 자고 났더니 개운해졌어요. 고마워요."

그녀가 기름이 묻은 번들거리는 입술을 벌리고 웃었다.

살집이 좋은 둥근 얼굴. 발에 맞는 편안한 구두처럼 세상사에 길들여진 태무심한 얼굴. 그래서 그럴까, 설핏 낯익은 느낌이다.

"애, 혜주야, 생선을 이렇게 먹으면 어떡해! 봐라, 뼈에 살이 아직 이렇게 붙었는데. 너, 콩나물이 몇개나……"

"냅둬, 좀! 오랜만에 바캉스까지 나왔으면 좀 우아하게 굴어. 꼭 티를 내고 싶어?"

사내가 윽박질렀다. 그러자 여자가 고개를 들고 사내를 쏘아보았다. 파르스름한 눈빛. 그 눈에 잠시 물이 스미는 듯하다. 갑자기 내 가슴속의 무거운 추가 쿵, 떨어졌다. 아! 저 물기 묻은 투명한 눈빛. 맙소사! 세월이 흘렀다지만, 시간과 공간이 다른 곳에 놓여진 그녀가 이렇게 다른 느낌이라니……

방금 전 나는 사내와 카페테리아에서 헤어져 선실로 돌아왔어. 아까 그의 아내가 사내의 윽박지름에 휑하니 유모차를 끌고 사라지자 사내는 얼음처럼 차가운 맥주를 여러 병 사들고 왔어. 사내는 술이 별로 세지 않은지 세 병째부터는 아주 자조적인 코맹맹이 목소리로 변했지.

우리 마누란 지독히 돈만 아는 여자야. 그래도 그렇지. 아까 그렇게 노염을 탈 건 뭐 있누. 다 내 못난 탓이야…… 우린 빨리 교외에서 교민들을 상대로 콩나물을 길러 팔고 있어요. 내 딸은 사탕을 하나 사 먹을 때마다 묻지. 엄마, 이건 콩나물 대가리가 몇개야? 그건 콩나물 백개다. 내 딸은 늘 이렇게 말하지. 아빠 담배 피지 마. 그건 6프랑짜리 콩나물 세 봉지 값이야. 그거 키우려면 얼마나 힘든지 생각해봐.

내게도 꿈이 있었지. 암담한 시대에 세상을 바꿀 꿈. 어두운 시대에서도 콩나물처럼 싹을 틔울 그런 희망을 가지고 있었어요. 그런데 지금은 이렇게 썩은 콩이 되고 말았지만……

내가 프랑스에 정착한 지 10년도 넘었지만 이게 5년 만의 바캉스요. 왜 하필 갓난쟁이까지 끌고 아일랜드로 이 긴 항해를 하냐구? 나, 집사람에게 처녓적 꿈을 좀 일깨워주고 싶었어. 그쪽으로 가 공불 하고 싶어했지만 내 뒤치다꺼리 하느라 고생 많았지. 거긴 집사람 옛친구들이 많이 있거든. 조이스니 예이츠니 뭐 그런 이들 말이오, 낄낄낄……

누군가는 그러데. 이제 정권도 바뀌고 한번 나설 때도 되지 않았냐구 말야. 난 미련없어요. 집사람도 돌아가고 싶어하지 않아. 우리 땅이 아니면 어때? 어디든 비비적대고 뿌리를 내리고 살면 그만이지, 콩나물처럼 말야. 그저 성하게 살믄 됐지. 안 그런가? 젊은 친구.

사내는 취해서 계속 떠들어댔지만, 부대해진 몸으로 자박자박 콩나물에 물을 주고, 썩은 콩을 골라내며, 콩나물 대가리 하나하나를 돈으로 셈한다는 그의 아내 생각으로, 나는 무지근한 가슴에 찬 맥주만 염치없이 들어부었구나. 그의 아내가 누구길래? 아, 그의 아내로 인해 내 사춘기의 꿈속이 어지러웠다면, 너 믿겠니? 열다섯 소년의 야물지 못한 허술한 꿈속에……

빛나는 미래를 예고해주던 형은 대학시절 내내 집을 겉돌았다. 나하고의 차이가 일곱살이나 벌어진 형과 나는 이미 공통 화제를 잃은 지 오래였다. 그해 봄이 되어서야 형은 그야말로 아주 집에 돌아오게 되었는데, 그때는 이미 그가 다 망가져버린 뒤였다. 그 전 해에, 시위 주동자로 곧바로 군입대했던 그는 총탄사고로 오른쪽 다리를 망가뜨리고 의병 제대를 했다. 사고였는지 아니면 자해였는지 그 당시의 나에게는 그것은 그리 중요한 문제가 아니었다. 문제는 그가 정신도 망가졌다는 것.

바깥출입을 못하고 가끔 실성기까지 있는 그는 가족들을 괴롭혀댔다. 그는 바깥출입은 고사하고 주로 누워지냈다. 목발을 짚고라도 걸을 수 있었을 텐데. 성한 왼쪽 다리마저도 거추장스런 퇴화기관이 되어가는 듯 허옇게 살비듬이 떨어지고 여위어서, 꼭 늦가을의 마른 장작 같았다.

가족이라야 어머니와 나. 어머니는 집 근처 시장에서 조그마한 건어물가게를 내고 있는 터라 주로 시달리는 건 나였다. 어머니가 없는 동안 그의 수발은 물론 가끔은 그의 배설까지도 신경써주어야 했다. 물론 어머니는 시장에서 틈만 나면 집으로 쫓아오곤 했는데, 하나 남은 그의 왼발에 늘 호되게 걷어차이는 건 나였다. 그가 정신을 놓을 때면 나는 갖은 고문을 당했다. 나를 자신을 괴롭히는 상관이나 형사로 착각하곤 했다.

그럴 때마다 나는 그에게 살의를 느꼈다. 그를 피하고, 그를 방치하는 것만이 유일한 복수였다. 그렇게 나는 음지의 독버섯으로 나를 키우고 있었다. 어머니의 눈물 섞인 애소와 형의 광기 속에서, 그 혼돈스러운 무거운 공기 속에서도 나는 크고 있었다. 목소리도 변성이 되어 있었고 보드라운 수염도 돋기 시작하고, 보이지 않는 은밀한 곳에서는 체모도 자라고 있었다. 억눌려 폭발할 듯한 정신 속에서도 육체는 무관하게 악착같이 크는 나 자신이 정말 독종 같은 징그러운 느낌이 들 정도였다. 나는 어른이 되는 것이 싫었다. 아니 두려웠다. 중3이 되면서 더 압박이 느껴지는 학교도, 집도, 마치 짓누르는 압력만큼이나 어느 순간 나 스스로를 온통 터뜨려버릴 샴페인 병처럼 나는 조마조마했다.

나는 만화방에 들어앉아 시간을 죽였다. 그도 아니면 전자오락 게임에 몰두하거나. 그렇다고 문제학생이 될 깜냥도 내겐 없었다. 나는 그저 모든 게 시들했을 뿐.

성적도 점점 떨어져 중학교 3학년이 되면서는 반에서 정확히 중간이었다. 키도 중간, 보통의 체격, 그저 그런 생김생김.

무엇보다 나는 말이 없고 무표정했다. 당연히 나는 눈에 띄지 않는 학생이었고 아무도 나를 주목하지 않았다.

그해 우리 반은 8년 역사의 그 학교 설립 이래 가장 질 나쁜 학급이라고, 들어오는 학과목 선생님마다 저주를 퍼붓곤 했다. 그 반에 그녀가 그야말로 추락했다. 지금 생각하면 터무니없지만, 날개를 잃고 잘못 떨어진 천사가 아닐까 하고 몇번 생각한 적도 있었으니.

첫 영어시간.

우리는 들떠 있었다. 저학년을 맡아온 예쁘장한 영어선생이 우리 반을 맡게 된다는 정보가 미리 있었으므로. 학기초라곤 하지만 여선생이 들어오는 이 시간만큼은 아이들도 무장해제가 된 포로들처럼 중구난방이었다.

벨이 울리고, 잠시 후 교실의 미닫이문이 심하게 밀어젖혀져 엄청난 큰 소리를 내며 문설주에 쿵 부딪혔다. 의외로 큰 문소리에 놀란 우리들이 어? 영어시간 아냐? 하며 술렁대기 시작할 때 키가 작고 가녀린 몸집의, 언뜻 우리 또래의 소녀 같은 선생님이 나타났다. 그녀는 긴 막대기와 출석부를 들고 무표정하게, 짐짓 화난 얼굴로 교탁으로 가 섰다.

우리를 쏘아보는 작고 단정한 얼굴에는 맵찬 결기가 엿보이기도 했으나 그건 그녀 스스로도 잔뜩 긴장해 있다는 증거였다.

뒤늦게야 반장이 차렷! 구령을 붙이자 그녀는 긴 교편으로 교탁을 힘껏 세 번 때렸다.

"첫날부터 이게 뭐야? 다들 눈감아!"

모든 선생님들이 수업 첫날은 군대에서 군기를 잡듯 쇼를 한다는 것쯤은 학교 문턱에 9년째 드나드는 우리들이 모를 리 없었다. 그리고 그후 약 한달간, 서로간의 탐색기간을 거치면서 1년간의 생존방식이 결정된다는 것쯤도 다 알고 있는 우리였다.

어쨌거나 수업 첫날, 도끼눈을 뜨고 다소 앙칼진 모습으로 교단에 서 있는 그녀에게 우리 모두는 내심 만족했다. 열여섯 학과목의 선생님들 중 두 사람만이 여선생이었는데, 그중 음악선생님은 흥분해서 노래를 가르치다가 틀니까지 빠진 적 있는 할머니였다. 일주일에 다섯 시간이나 되는 영어과목의 이 선생은 신참은 아니지만 무척이나 앳되어 보이고 게다가 제법 예쁘기까지 하니 말이다.

그녀는 계속, 눈감아! 눈떠! 하며 분위기를 정리하였다. 차츰 교실은 조용해졌다. 그 틈에 어디선가 작게 군시렁거리는 소리가 들렸다.

"되게 폼잡네."

"누구야?"

앙칼지게 소리를 내지르며 교탁을 치는 소리. 창가 두번째 줄의 김두만이었던가. 출석을 부를 때마다 아이들로부터 두만강 두만강, 놀림을 받던 아이.

그 아이가 부스럭거리며 일어나자,

"이리 나와!"

'와'에 힘을 준 강압적인 목소리.

실내화를 질질 끌며 김두만이 그녀 앞에 섰다.

"잘 어울리는 한쌍이구먼."

내 옆의 강호균이 속삭였다.

그때 갑자기 마른 장작 뽀개지는 소리가 나더니 김두만이 얼굴을 감싸쥐고 좀전보다 군기가 잡힌 차려자세로 바꾸었다. 교실은 잠시 물을 끼얹은 듯 조용해졌다.

"들어가."

김두만이 고개를 깊이 숙여 인사를 꾸벅 하고 돌아섰다. 한쪽 볼이 벌겋다.

"모두 영어책 4페이지!"

교실은 사각사각 날선 새 책장을 넘기는 소리만 가득했다. 영어책을 펴들고 읽기 시작하는 그녀의 얼굴에 아주 잠깐 회심의 미소와 홍

조가 함께 스쳐지났다고 나는 느꼈다.

첫 영어시간 이후 얼마간은 한편의 모노드라마를 보듯, 우리는 얌전한 관객처럼 그녀의 수업을 경청했다. 창백한 그녀의 여윈 몸에서 생각보다 크고 낭랑하게 울리는 고음의 목소리. 듣기 좋은 책 읽는 소리. l음과 r음의 굴림소리를 내가 만난 영어선생님들 중 가장 우아하게 낼 줄 알았던 선생님. 솔직히 말해 우리는 헌신적이고 실력있는 교사들을 알아볼 수가 있다.

교내 영어웅변대회에 심사위원으로 온 한 젊은 미국인에게 우리의 영어선생님이 유창한 영어로 안내를 하며 동시통역하던 그 당당한 모습. 늘 조회시간에 호통만 치던 교장선생님도 미국사람 앞에선 고양이 앞의 쥐처럼 비슬대어 우리들의 조소를 자아냈던 그 행사가 아니더라도 교실에서의 그녀는 막힌 곳이 없었다.

그러나 그것이 뭐가 중요한가. 첫날 이후 나는 이 가녀린 여배우에게 맡겨진 배역이 안쓰럽기도 불안하기도 했는데, 아닌게아니라 오래지 않아 우리는 그녀의 여린 본성을 이미 눈치채고 있었으니 말이다. 가끔씩 그녀의 표정에서 우리들에게로 향하는 연민 같은 게 느껴질 때가 있었다. 체벌을 하고 났을 때, 어쩌다 엄마의 눈빛에서나 볼 수 있던 안타까움. 억양도 악센트도 망가진 60명 전체의 입에서 흘러나오는 구령 같은 군대식 영어의 흐트러진 끄트머리에서의 슬픈 표정.

이상하게도 우리 반은 우리들 스스로도 걷잡지 못하는 이상한 기류에 허우적대고 있었다. 몇몇의 전과가 있는 사고뭉치들이 뒷자리를 채우고 음흉한 눈빛을 내고 있고, 앞자리의 애송이 녀석들마저도 그야말로 '발랑 까졌다'. 공부 잘하는 귀공자형의 반장 명령도 먹혀들지 않았다. 그는 금방 이 거역할 수 없는 기류에 승복하고 말았다. 그 기류가 딱히 뒷자리의 몇몇 질 나쁜 아이들에게서 연유하는 것이라고 꼬집어 말할 수도 없었다. 그들은 저희들끼리 모여 늘 시시덕거리거나 할 뿐이지 학급 일에는 관심도 없다는 투였기 때문이다. 오히려 날마다 쌈질을 하는 것은 나날이 새로운 얼굴들이었다.

그래도 뒷자리의 아이들 중에서 황종규는 은근히 선망의 우상으로 아이들간에 자리잡는 듯했다. 그는 이미 1학년과 2학년 때 두 차례에 걸쳐 강간 미수와 집단 패싸움 등으로 무기정학과 유기정학 처분을 받은 바 있는 소위 전과자였다. 술과 담배, 여자를 섭렵한 본드 환각의 귀재. 그의 이름 뒤에 붙는 수식어였다.

귀골로 생긴데다 공부도 상위권에 드는, 언뜻 보기에 모범생으로 보이는 그는 말수가 별로 없는 대신 무척 냉소적이고 반항적인 표정과 말투로 많은 급우들을 매료시켰다. 이미 술과 담배는 물론, 여자, 게다가 쉽게 구할 수 있는 본드와 부탄가스로 환각상태에 습관적으로 드나든다는 그의 경지는 우리에게는 그야말로 해탈의 경지처럼 여겨졌다.

왠지 담임선생님도 그를 쉽게 건드리지 않았다. 그는 뒷문 쪽에 앉아 만화책도 읽고 심지어 영어시간에는 포르노잡지를 뒤적거릴 정도였다.

다행인지 불행인지 우리들의 담임은 체육선생이었다. 그리 우람하다곤 할 수 없지만 단단한 체구에 붉은 세모꼴 얼굴, 강퍅한 인상을 주는 쭉 찢어진 눈매, 숱없이 벗겨지기 시작한 앞머리. 우리는 그를 '독사 대가리'라고 불렀다.

우리들이 제일 무서워하는 사람은 단연 독사 대가리였다. 그는 늘 협박했다. 지난번보다 성적이 떨어진 놈은 아버지를 모셔와라. 엄만 안돼.

자신의 열등감의 보상심리였는지 처음부터 그는 시험성적에 혈안이 되어 있었다. 3학년 10반을 최우수반으로 만들자. 그러나 우리는 단 한번도 그를 만족시키지 못했다. 열 개 반 중에서 늘 꼴찌를 면치 못했으니까.

처음 몇달간 그는 우리에게 그가 보일 수 있는 최선의 애정을 보여주었다. 그는 체벌이야말로 애정의 척도며 모든 것을 다 해결해준다고 믿는 위인이었다. 우리는 종례시간마다 쪽지시험을 보고, 군대식 복창으로 암송을 하고, 그가 내준 영어숙제를 위해 영어수업 시간을 할애할 수밖에 없었다. 종례시간마다 뭔가 늘 트집거리를 잡아 붉은 얼굴을 더 붉게 물들이며 교실의 긴 걸레막대를 들고 우리들의 엉덩이가 터지도록 때렸다.

"3학년 10반! 어떤 한 녀석이라도 단체에서 이탈하는 행동을 보이는 녀석은 반쯤 죽는다, 알았나?"

교실을 뇌성처럼 울리는 소리.

"예에!"

그러면 하루가 저무는 것이다.

단체기합이건 개인적인 체벌이건 우리가 서서히 고통에 길들여져 아무런 효과를 보이지 못하게 되자 그는 우리들에 대한 애정을 포기하였다.

"이것들은 아예 견적이 안 나오는 물건들이라니까."

그의 입에서 그후 단골로 나오는 말이었다.

대신 우리는 일주일에 한번씩 학급회의 시간에 무기명 투표를 하게 되었다. 학습 분위기를 해치고, 단체행동을 하지 않고, 급우들에게 악

영향을 끼친 그 주간의 인물들을 적어내는 것이었다. 표를 제일 많이 얻은 당선자는 담임선생을 따라 체육실로, 정확히 말하면 공이며 뜀틀 따위 기구들을 보관한 체육실 창고로 가게 되는 것이다. 누군가 그곳을 안기부라고 불렀다. 밀실에 대한 공포는 더욱 더 우리를 살벌하게 했다. 두세 번 투표를 거치자 이상한 결과가 나타나기 시작했다. 윤범식이라는 특수아, 즉 저능아가 몰표를 얻는가 하면 김경민이라는, 여자아이처럼 솜털이 보송송하게 난 뽀얀 얼굴에 변성이 안된 가는 목소리를 가진 천하의 골샌님이 그 주의 인물로 뽑히기도 하는 것이었다.

금요일 마지막 시간은 누구에게나 공포로 다가왔다. 누가 뽑힐지 몰랐다. 그럴 때 우리를 구원한 것은 황종규였다.

"야! 이 병신 새끼들아, 각자 자기 짝의 이름을 써내면 될 거 아냐. 짝없는 이지훈이는 지 이름 쓰면 될 거구."

그랬다.

우리 반 60명의 이름이 골고루 한번씩 호명된 그 비밀투표야말로 기적이었다. 두 표 이상을 얻은 사람은 아무도 없었다. 그날 이후 그 무시무시한 비밀투표는 사라졌다.

그렇다고 우리 반 모두가 대오각성한 건 결코 아니었다. 오히려 우리에게 무서운 것은 없었다. 우리는 서서히 깨달아가고 있었다. 우리들이라는 집단의 사악한 힘의 위력을.

학과목 선생님들마다 회유와 협박으로 우리들을 가르치느라 진땀빼는 모습을 우리는 내심 느긋하게 바라보았다.

"예라, 이 녀석들아, 다 하기 싫으면 그럼 이것만은 꼭 외워라. 이번 모의고사에 나온다, 나와."

개중에는 선생님들이 더 안달이었다. 몇문제를 아예 집어주기도 했다. 다른 반과의 성적 편차에 그들이 더 민감했으니까.

그래도 영어시간에 비하면, 남자선생들에게는 그 정도면 예우를 갖춘 셈이었다. 영어시간이야말로 우리들이 몸을 푸는 시간이었다.

영어선생님은 숙제를 안해왔다든가, 복습 확인으로 치르는 10분 정도의 시험에 틀린 사람에게는 숙제를 두 배로 부과했다. 그리고 교무실에서 다른 잡담하는 선생들과 늘 떨어져 앉아 우리들의 숙제를 꼼꼼하게 검사하곤 했다. 처음엔 숙제도 능력별로 내주었는데 그건 그녀나 우리들이나 감당하기 힘든 방식이었다. 한 반에 60명이나 되는 과밀학급의 현실에선 이루어질 수 없는 꿈이었다. 여러번 숙제를 이행하지 못할 때는 매로 손바닥이나 종아리를 때렸다. 그건 학기초에 맺은 우리들과의 약속이었다.

선생님의 매는 나날이 굵고 단단해져갈 수밖에 없었다. 또 그녀가 딱 한번 남선생들 흉내를 낸 적도 있었다.

"대가리 박아!"

이른바 원산폭격이었다. 그러나 교활한 누군가가 슬쩍 쓰러지는 시늉을 하자 기겁을 하고 새파랗게 질린 건 그녀였다. 너무 쉽게 우리에게 아킬레스건을 드러내고 만 것이다.

그녀는 매끈한 당구 큐대를 커다란 지팡이처럼 짚고 들어와 가늘고 흰 팔을 들어 힘겹게 우리들의 손바닥을 내리쳤다. 가끔 그러는 그녀에게서 제놀파스 냄새가 솔솔 풍기기도 했다. 우리들과 한 약속의 의무를 지키려는 안간힘인지도 몰랐다.

그래도 우리는 갈수록 숙제를 안해왔고, 쪽지시험 땐 커닝을 하기 시작했고, 그때마다 영어선생님은 그녀의 온몸을 실어 내리치는 체벌로 우리를 응징했다. 그러다보면 숨가쁜 45분 수업의 삼분의 일은 지나는 것이다. 오히려 우리는 그 시간을 워밍업 시간으로 즐기기까지 했다. 긴장이 풀린 채 자리에 앉아, 맞는 놈들의 표정을 감상하며 웃고 즐기는 것도 새로운 재미를 주었다. 엄살을 부리는 과장된 표정과 몸짓으로 일부러 웃기려 드는 녀석들이 늘어나면서 교실은 한바탕 굿판이 벌어지는 것이다.

매라고 맞아봐야 한창 나이의 남선생님들의 것에 익숙해진 상태라 오히려 그녀의 곁에 서서 손바닥을 내밀고 눈을 지그시 감고 서 있노라면 매를 올려치는 겨드랑이께에서 나는 달짝지근하면서도 시큰한 냄새로 손끝에 저리는 통증도 기꺼운 쾌감으로 느껴지는 것이다.

"체육반장 시켜요. 걔가 때리는 게 선생님이 때리는 것보다 훨씬 아파요."

맨 앞자리에 앉은 녀석 중 하나가 제 딴에 훌륭한 제안을 한답시고 말한 순간, 영어선생님의 얼굴에 당혹과 자괴의 빛이 스쳤다. 그 즈음에 들어 담임선생님은 체육반장을 시켜, "네가 내 대신 얘네들 다섯 대씩 까라" 하고 자신은 귀찮다는 듯이 물러나는 경우가 많았다.

숙제를 안해오는 사람이 급기야 수십명, 처음엔 눈치껏 하던 커닝도 반 전체가 툭 터놓고 하니 이상하게 배짱도 두둑해지고 거역할 수 없는 강력한 무언가에 복수를 하고 있다는 쾌감도 들었다. 쪽지시험이 결국 없어졌다. 그해 여름 우리가 몸소 체험한 건 집단의 힘에 대적할 만한 것은 아무것도 없다는 위험한 깨달음이었다. 권위의식도, 허위의식도. 그러나 미리 얘기하건대 나는 그렇게 얻은 방종의 허무한 뒤끝을 막연히 감지하고 있었다. 모두에게 파멸이 될 승산없는 게임. 나 또한 집단의 흐름에 편승해 그들과 한 배를 타긴 했지만 배가

전복이 되고서야 그칠 싸움임을. 하필 그녀가 우리들 광기의 속죄양
이 되는 것 또한 어쩔 수가 없는 것을.

그 지경에 이르자 그녀는 당황했다. 아니 그녀도 우리를 두려워하
고 있음에 틀림없었다.

네게 글을 쓰던 걸 멈추고, 그녀 생각으로 빠져 있던 중 참을 수 없
는 요의를 느낀 건 방금 전. 선실을 빠져나와 급히 홀의 화장실을 향
하다가 나는 나직나직한 자장가 소리를 듣게 되었지.

"잘 자라 우리 아가 금물결 은물결도 모두 잠든 이 한밤⋯⋯"

그녀였어. 검은 선창(船窓)을 향해 아기를 업고 어르는 뒷모습의 그
녀. 사르르르 사르르르, 콩나물 뿌리에 물이 스미듯 아기는 까뭇까뭇
잠 속으로 빠지는지 고개가 미끄러지고 있었지.

화장실에서 나오니 그녀는 없어졌다. 마치 환영을 보았던 듯⋯⋯
나는 그녀가 섰던 선창에 바짝 붙어서 어두운 바다를 보았다. 거기엔
아무것도 보이지 않았어. 검은 교자상처럼 번들거리는 창엔 제멋대로
자란 수염을 깎지 못한 우울한 한 청년의 실루엣만 어른거릴 뿐.

다시 선실. 정확히 자정. 시계 속의 마녀는 지금 자신의 빗자루를
끌어안고 있구나. 캐빈에 들지 못한 나처럼, 몇몇 가난한 여행객들이
팔걸이를 접어 길게 누워 있는 선실로 돌아와 생각한다. 우리가 열다
섯이던 그해. 그때의 여름밤에도 그녀는 아이를 업고 야시장의 불빛
속을 서성거렸다. 그리고 그해⋯⋯ 아직 내게는 오기 전의, 역시 열
다섯인 너에겐 무슨 일이 있었나. 상처⋯⋯ 세월이 지나도 흉터로도
남지 못하고, 아물지도 못하는 너의 상처.

그해 여름. 날씨는 점점 무더워지고 있었다. 우리가 310호 감방이라 부르는 3학년 10반 우리 교실은 슬래브 건물 4층 꼭대기, 태양열에 시달려 부글부글 끓어오르고 있었다. 그 여름 텔레비전 뉴스에서는 데모하는 시위대의 모습이 자주 비쳐졌다. 머리에 띠를 두른 선생님들. 화염병을 던지며 몸싸움을 벌이는 대학생 데모대. 통일의 꽃이라 불리는 풋풋한 인상의 한 여학생이 북한으로 갔다고 했다.

교정의 10년생 플라타너스 나무가 제아무리 발돋움을 한다고 해도 꼭대기 우리 반 교실에 해막이를 해줄 순 없었다. 교실은 뜨거운 해를 고스란히 삼킨 듯했다. 하나둘 더위에 러닝셔츠 바람으로 앉아 있는 아이들이 늘어났다. 주로 점심시간 이후의 영어시간엔 거의 대부분이 상의 하나는 벗어던졌다. 아예 윗통을 벗은 아이들도 나타났다. 윗통을 벗은 놈들 중엔 검은 싸인펜으로 야성적으로 보이라고 가슴에 털을 잔뜩 그린 녀석도 있었다.

그해 들어 최고로 더웠던 그날, 점심 후 5교시 영어시간. 우린 거의가 윗통을 벗었다. 마침 점심시간엔 누군가의 손에서 최신 포르노잡지가 돌려졌다. 아찔한 장면의 원색 화보를 서로 보겠다고 한바탕 치고받은 후인데다가 선정적인 장면들이 교실을 후끈 달궈놓았다. 그날 따라 주번이었던 나는 엉망이 된 교실 분위기가 몹시 신경쓰였다.

그날, 팔이 짧은 흰 아사 원피스를 시원하게 입고 들어온 선생님은 눈부시게 아름다웠다.

"와! 죽이네."

"씨팔, 유혹하지 말아줘."

"아아 꼴린다, 꼴려."

군데군데서 음담 섞인 군시렁거림이 들려왔다. 예쁘다는 최고의 찬사를 우리는 그렇게 했다.

　교실을 둘러본 그녀가 잠시 어이없는 듯,

　"이거 꼭 남탕에 잘못 들어온 것 같네."

하고 오랜만에 농담을 했다.

　"아녜요, 남녀 혼탕이에요."

　누군가의 응수에 교실은 웃음바다가 되었다. 그녀는 재빨리 분위기를 수습하느라 교탁을 두드리며,

　"18번 나영수 일어나. 전시간에 현재완료 배웠지? 한번 정리해봐."

　"……예, 저…… 그, 그런데 선생님, 워, 원서를 읽다가 이해가 안 되는 여, 영어 단어 하나 질문해도 되, 됩니까?"

　"그래……"

　말더듬이 나영수가 머리를 긁적거리며 진지하게 더듬거린다.

　"임포턴트, 주, 중요한이라는 혀, 형용사의 명사형이 임포턴스 마, 맞지요? 그런데 이, 임포텐스는 뭐, 뭡니까?"

　선생님은 잠시 멍청한 표정을 짓더니 순간적으로 얼굴이 빨개졌다.

　뒤쪽에서 음흉하게 낄낄대는 소리를 신호로 아이들이 또 폭소를 터뜨렸다. 나영수는 평소 다른 시간엔 아주 진지한 학생이었다. 누구나 나영수가 더듬거리기는 해도 현재완료형에 대한 설명을 하리라 예상했었다.

　"선생님, 오르가즘이 뭐예요?"

　"마스터베이션은 뭘 마스터했다는 거예요?"

　갑자기 사방에서 질문이 쏟아져나왔다.

　선생님은 못 들은 척 교편으로 교탁을 신경질적으로 두드리더니 목소리를 가다듬었다.

"몇번 설명했는데 아직 그 용법을 구별 못하니, 너희들? 우리나라 말엔 그 구별이 확실치 않아 더 이해가 잘 안 가겠지만. 자! 주목하고 다시 보자. 먼저 현재완료 용법 중에 완료 용법은……"

그녀는 출석부 갈피에서 흰 모시 손수건을 꺼내어 이마의 땀을 꼭꼭 찍어누르며 다시 한번 현재완료형에 대해 칠판에 판서를 하고 숨가쁘게 설명을 하였다.

"야, 더 질문하지 마. 영어선생 실력 뽀록난다."

"에이, 그 정도 실력으로 어떻게 교단에 서세요?"

"야 인마, 그래도 때 되면 다 월급 나오게 돼 있어."

몇몇 녀석들이 저희들끼리 찧고 까불다가 제풀에 곧 잠잠해졌다. 그러나 아이들은 듣고 있지 않았다. 아이들의 눈빛이 게슴츠레했다. 영어선생님의 드러난 흰 팔과 얇은 천 속에 아련히 드러나는 속옷의 흰 레이스 무늬, 그 안에 감추어진 흰 몸의 실루엣. 어쩌면 점심시간에 본 춘화 속의 나신을, 한겹 옷 속을 뚫고 떠올리는지도 몰랐다.

"야, 보인다 보여."

"나는 봤다."

앞줄의 꼬마녀석들이 한마디씩 하는 소리에 교실 안은 갑자기 호기심으로 들썩들썩했다.

"야! 뭔데?"

"털!"

"뭔 털? 거시기 털?"

교실 안에 휘파람 소리가 찌익찌익 났다. 칠판을 막대로 치며 강의에만 열중하느라 짧은 소매 속으로 그녀의 겨드랑이 털이 드러났던 모양이다.

춘화로 이미 들떠 있던 우리들에게 그 한마디의 단어는, 그 나이의 우리들에겐 야릇한 흥분을 주기에 충분했다. 바지 속에 한창 음모가 돋는 성기를 가진 우리들이기에.

아예 몇몇은 일어나 몸을 비비꼬며 바지 혁대를 푸는 시늉을 하기도 했다. 개판이 된 수업 분위기였지만 모독감을 느낀 듯 얼굴이 붉게 물든 그녀가 바지 혁대를 푸는 몸짓을 하는 아이 하나를 지적하며 소리쳤다.

"너 이리 나와. 어디서 그따위 수작이야? 그래 벗어봐라, 이 녀석아."

그러자 지적받은 그 아이는 그녀의 칠면조같이 변한 얼굴을 보고는 머쓱해하며 고개를 숙여버렸다. 아닌게아니라 그녀는 그동안 우리들에게서 받았던 수모가 한꺼번에 생각났는지 평소의 그녀답지 않게 분을 삭이지 못했다. 교실 안은 서서히 웃음기가 걷혔다.

겨우 감정을 수습한 그녀가,

"망할 놈의 저질들. 책 펴!"

일갈하며 분위기를 정리하려 할 때였다. 그때 우리들의 뒤쪽에서 낮고도 거만한 목소리가 들렸다.

"벗으라면 못 벗을 줄 아나?"

황종규였다. 선생님과 그의 눈에 일순 팽팽한 긴장이 서렸다. 곧 그가 소리없이 느물느물 웃었다. 상의를 벗고 걸상 등받이에 등을 꼿꼿이 세운 그의 몸은 강인해 보였다. 선생님의 굳어진 얼굴 너머로 결연한 빛이 떠올랐다.

"그래? 이왕이면 이 앞 무대에 나와서 벗어보지 그래?"

만만치 않은 목소리. 어디 누가 이기나 해보자는 투였다.

교실 안이 물을 끼얹은 듯 조용해졌다. 선생님은 칠판에 기대어 팔

짱을 끼고 가소롭다는 듯이 그를 쏘아보았다. 황종규는 그 시선에 약간 눈부신 듯 비칠거렸으나 오른손으로 자신의 앞머리를 쓸어젖히며 교단 앞으로 나섰다. 앞줄의 한 녀석이 얼른 교탁을 한옆으로 치워주었다.

그는 다리를 약간 벌리고 몸의 균형을 잡는 듯하더니 빠른 동작으로 걸치고 있던 러닝셔츠를 벗었다. 다부진 가슴팍, 튼실한 어깨가 이미 성숙한 한 남자의 몸이었다. 그는 주저없이 혁대를 풀었다. 버클의 쇠장식 소리만 째그렁거릴 뿐 우리들은 숨소리도 죽인 채였다.

허리를 구부리고 바지를 벗는 그. 더위 때문인지 다리에 착 감긴 청바지는 잘 내려가지 않았다. 엉덩이를 이리저리 비틀고 꼬기 시작하자 바지는 조금씩 내려갔다. 그는 서두르지 않았다. 오히려 즐기는 것 같았다.

그 외설스런 몸짓 후에 바지는 벗겨졌다. 그의 건강해 보이는 하체가 드러났다. 팬티 위가 붕긋했다. 우린 침을 꼴깍 삼켰다. 잔인한 쾌감에의 기대는 풍선처럼 차올랐다. 황종규는 비스듬히 고개를 돌려 조금 뒤쪽에 물러나 있는 선생님을 깊고도 날카로운 눈빛으로 응시했다. 우리도 선생님의 얼굴을 보았다. 동공에서 푸른 불꽃이 이는 눈빛이었다. 황종규의 눈동자 흰창에서는 축축한 광채가 번득인 듯도 했다. 그 순간은 아주 짧지만 길게 느껴졌다. 내 짝이 그때 속삭였다.

"씨팔, 쥑인다, 쥑여. 쟤 뽄드 한 거 아냐?"

그가 푸른색 줄무늬 팬티에 손을 대려고 한 순간,

"그만!"

선생님이 절박하게 악을 썼다.

그 순간 우리들의 풍선도 터졌다. 우린 침을 꼴딱이며 삼키려던 고깃덩어리를 빼앗긴 개처럼 억울하고 허탈했다.

"뒤돌아 서!"

그녀가 다시 소리쳤다.

선생님의 명령에 황종규는 느물느물 웃으며 순순히 복종했다.

칠판을 잡고 엉덩이를 내맡긴 그에게 선생님의 당구 큐대는 사정없이 내리쳐졌다. 튼튼하고 거대한 나무등치처럼 바닥에 딛고 선 긴장감있는 단단한 맨살의 허벅지 근육과 당구 큐대. 두 물체가 부딪치는 도발적인 소리와, 매가 내리칠 때마다 리드미컬하게 용수철처럼 퉁겨지는 그의 엉덩이…… 그것은 우릴 조금씩 미치게 했다. 결정적인 장면을 놓치고 만 우리들의 박탈감은 알 수 없는 분노로 치닫고 있었다.

그때 교실 뒤쪽의 아이들 몇명이 소리쳤다.

"폭력교사 물러가라! 폭력교사 물러가라!"

당장은 무언지 모를, 아니 알고 싶지도 않은 이상한 광적인 일체감이 급성전염병처럼 일시에 번졌다. 급기야 우리는 다같이 합창했다. 구호를 외쳤다. 주먹을 쥐고 손을 높이 들었다 놓았다 하면서. 텔레비전에서 본 대로.

"폭! 력! 교! 사! 물! 러! 가! 라!"

우리 편이 아니면 적이 있을 뿐이었다. 흥분한 뒤편의 몇몇은 훌쩍 책상 위로 올라가 팔을 흔들며 악을 썼다. 소리는 밀려오는 파도소리처럼 커졌다.

순간 그녀의 얼굴이 핼쑥해졌다. 쥐고 있던 막대를 힘없이 내던졌다.

우리는 승리자처럼 와아, 함성을 질렀다. 선생님이 낮게 명령했다.

"들어가거라."

황종규가 찔뚝거리며 굳은 얼굴로 제자리로 돌아가자 교실은 썰물처럼, 히히덕거림과 수런거림이 차츰 사라졌다.

"다들 눈감아라."

그녀가 떨리는 목소리로 명령했다. 우리는 눈을 감았다. 그때 나는 시계를 봐두었다. 2시 5분. 수업 종료를 20분 남겨둔 시각. 무엇이 잘못되어버렸나…… 잠시 잠깐 나의 머릿속에 회한이랄지 낭패감이랄지가 지나친 듯도 했다.

침묵이 흘렀다. 아무 소리도, 아무 움직임도 없는 교실은 마치 깊은 우물 속 같았다.

얼마나 지났을까? 선생님이 울고 있는 게 아닐까?

답답하다 못해 가늘게 샛눈을 뜨고 교단을 바라보니 선생님은 없다. 창 쪽이 눈부신 느낌에 고개를 돌리니, 하얗게 햇볕에 바래가는 옥양목처럼, 흰옷의 그녀가 창가에 정물처럼 서 있다. 아니 날개 다친 작은 흰 새처럼. 창 쪽을 향해 있는 옆얼굴. 무엇을 바라보고 있는 걸까? 미동도 없이 시선을 고정시킨 채. 울고 있는지도 몰랐다. 가끔 그녀의 목울대가 꿈틀했다. 나는 안다. 그녀가 우리에게 눈물을 보이지 않으려 속울음을 삼키고 있다는 것을……

언제였던가. 어둠이 내리기 시작하는 시장 거리에서 아이를 포대기에 업고 바람 들지 않게 외투로 여미고 종종걸음치는 그녀를 보았다. 아이가 아픈 모양인지 박소아과 문턱으로 급히 들어서던 그녀. 리어카 노점에서 꽁치를 고르던 진지한 모습. 바닥에 한줌 거리 산나물을 펼쳐놓고 파는 할머니에게 쪼그리고 앉아 뭔가 얘기하며 산나물 향내를 맡던 모습. 밤늦은 시각 돌 무렵의 아이를 유모차에 앉히고 시장 끝머리 화원과 수족관을 겸한 '낙원 꽃집'의 진열창 앞에서 아이와 오

272

래도록 열대어를 들여다보는 긴 그림자의 그녀. 한손으론 잠투정하는 아이의 유모차를 밀고 한손엔 책을 들고 몰두하던 '혜안 서림' 속의 그녀. 밤늦은 시장 거리를 홀로 배회하는 나의 눈에 먼발치에서 보게 되는 그녀의 긴 그림자는 왜 그리 슬퍼 보였을까.

그녀도 지독히 외로운 게 아닐까? 나처럼······

지금 왜 그런 그녀의 모습이 떠오르는 걸까······

지루함을 못 견디는 아이들의 잔기침 소리가 여기저기서 들려왔다. 아마 그들도 샛눈을 뜨고 그녀를 탐색하고 있음이 분명했다.

수업 종료 2분 전이었다. 땀에 젖고 헝클어진 머리를 왼손으로 쓸어 올리며 교탁으로 돌아온 그녀가 말했다.

"옛날 17세기 무렵에 영국과 미국에선 마녀로 몰린 선량한 여자들이 처형되었다. 마녀재판이라고······ 그 말은 금세기 미국에선 반공산주의를 지칭하기도 했지. 왜 그런지 그게 생각나는구나. 너희들과 나, 왜 이런 적대관계에까지 몰리게 되었는지······ 나를 정말로 너희들의 적으로 생각하는 거니? 모르겠다. 교단에 처음 섰을 때 생각이 나는구나······ 세상에서 다른 어떤 일보다 너희들을 기르는 것이 가장 희망적이고 아름다운 일이라 생각했지. 너희들 하나하나는 들여다볼수록 꽃 같다고 생각했지······ 그러나 이렇게 척박한 땅에 무리지어 핀 꽃들이 위험하다는 것도 오늘에서야 알았구나."

목이 멘 듯 그녀는 잠시 말을 끊었다.

"······부끄럽구나. 이 교단, 이 자리가······"

그러고는 이내 종소리가 나고 그녀는 영어책과 출석부를 들고 허청허청 교실을 나갔다.

"야, 좀 불쌍하다. 내일부터 학교 안 나오는 거 아냐?"

"어이 재수없어, 씨팔. 잘난 척하긴."

"오늘 또 종례시간에 독사 대가리한테 작씬 물리겠구나. 분해서 고 자질할지도 모르잖냐."

교실 안은 금방 너도나도 한마디씩 하느라 웅성대기 시작했다. 나로 말할 것 같으면 그때까진 적어도 '우리들' 편의 소속이었다. 그런데 약간은 사적인 감정이 들어간 그녀의 말. 그러나 어쩜 다른 녀석들에겐 '웬 신파야?' 하는 느낌을 주었을 그 말이 그후로 긴 여운을 남겨주었다. 특히 울 듯한 표정으로 '너희들 하나하나는 들여다볼수록 꽃 같다고 생각했지' 하던 그 말을 생각하면 나도 모르게 가슴속이 아렸다. 괜히 서러워지고 형의 얘기랑 어머니의 절망, 나 자신의 외로움도 마구 이야기하고 싶어지는 거였다.

그날 종례시간엔 아무 일도 일어나지 않았다. 그 일이 있은 후로도 몇몇 아이들의 우려와 달리 영어선생님 또한 수업종이 치면 들어와 45분을 견디고 종료종이 울리면 조용히 나갔다. 그 일 이후 우리들의 관계는 표면상 아무 변화가 없었다. 적어도 우리들은 그런 일로 자괴감이나 회오를 간직할 만큼 염치도, 그걸 반추하여 곱씹을 이유도 없었다. 돌에 맞은 개구리의 아픔 같은 건 우리들의 몫이 아니었기에.

그녀가 변한 것이 있다면 매를 들 만한 구실을 애써 피한다는 것. 숙제검사도 없어지고, 쪽지시험도 없어졌다. 교실은 마치 남대문시장통이었다. 그러나 그녀는 우리들의 얼굴을 보고 있지 않았다. 시선은 뒤 칠판 어딘가에 고정시키고 마치 마지막 리허설 연습을 하는 대사 많은 1인극의 배우처럼 혼자 떠들었다. 그렇다고 직무 유기는 아니라는 듯 열심히. 끊임없는 교실의 소음을 우려해서 동시에 칠판에 쓰면서 가르쳤다. 칠판은 한시간에도 서너 번씩 닦였다. 순전히 그녀 자신만의 노동으로 한시간이 채워졌다.

우리들의 자리는 아침 등교시간 순으로 우리가 선택할 수 있었다. 당연히 모세의 바닷길처럼 앞좌석은 공부에 그나마 관심있는 몇몇 아이들의 고정석이 되었다. 그 뒤부터는 조용히 다른 시간의 숙제를 하는 부류, 그 뒤엔 완전 자유석이었다. 아침부터 뒷자리를 차지하려고 다툼이 끊이지 않았다.

어느날의 영어시간.

"야! 이눔들아!"

벼락같은 소리에 놀라 뒤돌아보니, 뒷문을 통해 교장선생님이 교실 가운데까지 들어와 계셨다.

"어이쿠, 선생님 계셨군요. 선생님이 안 계신 교실인 줄 알고 그만……"

멋쩍은 헛기침을 하며 못마땅한 표정으로 교실을 나가는 교장선생님. 귓불이 약간 붉어지던 영어선생님.

"인제 짤렸다, 짤렸어."

교실 어디에선가 혀차는 소리와 함께 들리던 소리.

그해 여름방학이 다 되어서라고 기억된다. 어느날 교실에 들어온 선생님들 중에는 '참교육! 전국교직원노동조합'이던가, 아무튼 노란 리본을 단 선생님들이 몇분 있었다. 영어선생님은 달고 있지 않았다.

손이 매웠던 수학선생님도, 강의 중에 유난히 침을 많이 튀기던 사회선생님도, 늘 허무주의자처럼 보이던 기술선생님도 달고 들어왔던 것이 인상적이었다.

여름방학이 지나고 가을이 되어도 기술선생님은 볼 수가 없었다. 아이들 말로는 전교조 문제교사로 '짤렸다'는 것이었다. 그로부터 얼마 후 그가 생계를 유지하기 위해서 라디오수리점을 냈다는 소문도 들었다.

그해 가을. 그 다음날부터 2학기 중간고사가 실시될 어느 일요일 오후. 나는 다음날 치는 과학 과목의 교과서를 교실에 놔두고 온 사실을 오후 늦게야 깨달았다.

그때 그날의 일직교사가 영어선생님이었다.

선생님은 열쇠 꾸러미를 들고 앞장서서 교실로 오르는 층계 입구의 쇠창살문을 열었다. 그녀가 계단의 난간을 잡고 천천히 오르자 나는 알 수 없는 가슴 두근거림으로 그 뒤를 쭈뼛쭈뼛 뒤쫓았다. 복도는 적막했다. 인색한 늦가을 석양이 교실의 반쪽만 채우고 복도 쪽은 무거운 어둠에 가라앉아 있었다. 4층 복도 끝의 우리 반 교실이 긴 터널의 끝 같았다. 간간이 주택가 어디선가 아이의 우는 소리가 길게 들렸다. 야채 트럭의 확성기 소리도 아련히 들렸다.

"너 이름이…… 신형민, 맞지?"

갑자기 그녀가 나를 돌아보며 웃으며 말했다.

"아! 네…… 어떻게 제 이름을……"

뭔가 들킨 듯 지레 놀라 말까지 더듬자,

"너희들 이름 정도야 다 알고 있지. 다만 60명 하나하나를 모두 불러볼 기회가 없을 뿐이지. 그리고 그 반에서 넌 눈에 띄지 않는 조용한 아이 중의 하나니까."

그러면서 그녀는 다시 돌아보며 멋쩍게 웃었다. 그녀의 흰이가 참 환하다고 느낀 순간 한쪽 귀퉁이가 깨진 우리 반 팻말이 나타났다.

교실은 시험 때문에 일렬로 책상 배열이 되어 있었지만 줄을 맞추지 못해 오히려 더 무질서해 보였다. 책상이 뒤섞여 종전의 내 책상을 찾는 것은 쉽지 않았다.

"난 괜찮으니까 서두르지 말고 차근차근 잘 찾아봐라."

내가 책상 하나하나를 다 뒤져가고 있는 동안 그녀는 청소용구함 앞, 창가 쪽 맨 뒷자리에 오도마니 학생처럼 앉아 있었다. 우리 반에서 가장 키가 큰 60번 김철기의 자리였다.

팔을 턱에 괴고 칠판을 가만히 응시한 채 생각에 잠겨 있는 그녀의 감색 스웨터의 어깨 부분이 서쪽 창에서 들어온 햇살로 바다색으로 보였다. 그런 그녀는 르누아르 풍의 그림에 나오는 소녀처럼 보였다. 나는 내심 서두를 건 없다고 생각하고 있었다. 그녀와 단둘이 이 고적한 고요의 바다에서 유영하는 한마리 넙치라도 되었으면 싶었으니까. 그러나 얼마 되지 않아 내 과학책은 눈에 띄고 말았다.

"아아, 여기서 교탁까지 정말 멀기도 하구나……"

그녀가 혼잣말하듯이 중얼거렸다. 뭐 그런가……? 그러자 그 생각이 났다.

어렸을 때 형의 세계지도를 들여다보고 있는데 형이 물었다.

"우리나라에서 제일 먼 나라가 어딘지 말해봐."

"미국."

비행기로 열여섯 시간이나 걸려 미국출장을 갔다 온 민식이 아빠 생각이 나서였다.

"아냐, 바로 여기야. 북한."

하던 형의 그 말.

"그래 책은 찾았니?"

"네……"

책을 찾았으니 이제 그녀를 앉혀둘 명분은 없는 셈. 주제넘게도 자꾸 아쉬운 생각이 드는 것이었다. 가슴속에 늘 무겁게 가라앉아 있던 그 무엇이 샴페인처럼 터져올라올 것같이 조마조마했다.

그녀 역시 평일엔 전쟁터와 같은 이곳을, 옛날 격전지를 돌아보는 노병처럼 새삼스레 둘러보고 있었다.

"공부하기 힘들지?"

나는 선생님이야말로 가르치기 힘드시죠, 하고 주제넘게 맞받을 뻔했다.

"혹 교실에서 이해가 안되는 것이 있거든 개인적으로라도 꼭 오너라."

"애들이 알면 욕해요."

"왜……?"

"개인플레이 한다고……"

그녀의 얼굴이 일순 어두워졌다. 그러자 내 입에서 생각지도 않은 말이 불쑥 튀어나왔다.

"애들이 다 선생님을 좋아하니까요."

아첨을 떤 것 같아 얼굴이 화끈 달아올랐으나 그 순간 그 말이 정말로 딱 들어맞는 것 같았다.

그녀는 소리없이 웃다가 쓸쓸한 얼굴빛이 되었다. 그녀가 자리를 털고 일어섰으므로 나도 엉거주춤 교실을 나왔다.

"형민이, 너 혹시 책 읽는 거 좋아하니?"

교실문을 닫으며 그녀가 물었다. 나는 그녀에게 잘 보이고 싶어 얼결에 대답하고 말았다.

"네."

그녀의 표정이 환해졌다.

"야시장의 불빛 속에서 너를 가끔 본 듯해. 가끔 어두운 놀이터 벤치에 앉아 있던 아이가 너 맞지? 넌 슬쩍 모른 척하더구나. 혹 내가 도움 줄 수 있는 일이 있으면 언제든지 와, 아주 힘들면. 진양아파트 1동 505호가 우리집이야. 네게 책들을 빌려줄 수도 있어. 아주 힘들 때 나는 책을 읽는단다. 시도 읽고. 그럼 참 위안이 되거든. 너희들에게 가르쳐주고 싶은 건 바로 그런 건데……"

하긴 선생님은 박식하다. 영어의 예문을 들어줄 때도 원전에 나온 원문들을 밝혀서 써준다. 이건 셰익스피어의 오셀로에서, 이건 코울리지의 시에서, 이건 키이츠…… 그래봤자 아이들은 섹스 피워, 코흘리지, 키쓰로 발음하며 낄낄대었지만.

수업시간과 달리 밝은 얼굴에 말이 많은 선생님의 모습은 조금은 낯설었다. 어쩜 이게 그녀의 본모습이 아닐까.

"나는 너희들의 지금 얼굴을 보지 않는단다. 지금은 크느라 다 아픔이 있겠지만, 저마다의 그런 아픔은 영글어서 꽃송이가 된다고 믿어. 나는 그래. 저애들은 앞으로 어떤 꽃으로 피어날까, 상상하면 희망이 생기거든. 그런 상상을 주는 건 인간에 대한 믿음이고 그건 다 책에서 오거든. 난 널 믿는다."

왜 내게 그녀는 이런 말을 하는 걸까. 그녀의 그 말은 너무 시적이고 비현실적이라 내게 하는 말이라기보단 그녀 스스로 힘을 얻기 위한 주술처럼 느껴졌다. 그러나 나는 느낄 수 있었다. 그녀는 그렇게 눈물겹게 버티고 있는 것이었다. 바람에 전선줄이 위잉 울리듯 내게도 어떤 울림이 전해져왔다.

그녀는 아까와는 달리 바삐 걸었다. 서무실 앞에서 그녀는 내 어깨를 한번 다정하게 쳐주고는 안으로 사라졌다. 언젠가 정식으로 그녀를 만나보고 싶다는 용기가 내 안에서 솟아났다.

학교에서 나오는 길에 분식집 앞에서 황종규의 패거리를 만났다.

"야, 박미연이 오늘 일직이지?"

그중의 하나가 느물거리며 다가와 내게 물었다. 그의 숨결에서 술냄새가 났다. 나는 내 마음에 메아리치고 있는 좀전의 그 울림을 놓칠까봐 아무 말도 하지 않고 그들을 지나쳤다.

"야, 내비둬라. 저 새끼, 은근히 맛이 좀 간 놈이야."

그날 밤, 나는 국화분이 놓인 그녀의 집 창가에서 그녀가 나를 위해 시를 읽어주는 모습, 내가 아주 교양있고 박식한 청년이 되어 그녀와 자신만만하게 담소하는 흐뭇한 모습을 상상해보기도 하였다. 그러다 그녀의 꿈을 꾸고 부끄럽게도 새벽에는 몽정을 하였다.

그러나 예상치 못한 일이 다음날 기다리고 있었다. 우리 반 교실에 어제 화재가 났다며 출입이 통제되었던 것이다. 다행히 교실의 전면을 좀 태웠을 뿐이라고 했다. 우리는 과학실을 임시교실로 마련해 중간고사를 치를 수 있었다.

그러나 며칠간의 중간고사가 끝나고, 영어시간이 되어도 선생님을 볼 수 없었다. 나는 며칠 밤을 진양아파트 놀이터로 가서 1동 505호, 그녀의 베란다 창을 올려다보았다. 불꺼진 창은 내 가슴에 알 수 없는 삶에 대한 절망과 체념을 안겨줄 뿐이었다. 그러다 어느날, 베란다 창에 불빛이 보였다. 나는 반가운 맘에 늦은 시각에도 용기를 내어 현관벨을 눌렀다. 그런데 한 중년의 아주머니가 나오더니, 그녀는 얼마 전에 이사를 갔다고 했다.

아이들 말로는 선생님의 일직날에 불이 나서 선생님이 잘렸다는 것이다. 아이들 입에서 나온 소문은 그 후일에까지도 시나리오가 마련

되어 있었다. 영어선생님이 미쳐서 정신병원에 들어갔다는 둥, 자살을 했다는 둥, 온통 비극적인 내용 일색이었다. 아닌게아니라 그 다음 주 조회시간에 영어선생님이 사직을 했다는 교장선생님의 짤막한 언급에 이어 후임교사로 한 남자선생님이 소개되었다. 그는 짧은 머리에 체육교사 풍의 몸집 좋은 중년의 교사였다.

조회가 끝나고 교무실로 들어가는 여선생님들의 작은 웅성거림을 나는 놓치지 않았다.

"사직서만 달랑 내고 쥐도 새도 모르게 잠적했대요. 그렇게 홀떡 사표낼 거면 지난 여름에 대의를 위해 전교조 지부에 이름이라도 걸지. 명분도 좋잖아. 남편도 운동하던 사람이라던데, 그렇게 설득해도 묵묵부답이더래요."

"그래도 그이, 교육현실에 늘 가슴아파했어요. 참 순수한 사람인데……"

"그것도 문제야. 내 이 바닥에 오래 붙어 있을 사람은 아닌 거 진작 알아봤지만서두."

"불난 거야 시말서 쓰고 아무 문제 없이 처리됐다던데, 왜 사표까지 냈을까. 멀리 있는 남편 대신 생계를 꾸려가는 사람 같던데."

"그런데 3학년 10반 교실 불은 누가 냈을까?"

이경철 선배의 소문이 무르익을 동안 너는 '시인과 촌장'에 나타나지 않았어. 그뿐 아니라 학기말 시험에서도 널 보았다는 애들조차 없었어. 시뻘겋게 충혈된 눈으로 널 찾는 이경철 선배는 학교 앞 술집에서 자주 취해 있었어. 학기말 시험이 끝나는 날, 나는 너의 하숙으로 전화를 해보았지. 그러나 보름 전에 네가 하숙을 옮겼다는 거야.

그런데 늦장마가 시작된 7월 중순의 어느날 저녁, 네가 내게 전화했지. 실로 오랜만이었지. 반가운 마음에 택시까지 타고 간 모래내의 어느 허름한 술집에서 만난 너는 몹시 초췌한 모습이었다. 추적추적 오는 비를 우산도 없이 맞고 돌아다녔는지 몇번이고 손으로 짧은 머리를 털었다. 옷도 후줄근히 젖어 있었지.

"아무 말 하지 마. 그저 네 얼굴이 보고 싶었을 뿐이야."

그렇게 말하며 너는 쓸쓸한 눈빛으로 조용히 웃었지. 금방 네 눈빛이 내 가슴에 떨어진 조약돌이 되어 파문을 일으키기 시작했어.

우린 따뜻하게 데운 막걸리와 뜨거운 해물전골을 안주로 정말 아무 말 없이 마셨지. 가끔 들창을 때리는 빗소리와 바람소리에 귀를 기울이며. 너는 멍하니 바깥을 보며 생각에 잠기다가 부르르 몸을 떨기도 했지.

"빨리 늙어버렸음 싶어. 이 비가 그치면 한 쉰살쯤 되어 있으면 좋겠다……"

그리고 너는 바람벽에 몸을 기대고 깜박깜박 졸기 시작했다. 나는 네가 애처로워 곁에 가서 너의 목고개를 내 어깨에 편히 기대게 해주었지. 젖은 네 몸 어디선가 향긋하게 쪄지고 있는 옥수수 냄새 같은 게 나는 듯해서 아주 슬픈 기분이 들었더랬다. 나는 나도 모르게 네 목덜미에 코를 박고 네 한쪽 어깨를 부드럽게 쓸어내렸는데, 가끔 진저리를 치듯 너는 몹시도 떨고 있더구나.

"이대로 죽어버렸으면……"

너는 확실히 예전과 달랐다. 감상적인 말들을 할 때야말로 여자가 사랑에 빠졌다는 거 아닌가. 나는 네가 왠지 애처롭고도 사랑스럽게 느껴졌다.

그때 술에 취한 내가 네 귓바퀴 속에 흘린 말을 너 아직 기억하니?

"네가 어떤 남자들을 헤매더라도 내 품으로 돌아와라. 난 너의 마지막 사랑이 될 거야."

그러자 꿈꾸듯 취해 있던 네가 날 비웃는 듯한 목소리로 말했지.

"사랑이라구? 그건 또다른 이름의 폭력일 뿐이야. 남자는 사랑의 이름으로 여자의 몸속에 다이너마이트를 장치하는 거지. 말하자면 처녀막이란 그것의 뇌관인 셈이구. 여자는 그때부터 부서지기 시작하는 거구……"

"넌 뭐니, 그럼, 사랑이 그저 파괴란 말이니, 넌 사랑을 전혀 믿지 않니?"

내가 발끈해서 물었지. 그 통에 네 고개는 내 어깨에서 떨어지고, 고개를 다시 세운 너는 대답 않고 오랫동안 날 응시할 뿐이었어.

그때 주모가 나타나 가게문을 닫겠다고 해서 우린 쫓겨나왔지. 밖은 이미 걷잡을 수 없는 폭우로 변해 있었어. 내 우산을 방패삼아 우리 둘은 부둥켜안고 거리로 나섰다. 거리는 성난 해일이 한번 쓸고 지나간 듯 너무나 텅 비어 있었지. 곧 우산도 소용이 없어질 정도로 내리는 폭우와 천둥과 번개에 마치 우린 조난당한 사람들 같았어.

비 때문에 아무것도 보이지 않았어. 그때 어디선가 여인숙의 붉은 네온싸인이 꺼질 듯 말 듯 우리 눈에 나타났지.

여인숙의 온돌방에 들어선 우린 그야말로 꼭 짜지 않은 빨랫감처럼 끊임없이 빗물을 흘리고 있었어. 내가 뜨거운 물로 샤워를 하고 젖은 옷을 짜서 더운 방바닥에 늘어놓을 때까지, 너는 젖은 옷 그대로 방안에 도사리고 앉아 있기만 했지.

"감기 들겠어. 젖은 옷을 벗어서 말리지 그러니?"

내가 괜히 겸연쩍어하며 말했지. 너는 얼어붙은 듯 차가운 얼굴이었다. 술도 말짱하게 깼고, 멀쩡한 정신에 단지 옷을 말리기 위해 네 앞에서 옷을 벗었다는 자각이 좀 우스꽝스러웠다. 무슨 갑옷처럼 물젖은 청바지를 입고 앉은 네 앞에, 팬티 바람으로 마주앉는 것도 쑥스러워 나는 아랫목에 이불을 펴고 들어갔다.

아아, 술이라도 있어 다시 취할 수 있다면…… 나는 술생각이 간절했다. 방안은 금방 따뜻한 습기로 가득 찼어. 너의 몸에서 더운 훈김이 오르는 듯했지만, 너는 무척 몸을 떨었다. 나는 널 안심시킬 필요가 있었지.

"부끄러워 그러니? 네가 원하지 않는다면, 네 몸에 손가락 하나 안 댈 거야. 그러니 제발 따뜻한 물에 샤워하고 옷을 벗어서 말려. 너 나 만나기 전부터 비 맞고 다닌 것 같은데, 병나면 어쩌려고……"

나는 생각했다. 네가 어쩜 보기보다 아주 수줍은 여자애라고. 과연 네가 처녀였다는 소문은 맞는 거구나. 그때 네가 갑자기 단호한 목소리로 결심한 듯 말했다.

"절대 불켜지 말아줘. 꼭."

네가 일어나더니 형광등을 껐다.

"그래, 알았어."

말은 그렇게 했지만 나는 그후에 벌어질 일의 성마른 상상을 지그시 누르며 눈을 감고 기다렸다. 그러나 너는 미동도 하지 않는 듯했다. 어둠속에서 거센 빗소리만 들리고 나는 온돌로부터 전해지는 따뜻한 온기에 그만 까무룩 잠 속으로 빠지고 말았다. 잠결에 샤워기의 물줄기 소리를 들은 것도 같았다.

내가 잠에서 설핏 깬 것은 빗소리 때문인지, 아니면 너의 한숨 때문

284

이었는지, 잠들지 못해 네가 뒤척이며 내는 이불깃의 사그작거림이었는지…… 아니면 그 모든 소리의 음울한 화음이, 내 가는 의식의 끈을 잡아당긴 때문인지.

내가 한번 뒤집어 누워 손을 뻗으니 내 손엔 물컹하면서도 따뜻한, 내 생애 최초의 빨려들 듯한 부드러움이 있었다. 내가 그것을 잃을까 봐 더욱 움켜잡자 가느다란 한숨 같은 신음이 새어나왔다. 그런데 그 신음의 끝은 무척 축축하고 떨렸다. 너는 울고 있었던 거다. 반듯하게 누워 한쪽 젖가슴을 내 손에 잡힌 너는. 나는 참을 수 없는 욕정으로 네 벗은 몸 위에 올라갔다. 내 내부의 허기진 본능이 시키는 대로 서두르며, 광포하게 너를 파헤쳤다. 너는 날 밀어내지도 않았고, 날 끌어안지도 않았다. 대신 흐느끼는 목소리로 물었다.

"날 사랑해?"

"응."

"정말?"

"응."

"곧 후회하게 될 거야."

그러곤 갑자기 내 목을 끌어안고는 울어버리는 통에 나는 그만 어이없게도 사정을 하고 말았다. 문전에서, 너의 거웃만 잔뜩 적신 꼴이었다.

우린 엎드려 어둠속에서 함께 담배를 나눠 피웠다. 밖은 그새 빗줄기가 가늘어져 있었다. 물조리에서 나오는 소리처럼 들렸다. 난 멋진 결합을 이루지 못했다는 일말의 부끄러움이 있었지만 왠지 가슴이 벅찼다.

"아침이 오지 말고, 이 밤이 끝나지 않고 계속됐으면……"

"넌 꼭 이 밤이 지나면 홀연히 사라질 사람처럼 말하는구나. 옛날 전설처럼 말이지. 어떤 선비가 비오는 날 길을 잃어 숲속 오두막에서 하룻밤 자는데, 어여쁜 여인이 나타나 동침을 하게 됐더란 말이지. 둘은 기막힌 운우지락(雲雨之樂)을 나눴다. 그런데 아침에 일어나 보니 여인은 간데없고 흉측한 구렁이만 남아 있더라…… 뭐 이런 식으로 말야."

그러자 넌 피식, 바람 빠지는 풍선 같은 소릴 내며 웃었지. 그리고 이야길 시작했지.

"들어봐, 아주아주 슬픈 전설이야. 옛날옛날에 저 전라도 남쪽 항구 도시에 착하고 예쁜 여자애가 살고 있었대. 그애네 집은 바닷가에서 횟집을 하느라 그애 아빠 통통배를 타고 자주 바다로 나갔지. 그애도 아빠가 바닷물에서 싱싱한 물고기를 낚는 걸 보기를 아주 좋아했지. 그애는 자라서 소녀가 됐지. 그 소녀는 어느날 아빠의 배를 빌려 타고 바다낚시를 나가겠다는 남자들에게 배를 매어둔 선착장으로 안내를 하게 되었지. 그런데 그만 정신이 아득해져버렸어. 나중엔 정신이 들었지만 눈이 가려져 온통 어둠뿐이었지. 파도소리가 들리고 가끔 남자들의 목소리가 들려왔지만 꼼짝도 할 수 없었대. 두 손이 어딘가의 기둥에 묶여 있어 꼼짝도 할 수 없었대. 세 사람인지 네 사람인지 그들은 늘 술에 취해 있었고 아주 상스러워 소녀에게도 억지로 입에 술을 붓기도 했대. 그들이 누군지, 왜 소녀가 이렇게 끌려왔는지, 아무런 필연성이 없었지. 도대체 왜? 아무 예측의 여지도 주지 못하는 그 우연성에, 죽을 듯한 공포로 몸을 떨었지만 그후에 그들이 한 짓에 비하면 아무것도 아니었대. 몇번씩 까무러치면서 깨어날 때마다 살아 있다는 것에 진저리를 쳤대. 한번씩 까무러칠 때마다 소녀는 환생을 하는 자신을 느꼈대. 사람에서 개로, 개에서 뱀으로, 뱀에서 지렁이로…… 얼마 후 그들도 떠나고, 버려진 소녀는 지나가는 낚싯배에 발견돼 집으로 돌아올 수 있었대. 그러나 그때부터 소녀는 주홍 글자를 단 에스더란 여자처럼 푸른 낙인이 찍혀버렸대……"

너는 갈수록 목소리가 떨리고 호흡이 가빠졌다. 그러다 갑자기 벌떡 일어나 불을 켰다.

"날 똑바로 봐!"

나는 갑자기 쏟아진 빛에 눈을 찡그리다 떴다. 아! 그때의 그 심정을 어떻게 설명할 수 있겠니? 단지 놀라움이라기엔, 그저 슬픔이라기엔, 차라리 처참한 분노…… 아아, 모르겠다.

너의 희디흰 나신은, 서투른 문신자국과 담뱃불로 지져놓은 흉측한 흉터들로 얼룩져 있었다! 젖가슴 밑에서부터 그건 아래로 내려가면서 더 심해졌다. 용을 새기려 한 건지 뱀을 그리려 한 건지 조잡한 솜씨였다. 마치 공중변소의 푸른 낙서처럼 악의가 철철 넘쳐났다. 나도 모르게 눈을 질끈 감아버렸다. 조금 전까지 내 손길과 입술에 참을 수 없는 갈증을 주던 부드러움의 실체가……

"네가 사랑한 나는 뭐니? 이래도 날 사랑할 수 있니?"

네가 날이 선 목소리로 추궁하듯 물었지. 나는 눈을 감고 아무 대답도 하지 못했다. 다만 시간이, 그래 시간이 좀 필요할 거란 생각만이 핑계처럼 들었다.

그때 네가 무너지듯 주저앉아 울더구나. 한참을 울더구나. 나는 형언할 수 없이 가슴이 아파왔다. 다가가 너의 등을 어루만지고 너를 내 가슴에 안아주었더랬지. 넌 울면서 말했어.

"왜 하필 나여야 했지? 그때 이후로 나는 나를 받아들일 수가 없었어. 세상이 무서웠어. 여자인 나를 조롱하고 무시하고, 복수하고 싶었어. 내가 열다섯살. 여자라는 자각이 들기 전부터 어처구니없이 당한 그 남자들의 폭력에, 세상의 폭력에. 남자들보다 더 똑똑하고 씩씩하게 살아야겠다고 이를 악물었지. 아무도 날 여자로 여기지 말기를. 나 자신도 여자임을 잊고 싶었어. 우먼이 아닌 휴먼으로 살고 싶었을 뿐이야. 이렇게라도 살아 있는 내가 얼마나 지독한지…… 나 한번도 맘 놓고 울어본 적 없이 살았어. 이런 모습 네게 처음이야. 하지만 내게도 사랑이 찾아오면, 난 어째야 하는 건지…… 이런 날이 오게 될까봐 두려웠어."

그랬다. 네가 사랑 고백을 그렇게 하는 걸, 야비하게도 나는 짐짓 모른 체하며 물었다.

"경철이 형과는 결혼할 거라고 소문이 났던데……?"

어이없는 표정으로 네가 또 말했지.

"내가 그 형을 사랑한다고 생각하니, 너는? 어처구니없게도 경철이 형은 내가 순결한 처녀인 줄 알아. 이런 우스꽝스런 아이러니가 버젓이 일어나는 게 인생이야. 만화가 아니라구. 형이 논문 마무리 작업을 도와달라고 해서 간 저녁에 마침 정전이 되었더랬지. 기다려도 불은 들어오지 않고, 그는 아주 잘된 기회라 생각했겠지. 갑자기 내게 이불을 뒤집어씌우고 자기 욕구를 채우고 말았어. 그 형이 세든 집의 마루에선 식구들이 모여 초를 밝힌 채 떠들썩하게 저녁을 먹는 중이었는데, 내가 반항하는 소리를 들었을 텐데도 모두들 못 들은 척하더군. 또 고양이 아가리에 생선이 들어가는구나, 그랬겠지. 옷을 주워입고 나니 마침 불이 들어왔어. 그의 흰 여름요에 붉은 핏방울이 몇점 떨어져 있더라. 그 형이 아주아주 감동스런 얼굴이 되어 내게 뭐라구 했는지 아니? 말할 수 없이 고맙구나, 네가 순결한 여자여서,라구. 나는 바로 그 방을 나와버리고 말았어. 그가 감동한 그 혈흔은 뭔지 아니? 생리가 시작되려고 하던 중, 자극으로 일찍 터져버린 것뿐이야. 난 화장실로 가서 곧 패드를 꺼내어 찼단다."

그러곤 네가 호옥 한숨을 쉬었던가.

"네가 꿈꾼 사랑도 그런 환상이겠지. 사랑에 당의정 같은 환상이 칠해져 있지 않다면 어느 누가 사랑을 하겠니. 내 인생에서 환상은 영원히 존재하지 않아. 그저 쓰디쓴 독약을 조금씩 조금씩 마셔서 서서히 중독되어 죽는 일만 남은 삶이야……"

지금도 가슴이 아프구나. 그때의 너의 독백을 새기는 일이……

"너무 자학하지 마……"

기껏 내가 할 수 있는 말이 그것밖에 없다는 것이 나도 답답했지. 너는 내 말에 서글픈 웃음을 보내왔다.

지친 네가 꺼져가는 목소리로 말했지.

"내 순결한 몸과 영혼을…… 어찌해야 돌려받지……? 백일 동안 어두운 동굴에서 마늘을 먹어볼까…… 바위에 천만번 머리를 찧어볼까…… 어찌해야 돌려받지……"

꿈을 꾸었다.

너무도 강렬한 붉은 이미지의 꿈이었다. 나는 꿈의 한자락을 애타게 붙들고 그 느낌, 그 기억을 살려내려 애써본다. 그러자 몇조각 꿈의 파편들이 모자이끄 퍼즐처럼 떠오른다.

불! 흥분한 무리들의 함성! 어떤 절정을 향해 치솟는 고조되는 분위기…… 나는 방금 지나온 무의식의 터널을 손전등을 들고 탐사하듯이 더듬어나간다. 터널의 저쪽 끝에 빛!

그렇다! 우리는 한 마녀의 화형식을 거행하려는 중이었다. 꿈속에서, 우리는 열다섯살 어린 소년들의 모습이었다. 다리 부러진 채 뒹구는 의자, 칼자국이 난 책상 위에 저마다 올라서서 주먹을 들고 구호를 외치고 있었다. 교단 앞, 왼쪽 윗부분이 무언가의 둔기로 얻어맞아 찌그러진 채 구멍이 나 있던 예전 우리 학급의 칠판 앞이 온통 불바다였다. 우리들이 마녀라고 믿고 있는 여자는 고개를 숙이고 있었다.

커지는 함성…… 여자의 얼굴이 점점 불길 속에 확대되고…… 고개가 확 젖혀지는 순간. 아! 그 얼굴은…… 박미연 선생님의 얼굴이었다. 그런데 순식간에 또 서현의 얼굴이 되었다.

4시 40분. 시계 속의 마녀는 활강하고 있다.

지독한 갈증이 목을 죄어온다. 동전을 꺼내들고 위층 음료수 자판기로 가서 코카콜라 캔을 뽑아 들이켜니 잠은 뿌리째 뽑히고 맑은 바람이 들이치듯 맨정신이 든다. 나이트클럽에서 흘러나오는 쿵쿵거리는 육중한 스테레오 음악소리가 들려온다.

수평선도 보이지 않는 캄캄한 바다는 마냥 무한 허공처럼 느껴진다. 멀리 형체도 보이지 않는 선박의 등불일까? 마치 밤하늘의 별처럼 느껴지기도 하는 그것은. 포말도 파도도 보이지 않고, 배조차 가고 있는 것 같지 않다.

웬 마녀의 꿈? 시계를 들여다보다 잠든 걸까, 그 맹랑한 꿈이라니…… 마녀 화형식…… 불길 속의 여자 얼굴. 박미연 선생님과 서현의 얼굴이 교대로 점멸등처럼 내 머릿속에서 계속 깜빡깜빡 떠오른다.

그 여관에서 너는 울다 지쳐 잠이 들었지. 나는 네 몸의 흉터와 아직도 피흘리는 네 마음의 상처까지도 사랑을 할 수 있는가, 끊임없이 자문했지. 만약 내가 그때 맹세를 했다면 너는 떠나지 않았을까. 그처럼 소리없이 사라지진 않았을까. 그때 겨우 갓스물하나. 사랑의 이름으로 내가 네 영육의 상처를 모두 치유할 수 있다고 감히 말할 수 있었다면…… 나는 두려웠다. 그리고 비겁했다. 어쩌면 나 또한, 세상의 보이지 않는 폭력의 가해자인지도 모를 나, 상처받은 영혼에게, 이제 네게 용서를 빌고 싶다.

아침이 되어 깨어나 보니, 너는 온데간데 없고 잘 마른 내 옷가지들이 뱀의 허물처럼 방 한가운데 펼쳐져 있더라. 마치 마법의 밤 속을 헤매다 나온 것처럼 너와의 일들이 한바탕 꿈인 듯싶더구나. 너는 마치 몹쓸 주술에 걸린 불쌍한 마녀가 아닐까.

밤 동안의 비는 그쳤고, 햇살이 나는 아침이었다. 여관을 나서며, 살 부러진 찢어진 검은 우산을 두고 나오며, 나는 바깥세상의 찌르는 햇빛에 눈물이 났다. 마치 세상의 폭풍우에 찢어진 우산처럼 네가 생각되어져서.

어제 내가 만난 그 선생님이 언젠가 마녀재판이란 말을 했던 게 생각난다. 그래. 아직도 마법에 걸린 순결한 영혼들이 있겠지. 또 마녀재판은 아직 끝나지 않았는지 몰라. 이데올로기가 있고, 가난한 자와 부자가 있고, 힘센 지배자와 약한 민중이 있고, 홀로인 사람과 여럿인 사람이 있고, 남자와 여자가 있는 한.

넌 마법을 풀려고, 나름대로 주술에서 풀려나려고 안간힘을 쓰며 살았어. 그 견딤을 나는 안다.

나는 네가 마법에서 풀려났는지 지금도 알 수는 없구나. 그러나 다시 곰곰이 생각해본다. 그 짧은 우리의 해후를…… 내가 남불의 도시로 널 찾아갔을 때, 네 방에서 나온 사람은 늙수그레한 아랍남자였다.

잘못 찾아왔구나, 돌아서는 내게 그는 웃는 얼굴로 묘지로 가는 길을 가르쳐주었지. 내 뒤쪽의 보이지 않는 아주 먼 곳을 보는 듯한 그의 이상한 눈빛. 계단을 내려가면서 생각하니 그는 장님이었던 거다.

묘지의 벤치에 나와 오후의 햇빛을 즐기는 너의 모습에도 나는 가슴이 내려앉도록 놀랐다. 긴 머리를 틀어올리고, 잔주름을 많이 잡은 풍성한 스커트를 입은 네 모습에. 그 풍성한 스커트 속의 동그마한 수박 같은 배를 보듬고 있는 너의 모습에⋯⋯

너는 말했지. 그 앞을 못 보는 알제리 사람은 네 남편이고, 너는 뱃속의 아기를 기다리고⋯⋯ 그리고 행복하다고⋯⋯

모르겠다. 생이란 것의 그런 돌발성을.

참, 한가지 고백할 게 있다. 네가 들으면 웃겠지만 계속 마음에 걸리는 일이 있어. 자꾸 마녀, 마법 운운하는 게 나도 마법에 씐 건 아닐까 하구. 이 시계 때문인 거 같아. 지금은 여섯시. 마녀는 계속 추락 중이야. 사실 이건 훔친 거야. 아니, 사실은 그렇지 않지만 결국엔 그렇게 돼버렸어. 주인에게 돌려줘야 할까봐. 여행 전에 뭘 찾느라 오래된 서랍 속을 뒤지다 나온 건데 말야, 이건 원래, 지금은 콩나물을 길러 팔고 계시는 그 여선생님의 것이야.

세상에 얽힌 우연이 절대적인 필연성을 향해 가는 미로찾기처럼 느껴져서 갑자기 두려워. 아니 이 하루 동안의 항해에, 내가 그녀의 오래 전의 시계를 차고 우연히 그녀를 만난 게, 마치 서투른 삼류소설의 플롯처럼 우스꽝스럽기조차 해. 그녀는 여름날, 교실에 들어오면 늘 시계를 자신의 분필통 위에 벗어놓는 버릇이 있었지. 그녀가 아주 비참하게 절망한 어느 여름날, 그녀는 교탁에 그걸 두고 나갔다. 주번이던 내가 칠판을 지우다 그걸 발견해내고 내려갔지만, 그녀는 등나무 벤치에 앉아 혼자 울고 있었다. 나는 그걸 그후에도 돌려주지 못했고, 그녀 역시 어느날 홀연히 떠나버렸거든. 이제 아침이 오면 돌려주어야겠어.

잠이 든 것은 희부윰하게 날이 샐 무렵이었는데 눈을 뜨니, 벌써 11시 10분이다. 안내방송이 계속되고 있었다. 아일랜드의 로슐래어 항구에는 정각 1시 10분에 도착하겠으며, 대륙의 시간보다 섬의 시간은 한시간이 늦다고. 지금은 아일랜드 시각으로 10시 10분이라고 알리는 소리였다. 10시 10분으로 시간을 고치니 한시간을 덤으로 얻은 것 같아 기분이 좋아진다. 나는 시계를 풀어 깨끗한 백지에 싸서 주머니에 넣었다. 아침을 먹고 그녀에게 돌려줄 참이다.

사람들 틈에 끼여 부산스럽게 커피 한잔과 크루아쌍 두 개로 아침을 때우고, 나는 아래층으로 가 C복도 303호를 찾았다. 손이 조금 떨리는 것을 느끼며 노크를 하니 아무 대답이 없다.

나는 갑판으로 올라간다.

하늘은 구름 한점 없이 쾌청하다. 아니나다를까, 때마침 박미연 선생 가족들이 바다를 배경으로 사진을 찍고 있다.

"아니, 고갤 이쪽으로, 아니 좀더 왼쪽으로 사알짝…… 그렇지."

그녀의 남편이 그녀를 뱃전에 서게 하고 머리칼이 바람에 날리는 그녀의 프로필을 찍는 중이다. 그녀는 손으로 퍼머넌트 된 머리칼을 쓸어올리고 시선은 카메라를 향한 채 웃는 모습이다.

지금 찬찬히 보니 그녀는 예전보다 무척 살이 올라 있다. 그래 그런지 예전의 그 고집스런 단정함이 얼굴에서 사라지고 적당히 흐트러진 모습으로 보인다. 그녀의, 계란 곡선처럼 단아하던 턱선이 허물어져 목과 턱의 살집이 두툼해 보인다. 그다지 눈에 띄는 건 아니지만 아래 눈두덩도 힘없이 처져 있는 듯하다. 그래서인지 얼굴 전체가 약간은 방심한 듯 시무룩한 인상을 주고 있다.

꽃이 허물어지는 것이 저러할까…… 막 피기 시작하는 장미는 얼마나 옹골찬 긴장미를 가졌던가! 그걸 볼 때마다 '꽃의 의지'가 느껴지지 않던가. 안으로 무언가를 꼭 쥐고 놓치지 않으려는 그 구심력과 한겹 두겹, 꽃잎이 벌어지려 하는 원심력과의 대결 같은 게 느껴지는 긴장감있는 봉오리! 그러나 만개하고 시들기 시작하는 그 모습은 속의 꽃술을 온통 드러내고 헤벌어져 얼마나 헤프고 무기력해 보이던가. 모름지기 인생이란 그런 건가. 문득 세월의 무상함이 느껴진다.

누구도 세월을, 지구의 중력을 벗어날 수는 없지만…… 저 얼굴이었던가. 내 사춘기의 밤과 꿈을 바람처럼 흔들던…… 나는 또 그녀가 새삼스러워진다.

나를 본 사내가 반긴다.

"어? 잘됐네. 이리 와서 가족사진 하나 박아주게나. 암튼 남는 건 기념사진밖에 없다니깐."

나는 그의 요구에 세 번 셔터를 눌러준다. 그는 행복한 가장임을 과시하듯 아이들을 앞세우고 아내의 살찐 둥근 어깨를 꼭 껴안는다.

그녀 또한 햇빛 때문에 눈은 찡그렸지만 입은 활짝 벌리고 웃는 모습이다.

"잘 주무셨어요? 멀미로 더이상 고생은 안하셨어요?"

내가 인사삼아 그녀에게 건넨 말이다. 그녀는 지금의 나를 알아보지 못하는 것 같다. 키가 커지고 몸이 단단해지고 수염까지 덥수룩하게 자란 청년이 된 나를.

"네, 덕분에요. 아! 저기 좀 보세요."

그녀가 웃으며 대꾸하다 손가락으로 바다를 가리킨다.

"바다에 길이 나 있는 거!"

그러고 보니 배의 선미(船尾)에서부터 뒤쪽 저 멀리 수평선 끝까지 거대한 담청색 길이 나 있다. 바다를 가르고 지나온 배의 흔적일까. 바다에 담청색 긴 양탄자를 깐 듯한 선연한 물길.

"배가 가면서 만드는 길인가봐요. 바다를 가르고 헤쳐온 물길이 어쩜 저리 선명하고도 투명할까!"

그녀의 남편과 나는 뱃전에 기대서서, 그 바닷길을 바라보며 담배 한대씩을 나눠 피운다. 담배를 피우는 동안 그녀와 그녀의 딸 혜주는 저만치 플라스틱 의자에 앉아 손뼉을 치며 노래한다.

"아침 바람 찬 바람에 울고 가는 저 기러기. 우리 선생 계실 적에 엽서 한장 써주세요……"

혜주의 깔깔대는 소리가 구슬이 구르듯 떼구루루 굴러온다.

나는 종이로 싼 시계를 가만히 주머니 속에서 만지작거린다.

"배가 이렇게 크니 그게 남긴 흔적도 이렇게 크구만. 인간에게 과거란, 시간이란 괴물에 지워져 흔적조차 없이 미미하지만, 역사란 저 물길처럼 거대한 족적을 남기지. 나, 이제 사십이지만 내 지나온 길을 후회하진 않아요. 상처도 영광도 없는 인생이 어디 있겠나. 젊은 친구, 저 물길에다 어제의 상처와 집착과 고통은 다 던져버리라구. 학생 얼굴 보니까 꼭 실연당한 얼굴이라구. 세월이 가면 인생의 곳곳엔 그만큼 다른 보너스도 많이 기다리고 있는 거라구. 청춘이 제일 고통스럽지."

그때 도착시간을 한시간 남겨놓았다는 안내방송이 나온다.

"여보, 내려가요. 슬슬 짐을 좀 챙겨야지."

그녀가 다가오며 말한다.

"그러지 뭐. 여기 있을 텐가, 학생은? 배에서 내릴 때 혹시 못 만나게 될지 모르니까 여기서 미리 작별인사 합시다. 즐거운 여행 하고 무사히 잘 돌아가요. 멋진 추억도 많이 만들고. 별거 아냐, 여자와 버스는 기다리면 다시 온다구."

그는 눈을 찡긋, 하며 내 손을 잡고 힘차게 악수한다.

그가 먼저 아기가 탄 유모차를 번쩍 들고 계단을 성큼성큼 내려간다. 그녀도 고개를 숙여 목례를 하고 딸의 손을 잡고 발길을 돌린다. 혜주가 손을 흔들며 인사한다. 앙증맞은 불어로.

"오르부아."

나는 시계 생각에 순간적으로 혼란을 느낀다.

그러자 앞서 몇걸음 걷던 그녀가 천천히 어깨를 돌린다.

"인상이 참 좋아요. 어디서 많이 본 듯하기도 하고……"

나는 그냥 말없이 웃는다.

그녀도 아무 말 없이 나를 바라보며 흡족한 듯 웃는다. 그녀가 돌아서서 계단을 내려설 때, '선생님!' 하고 소리치고 싶은 마음을 누른다. 그대로 두는 것이 낫다고 생각한다. 대신 나는 마음속 깊이 절을 한다. 이제 다시는 내 인생의 어딘가에서 만나기 힘들 내 어린 꿈속의 선생님, 부디 안녕히…… 모든 사라지는 것들의 아름다움을 위하여.

순간, 어쩜 그녀도 나와 같은 마음일지 모른다는 생각이 든다.

그녀는 갔다.

나는 선미에 서서 푸른 잉크빛 바다를 가르고 이어지는 담청색, 배의 발자취를 바라본다. 그녀는 젊은날의 잃어버린 꿈의 자취를 좇아 아일랜드로 가고, 나는 추억을 묻으러 아일랜드로 간다. 추억 속의 마녀를.

갑자기 늙은 알제리 남자의 눈이 생각난다. 그에겐 사랑이 어떻게 보이는 걸까? 그는 서현과의 사랑을 어떻게 인식하는 걸까…… 묘지로 가봐요. 지금쯤 내 사랑은 햇빛 속에 앉았을 테니까…… 그는 웃으며 시를 읊듯 그랬던가. 서현의 것을 닮은 그의 웃음.

그래, 그녀의 말대로, 그들은 행복할지도 모르지. 이제 그녀를 놓아주자……

나는 주머니에서 시계를 꺼내어 들여다본다. 12시 15분. 마녀는 빗자루를 타고 맹렬한 속도로 솟구치고 있다. 나는 배낭에서 서현의 주소가 적힌 분홍색 메모지를 꺼낸다. 그것으로 시계를 돌돌 싼다. 그리고 난간에 선다. 호흡을 고른다. 나는 수장(水葬)한다, 마녀의 시간을! 이제 시간은 그녀를 마법에서 풀어놓아줄 것인가. 배의 뒤편에서 이어지는 거대한 물길을 향해 힘껏 그것을 던진다. 광대무변한 우주에 떨어지는 한점 꽃잎처럼 그것은 흔적없이 사라져버린다.

아! 바로 그때, 풀려난 마녀의 환생인가. 그 물길에서 힘차게 솟구치는 흰 바다새를 나는 보았다.

—『라쁠륨』 1997년 가을호

사랑의 소멸과 시작

백지연

권지예의 첫 소설집 『꿈꾸는 마리오네뜨』가 보여주는 세계는 삶의 격정적인 순간을 희구하는 여성들의 목소리로 가득 차 있다. 소설집에 실린 여덟 편의 중단편에서 단연 돋보이는 것은 사랑의 테마이다. 낭만적인 사랑이 일상 속에서 어떻게 부스러지고 자취를 감추는가를 여성의 심리를 통해서 세밀히 보여준다는 점에서 이 소설집은 독특한 색감을 갖고 있다. "뜨거운 통증까지도 가져다주는 끄지 못하는 가슴 속의 화톳불"(「상자 속의 푸른 칼」)이 불러일으키는 탈일상의 충동은 소설 속의 여성들을 쉽게 안주하지 못하게 한다. 일상을 벗어나려는 욕망을 갖는 순간부터 그녀들은 병을 앓기 시작한다. 자신들이 속해 있던 운명의 궤도로부터 벗어나려는 힘겨운 시도는 자아를 혼돈상태로 몰아간다.

여성들이 앓기 시작한 방랑의 질병과 내면의 고독은 행복한 사람들의 눈에 쉽게 띄지 않는다. 그것은 같은 고통을 겪는 자들끼리만 알아볼 수 있는 은밀한 표지이다. "무리를 짓지 않고 혼자 떠도는 그 여자"는 "홀로 밤거리에 긴 그림자를 드리우고 불안한 발자국을 떼며 어디론가 걷"(「나무물고기」)고 있으며 "세상 모든 인연의 줄로부터 내 삶마저도 끊긴 참혹한 단절감"(「섬」)으로 고통스러워하는 사람이다.

격정이 사라진 공허한 일상을 묵인하며 살아야 하는 것은 결혼제도가 예고하는 비극이다. 연애의 과정에서 견고하게만 여겨졌던 낭만적 사랑은 결혼이라는 형식 속에서 서서히 부식된다. 재클린 싸스비(Jacqueline Sarsby)의 설명처럼 현대사회에서 낭만적인 사랑의 신화는 개인적이고 사적인 감정 속에 남녀관계의 불평등함과 가족제도의 새로운 메커니즘을 숨겨두고 있다. 소유의 욕망과 집착으로 불타올랐던 여성들은 어느 순간부터 자신이 속한 세계의 허구성을 깨닫기 시작한다. 가정은 언제라도 쉽게 부서져내릴 유리의 성이며 남편은 자기가 알아보지 못했던 냉혹한 타인의 얼굴을 지니고 있다. 사랑의 틈새는 쉽게 벌어지며 어느 순간 불신과 의혹으로 변질된다.

낭만적인 정열이 서서히 사라져가는 일상에 대한 고통스러운 기록은 작가의 등단작인 「꿈꾸는 마리오네뜨」에도 잘 드러난다. 이 소설은 부부관계의 균열과 위기를 통해서 격정적인 삶에 대한 현대인들의 욕망을 세심하게 표현한다. 한국에 있는 부인이 빠리에 유학중인 남편을 방문하는 것으로부터 이야기는 시작된다. 남편의 유학비를 대기위해 아내는 한국에서 경제적인 지원을 담당하며 힘겹게 가장의 삶을 살아간다. 화가가 되고 싶었던 아내는 남편을 뒷바라지한다는 명목 아래 마음 깊은 곳에 자신의 꿈을 묻어둔다. 남편은 아내의 희생을 발판으로 생계를 영위하는 스스로에 대해 자괴감을 느낀다. 결혼생활의 안정과 평온을 깨지 않기 위해 서로의 속마음을 숨기는 아내와 남편은 꼭두각시 같은 자신의 삶을 의식한다. 이들에게 결혼은 한편의 마리오네뜨(꼭두각시극)와도 다름없는 것이다.

떨어져 있는 동안 고독을 달래기 위해 각자의 섹스파트너를 따로 갖게 된 아내와 남편은 서로에 대한 정신적 강박으로부터 풀려나기 위해 성적인 일탈을 합리화한다. 당연하게도 그 결과는 행복하지 않다. 남편은 경제적인 책임을 지고 있는 아내의 "굳은살 박힌 창백한 발과 아랫배의 상처자국"으로부터 완전히 자유롭지 못하며, 아내 역시 "세상일에 노엽고 울고 싶은 날, 나쁜 꿈을 꾼 한밤중, 공연히 잠 못 드는 깊은 밤"을 달랠 수 있는 영원한 상대란 존재할 수 없음을 깨닫는다. 그녀가 희구했던 것은 세상살이에 지친 자신을 보듬어줄 남편의 손길이었다.

다른 남자에게 성적인 열정을 느꼈던 아내는 자신의 불륜이 오히려 남편을 의식한 것이었음을 알아차린다. 그녀의 불륜은 남편으로 향하는 사랑을 '화인(火印)'시켜주는 기괴한 사랑의 방식이다. 그러나 남편에게 자신의 일탈을 고백할까 망설이던 그녀는 자신이 의심했던 대로 남편 역시 매력적인 금발여성을 통해 성적인 외로움을 달래고 있음을 확인하고 절망한다. 소통을 갈구하지만 그것이 다시 어긋난 방식으로 확인되면서 그녀의 탈주 시도는 원점으로 돌아간다. 아내가 선택한 방식은 남편의 불륜 증거로 채취한 터럭을 버리고 스스로 자유로워지는 것이다. 삶의 법칙은 늘 인간의 의지와 어긋나는 것이며 인간이 할 수 있는 최선의 방법은 운명을 겸허히 받아들이는 것뿐이다.

일상을 철저히 벗어나는 열정의 삶을 원하던 여성들은 인생의 법칙이 호락호락하게 일탈을 허용하지 않음을 깨닫는다. 결혼의 형식 뒤에 숨겨진 기만적 책략은 「정육점 여자」와 「섬」에서 동일한 유형의 서사로 드러난다. 「정육점 여자」의 남편은 빠리 유학시절에 불꽃 같은 사랑을 나누었던 라라의 존재를 잊지 못한다. 라라와의 사랑이 정열적인 충동이었다면 현재 아내와의 사랑은 위악적이기 그지없다. 무정자증인 그는 불륜의 씨앗을 잉태한 아내에게 경악하고 분노하지만 유산을 권유할 뿐 별다른 행동을 취하지 않는다. 「섬」의 여주인공은 한때 남편의 후배와 금지된 사랑에 빠져든 적이 있다. 오랜 시간이 흐른 후에 빠리에 온 후배와 반갑게 해후한 그녀는 남편이 자신의 불륜을 묵인해왔다는 사실을 알고 충격받는다. 그녀가 남편을 속인 것처럼 남편 역시 그녀를 속여왔다. 참을 수 없는 것은 남편과 남편의 후배가 자신을 모두 기만해왔다는 사실이다.

　결혼이라는 이름으로 호출되는 모든 관계는 위선과 기만을 도구삼아야 유지될 수 있는 것인지도 모른다. "단지 아내와 남편이라는 한줄에 매달린 마리오네뜨 인형의 관계, 지구의 반대편에서 서로 대롱거리며 줄이 끊어지기 전에는 어느 누구도 벗어나기 힘든"(「꿈꾸는 마리오네뜨」) 관계 속에서 여성들은 깊은 회의와 공허에 빠져든다. 사방이 막혀 있는 권태의 공간에서 여성들이 앓는 질병은 황폐한 성과 불임의 이미지로 나타난다. 이들은 충만한 사랑과 소통을 갈구했지만 현실의 사랑은 늘 황폐하고 허무하다. 「고요한 나날」의 주인공은 유부남과의 사랑을 즐겨왔다. 갑작스러운 교통사고로 그녀의 곁을 떠난 연인은 아내와의 뉴질랜드 이민을 몰래 계획하던 중이었다. 그녀가 연인과 나누었던 뜨거운 욕망의 감각은 사랑이 아니라 홑껍데기일 따름인 빈약한 성욕이었다. 「상자 속의 푸른 칼」의 혜자는 남편으로부터 진심어린 사랑을 얻지 못한 채 이혼하고 한국을 떠난다. 그녀가 기대했던 결혼은 어린시절의 가난과 불행을 보상해주는 것이었다. 가족들이 모두 자신을 버리고 떠난 결핍감을 메우기 위해 그녀는 남편과 함께 아름다운 가족을 만들려고 애쓴다. 하지만 그는 철저하게 정부를 숨겨두고 두 번씩이나 아내를 기만한다. 혜자가 프랑스에서 만난 거리의 쇼맨 미셸과의 사랑도 순탄치 않다. 그는 에이즈 보균자로 하루하루 죽음을 기다리고 있다. 두 남자와의 만남 속에서 혜자는 채워지지 않는 결핍의 사랑을 목도한다. 「꿈꾸는 마리오네뜨」의 아내는 불륜의 관계를 통해 강렬한 정욕을 발산하지만 그것은 생명으로 이어지지 못한다. 습관적이고 형식적인 것으로 황폐화된 성과 사랑은 「정육점의 여자」에서 무정자증을 지닌 남편이 부인의 불륜을 눈감으면서 유산을 권유하는 모습으로, 혹은 「투우」에서 주인공이 출세를 위하여 세속적인 댓가로 성을 상납하는 모습으로 반복되어 나타난다.

불임의 성이 상징하는 사랑의 소멸과정은 궤도이탈의 욕망을 가속화한다. 일상을 벗어나 그 어느 곳에도 소속하지 않는 자유로운 이방인이 되고 싶은 갈망은 낯선 공간에 대한 두려움과 동경을 동시에 부른다. 권지예의 소설이 배경무대로 불러들이는 프랑스 빠리는 낯선 타인들로 우글거리는 공간이다. 「정육점 여자」의 한 대목을 빌리자면 빠리는 "인종전시장"이며 "인간의 정체성도 개성도 어쩌면 이곳에선 강력한 소화효소 작용으로 녹아버릴지도 모"르는 도시다. 익명성의 개인으로 돌아가는 긴장과 흥분의 순간은 주인공들을 단숨에 사로잡는다. 이들은 자신을 얽어매는 정체성의 집단에서 멀어질 때 자유의 공기를 호흡한다.

「꿈꾸는 마리오네뜨」의 빠리가 허위적인 부부관계의 균열과 위기를 실감하는 공간이라면 「투우」의 주인공이 대학시절의 남자와 조우하며 현실과 이상의 괴리를 깨닫는 공간도 빠리다. 빠리는 그녀가 묻어둔 순수와 열정을 환기시키지만 역설적으로 무겁고 답답한 현실의 비극성을 알려주기도 한다. 소설인물들은 이국땅에서 무모하리만큼 돌발적이고 충동적인 사랑을 실현해보지만 고통스러운 자의식을 확인하는 데서 그친다. 그녀는 결코 순수의 과거로 되돌아갈 수 없다. 「상자 속의 푸른 칼」의 혜자는 남편과 이혼한 후 자유로운 삶을 갈망하면서 빠리로 온다. 그녀에게 미셸은 전남편과의 상처를 씻어주는 재생의 사랑을 보여주는 듯했지만 그 역시 죽음으로써 그녀 곁을 떠난다. 「섬」에서 부부가 서로에게 갖는 허위의식과 배신, 사랑과 증오는 빠리라는 공간에서 표면화된다. 「사라진 마녀」에서 주인공이 옛사랑의 기억을 떠올리는 곳은 프랑스의 르아브르 항구에서 아일랜드로 가는 페리호 갑판이다. 「정육점 여자」도 빠리의 중국인 거리에서 만난 여자와의 격정적인 사랑에 대한 회고담이 이야기의 한 축을 이룬다.

이방인의 공간에서 타오르는 낭만적 사랑은 육체적인 정염의 강렬한 이미지를 동반한다. "불꽃처럼 타올라 온몸을 불살라 재로 소진되고 싶은 강렬한 충동"(「정육점 여자」)의 섹스는 권지예 소설의 인물들을 권태의 일상으로부터 구원하는 순간적인 마약이다. 이 광기의 출렁임은 예술적 삶을 동경하여 달음질친다. 주인공들에게 예술은 속악한 일상을 구원하는 아름다운 정염이며 삶의 희원이고 욕망이다. 권지예의 소설에서 극단적인 일탈은 예술적인 동경으로 통하며 그것은 다시 죽음에 잇닿는 미적인 희열로 형상화된다. 「정육점 여자」에서 주인공은 라라의 육체가 냉동고의 '검붉은 살덩이'들과 대비되는 아름답고도 그로테스크한 풍경 속에서 쾌락의 절정을 느낀다. 주인공들이 타인의 육체를 느끼는 탐미적인 욕망은 훔쳐보기의 행위로 나타난다. 「상자 속의 푸른 칼」에서 혜자는 건너편 집에 사는 미셸의 육체를 망원경의 렌즈 속에서 탐미하고 즐긴다. 육체의 아름다움에 대한 예술적인 경배는 여성으로 하여금 고독의 순간을 견디게 한다.

「투우」 역시 화가들의 삶을 통해 순수한 예술적 정열에 대한 동경과 갈망, 타락한 현실의 비극성을 세심히 그려낸 작품이다. 여러 작품들 중에서도 「투우」는 예술과 일상, 과거와 현재, 이상과 현실의 경계에서 작가가 고민하는 지점을 선명히 보여준다. 대학시절에 순수한 예술가를 꿈꾸었던 주인공은 적당한 인맥과 성적인 로비, 재력과 무난한 취향으로 화단에서 인정받는 화가로 성장했다. 그러나 그녀의 마음에는 순수의 시절에 대한 향수가 들끓고 있다. 그녀가 빠리에서 이십여년 만에 해후한 황병우는 예술가로서의 심리적 갈등을 증폭시키는 결정적 계기가 된다. 한때 민중미술가임을 자임했던 황병우가 먼 타국에서 관광가이드로 변신한 현실은 그녀 자신의 세속적 타락을 새삼 돌아보게 한다. 주인공은 심정적으로 황병우의 소외된 삶에 가깝게 서 있지만 자신이 딛고 있는 현실의 발판 또한 의식하지 않을 수 없다.

실제로 「투우」에서 배경으로 묘사되는 현실의 변화과정이나 80년대에 대한 후일담적 회고방식은 새로운 주제라고 하기 힘들다. 「투우」에서 민중미술에 대한 간접적 묘사는 「사라진 마녀」에서 교육현실의 개조에 심정적인 열의를 바쳤던 여교사에 대한 묘사와 마찬가지로 다분히 감상적이다. 오히려 이 소설에서 살아나는 장면은 과거와 현실의 대결을 투우장의 생생한 전투장면으로 상징화한 부분이다. 투우사가 소의 뒷목에 칼을 꽂는 잔인한 장면에서 주인공이 느끼는 흥분과 열기는 탐미적인 도취에 가깝다. 그 순간 현실과 이상의 대립은 예술적인 감수성을 통해 일종의 화해를 얻는 것이다. "소는 왜 칼을 보지 못하는 걸까. 자신을 죽음으로 몰고갈 칼을. 어쩌자고 핏빛 물레따 속으로만 죽자고 뛰어드는 걸까"라는 주인공의 고백은 청년예술가의 무모한 열정에 대한 헌사를 암암리에 전달한다. 앞을 보지 않고 내달리는 야생소의 격렬한 운명은 젊은날을 소진해버린 황병우와 고스란히 겹친다. 결국 주인공은 혁명가라기보다 순수한 열정을 간직한 청년예술가에 가까운 황병우에게 연민과 애정을 바치고 있는 것이다.

이처럼 권지예 소설 속에서 그려지는 일탈적 사랑의 이야기는 현실적 제도나 관습에 대한 강력한 메시지를 전달하는 데 주된 목적이 있지 않다. 작가는 본질적인 삶의 유한성을 뛰어넘으려는 초현실적인 충동을 예술적 감성으로 포착하는 데 더 큰 의미를 둔다. 주인공들은 자신을 짓누르는 사랑의 허위의식을 혐오하지만 한편으로 그것이 환기하는 순수의 열정을 사랑한다. 「나무물고기」에서 누구의 눈에도 띄지 않고 사라지길 원했던 여자의 욕망 속에는 타인에 대한 열정을 순수하게 간직하려는 충동이 숨어 있다. 남자에게 사랑을 준 후 완벽하게 실종되기를 갈망하는 '비현실적'인 여성의 모습은 사랑이 부식되고 사라져가는 과정을 견딜 수 없는 자의식의 세계를 보여준다.

현실 속에서 아름답게 부활할 사랑이 아니라면 그것은 차라리 빨리 잊혀지거나 완벽히 소멸되는 것이 더 낫다. 「사라진 마녀」의 주인공은 옛사랑의 여인 서현을 찾기 위해 빠리를 뒤지지만 결국 찾지 못한 채 발걸음을 옮긴다. 그의 내면에는 "볼우물이 깊게 패며 입술을 열지 않고 웃는, 깊고 그윽한 미소, 얼굴을 붉히며 수줍게 샐쭉 웃는 눈웃음"

을 치던 첫사랑 여인의 씰루엣과 순수한 정열로 학생을 가르치려 했던 소녀 같은 선생님의 씰루엣이 함께 간직되어 있다. 그가 배 위에서 던진 서현의 주소와 선생님의 시계는 과거시절에 대한 추억이 아름다움만을 남긴 채로 사라졌음을 알리는 신호이기도 하다.

「사라진 마녀」와 「상자 속의 푸른 칼」「나무물고기」가 현실로 돌아오지 못하는 이상적인 사랑에 대한 아쉬움과 동경을 표방한다면 「투우」의 마지막 장면에서 황병우와 주인공이 나누는 일상의 대화는 사랑의 소멸 이후에 시작될 또다른 생의 시작을 암시한다. 주인공들은 자신이 탈주하려 애썼던 현실을 결국 품안에 다시 끌어안을 수밖에 없는 생의 법칙을 실감한다. 「꿈꾸는 마리오네뜨」에서 아내는 남편의 불륜을 확신하고 절망과 증오를 느끼지만 결국 복수의 계획을 포기한다. "궤도를 이탈하려면 어떤 치열한 광기나 용기가 필요하다는 것을 깨닫게 됐"다는 그녀의 고백은 결국 허위적인 집착을 버리고 스스로 자유로워지기를 시도하는 과정을 보여준다.

사랑의 소멸과정에서 겪는 쓰라린 체험은 소설의 인물들에게 고통을 견딜 수 있는 항체를 만들어준다. 그러한 의미에서 「고요한 나날」은 낭만적 사랑에 대한 여성의 자의식이 어떻게 변화하는가를 가장 섬세하게 그려낸 작품이라고 할 만하다. 교통사고가 나기 전까지 주인공이 연인에게 느꼈던 행복과 사랑은 상대방과 무관한 다소 자기도취적인 열정이다. 그녀는 연인이 죽고 나서야 현실의 무게를 실감한다. 그녀가 입원한 병동 사람들이 보여주는 생의 활력은 그녀의 고통을 사소한 것으로 만든다. 늙은 할머니가 자신의 잘린 다리에서 '각선미'를 추구하는 우스꽝스러운 모습이나, 뇌수술을 받고도 패션에 신경쓰며 장밋빛 베레모를 쓰고 다니는 아주머니의 모습은 돌연한 재앙

앞에서도 삶의 끈을 놓지 않는 일상인들의 풍경을 보여준다.

삶의 비극을 담담하게 수긍하는 익명의 사람들 앞에서 여자는 연인의 배신과 죽음을 받아들이려 노력한다. 그녀는 연인이 자기 몰래 아내와 이민을 갈 계획을 세워두었다는 사실을 수긍한다. '살아남은 자의 형벌'에 대한 낭만적 환상에서 허우적거리던 그녀에게 연인의 죽음은 이제 현실로 다가온다. 소설의 마지막 부분에서 여자가 연인의 음성메시지를 핸드폰에서 지우고, 자살하려 준비했던 수면제를 연못에 던져버리는 장면은 그녀의 굳은 결심을 보여준다. 고통에 대한 항체를 만들어가는 과정이 바로 인생이라는 평범한 법칙 앞에서 연인의 배신은 삶의 아이러니를 입증하는 하나의 사건일 뿐이다. 여자는 자신을 지탱한 새로운 삶의 법칙을 발견한 것이다.

권지예 소설의 여성들이 가슴에 담고 있는 광기와 정열은 진정한 사랑과 소통이 사라져가는 현실에 대항하는 삶의 호르몬이다. 이들은 격정이 얼마나 빠르게 사그라지는가를 알면서도 감정의 소용돌이에 스스로를 던질 수밖에 없는 운명의 불가항력을 직감한다. 삶과 이상의 경계에 서 있는 예술적 정열이야말로 이들을 끊임없이 인생의 시험대로 이끌고 가는 동력이다. 그런 점에서 "무거운 중력만큼 또 그만큼의 부력이 삶에는 항상 내장되어 있는 것"(「나무물고기」)이며, 인생이란 "빠져나오지 못할 올가미에 갇힌 줄도 모르고 생피를 흘리는 투우"(「투우」) 같은 것이라는 등장인물들의 메시지는 단순한 잠언으로 다가오지 않는다. 그것은 추억과 낭만을 앙금으로 가라앉히는 데 얼마나 오랜 시간과 고통이 필요한지를 아는 자들만이 또다른 사랑을 시작할 수 있음을 알려주는 고백이다. 생의 가장 뜨거운 열정과 광기가 운명의 법칙 앞에서 겸허하게 다스려질 수밖에 없다는 깨달음 앞에서 여성들은 자신을 향한 진정한 사랑을 준비한다. "이제 막 주술에서 풀려나 스스로 첫 호흡을 시작하는"(「꿈꾸는 마리오네뜨」) 그녀들은 사랑의 환상을 딛고 서려는 힘겹고도 간절한 몸짓을 우리에게 보여주고 있는 것이다.

白智延/문학평론가